U0089171

古典文學研究輯刊

初編

曾永義 主編

第17冊

「元雜劇」語言之隱喻性思維（上）

江碧珠 著

國家圖書館出版品預行編目資料

「元雜劇」語言之隱喻性思維（上）／江碧珠 著 — 初版 — 台北縣永和市：花木蘭文化出版社，2010〔民 99〕
目 6+278 面；19×26 公分
（古典文學研究輯刊　初編；第 17 冊）
ISBN：978-986-254-380-1（精裝）
1. 戲劇史　2. 元雜劇　3. 戲曲評論
820.94057　　99018488

ISBN - 978-986-2543-80-1

古典文學研究輯刊
初　編　第十七冊　　ISBN：978-986-254-380-1

「元雜劇」語言之隱喻性思維（上）

作　　者　江碧珠
主　　編　曾永義
總 編 輯　杜潔祥
出　　版　花木蘭文化出版社
發 行 所　花木蘭文化出版社
發 行 人　高小娟
聯絡地址　台北縣永和市中正路五九五號七樓之三
電話：02-2923-1455／傳真：02-2923-1452
網　　址　http://www.huamulan.tw 信箱　sut81518@ms59.hinet.net
印　　刷　普羅文化出版廣告事業
初　　版　2010 年 9 月
定　　價　初編 28 冊（精裝）新台幣 45,000 元

「元雜劇」語言之隱喻性思維（上）

江碧珠　著

作者簡介

江碧珠，東海大學中國文學系博士，現任銘傳大學華語文教學系助理教授。先後以詞彙學理論及認知譬喻理論，進行元曲語言分析做為碩博士論文研究的主題。目前的研究以語言認知與華語教學為主，主要教授科目為漢語音韻學、漢語詞彙學、詩歌選讀及華語文教材教法。

提　要

隱喻對人類而言，不只是一種文學的修辭手段，更是認知外物、建立概念的主要方法。本文的研究策略以 Lakoff & Johnson（1980）的二域模式、Lakoff（1987）範疇論以及 Fauconnier & Turner（1995）的概念整合理論（多空間模式）等認知隱喻學派之理論與方法，作為本文的架構與分析的策略。

本文以「元雜劇」為研究對象，以認知隱喻觀為剖析之策略，逐一整理「元雜劇」的脈絡與模式。元雜劇屬戲曲文學，它的文化生命展現在演出的當下與文本閱讀之中，筆者分別雜劇這兩種情態的形式與功能並討論戲曲的橋樑作用；接著進一步論述雜劇的結構元素（行當與人物、上下場詩、插科打諢、權威式判語等）其基本範疇與隱喻運作模式；最後分別就末、旦本雜劇之題材內容析論其人物範疇、敘事模式與譬喻運作。

根據末、旦本劇的研究顯示，除題材會受到角色性別的侷限外，最大的差異在於描寫的重心會因敘事角度的擇取而不同。而雜劇結構元素的研究結果說明：人物的符號化與故事的模式化是元雜劇類型化思維的表徵，其中更呈現了戲曲文學中常見的二元對立的思維運作；二元對立的思維運作是建立規則、典範的基本模式，也是建立社會文化價值的基本方式，用於戲劇的教化意義上極為重要——建立觀眾的價值觀和文化認同。

本論文以認知隱喻為基礎，探究「元雜劇」語言的概念系統，觀察其思維運作的模式，顯現了元雜劇深刻的文學生命與反映社會現實的文化價值。

目　次

上　冊

下　冊

第一章　緒　論

一切有爲法，如夢幻泡影，如露亦如電，應作如是觀。

——《金剛經》

第一節　語言世界與大千世界

具思辯能力的先哲們，一直嘗試點破語言的虛構性。「得魚忘筌」、「得意忘言」及在桓公堂下斲輪的輪扁的「糟魄」說，是莊子借寓言，告訴我們語言的不可恃。佛家也悟出了語言的詭譎性，「須彌藏芥子，芥子納須彌」，芥子與須彌的關係非語言邏輯所能解釋的，佛家比莊子更跳躍、更顚覆性地揭示語言文字的矛盾與局限。他們共同要訴說的是：語言文字只是假象，表象世界的另一種表象。

一、身體經驗——語言世界與大千世界的中介

我們生活在語言的世界裡，世上的物體、物象、物態、物理，具體或抽象地存在於人的肉體生命之外，爲了「名」物，爲了溝通，我們用語言建構了一個世界。但語言世界與外在的大千世界是沒有直接關連的，我們透過身體去感知世界，通過心智活動將經驗到的外在現實加以概念化，並將其編碼。因此，人類複雜的概念系統是由人類身體經驗所形成的。以身體經驗爲介面概念通過分類詮釋我們已知的知識和先存的經驗，這種分類過程就是範疇化〔註 1〕。認知語言學家雷可夫（George Lakoff）〔註 2〕提醒我們「別小看

〔註 1〕參見鍾小佩，〈從認知的角度看漢英「世界是人」的隱喻概念〉，收錄於束定芳主編，《語言的認知研究——認知語言學論文精選》（上海：上海外語教育

範疇分類，這是我們思維、感知、行爲、言語的最基本依據。」〔註3〕並進一步說明：

> 要想改變有關範疇的概念，就要改變我們對心智的概念，以及我們對世界的了解，所謂「範疇」是指事物的類別，我們了解世界要透過個別事物，也透過範疇。所以我們往往會以爲這些範疇是眞實存在。……改變範疇概念本身，就是改變我們對世界的了解。〔註4〕

語言使用者在自身的文化脈絡中，不自覺地對周遭事物進行範疇劃分。尤其是在認識新奇的事物時，常以爲大千世界的色色物物本有其自然的類別，語言是依循自然將其分類。但那只是語言世界建立的假象，語言使用者心中的範疇並不等同世存事物的種類，雷可夫在《女人、火與危險事物：範疇所揭示之心智的奧秘》（1987）書中，以澳大利亞土著德伯爾語（Dyirbal）的案例，推翻了長久以來的範疇觀念。〔註5〕

人怎樣看待事態物象，誘發於自身所處環境與身體經驗〔註6〕。自「薩皮爾－沃爾夫假說」（the Sapir-whorf Hypothesis）起，就不斷有研究揭示，人類的生活環境會影響其對事物的認知，如愛斯基摩人的「雪」有各式各樣的名稱〔註7〕，又如古時候的中國人生活以農業爲主，又畜養牛馬豬等牲畜，所以

出版，2004 年），頁 487～488。

〔註 2〕關於 George Lakoff 的譯名。Lakoff（1987），《女人、火與危險事物：範疇所揭示的心智之奧秘》，梁玉玲譯本（以下簡稱「梁譯本」）（台北：桂冠圖書，1994 年），將「Lakoff」譯爲「萊科夫」。束定芳，《隱喻學研究》（2000），譯爲「雷考夫」，頁 2。胡壯麟，《認知隱喻學》（2004），譯作「萊可夫」，頁 7。筆者據 Lakoff & Johnson（1980），《我們賴以生存的譬喻》，周師世箴譯本（以下簡稱：周 2006 譯文）：（台北：聯經出版社，2006 年），譯爲「雷可夫」。

〔註 3〕Lakoff（1987），《女人、火與危險事物：範疇所揭示的心智之奧秘》（原典第五章），周師世箴 2005 譯稿（講義未刊稿，以下簡稱 Lakoff（1987）周譯稿），頁 5；另有梁譯本，1994 年 6 月，頁 6。

〔註 4〕Lakoff（1987），原典第一章（周 2005 譯稿），頁 9，另梁玉玲譯本，頁 10。

〔註 5〕Lakoff（1987），梁譯本第一章、第六章。

〔註 6〕人類的心智活動是以身體爲基礎的，人類的認知與語言，因爲有了這一種共同基礎而在不同語言與文化中有許多相似之處，但因爲認知的發展與語言的習得都必須在某個特定的社會與文化中進行，因此也多少有特殊的文化成分在內。以上論點擇取自《身體與譬喻——語言與認知的首要介面》（台北：文鶴出版，2001 年），頁 8。曹逢甫師與其研究生們有多項相關論著。

〔註 7〕劉潤清，《西方語言學流派》（1995），頁 179～185。介紹薩皮爾－沃爾夫假說（the Spair-Whorf Hypothesis）對於愛斯基摩語用不同的詞表示各種不同的雪言之甚詳，詳見該書頁 183。

牲畜的性別、大小、年齡各有專名。同樣地，東方的亞洲人分別以「稻」、「米」、「飯」指稱未剝殼的米、剝了殼的米和已煮熟了的米，但美國人都用「rice」統稱三者〔註8〕。這在認知語言學的觀點而言，都是因爲人類對事物的認知並進而「名物」乃立基於我們的身體經驗之故。

> 因爲身體是與生俱來的，而且人人都有的，人人都有類似的基本感受的。以這麼好的共同經驗爲基礎去認識或傳達另外一種經驗不但省事、省時、省力而且可確保談話對方能夠理解。這是人類發展認知，傳達思想感情最符合經濟效益的不二法門。〔註9〕

我們以身體爲介面，認識世界、傳達情感，一步步擴展我們的視野，廣泛地運用了身體經驗。但隨著外在事物的簡單到複雜，具體到抽象，人類的思維能力和語言能力也日趨複雜化。語言與思維有著密切的關連性。「思維」是一種具有邏輯性的內在活動，通過外化才有實際的意義，趙國求〈思維外化及其傳播方式〉指出思維外化有三種方式，經由形體動作、語言音樂或文字圖畫〔註10〕，「語言是人類表達觀念和思想的最明確的方式之一。」〔註11〕這幾乎已成一條不證自明的通則，語言在思維外化的形式中最爲明確。趙國求（2004）顯示「語言的產生，一方面使思維通過語言得以充份表達；另一方面，語言能反過來幫助思維從直覺向抽象昇華，促進人類思維從簡單向複雜化。」〔註12〕面對繁複的世界，人類由直接經驗到間接經驗，組構了一系列

〔註8〕此例引自鄭昭明，《認知心理學》（1993），頁94。

〔註9〕參見曹逢甫、蔡立中、劉秀瑩（2001），頁110。

〔註10〕「思維的過程是物質的運動和相互作用過程，但人類的思維只有外化了才有實際的意義。思維需要語言，思維的外化也需要語言，而人類思維外化的方式是不斷進化的。當今，人類認識思維外化的方式主要有三種，一是通過形體動作；二是通過語言音樂；三是通過文字圖畫。」參見趙國求，〈思維外化及其傳播方式〉，收入李平等主編，《科學、認知、意識——哲學與認知科學國際研討會文集》（2004），頁463。熊學亮，〈認知科學與語言學〉則指出：「S. M. Smith, H. O. Brown, J. E. P. Toman, L. S. Goodman 等人所做的肌肉麻醉試驗（這裡 Smith 是受試者）表明思維不是一種內隱語言，而是一種內在的非運動性活動。」輔助說明了思維必須透過外化才具有實際的意義，參見束定芳編著（2004），頁30。

〔註11〕文旭，〈認知語言學的研究目標、原則和方法〉也認爲：「語言是人類表達觀念和思想的最明確的方式之一。」在思維外化的形式中語言最爲明確。語出文旭，〈認知語言學的研究目標、原則和方法〉，束定芳編（2004），頁59。其所指出的實際上是一條不證自明的通則。

〔註12〕詳見趙國求（2004），頁466。

的概念系統。這些概念系統在已知（舊經驗）與未知（新事物）之間搭起認知的橋樑，豐富了人類的識見。這種新舊領域間，引起認知上的移轉、聯想的心智活動，是人類重要能力之一——隱喻。筆者將於下文探討「隱喻」於認知活動的意義。

二、隱喻——認知世界的重要工具

李怡嚴在《當代雜誌》一七七、一七八期中發表〈隱喻——心智的得力工具〉一文介紹雷可夫（George Lakoff）的認知隱喻觀，文章的題目就開門見山將「隱喻」視爲「工具」〔註13〕，筆者借用李氏的隱喻意象——「工具」。將「隱喻思維」視爲具象的「工具」，透過「工具」的實體性突顯隱喻思維的實用性，其本身就是一種隱喻表述。人們習以爲常地使用隱喻，並未意識到隱喻在我們的生活中已不可或缺。他說：

> 人類的思考功能，原來是在千變萬化的環境求適應，其中當然包含了知覺和運動以探索環境，也包含記憶以累積經驗。……人類的神經活動可以透過聯想，將知覺運動領域投映到其他領域，使被投映的領域中的認知觀念也能利用知覺運動內現成的設定。這就是產生隱喻的原動力。〔註14〕

隱喻是由熟悉的心智領域映射到較陌生的領域的一種手法〔註15〕。人類用這樣的方式不斷地認識新事物，接觸外在世界，擴建自己的知識領域。卡西勒（Ernst Cassirer）《語言與神話》〔註16〕一書中將先民認知自然的方式——神話，視爲一種類比思維，用口述傳承的神話，其實是一種思維模式亦即一種

〔註13〕胡壯麟認爲「隱喻在語言和認知之間起到重要的橋樑作用」，參見《認知隱喻學》（北京：北京大學，2004 年），頁 3。不管是李怡嚴的「工具」或胡壯麟的「橋樑」，都是就隱喻的不同面向，讓讀者更清楚認識隱喻作用的「隱喻意象」。

〔註14〕參見李怡嚴，〈隱喻——心智的得力工具〉，《當代》一七七期，2002 年，頁 62。

〔註15〕周師世箴使用「映射」一詞：「『隱喻映射』（metaphorical mapping）主要針對的是語言背後的知識概念的對應。隱喻映射可以將相關知識的細節從來源域（source domain）傳送到目標域（target domain）。這樣的傳送稱之爲『隱喻蘊涵』（metaphorical entailment）功能」。參見 Lakoff & Johnson（1980），周世箴譯本 2006，〈中譯導讀〉（以下簡稱：周 2006 導讀），頁 78，並於頁 76 註 54 詳列諸家定義及中譯。

〔註16〕恩斯特・卡西勒（Ernst Cassirer），《語言與神話》（于曉等譯，台北：桂冠圖書，1990 年）。

語言模式，這種「類比」是築基於先民的生活經驗的，也就是前面提到的認知隱喻觀所說的以「熟悉的心智領域」（來源域 source domain），映射到「較陌生的領域」（目標域 target domain）的一種思維過程〔註 17〕。因此，觸類外物，隱喻是人類認知世界重要的工具〔註 18〕。本文即以「『元雜劇』語言的隱喻性思維」爲題，探討「元雜劇」如何透過它的語言，展現它對世界的認知，有哪些概念隱喻在文本中映射人生。

第二節　文本評述——「元雜劇」語言的研究價值

選擇「文本」一詞，是強調「作品」的多重性，即其蘊涵在語言文字內的無限可能。作品，是靜態的，是作家文字生命的結晶；而文本，卻是動態的，在閱讀過程中，可由閱讀者以多重角度、各種方式，推衍擴展，注以活力與生機〔註 19〕。一部作品若以語言符號的性質而論，是個「充分強調了的能指」，張方（1997）指出：

> 文本分析在幾種意義上是一種遊戲的活動：閱讀是一種操作……將「作品」重新設想爲「文本」，人們就必須記住，「文本」一詞本身就是一個介入語言遊戲的充分強調了的能指。〔註 20〕

這就是說，將作品視爲「文本」，意謂著將作品置於語言的符號系統中，把它看作是個「能指」，而其「所指」是藉由讀者的閱讀而重新詮釋。在浩瀚的中

〔註 17〕「類比」，一般而言是基於 A、B 兩者之間的相似性而產生的比喻關係。但認知隱喻觀卻認爲兩者之間的相似性是透過隱喻關係而存在的，即隱喻創造了相似性。筆者在此，是將「類比思維」更廣義地看待爲「隱喻思維」。

〔註 18〕Lakoff & Johnson（1980）認爲：「我們用以思維與行爲的日常概念系統（ordinary conceptual system），其本質上是譬喻性的。」（詳見周 2006 譯文，頁 9）又說：「人類的思維過程（thought processes）多半譬喻性，這就是我們所謂的『人類概念系統的建構與定義都屬譬喻性』之意涵。」（周 2006 譯文，頁 12～13）

〔註 19〕「文本」是 text 的中譯，或譯爲「本文」。「本文不僅可以不要作者署名就被閱讀，而且它也不像作品那樣必須求得人們對『有機體』的尊重。它允許被打破，也要求被打碎。……巴特（羅蘭・巴特）所稱的『作者死亡』，也就是作者作品的『父子關係』的結束，是作者之父權、所有權、闡釋權等一系列的權限之死。……作者的死亡帶來了讀者的再生。」參見金元浦著，《接受反應理論》，第七章第三節〈從結構主義到後結構主義——巴特的「非中心的讀者」〉（濟南：山東教育，1998 年），頁 265。

〔註 20〕見張方譯，《講故事——對敘事虛構作品的理論分析》，第二章〈文本性分析〉（台北：駱駝出版社，1997 年），頁 28。

國文學寶庫之中，筆者之所以選取「元雜劇」爲文本，主因在於「元雜劇」語言的殊異性。而「元雜劇」之所以殊異，是因其所處的整個時代，及其文化背景，相對於整個中國文化體系而言，也是殊異的。何樂士〈元雜劇語法特點研究——從《關漢卿戲曲集》與《敦煌變文集》的比較看元雜劇語法的若干特點〉〔註21〕一文的結語指出：

> 我初步認爲，由唐而宋，社會經濟的發展，已爲市民階層的興起以及他們的文化需要創造了條件，唐的變文、宋的話本、金的戲曲……都是時代的產物。蒙古人在公元 1234 年滅了北部的金國，1279 年滅了南宋，統一了中國，繼承了包括南北的文化寶藏。在北方流行的戲曲「雜劇」趁此機會傳播到南方，成爲一個規模空前的普及的戲曲運動。元代的統治者是殘酷的，但在從文學史、語言發展史的角度來看，元代卻又是一個十分重要的時期。因爲這種新的政治形勢促使社會發生激烈的變化，從而使文學也擺脱舊的束縛得到新的發展，前人所鄙視的市民文學大大流傳開來，代替了正統文學的地位。在新興的文學形式中最受群眾喜愛的就是雜劇，它最大程度地反映了當時的口語，成爲元代文學的主流。〔註22〕

自唐代起便逐步興起的市民文學，社會經濟的繁榮發展爲它創造了有利的生存空間，唐代變文、宋代話本、元代雜劇便是在這樣的社會基礎上流傳與盛行的。正如何氏所言：「因爲這種新的政治形勢促使社會發生激烈的變化，從而使文學也擺脫舊的束縛得到新的發展，前人所鄙視的市民文學大大流傳開來，代替了正統文學的地位。」元代統治者來自草原的游牧民族，視騎馬射箭甚於舞文弄舞的異族的文化作風作爲強權時，在元代世局人心都起了巨大的轉變，傳統社會的價值觀，受到了挑釁，「萬般皆下品」的百工與商人，在元代政治務實的政策下，從傳統社會位階的「下品」躍居書生之上，使得世局人心不再是「惟有讀書高」的局面了〔註23〕。正因異族文化掌權，才能順利擺脫了傳統士大夫觀念的束縛，使市民文學得以開展。雖然社會表層的上層結構，換了角色，並且在世俗的眼中，「儒」成了「百無一用」的社會負擔；但在潛藏的基底，「儒」

〔註21〕該文收編於程湘清主編，《宋元明漢語研究》（濟南：山東教育出版社，1992年），頁 19～242。

〔註22〕參見何樂士（1992），頁 240～241。

〔註23〕據朱東潤，〈元雜劇及其時代〉（續）：「在蒙古人初入中國時，比較有特殊地位的是工匠」，收錄於《宋元明清戲曲研究論叢》（一），頁 104～110。

仍有其受人期許與尊重的想望，尤其在識字的文人心中。元代的怪異起源於執政者的草原文明與被統治者的農耕文明，兩種不同文化性格的交會〔註24〕。傳統的雅正文學，無用武之地，屈居於俗流之下，而因商業繁榮興起的市民文化——通俗文學〔註25〕，元曲成了元代的文學表徵。

元曲作家以其自身的社會經驗觀照世界，摹以當代的口語。元曲語言不假雕飾，被王國維譽爲最自然的語言：

> 元曲之佳處何在？一言以蔽之，曰：自然而已矣。古今之大文學，無不以自然勝，而莫著於元曲。……彼以意興之所至爲之，自娛娛人。關目之拙劣，所不問也；思想之卑陋，所不諱也；人物之矛盾，所不顧也；彼但摹寫其胸中之感想，與時代之情狀，而眞摯之理，與秀傑之氣，時流露於其間。故謂元曲爲中國最自然之文學，無不可也。〔註26〕

元曲的自然來自一顆眞摯的心，語言文字對作家情感的忠誠表現。對於元曲語言的研究，雖不若研究其文學性、思想性的專篇多，但亦是元曲值得研究的另一個焦點所在。「曲盡人情」，是元曲在表現情感上根植於社會現實的自然作風。這樣的觀察來自市井，來自對週邊事物的敏銳，沒有科舉桎梏的讀書人，雖然可悲，但卻可愛、可親。文筆碰觸到了人的七情六慾，使元曲較其他詩性文學，更具眞誠的生活態度。吳秀華在評價《全元曲》時提到：

〔註24〕蕭啓慶，《蒙元史新研》道：「在經濟的層次，農耕社會的豐裕物質生活一直是遊牧民族垂涎的對象，而率眾掠奪農耕社會便是遊牧君主統一草原後的主要責任。」（台北：允晨文化，1994年，頁8）並於文中論述遊牧民族對農耕社會的侵略來自掠奪財富的強烈慾望及征服新土的宗教狂熱（1994年，頁9～10）遊牧民族的草原文明和漢人社會的農耕文明具有大不相同的文化性格。

〔註25〕「元統一中國共九十年左右（公元1277～1367年），在起初三十多年中（公元1277～1314年）沒有設置科舉制度，直到元仁宗愛育拔力八達的延祐二年（公元1315年）才實行科考，但仍把蒙古人、色目人和漢人、南人分開來舉行，凡進士（全國考試中試）授官，蒙古人比色目人高一級，色目人又比漢人、南人高一級，其待遇仍不平等。漢族一般讀書士子，在沒有科考時固然無法自見，就是有了科考，也不能不遭遇到歧視，因而只有把自己的才情和學問，寄托在抒情或寫景的文章上去。恰當這一時期最流行的文學體制爲曲，於是曲的撰作，便由散曲，套曲，應用到表演故事的雜劇方面而成爲光耀一代的戲曲——雜劇。」詳見周貽白，《中國戲曲發展史綱要》（上海：上海古籍出版，1984年），頁145。

〔註26〕見《王國維戲曲論文集——《宋元戲曲考》及其他》（台北：里仁書局，1993年），頁123。

> 科舉制度的廢除，使讀書人必須從讀書做官的傳統思維方式中解脫出來，為生活重新尋找一個支撐點。經商、寫戲、當農民、做吏役、從事著述等等，生活在讀書人面前似乎展示出了一個更爲廣闊的空間。〔註 27〕

使元代文人率性自然的，便是科舉的廢除。元曲的勝處，是不得仕宦的文人，在塵世爲生活掙扎的血淚所凝練而成的。

經由明清曲論家的品評與王國維的大力推崇，使元曲的研究漸爲世人所重，並蔚然成爲一門學派，其下又分支爲各類研究，遍涉版本、作家、內容、音律、語言、藝術風格等，不僅湧現大量的學術專著，也造就了不少研究人才。就中國戲曲研究而言，沒有哪一個時代的戲曲研究能夠與元曲的研究相提並論的。〔註 28〕

一、文本釐定

「元曲」，爲有元一代的文學表徵，其內容包括了散曲與雜劇。散曲，向來與詩詞並列，並有詩莊、詞媚、曲俗的風格差異在〔註 29〕。但在淵源上，詩、詞、曲是一脈相承的，如王世貞《曲藻》所言：

> 三百篇亡而後有騷賦，騷賦難入樂而後有古樂府，古樂府不入俗而以唐絕句爲樂府，絕句少宛轉而後有詞，詞不快北耳而後有北曲，北曲不諧南耳而後有南曲。〔註 30〕

這是以音樂性論詩、詞、曲的關連，認爲三者之間有相互傳承的發展關係。盧元駿《曲學》是這麼說的：

> 詩和樂是必需結合的，當兩者結合得最密切的時候，也正是這種詩體風行的黃金時代；等到這種詩體與樂分離了，這也便是此一詩體式微的開端。〔註 31〕

〔註 27〕吳秀華，〈元曲研究的新奉獻——寫在《全元曲》出版之後〉，《河北學刊》，1999 年 4 月，頁 111～112。

〔註 28〕吳秀華（1999），頁 111。

〔註 29〕筆者按：曲俗之評，大概以其率性所致，以雜劇的曲文而言其典雅不在詩詞之下，就賓白而言多作俚俗之口語摹寫；而散曲則依作家風格或典雅或詼諧，不一定盡作俗語。但以元曲的整體性而言「俗」是概括性的評議。

〔註 30〕明．王世貞，《曲藻》，收錄於《中國古典戲曲編著集成》（四）（北京：中國戲劇出版社，1959 年），見該書頁 27。

〔註 31〕盧元駿，《曲學》（台北：黎明文化，1980 年），頁 5。

三者不但在音樂性上有這樣的連繫，就是在精神上也各自展現出當代社會風貌的文化特色。

散曲的音樂性延伸到了雜劇。元雜劇，作爲舞台表演戲劇，是以音樂爲其主要的表達形式，元雜劇語言，在諸宮調的基礎上，雜以道白與科介。本文即以元雜劇爲研究對象，它比散曲多了賓白與科介，當然也還有腳色。元雜劇至今日已成爲案頭戲，後人通過流傳下來的劇本，來揣摩想見搬演的盛況。在研究雜劇的諸多頭緒中，版本的考究，也成了一門學問。鄭騫將元雜劇的版本，分爲四個體系，即：

1. **元刊本**：即《元刊古今雜劇三十種》，最接近原作，可看出是元人筆墨。
2. **舊本**：即明・息機子《雜劇選》（簡稱息機子本）、明・萬曆書坊刻本《古名家雜劇》（古名家本）、明・黃正位編《陽春奏》、明・王驥德編顧曲齋刻本《古雜劇》（顧曲齋本）、明・趙琦美鈔校脈望館鈔校本《古今雜劇》（明鈔本）等，比較接近原作但有些微改動，鄭氏將這些版本統稱爲「舊本」。
3. **臧晉叔《元曲選》**：大量改訂，自成一系。
4. **古今家本**：明・孟稱舜編《古今名劇合選》，簡稱「古今家」，分柳枝、酹江兩集，此本斟酌「舊本」與《元曲選》之間，編者亦曾動筆改訂。〔註32〕

可看出在這四個系統中，鄭氏認爲「元刊本」最佳，其次是「舊本」，再其次是《元曲選》本，最後是「古今家本」。

總觀現存的元曲選本，散曲與劇曲各自獨立；雜劇選本有楊家駱主編世界書局出版的《金元雜劇初編》、《金元雜劇二編》、《金元雜劇三編》、《金元雜劇外編》，以及中華書局編輯出版的《元曲選》、《元曲選外編》等，另有商務書局出版的《古本戲曲叢刊》第四集亦收錄元雜劇。

1998 年由河北教育出版社所編輯的《全元曲》囊括了散曲與劇曲，網羅了海峽兩岸的戲曲研究者，共同編注而成。十二卷的《全元曲》以作家爲

〔註32〕筆者碩論（《關漢卿戲曲語言之派生詞與重疊詞研究》，淡江大學中研所，1994年，頁 8～9）曾討論雜劇的版本問題。在雜劇版本的討論中，學者多以鄭騫的研究爲圭臬，詳見鄭騫，〈元明鈔刻本元人雜劇九種提要〉，收編於《宋元明清劇曲研究論叢》第二集（香港：大東圖書，1979 年）。

經，作品為緯。作家編次基本上依曹寅校輯的鍾嗣成《錄鬼簿》、賈仲明《錄鬼簿續編》以及朱權《太和正音譜》的排名順序，先排雜劇作家，後排散曲作家〔註33〕。《全元曲》是現今研究元曲較為完整的選本，除介紹作家生平外並加以注釋，且述「本事」，以明故事淵源，是一部詳備完善的選本。該選本一至九卷選錄元雜劇作家之雜劇及其散曲，十至十二卷純為散曲作家及其作品；本論文即以一至九卷之雜劇作品為文本（以賓白完整者為主，元刊本、殘劇不列入討論），分析「元雜劇」語言的隱喻性思維。這九卷中去掉殘劇作家，知名的元雜劇作家共有五十位劇作一百一十八本〔註34〕，再加上無名氏的四十五本，共有一百六十三本雜劇。

茲將《全元曲》所列作家中現有雜劇傳世者表列之，如表1-2-1：

表1-2-1：《全元曲》裡現有雜劇傳世之作家

卷次	作家名	創作劇本	卷次	作家名	創作劇本	卷次	作家名	創作劇本
一	1.關漢卿	末／旦	四	18.史九散人	末	六	35.金仁杰	末
二	2.白　樸	末／旦	五	19.李好古	旦	六	36.楊　梓	末
二	3.高文秀	末	五	20.張國賓	末	六	37.范　康	末
二	4.鄭廷玉	末	五	21.王伯成	末	六	38.喬　吉	末／旦
二	5.李文蔚	末	五	22.孫仲章	末	七	39.秦簡夫	末／旦
三	6.馬致遠	末／旦	五	23.岳伯川	末	七	40.蕭德祥	末
三	7.李直夫	末	五	24.康進之	末	七	41.朱　凱	末
三	8.吳昌齡	末／旦	五	25.費唐臣	末	七	42.王　曄	旦
三	9.王實甫	末／旦	五	26.石子章	旦	七	43.羅貫中	末
四	10.武漢臣	末	五	27.孟漢卿	末	七	44.谷子敬	末
四	11.王仲文	旦	五	28.李行甫	旦	七	45.楊景賢	末／旦
四	12.李壽卿	末	五	29.狄君厚	末	八	46.李唐賓	旦

〔註33〕參見《全元曲》（一），凡例（石家莊：河北教育出版，1998年）。

〔註34〕卷五紅字李二、花李郎及李時中均著錄雜劇《邯鄲道省悟黃粱夢》卻闕文不錄，於卷三，頁1653之〔著錄〕按語道：「此劇屬集體創作，《錄鬼簿》著錄於李時中名下，並注云：「第一折馬致遠，第二折李時中，第三折花李郎，第四折紅字李二。」故於作家排列中以《全元曲》為據，只將馬致遠代表列於表格之內。

四	13.尙仲賢	末／旦	五	30.孔文卿	末	八	47.高茂卿	末
四	14.石君寶	旦	五	31.張壽卿	旦	八	48.劉君錫	末
四	15.楊顯之	末／旦	五	32.劉唐卿	末	八	49.王子一	末
四	16.紀君祥	末	五	33.宮天挺	末	八	50.賈仲明	末／旦
四	17.戴善甫	旦	六	34.鄭光祖	末／旦			

在題材分類上，筆者據羅錦堂〈論元人雜劇之分類〉〔註35〕一文，比照朱權《太和正音譜》之十二科與羅錦堂之八類，筆者表列如表1-2-2：

表1-2-2：朱權、羅錦堂元雜劇題材類型對照表

分類者	朱權《太和正音譜》	羅錦堂〈論元人雜劇之分類〉
題材類型	1.神仙道化	7.道釋劇
	2.隱居樂道（林泉丘壑）	6.仕隱劇
	3.忠臣烈士	1.歷史劇
	4.披袍秉笏（君臣雜劇）	1.歷史劇
	5.孝義廉節	2.社會劇、3.家庭劇
	6.叱奸罵讒	1.歷史劇
	7.逐臣孤子	1.歷史劇、6.仕隱劇
	8.鏺刀趕棒（脫膊雜劇）	1.歷史劇、2.社會劇
	9.風花雪月	5.風情劇、4.戀愛劇
	10.悲歡離合	3.家庭劇
	11.煙花粉黛（花旦雜劇）	4.戀愛劇
	12.神頭鬼面（神佛雜劇）	8.神怪劇

羅錦堂之八類與朱權十二科的關係，不是一對一的絕對相應，如上表所列羅氏的歷史劇可囊括朱權十二科的「忠臣烈士」、「披袍秉笏」、「叱奸罵讒」之全部雜劇，或「逐臣孤子」及「鏺刀趕棒」的部分雜劇；而朱權十二科中的「逐臣孤子」可分別歸屬於羅氏的「歷史劇」及「仕隱劇」。而筆者考察羅錦堂之八類，爲求突顯元雜劇的題材類型，且便於本文四、五章之論述，將元

〔註35〕刊於《新亞學報》第四卷第二期（1960年6月），收編於存萃學社編集，《宋元明清劇曲研究論叢》第一集（香港：大東圖書，1979年），頁111～138。

雜劇的內容分類爲公案、神道、仕隱、歷史、婚戀、世情等六類，而其下又可細分如表 1-2-3：

表 1-2-3：本文之題材分類與朱、羅二人之分類對照表

<table>
<tr><th>類別</th><th>細　目</th><th>備　　　　註</th><th>朱權《太和正音譜》</th><th>羅錦堂〈論元人雜劇之分類〉</th></tr>
<tr><td rowspan="2">公案</td><td>包公案</td><td rowspan="2">除包公案外尚有能吏張鼎及其他如金圭般的清官</td><td rowspan="2">5.孝義廉節</td><td rowspan="2">2.社會劇、3.家庭劇</td></tr>
<tr><td>其　他</td></tr>
<tr><td rowspan="2">神道</td><td>度　脫</td><td rowspan="2">釋、道劇中皆有度脫主題的雜劇，此外尚有警世作用的雜劇</td><td>1.神仙道化</td><td>7.道釋劇</td></tr>
<tr><td>警　世</td><td>12.神頭鬼面</td><td>8.神怪劇</td></tr>
<tr><td rowspan="2">仕隱</td><td>仕　宦</td><td rowspan="2">仕宦或退隱之類的題材</td><td>7.逐臣孤子</td><td>6.仕隱劇</td></tr>
<tr><td>隱　逸</td><td>2.隱居樂道</td><td>6.仕隱劇</td></tr>
<tr><td rowspan="2">歷史</td><td>英　雄</td><td rowspan="2">細分爲以英雄爲題材的及其他歷史故事如《漢宮秋》之類的</td><td rowspan="2">3.忠臣烈士、4.披袍秉笏
5.孝義廉節、6.叱奸罵讒
8.鏺刀趕棒</td><td rowspan="2">1.歷史劇</td></tr>
<tr><td>其　他</td></tr>
<tr><td rowspan="2">婚戀</td><td>婚　姻</td><td rowspan="2">分爲以婚姻及男女戀情爲題材的</td><td>10.悲歡離合</td><td>3.家庭劇</td></tr>
<tr><td>戀　情</td><td>9.風花雪月、11.煙花粉黛</td><td>5.風情劇、4.戀愛劇</td></tr>
<tr><td rowspan="4">世情</td><td>發跡變泰</td><td rowspan="4">包含了展現世態炎涼的發跡變泰的故事題材，以及以家庭、朋友及以梁山泊好漢爲題材的各類</td><td rowspan="2">10.悲歡離合</td><td rowspan="2">2.社會劇、3.家庭劇</td></tr>
<tr><td>家　庭</td></tr>
<tr><td>朋　友</td><td rowspan="2">8.鏺刀趕棒</td><td rowspan="2">2.社會劇</td></tr>
<tr><td>水　滸</td></tr>
</table>

筆者以故事題材的主要意向爲分類的依據，公案劇在羅氏的分類中隸屬於社會劇，但其爲現存雜劇的一大主題之一，故本論文將之獨立爲一類。釋道劇中皆有以度脫爲主題的雜劇，此外警世作用的雜劇和描繪神道的雜劇，筆者也一併將之併入神道劇之類。筆者亦合併了男女關係的婚姻與戀情之類的於婚戀劇中，並將描寫發跡變泰、家庭、朋友及水滸故事的雜劇歸於世情之類，相應於羅氏之社會劇。筆者在分類上亦遇到無法將某一雜劇完全歸至某一類別的情形：如《范張雞黍》劇，筆者歸之於世情類，以其內容寫朋友情感之故，但劇中亦有劇作家藉人物表達對仕隱的看法與評價，因此筆者討論仕隱劇時，亦將納入討論之中（見本文第四章第三節）；又如《符金錠》劇可列入

歷史劇，但亦可納入婚戀劇，筆者因劇情中符金錠對書生（趙匡義）的過度想像和期待，而於本文第五章第三節（旦本劇書生隱喻模式）討論之，故將其列入婚戀類。在這六類中，旦本劇無以仕隱題材爲主的雜劇，只有像《陳母教子》及《剪髮待賓》那樣以賢母教子仕進爲題材的雜劇，重點在賢母教子，筆者置於世情之類，於賢母模式中討論之（見本文第五章第二節）。分類即是一種範疇劃分的認知，若範疇成員不能以共性區別，便出現成員在範疇之間的模糊地帶（即所謂邊緣性成員），下文（第四章第一節）的英雄範疇的討論中會就這種情形作進一步的說明。本論文的題材分類情形詳見收錄於本論文篇末〈附件〉之附表二及附表六。

二、文獻探討

（一）關於「元雜劇」語言的研究

自王國維以後，「元曲」成爲一豐富的文化寶庫，供學者從事不同層次與面向的研究，使元曲成爲一多采的學科，其中關於「元雜劇」語言研究的，可分爲語詞釋義、語法及其他相關研究等三類。

1. 關於語詞釋義

有關元雜劇語詞釋義方面的書籍，如朱居易《元劇俗語方言例釋》（1967）、黃麗貞《金元北曲語彙之研究》（1968）、龍潛庵《宋元語言詞典》（1985）、顧學頡、王學奇《元曲釋詞》（1990 年，共四冊）、方齡貴《元明戲曲中的蒙古語》（1991）、李修生《元曲大辭典》（1995）、劉益國《元曲熟語辭典》（1998）、呂薇芬《全元曲典故辭典》（2001）等，這些大多是工具書，方便讀者查檢，但對元曲語彙的考釋貢獻良多。其中黃麗貞的《金元北曲語彙之研究》詳細區分了北曲（即元曲）語言共分了七章討論北曲中的方言俗語、狀物擬聲詞、外來語、歇後語、語助詞和襯字以及異常意義的語彙、引申意義的語彙等，整理元曲語彙以供後人查考，較其他詞典型的的工具書更深入條析元曲的多樣語彙。

2. 關於語法研究

語法的研究以學位論文爲主，以研究元曲語法的學位論文有：林慶姬《元雜劇賓白語法研究》（政治大學中文研究所博論，1986 年）、張華克《元曲中處置式句法之探討》（政大民族學研究所碩論，1997 年）。林慶姬的論文以元雜劇的賓白爲主要語料，並據之分析雜劇的語法，是少數全面性探討元雜劇語法的學位論文。

另外觸及與語法相關議題的，是在研究元雜劇的詞彙問題時兼論詞彙構詞法的部份，這一類論文有：筆者碩士論文《關漢卿戲曲語言之派生詞與重疊詞研究》（淡江大學中文研究所，1994 年）。

3. 其他相關研究

在其他相關理論中，龍珍珠《《全元曲》雜劇賓白研究》（台灣師範大學國文所教學碩士班碩論，2004 年）是就雜劇中的賓白源流、構成、程式、功用、語言素材、表演理論與形式，討論賓白在元雜劇中的作用與價值；鄭柏彥《元雜劇敘事研究》（東華大學中國語文研究所碩論，2003 年）援用西方敘事理論綜合傳統研究來解析元雜劇，擴大元雜劇的研究空間。

綜觀元曲的研究方向，在語言研究方面除了便於檢索的工具書外，台灣地區的學位論文篇幅有限，與大多數主要針對雜劇內容情節探討的學位論文相較之下寥寥可數。文學以其語言文字爲工具傳遞豐富的思想情感，除了就文本的內容深究意旨外，筆者認爲在遣詞造語方面，對於語詞的選用亦代表作者的堅持與意念的傳達，如能就語詞的內容與外延一併探索，則形式與內容兼具。元雜劇語言研究僅寥寥數篇，換一個角度來看，正是它可開展的空間。

（二）關於隱喻理論的文學實踐

隱喻理論在台灣發展情形，如周師世箴（2006）所言：

> 目前在台灣本地的認知隱喻的主力研究群主要是語言學以及外文系所的師生，外文能力好且多受過西方語言學訓練……從目前國科會研究計畫以及博碩士論文看來，涉及的層面相當多元，包括哲學、文學、語言學、商學以及設計等研究領域。（周 2006 導讀，頁 25～27）

將觸角延伸至中國文學方面的，以周師於 1999 年指導的碩士論文《隱喻理論中的文學閱讀——以張愛玲上海時期小說爲例》（劉靜怡，東海大學中國文學研究所碩論）爲先鋒，周師亦有一系列相關的國科會計劃，如：

> 《漢語譬喻性語言之運用類型研究》（先秦）（NSC89-2411-H-029-020），東海大學中研所，2000～2001 年。
>
> 《詩經語篇中的隱喻模式之運作》（NSC92-2411-H-029-007），東海大學中研所，2003～2004 年。
>
> 〈成語中的譬喻運作：初始建構、語義延伸及其文化義涵〉（三年期）（NSC93-2411-H-029-013），東海大學中研所，2004～2006 年。

並有單篇論文發表，如：

周師世箴，〈隱喻認知與文學詮釋：以圓圓曲中的隱喻映射爲例〉，《美學與人文精神》，台北：文史哲出版社，2001 年，頁 281～338。（該文運用 NSC89-2411-H-029-020 計劃之局部成果）又收於《語言學與詩歌詮釋》，台中：晨星出版社，2003 年，頁 319～352。

關於隱喻理論運用於中國文學分析的學位論文，亦陸續有：

林碧慧，《大觀園隱喻世界——從方所認知角度探索小說的環境映射》，東海大學中國文學研究所碩士論文，2002 年。

張淑惠，《《詩經》動植物意象的隱喻認知詮釋》，東海大學中國文學系碩士論文，2005 年。

其它有單篇論文〔註 36〕著作的，如：

江碧珠，〈析論《詩經》蔓草類植物之隱喻與轉喻模式〉，《東海學報》第四十二卷，2001 年，頁 1～22。

唐毓麗，〈從殺夫小說〈女陪審團〉與〈殺夫〉探勘手刃親夫的隱喻世界〉，《東海中文學報》第十五期，2003 年。

陳瓊婷，〈譬喻揭秘——《馬蘭故事》的植物與土地想像〉，《興大人文學報》第三十四期，2004 年，頁 439～472。

張榮興、黃惠華，〈心理空間理論與「梁祝十八相送」之隱喻研究〉 9th International Symposium on Chinese Language (Is CLL-9) (November 19-21)，2004 年。

在這些論文中，發表人大多是修習過的周師在東海大學中研所開設的「認知隱喻」系列課程的同學，包括筆者在內，有：林碧慧、張淑惠、唐毓麗、陳瓊婷等。林碧慧以「方所認知」探究古典小說《紅樓夢》裡「大觀園」的環境映射；張淑惠以動植物的隱喻認知概念詮釋經典——《詩經》；筆者在《詩經》豐富的植物意象中，選不登〈大雅〉之堂的蔓草植物〔註 37〕分別它的隱喻和轉喻模式；這幾篇都是以認知隱喻詮釋古典文學作品的。在現代文學作品的認知詮釋上，唐毓麗討論中外殺夫小說的手刃親夫的隱喻世界；陳瓊婷則揭示《馬蘭故事》的植物和土地想像。

〔註 36〕論文資料引自周 2006 譯文，頁 145～147。

〔註 37〕蔓草植物的譬喻不見於《詩經．大雅》的篇章中。

這些對中國文學作品進行認知詮釋的成果中發現，基於身體經驗的隱喻認知有的是普遍存在於不同文化之中的，但基於不同文化經驗各自有其相應的隱喻概念在其中。作家訴諸於筆墨的作品，就其認知，組構語言表達式，每個選定的語言表達式，亦有與之相應的隱喻概念〔註 38〕。就其文本之中的語言可以窺知作家的意圖，看見語言背後的隱喻性思維。

三、元雜劇語言的研究價值

元曲語言有其特殊的研究價值，就其語言構成而言：散曲及雜劇之曲文屬詩性語言；雜劇的賓白是俚俗的口語詞、科介則是舞台動作的表述語。就散曲或雜劇之曲文而言，與詩詞之體物言志同樣可觀且毫不遜色。以賓白的俚俗口語觀之，又是當時社會語言文化的寫照。元曲語言之所以俚俗乃因其除了漢語的方言俗語外，不時雜以契丹語、蒙古語等外來語。雖然周德清《中原音韻》作詞十法中認爲「不可作俗語、蠻語、謔語、市語」要作「天下通語」，但戲曲畢竟是要走入民間的，採用方言俗語，是可以拉近與群眾的距離的。曲論家的要求雖有他的考量，元雜劇在實際面對觀眾搬演時，大量運用方言俗語，卻是不爭的事實。這也是元雜劇得以興盛的重要原因之一。

元曲的語言如此豐富多樣，元代的社會風貌，種族的融合與衝突，文化的雅俗混雜，盡在劇曲中呈現。因此，元曲中的劇曲——元雜劇，在語言研究方面：外來語與漢語本土語的雜用，可作爲社會語言學的研究材料；所含方言語彙可看出社會變遷中的詞彙演化；所含熟語俗諺，可顯示精妙俚俗的語言運用在交際功能上的作用；語助詞和襯字的運用，更可見各種語氣，展現雜劇語言豐富的聲音情態；大量的重疊詞及擬聲詞，突顯了多元民族交融下的語彙之活潑性。「元雜劇」是中國語文發展史上，豐饒的語料寶庫。

第三節　研究方法與實踐

本文以「元雜劇」語言作爲對象，著重於共時的研究，在方法上以認知語言學派的觀點來進行討論。自索緒爾將語言符號二分爲能指、所指以來〔註 39〕，符號與意義之間的游離性，常被學者拿來討論。索緒爾的語言二軸

〔註 38〕如賈島「僧『推／敲』月下門」的選定；「推」或「敲」都有相應的概念包涵在其中。

〔註 39〕參見索緒爾，《普通語言學教程・第一編一般原理》（台北：弘文館，1985

理論——橫組合、縱聚合——探究句段關係及聯想關係，更被雅克愼加以衍繹爲隱喻與換喻二軸，用來討論語言的詩性功能〔註 40〕。筆者在此基礎下，更進一步地延伸到認知隱喻的領域。

一、Lakoff-Johnson 認知隱喻理論

雷可夫和詹森（George Lakoff & Mark Johnson）〔註 41〕開拓了認知語言學的領域，擴張修辭學用語「隱喻」（Metaphor）〔註 42〕一詞的內涵，並推展其外延至認知的層面。雷可夫和詹森認爲隱喻作用於我們的日常概念系統中，亦即日常生活脫離不了隱喻性概念。概念之形成，是由於我們對外界事物進行歸類所導致，如圖 1-3-1：

圖 1-3-1：概念之形成

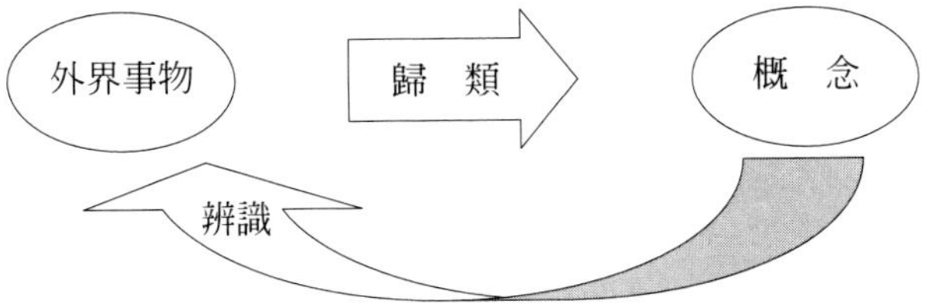

外界事物　歸　類　概　念

辨識

概念是知識系統的組成單位，對整個知識系統的認知運作有決定性的關係，而概念之形成與運作，基本上是以隱喻的方式進行著。

Lakoff-Johnson（1980）以「爭辯即戰爭」爲例，說明我們所思所想所言都離不開隱喻性概念。「爭辯」與「戰爭」的概念有某些相似處，卻不盡相符，我們在使用「戰爭」來談論「爭辯」時，便取「爭辯」局部的概念：有贏有輸，有攻有守，而忽略「爭辯」的過程也是一種溝通與瞭解的合作過程（周 2006 譯文，頁 21）。Lakoff-Johnson（1980）並列舉常出現在英文的日常用語裡，「爭辯即戰爭」之隱喻概念的例子，如：

Your claims are indefensible.（你的主張守不住。）→不堪一擊

年）。

〔註 40〕「詩意」語言實際上是「對等原則」的提昇與突出化，「對等原則」—「比喻」或是「類聚」的運用—是爲「詩」的特性。詳見高辛勇，《形名學與敘事理論》第二章（台北：聯經，1987 年），頁 81。

〔註 41〕George Lakoff & Mark Johnson（1980）, Metaphors We Live by, Chicago: University of Chicago Press。本文以周 2006 譯文爲依據。

〔註 42〕周 2006 譯文及導讀將 Metaphor 一律譯爲譬喻。

在這個例句裡運用戰爭概念裡防守的觀念，將主張（言論）視作一保壘，對方以此爲攻擊的目標，並從中找出漏洞而加以攻擊，如：

He attacked every weak point in my argument.（他攻擊我在辯論中的每一個弱點）

His criticisms were right on target.（他的評論正中要害。）→一語中的

對方的言論亦是我方攻擊的目標，我方攻擊並戰勝，進而推翻了對方，如：

I demolished his argument.（我推翻了他的論證）

贏或輸亦是來自戰爭的概念，「開火」、「全軍覆沒」、「擊倒」等用語，都顯示了語言思維裡的「爭辯即戰爭」的隱喻概念，如：

I'v never won an argument with him.（我從未辯贏過他）

If you use that strategy, he'll wipe you out.（你用此策略，他就會使你全軍覆沒）

He shot down all of my argument.（他擊倒了我所有的論據）〔註 43〕

中文裡也有這類『爭辯即戰爭』的隱喻概念，如：〔註 44〕

在訪問中出口成章，毫不留情相互攻擊，展開一場日帝與美帝的口舌廝殺。

你表面上你是贏了，可是呢？贏了口舌之爭，卻輸掉了情愛。

把話說清楚。不是狠狠的把對方給擊倒。

既然這提案已獲三隊領隊同意，就不要推翻前議。

能爲台灣的全民利益設想，獨統的辯證策略其實是大可善加利用的。

我堅持我的三大信念，還曾與同學唇槍舌劍地，掀起過一場論戰。

有的人高談闊論象棋經，由於各有高見爭的面紅耳赤，只好實地擺下陣頭較量一番。

上面的例句，如「口舌廝殺」、「唇槍舌劍」是將發聲的器官視爲武器，隱喻概念來自傳統戰爭的刀劍相向，而「策略」一詞則源自戰爭的進攻或防守的方法、手段。

「爭辯即戰爭」的隱喻概念顯示了我們在運用一類事物去了解與經驗另

〔註 43〕見周 2006 譯文，頁 10～11。

〔註 44〕例句引自「中央研究院平衡語料庫」。

一類事物時，只是採取部分類似的特質，這是因爲隱喻概念之系統內部具有整體相合性的特性。我們在日常生活中不自覺地大量地使用了諸如此類的「隱喻性概念」，又如：「時間就是金錢」一例，我們會以「不要浪費時間」、「投資了很多時間」，這類關於金錢方面的語詞來談論「時間」。而這些隱喻性概念的基礎是來自我們的整體文化，文化與隱喻性結構具整體相合性。

概念性的隱喻較局限於修辭層面的傳統隱喻觀更爲普遍，這類隱喻普遍於日常語言，具系統性、深入人類文化的思維模式之中，屬不自覺、無意識的隱喻，爲認知語言學上的「認知隱喻」，是由雷可夫等人所提出。雷可夫將隱喻分爲以直接肉體經驗（direct physical experience）爲基礎的方位隱喻（orientational metaphor）與實體隱喻（Ontological metaphor）〔註 45〕，以及以我們經驗中的系統性對應爲基礎，較爲複雜的結構隱喻（Structural metaphor），另外同樣有相同經驗基礎的另一概念系統——轉喻（Metonymy）〔註 46〕也納入其中討論之。

方位隱喻之基礎在於肉體與文化的經驗，方位的概念或因文化背景而有差異，如游順釗（1981）曾對漢語與法語「左」、「右」的概念進行研究，方位的概念同是以肉體經驗爲依據，但中國人（漢語使用者）是以自身內在於物體，與物體處同一方向來判別左右；而法國人（法語使用者）是將自身外在於物體，以自身面對物體的左右爲依據。由此顯見方位性概念除了自身的肉體經驗外，文化的整體相應性起了更大的決定作用〔註 47〕。同樣地，隱喻性的方位亦非任意性，是與文化整體相應的。如中國人對面向的使用（前／後），對於看不見的無法察知的背面，賦予死亡的意涵，例如「見背」一詞〔註 48〕。人的背面在語詞使用上亦有負面的貶意在，如「背著人做一些事」和「默默做事」是完全不同的語言評價和褒貶色彩：前者是給予負面評價具貶意，後者則正面肯定具褒意。大多數的文化都以「上」是好的，「下」是壞的，或者在「上」是高位，或者「上」具操控性的，給予「上／下」方位這些隱喻性概念；在元雜劇裡，筆者在本文第四章，以仕宦者對「上／下」的隱喻意涵，和隱逸者的身體姿態及地理位置的「上／下」，分別「仕／隱」兩

〔註 45〕參見周 2006 譯文，頁 47～58。

〔註 46〕見周 2006 譯文，頁 63～70。

〔註 47〕見游順釗，〈左邊？你是不是想說右邊？——對漢語和法語的「左」「右」概念的一點想法〉，詳見游順釗，《視覺語言學》（台北：大安出版社，1991 年）。

〔註 48〕如：「生孩六月，慈父見背。」（文選・李密・陳情表）

者在方位隱喻裡的不同思維。

實體隱喻，以我們對實體對象的經驗爲基礎，將抽象的事件、活動、感情、觀點或主張視爲實體與物質的隱喻方式。在實體隱喻中最典型的便是容器隱喻（container metaphor）〔註 49〕。因其是以肉體爲出發，我們每個人都是個容器，通過皮膚與身外世界接觸，有一個有界體表與一個進出方位。我們將自己肉體經驗到的進出方位投射到其他具表層界限的存在物上，將他們也視爲有內外之分的容器，具體的「地盤」、抽象的「視野」都被視做容器，如：「進入房間」、「視線之內」。用實體隱喻去了解事件／行動／活動／情況時，事件與行動被隱喻性地概念化爲與容器相關的事物，活動被隱喻性地概念化爲容器相關的物質，情況爲容器，如以一場比賽爲例：

比賽中，有很多場出色的賽跑。

在這個例句中，比賽（活動）被概念化爲容器，賽跑如同容器內的物質。容器隱喻在元雜劇裡的隱喻思維，筆者以第五章作爲實踐，由人的身體容器概念，延伸至人的居處空間的概念，尤其是男、女不同的容器空間概念；本論文將以書生和女子爲異同比較的兩個本體，看書生和女子在容器空間轉移的隱喻性思維有何不同。擬人（personification），實體隱喻中最明顯的例子，是將實體對象特殊化爲人的隱喻，即賦予非人之對象以人的特質〔註 50〕。「擬人」是文學作品中最常使用的修辭手法，但也是認知層面裡一項最重要的思維模式。將非人的實體賦予人的特質，筆者在雜劇文本裡並未就這類隱喻做進一步申發。

以我們經驗中的系統對應性爲基礎的結構隱喻是用較爲清楚具體的概念去建構另一個概念。結構隱喻具文化基礎，「在我們文化中自然湧現」（周 2006 譯文，頁 129），與我們的經驗相關，突顯的隱喻概念是我們生活中常用的部分而隱藏不常使用的部分，如「時間就是金錢」的結構隱喻中，以金錢突顯時間的珍貴，以時計價也是突顯時間是金錢的概念，但隱藏了時間不可儲值而金錢可以儲值的現實面。以「旅行」談論「人生」時：「旅行」、「人生」各有不同的認知域，運用「結構映射」（structural mapping）的方式連繫兩者之間的關係；「旅行」是「來源域」，「人生」是其「目標域」，各自結構不變，結構隱喻即將「來源域」映射到「目標域」，以一個概念結構建構另一個概念

〔註 49〕參見周 2006 譯文，頁 53～58。

〔註 50〕參見 Lakoff & Johnson（1980），周 2006 譯文，頁 59～61。

〔註 51〕。觀察元雜劇度脫劇裡的「正道」觀念，即是以「人生是旅行」爲其隱喻性概念；在這個概念之下，選擇路徑是「人生是旅行」的至要關鍵，它影響了「旅行」的內容、意義，「迷失」路徑會使旅行者對於這趟旅行（程）有不知目的爲何的茫然。

轉喻概念與隱喻概念一樣是系統性的，一樣是普遍存在於日常生活中的，用以思考－行動－說話，不只是一種語言現象，也不只是詩學與修辭學的專利。要區別它與隱喻的重大不同在於各自的形成過程：隱喻主要是起了解作用，以一物爲媒介構想另一物；「轉喻主要是提示功能（referential function），也就是說，轉喻使我們得以用一實體去替代另一實體」（周 2006 譯文，頁 59）。轉喻的形式有兩種：擬物、以一物指涉另一相關之物。元雜劇裡「碧桃花」、「紅梨花」的概念，就是將女子譬喻爲植物中的花，將女子擬物化；本文第五章對於「女子是花」的隱喻就以轉喻「人是花」的擬物概念，來討論劇作家對女子的隱喻性思維。對於水滸劇與包公案裡「梁山泊」和「開封府」的隱喻思維，即以單位地點轉喻「人」，及「人」所代表的公理正義；筆者於第四章就這兩個單位或地點，探討雜劇裡的「公理正義」。

轉喻和隱喻一樣在我們的文化中形成整體相合性系統，並將我們的經驗概念化（周 2006 譯文，頁 71）。上述的隱喻與轉喻觀是雷可夫等人於 1980 年提出的概念譬喻理論（Conceptual Metaphor Theory）。隱喻與轉喻雖然同樣立基於我們經驗中並具系統對應性，但還是具有差異性；周師於譯注中分別就兩者的運作過程及使用功能作區別，如下：

> 然而，譬喻與轉喻但兩者的運作過程並不相同：譬喻涉及兩個以上不同的概念域之間的跨域映射，而轉喻映射僅發生在同一概念域之內。其次，兩者在使用功能方面也有區別：譬喻主要功能在於理解，藉由其他事物來理解某一事物；前者通常較具體熟悉，後者通常較抽象陌生。轉喻的主要功能在於提示，人們常採用某一事物易理解或易領悟的方面，來代表該事物的整體或該事物的其他部分或方面。〔註 52〕

隱喻和轉喻都具有映射功能，轉喻的功能「部分代整體」是在同一概念域的映射，故有提示作用。而隱喻是以具體熟悉的事物去理解較抽象陌生的事物，是在不同的概念域之間跨域映射，這兩個不同的概念域，一個是以舊經驗爲

〔註 51〕參見 Lakoff & Johnson（1980），周 2006 譯文，頁 119～129。
〔註 52〕Lakoff & Johnson（1980），周 2006 譯文，頁 103～104。

主的稱之爲「來源域」，「映射」的是以較爲陌生抽象的「目標域」，「映射」在這兩個成對的心智表徵間建立關係，因是二領域間的隱喻映射，故又稱爲「二域模式」〔註53〕。Lakoff-Johnson 認知隱喻觀認爲：我們用以建構知識的隱喻和轉喻，都是以我們肉體與文化經驗爲基礎。

二、Lakoff（1987）的當代範疇論

「身體經驗」左右我們的大腦運作，以舊有經驗去認識、體悟新的經驗，是我們逐一認識並歸納我們所處的世界的方式。當我們將某物視爲某類時，我們就在做範疇分類了，這是雷可夫在《女人、火與危險事物：範疇所揭示之心智的奧秘》（1987）〔註54〕書中更進一步地討論的課題——範疇劃分與認知模式。其言：

> 如果沒有能力作範疇劃分，我們就不能在自然世界以及社會性與智識性生活中從事任何活動。了解我們如何分類，是了解我們如何思維以及如何從事活動關鍵點，更是了解人之所以爲人的關鍵點。〔註55〕

傳統對範疇的觀點，是依據成員之間的共性來劃分的，並且認爲事物本來就有其自然的類別，我們只是依照他原來的類別進行分類〔註56〕。但是雷可夫（1987）層層辨析：從亞里斯多德（Aristotle，元前 384～322）到維根斯坦（Wittgenstein，1889～1951）後期，範疇一直是這樣先驗地在著；美國當代認知心理學家羅施（Eleanor Rosch）質疑並成功地轉變了範疇分類，由傳統式的背景角色〔註57〕成爲認知心理學的主要研究領域。羅施等人的研究顯示，範疇通常具有其最典型的範本，稱爲「原型」（prototype），而且進行範疇劃分時，人類的各種特殊的能力會隨之起作用。因此，正如引文所言，範疇劃分之能力是人類能力中最基本的能力，如雷可夫（1987）書中舉澳洲原住民族德伯爾語（Dyirbal）、日語爲例，這種能力也受到人的身體經驗，包括人的感知、運動肌活動及文化，與隱喻、轉喻和內心聯想等想象活動的影響，範疇

〔註53〕Lakoff & Johnson（1980），周 2006 譯文，頁 89～91。

〔註54〕原文書名：Women, Fire, and Dangerous Thing: What Categories reveal about the mind。梁玉玲等譯（台北：桂冠圖書，1994 年）分上、下兩冊，以下簡稱梁譯本；周師世箴亦有中譯稿。

〔註55〕Lakoff（1987），周譯稿及梁譯本第一章。

〔註56〕Lakoff（1987），周譯稿及梁譯本第一章。

〔註57〕傳統範疇論在先驗思辯的哲學主張中，不曾成爲主要論辯的主題。直到最近，也無人視「傳統範疇理論」爲一種理論。詳見 Lakoff（1987），周譯稿第一章。

不再是客觀存在的。〔註 58〕

根據柏林和凱（Berlin & Kay）對九十八種語言顏色詞的研究，顏色範疇是由以下三方面因素決定的：(1)神經生理機制，即與眼部顏色錐體的構造及作用方式，以及眼睛與大腦的神經聯繫有關；(2)普遍的認知機制，即對接受的刺激所進行的感知處理和認知推算；(3)特定文化對普遍認知機制的處理結果所作的選擇。從以上的結論可以得知：範疇並非客觀現實的被動反映，它是通過我們身體及心智對眞實世界的特性進行能動處理的結果；在客觀現實因素之外，更有生理、心理、文化因素的作用。〔註 59〕

據羅施等心理學家以及語言學家 Labov 對「cup、bird、fruit、furniture、vegetable、toy、vehicle、clothing」等概念作了一系列深入定量的實質研究，發現在範疇化中起關鍵性作用的是認知上顯著的「原型」，並得出了以下一些基本結論：(1)個體範疇化是依據屬性，而非基本特徵；(2)對自然類範疇化而言，傳統理論所說的起定義作用的特徵往往難以找到；(3)自然類的邊界往往是模糊的；(4)自然類各成員間地位並不平等，範疇邊緣是較差的成員，最好的成員最具「原型性」；(5)範疇中的「原型」具有同類中更多共有的屬性，與相鄰類別的共有屬性較少；(6)其心理過程不僅是屬性，更是完形感知（gestalt perception），即將範疇化對象之功能重要、視覺顯著的部分整合爲一個整體視覺——心理表徵。〔註 60〕

布朗（Roger Brown）開創了「基本層次範疇」（basic-level category）的研究，柏林（Brent Berlin）及其同事繼而質疑傳統哲學觀點「心智範疇反映實界範疇」及其語言學翻版「自然類命名說」：心智範疇（如語言所表達的）與實界範疇相符到甚麼程度？〔註 61〕柏林的研究顯示，人類的範疇劃分以環境相互作用爲基礎，在基本層次尤其精確。於是，基本層次的相互作用便在認知結構與世上眞實之世界提供了一個關鍵性的繫聯〔註 62〕。羅施的「原型理論」把範疇劃分發展成爲認知心理學的一個從屬領域，擴展了柏林和凱關於色彩研究的「原型效應」（prototype effect），並概括了布朗的基本層次範疇的

〔註 58〕Lakoff（1987），周譯稿第一章，頁 9～11 及梁譯本，頁 8～10。

〔註 59〕見張敏，《認知語言學與漢語名詞短語》第二章（北京：中國社會科學，1998 年），頁 52。

〔註 60〕Lakoff（1987），周譯稿第二章，頁 53～55 及梁譯本，頁 56、61～65。

〔註 61〕Lakoff（1987），周譯稿第二章，頁 41～42 及梁譯本，頁 44～45。

〔註 62〕Lakoff（1987），周譯稿第二章，頁 48；梁譯本，頁 52。

觀察結果和柏林的研究結果的「基本層次效應」（basic-level effect）。〔註63〕

雷可夫（1987）延伸羅施等人的研究，證實概念體系具有以下的雙重基礎：「基本層次概念」、「動覺意象基模」〔註64〕。基本層次（basic-level concepts）是人類與外部環境相互作用的重要層次，其特徵由格式塔感知（gestalt perception）、內心意象（mental imagery）、肌動性活動（motor movement）來描述。我們透過格式塔感知、肌動活動以及豐富的內心意象的形成，擁有處理眞實世界客體方面的「部分－整體」結構的一般能力。而這些格式塔感知等則把先概念的結構加諸於我們的經驗之上。我們的基本層次概念與該先概念結構相對應，並根據它來被直接地理解。基本層次是中間層次；既非概念組織的最高層次，也非概念組織的最低層次。基本層次概念具有格式塔本質及中間層次地位，不能被視爲是組塊方式概念結構的基本原子切砌塊〔註65〕。詹森（Johnson, 1987）〔註66〕認爲經驗先概念存在，其言：

> 經驗是在任何概念之前、並獨立於任何概念而被以一種重要的方法構建起來的。現存的概念可能把更進一步的結構強加於我們的經驗，但不管任何這樣的概念的強加，基本的經驗結構還是存在的。〔註67〕

並且提出「動覺意象基模」（kinesthetic image schemes）〔註68〕的具體表現和

〔註63〕Lakoff（1987），周譯稿第二章，頁52梁譯本，頁54。

〔註64〕Lakoff（1987），周譯稿第十七章，頁2梁譯本（1994年，頁379）作「動覺形象圖式」。

〔註65〕Lakoff（1987），周譯稿第十七章，頁3～4梁譯本，頁380。

〔註66〕Johnson, Mark（1987）, The Body in the Mind: The Bodily basis of meaning, & imagination & reason, Chicago: University of Chicago Press。周師譯作，《心中之身：理性和想像力的肉體基礎》。

〔註67〕Lakoff（1987），周譯稿第十七章，頁6；梁譯本及Johnson（1987）一書，但未引述其言，見頁382。

〔註68〕「動覺意象基模」包括：（一）「容器」基模（The Container Schema）：人是容器（吸收／排泄），也是容器中的事物，不斷地體驗我們的身體。在結構成分上分爲「內部－界線－外部」，其內部結構是安排好的，以產生一種基本邏輯。譬喻樣本如：視覺領域的進出視野，及個人關係的陷入／擺脫（如婚姻）。（二）部分－整體基模（The Part-Whole Schema）：人是一個整體，能操縱身體各部分，知覺並體驗身體的部分——全體關係，了解客體的部分－整體結構，區分部分－整體的基本層次感知，從事活動。結構成分上分爲「整體、部分、結構」。其基本邏輯認爲「整體－部分」的關係是：整體存在所以部分存在，部分存在不等於整體存在。但是部分不存在，整體也不存在。「部分－部分」的關係是相鄰的。在譬喻樣本方面，如：家庭與婚姻關係的分合被理解爲整

思維模式。基本層次和意象基模是我們概念體系的基礎，基本層次證實我們的認知是整體性的，並以整體／部分的相對性去理解事物。意象基模是我們基本的身體經驗結構，我們對事物的概念是以此意象基模去對應認識的，隱喻將意象基模更進一步地映射於對抽象事物的認知上，映射時的思維運作有其來自身體經驗的邏輯性。據這兩個概念體系的重要基礎，也可看出「概念」有兩大特質：「整體／部分」的相對性思維、身體經驗的認知基礎。

本文的第四章論及英雄時，即以雷可夫（1987）的範疇理論作推衍。筆者以關羽爲「原型」探究「英雄」成員，據成員之間的屬性多寡，辨別出英雄範疇裡的中心性成員及邊緣性成員。

三、Fauconnier & Turner（1995）的多空間模式

Fauconnier & Turner（1995）發展適用分析概念整合（包括隱喻和非隱喻的概念整合）的認知操作方式：多空間模式用來涵蓋並取代二領域模式。二領域模式說明的是二概念領域的系統性映射，是以概念隱喻爲主；而多空間模式則強調四個心智空間的互動，主要是用在跨領域映射爲基礎的合成（blending）〔註69〕，是一個線上即時（on-line and real time）建構的程序，透過合成空間的浮現結構產生新的隱喻推論及概念合成。

體的組合或分裂。（三）「鏈環」基模（The Link Schema）：在身體經驗中，臍帶是最初的鍊，是以線或繩的類似物把穩相關物體的位置。它的結構成分有實體A和實體B，以及連接A、B的鍊。其基本邏輯是：如果A與B相連，那A受限於B並依存於B；如果A連B，那麼B連A。在譬喻樣本上，社會關係與人際關係爲鐶鍊的兩端，以之譬喻社會聯繫的建立與破壞。（四）「中心－邊緣」基模（The Center-Periphery Schema）：在身體經驗中，人爲一實體，人的軀幹和內臟是實體的中心，手腳和毛髮是實體的邊緣。結構成分上有實體、中心及邊緣。它的基本邏輯是邊緣依存於中心而非反向。在譬喻樣本上，理論具中心原則與邊緣原則，重要者爲中心。（五）「源－路徑－目標」基模（The Source-Path-Goal Schema）：以身體經驗而言，移動是「起點＋終點＋方向」，空間的終點即目標亦即目的地。在結構成分上有：源（起點）、目的地（終點）、路徑（連接起／終點的中途點）及方向（往目的地）。由起點到終點必經中途的每一點，行越遠歷時越久。在譬喻樣本方面，目的被當做目的地來理解，達到目的即沿路徑由始到終；複雜事件包括了開始狀態（源）、中間階段（路徑）和最終狀態（目的地）。詳見 Lakoff（1987），周譯稿第十七章，頁6～9；梁譯本，頁382～389。

〔註69〕蔣建智，《兒童故事中的隱喻框架和概念整合：哲學與認知的關係》，第三章〈概念整合理論：多空間模式〉（中正哲研所碩論，2000年），頁41～42。

以成語「水落石出」爲例〔註 70〕，最早見於宋朝文人的詩文中，如歐陽脩〈醉翁亭記〉：

野芳發而幽香，佳木秀而繁陰，風霜高潔，水落而石出者，山之四時也。

及蘇軾〈後赤壁賦〉：

山高月小，水落石出。

這兩位文豪使用「水落石出」一詞，是用來描寫自然之景色，指的是河水的高度與河床上的石頭兩者之間的關係，意即：秋冬季節水位下降，使河床上的石頭顯露出來〔註 71〕。這是「水落石出」原初之本義。

但在近代漢語中，「水落石出」的意含有了轉變，大多用來指事情的眞相終於顯露出來，如：

林之孝家的等見賈母動怒，誰敢徇私，忙至園內傳齊人，一一盤查。雖不免大家賴一回，終不免水落石出。(《紅樓夢》)

如今這事八下裡水落石出了，連前兒太太屋裡丟的也有了主兒。(《紅樓夢・第六十一回》)

因爲你家這十三條命是個大大的疑案，必須查個水落石出。(《老殘遊記・第十八回》)

從宋代文人的用於寫景到近代小說的引申世事狀態，以認知隱喻的二域模式來看，如圖 1-3-2。

現代漢語多用引申義（即映射至目標域後的用法），本義（原初「來源域」的意義）已消匿。「水落石出」一詞的「隱喻概念」可解讀爲「世事如水流」，隱喻的認知層面可參見圖 1-3-3。

圖 1-3-2：「水落石出」之二域模式

水落石出		
來源域 自然景觀變化： 秋冬季節水位下降，河床上石頭露出水面。	⇨	目標域 世事狀態： 遮蔽眞相的東西，一旦排除，眞相就會顯現出來。

〔註 70〕「水落石出」例，爲筆者在周師世箴 92 年「隱喻與思維」課堂中的習作。

〔註 71〕國科會數位博物館先導計劃——搜文解字。詞意來源：教育部修訂重編國語大字典。

圖 1-3-3：「水落石出」之隱喻表達式與認知層面

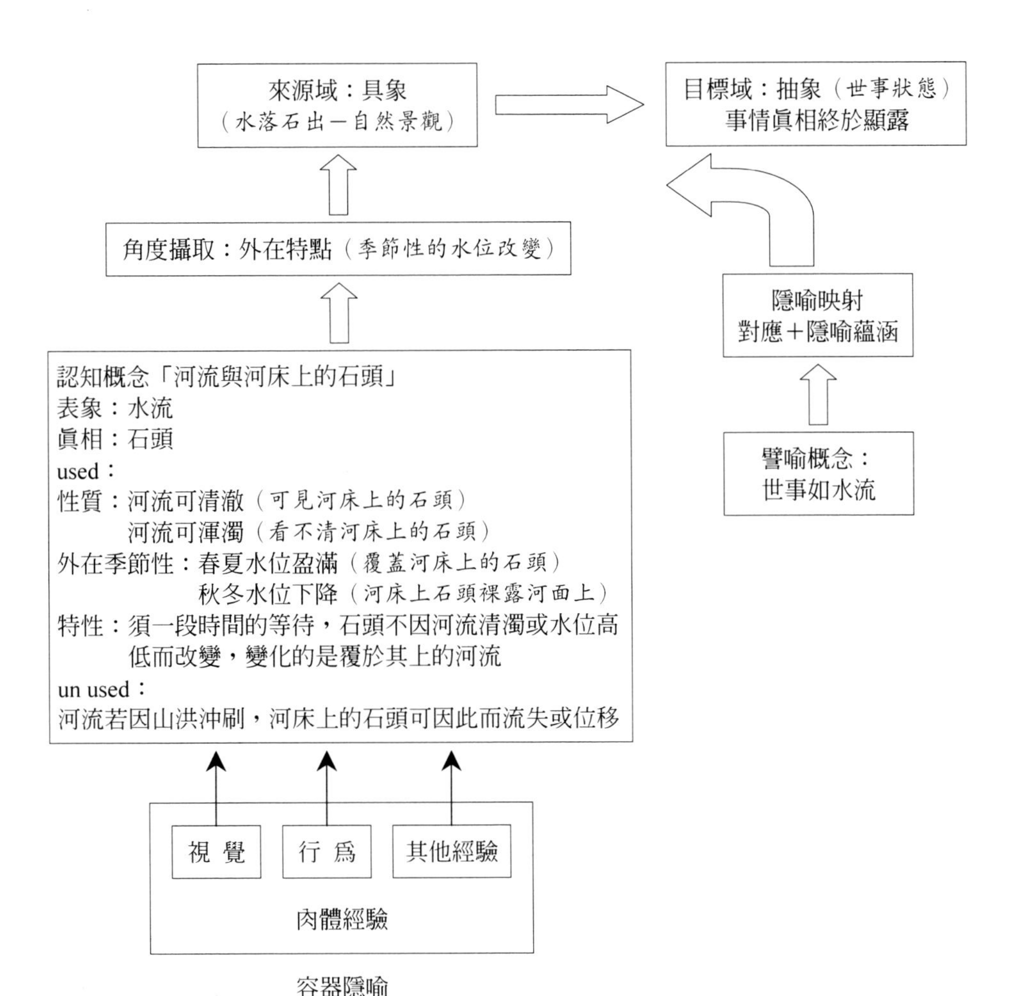

多空間模式中有四個心智空間互動著，又稱「四空間模式」。第一輸入空間相當於二領域模式的目標域，第二輸入空間相當於二領域模式的來源域；在類空間（generic，又稱概括空間）的框架取景下，規範第一和第二輸入空間的互動、疊合而構作出一個合成空間（blend，又稱融合空間）。在成語「水落石出」中，第一輸入空間是世事的眞相，眞相一直存在，只是有可能被遮蔽，而看不清；第二輸入空間是河床上的石頭，它一直在河床上，隨著季節性水位的高低，或掩蓋或裸露。二者的類空間在於存有性及掩蓋，合成空間中將世事的眞相與河床上的石頭並置形成一「湧現」（emergent）結構，即世事被掩蓋如石頭被水覆蓋，眞相被發現，如同季節性水位下降，河床上的石頭因之裸露一般。詳見圖

1-3-4（圖中合成空間內的小方框爲「湧現」結構）。本文討論元雜劇隱喻模式時，將分別以二領域模式和四空間模式呈現，以明瞭隱喻概念之運作情形。

圖 1-3-4：「水落石出」四空間模式

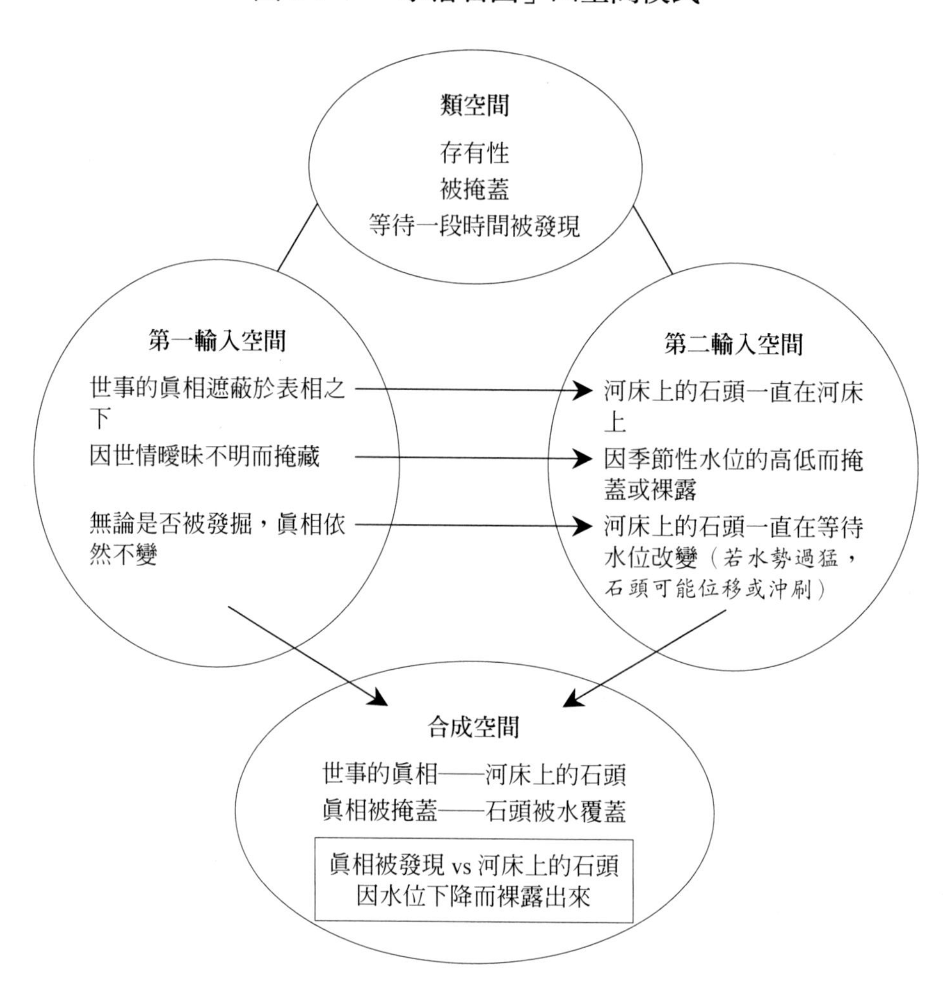

四、語言表達與認知模式

「筆墨難以形容」是描述負載思想情感的語言文字遇到了局限，載體多而載符無法一一負荷，言無法盡意。這時言下之意、言外之意都只能盡在不言中，只能依憑接受的對方，能否心領神會了。人類的心智是活躍的，非一個框架可包容的，但若要將心智所想的內容物傳遞出去，借助的工具，是有限的，必須靠特定的組織與規律來表意。語言表達是有限的，但人類的認知模式卻是多樣的，如何組構？以下將探人類認知模式的組構。

（一）認知、概念、範疇劃分

人類的心智既神奇，又充滿奧秘。人如何接觸外物，如何「認知」外物？探索這個神秘的主題，是認知科學（cognitive science）的旨趣所在。認知科學研究人類的心智（mind），探討人類是如何去瞭解這個世界的種種相關問題。認知科學的研究綜合了哲學、心理學、語言學、人類學、計算機科學等學科，研究空間開展而遼闊。其中認知語言學以我們感知世界的方法爲依據進行語言研究。

認知語言學派認爲，語言是一個獨立研究領域，它是人文活動的一部分，不僅屬於語言學，也屬於整個認知科學——哲學、人類學、心理學、人工智慧——的一部分。並且認爲：語言是人類最重要的認知活動。

概念和範疇劃分是心智運作的基本模式，亦是語言組構的方式，人類利用二者對世界進行認知活動。概念，知識系統的組成單位，對整個系統的認知運作有定性的關係。一個概念是一個象徵結構（用來代表外界事物或事物的共有性）。概念之形成，由於我們對外界事物進行歸類。古典研究者認爲同一概念的事物，應有共同的屬性，事物的屬性界定概念，概念通常是多種屬性的交集〔註 72〕。一個概念的形成，除了由一組屬性來界定外，還有由一個

〔註 72〕關於概念詳細說明，參見鄭昭明（1993），第九章〈概念與歸類〉，用屬性界定概念有以下的各種方式（下表是據該書頁 303～304 的說明表列之）：

名　稱	解　　　釋	例　　　子
簡單概念	由單一屬性界定的概念	顏色，如：「紅」
複雜概念	由兩個以上的屬性來界定概念	如：「橘子」（可吃、圓形、黃色）
交集概念	一組屬性共同「連合」來界定一個概念	如：「少女」（由「性別」、「年齡」連合界定）
聯集概念	由兩個以上的屬性來界定，但不必由這些屬性共同來界定，只要其中某一屬性單獨出現即可界定	如：「客户」（可指人或公司行號）
條件式概　念	屬複雜屬性，但界定的屬性彼此之間存在某種條件限制	如：「紳士」（看到女士進來，一定起身迎接）
雙條件式概　念	與條件概念在邏輯上相關，但有更多條件以限制概念的正例	如：「僞君子」（遇熟人就禮讓，看到陌生人就不禮讓）

屬性的規則來界定，因此概念的學習亦是規則的學習。但若依此屬性來界定，不能清楚地說明人類獲取概念的過程；對於研究幾何圖形與邏輯規則所組成的「人工概念」而言，可以清楚地分別出它們的屬性，但是對如貓、狗等「自然概念」來說，則難以用屬性界定清楚。〔註 73〕

現今的研究，將概念剖析爲橫向與縱向結構。概念的橫向結構，亦即概念的本質具典型性、模糊性〔註 74〕與族群相似性。典型性是指一個概念的正例歸屬於此概念的程度，是自然概念的一個現象，如麻雀是典型的鳥，雞則不是；模糊性是自然概念的另一個本質，即概念所意涵的範圍並沒有清楚的界線，概念與概念之間也無明顯的界限。同族相似性是世上所有民族日常生活的思考工具，人類的概念思考常以相似性爲基底。

概念的縱向結構把概念劃分爲三個層次：(1)基層（基本層次）：最重要的概念，我們知覺外物最基本的分類，如「車子」。(2)高層（上位）：較抽象的概念，指涉多而廣，如「運輸工具」。(3)低層（下位）：較爲具體的概念，如「公共汽車」。

「範疇」的討論是認知語言學的主要範圍之一，「範疇劃分」（categorization）是人們理解經驗的主要方法。從經驗唯實主義的觀點，依賴肉體的思維，具有格士塔（gestalt）的特徵，概念具有總體結構，在學習與記憶時，認知過程依此產生功效。人們的肉體經驗和運用想像的機制的方式，對於人們如何建構範疇、理解經驗至關重要。據此：範疇是「原型」〔註 75〕往外擴張，成員間有等級層次，範疇的邊界是很模糊的。

範疇之界定並非來自共性，維根斯坦提出「同族相似性」（family resemblances）之說，否定傳統對範疇之界定，如棒球遊戲：球棒、棒球、手套、壘包、球場，這些之所以成爲棒球遊戲之組合，關鍵並非是它們有任何

〔註 73〕鄭昭明（1993），頁 309。

〔註 74〕鄭書稱爲朦朧性（fuzziness），因「模糊集合論」（a theory of fuzzy sets）自札德 Zadeh 提出後，在漢語研究中由伍鐵平、石安石等人加以實踐與延伸，討論模糊語言、模糊語義。爲避免語詞上的混淆，筆者在此選用「模糊性」一詞。

〔註 75〕「羅施（Rosch）發展了『原型和基本層次範疇理論』（the theory of prototypes and basic-level categories）也稱『原型理論』把範疇劃分發展成爲認知心理學的一個從屬領域。其實驗結果分爲兩方面：擴展了柏林和凱關於色彩研究的原型效應（prototype effect），概括了布朗的觀察結果和柏林的研究結果的基本層次效應（basic-level effect）。」參見 Lakoff（1987），周師譯稿，頁 52；梁譯本，頁 54。

的共性，而是同屬一種遊戲的「同族相似性」。伯林和凱以研究顏色範疇的實驗爲依據確立了「中心地位」（centrality）與「等級差異」。範疇成員中處於「中心地位」的，是具有典型性的範疇成員（亦可稱爲焦點成員 focal member），成員間存在著「等級差異」。

範疇劃分之運作，根據前述概念之縱向結構之分層組織，亦可分爲：普通－基本層次－特殊，其中「基本層次」即認知的基本範疇。而我們在日常生活中對各類事物之認知，亦借助概念與範疇劃分。

（二）語言表達式與認知隱喻

我們熟知用於修辭的譬喻，是在語言表達層面的問題，它所重視的是詞彙、詞序及語言單位之間的關係。以黃慶萱《修辭學》〔註 76〕書中提及的譬喻類型爲例，有：

1. **明喻**：具喻體、喻詞（如、像等詞）、喻依
2. **隱喻**：具喻體、喻依，喻詞由繫詞「是」、「爲」替代
3. **略喻**：只具喻體、喻依，喻詞省略
4. **借喻**：只有喻依
5. **假喻**：不是譬喻，但用了「好像」、「比方」、「似」等詞，如：「你好像我的一個朋友」。

這些都屬於語言表達層面的譬喻，具有不同的語言表達式，以「愛情」與「玫瑰花」的譬喻爲例，看它不同的語言表達式，如表 1-3-1：

表 1-3-1：譬喻語言之表達式

不同譬喻語言表達式	a. 式明喻：愛情好像玫瑰	b. 式隱喻：愛情是玫瑰
	c. 式略喻：愛情，盛開的玫瑰	d. 式借喻：玫瑰枯萎了

認知隱喻，是屬於譬喻的認知層面，它以我們的經驗對應爲基礎，如圖 1-3-5〔註 77〕。在圖中，「愛情」是這整個譬喻訴求的目標。是抽象的情感，可以感知但無形無狀。必須借助有形實體做爲抽象感知具象化的來源。植物是實體

〔註 76〕詳見黃慶萱，《修辭學》（台北：三民書局，1988 年增訂再版）。

〔註 77〕本圖 1-3-5「語言表達式」&「認知層面」及其說明依據周世箴 2003，《語言學與詩歌詮釋》（下文簡稱周世箴 2003）（台中：晨星出版社），頁 83～84。又見於周 2006 導讀，頁 69～70。

的一種，而「玫瑰」又是植物的一種。經由身體經驗我們獲得關於「玫瑰」的概念：花色豔麗（視覺）、花香甜美（嗅覺）、花瓣質感如綢緞（視覺＋觸覺）。〔註 78〕

圖 1-3-5：譬喻的表達層與認知層

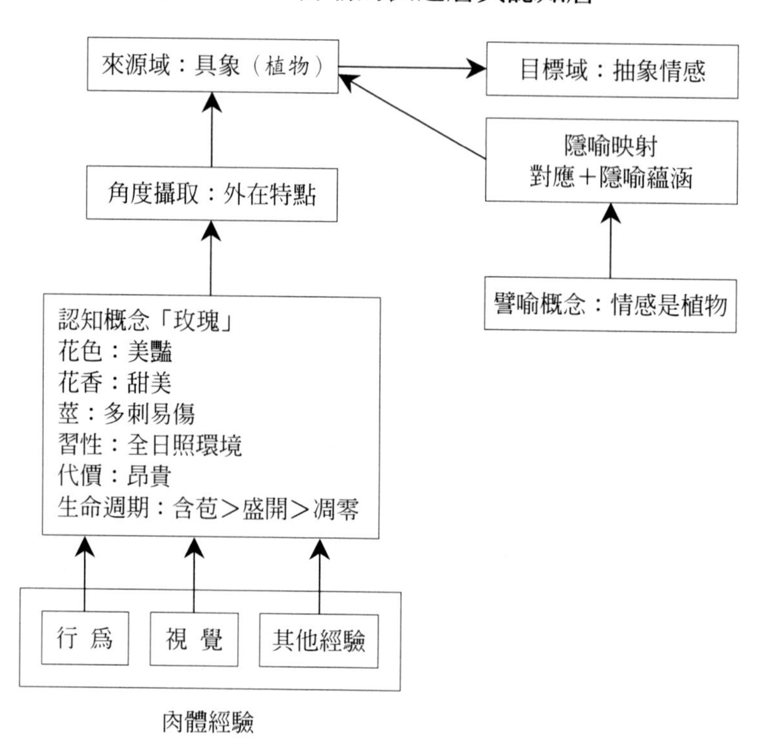

關於譬喻性語言的不同層面，認知學派與修辭學派的分別，周師世箴做了一個巧妙的譬喻：

> 其實，認知派的觀點與修辭說的觀點相較，與其說是水火不容的對錯關係或是世交替的新舊關係，倒不如說是不同角度的互補關係：如果將譬喻性語言視爲一座冰山，那麼修辭學派注重的是其露出水面的表象，有許多不相關聯的山頭、類別依形而定，所以分類繁細。而認知派注重的則是冰山的水下部分，往往發現水表分立的山頭在水下卻有共同的基底。但若回到表達的層面，還是要借助表層的語言表達式，此即修辭學所關注的層面。所以兩者並非全無交集，只

〔註 78〕見 Lakoff & Johnson（1980），周 2006 譯文，頁 70。

是分析語言現象的著眼點不同。〔註 79〕

認知隱喻涉及了語言表達層面底下的思維方式，人類的思維方式除了文化環境的差異外，憑藉肉體經驗的隱喻是人類共通的模式。在 Lakoff & Johnson（1980）文中將心智的隱喻做了一個整理，在他的文化中「心／腦是一個實體」，與之相關的隱喻有「心／腦是一部機器」（THE MIND IS A MACHINE）及「心是易碎物」（THE MIND IS A BRITTLE OBJECT），例句〔註 80〕如下：

心是一部機器

We're still trying grind out the solution to this equation.（我們正試著琢磨出這個方程式的解答。）

My mind just isn't operating today.（我今天腦子不能運作。）→不聽使喚

Boy, the wheels are turning now!（啊呀，輪子轉起來了！）→終於動起來了！

I'm a little rusty today.（我今天頭腦有點生鏽。）→不靈

We've been working on this problem all day and we've running out of steam.（我們為了這個問題忙了一整天，蒸氣都耗盡了。）→精力／氣力耗盡

心是易碎物

Her ego is very fragile.（她的內心很脆弱。）

You have to handle him with care since his wife's death.（他死了太太以後我們要小心翼翼地待他。）→要無微不至地關心他

She is easily crushed.（她輕易就被壓碎了。）→她經不起打擊

The experience shattered him.（這次經驗把他擊碎了。）→使他遭受挫折

I'm going to pieces.（我要四分五裂。）→心要碎了

His mind snapped.（他的心弦斷了。）→心力交瘁

在我們的文化中，亦有相似的隱喻，如：〔註 81〕

〔註 79〕參見周世箴 2003，頁 82～84 以及周 2006 導讀，頁 68～70。

〔註 80〕「心／腦是一個實體」的說明及例句，引自 Lakoff & Johnson（1980），周 2006 譯文，頁 51～53。

〔註 81〕例句引自「中央研究院平衡語料庫」。

心／腦是一部機器

智障的人是無法讓他的理性運作，自覺的作選擇，也無法分辨善惡。

不要被五毒障礙了情緒的正常運作。

心是易碎物

我知道我需要照顧他們，可是我眞要崩潰了。

也曾因爲判一位剛被公司免職、因情緒崩潰搶人皮包的年輕人緩刑。

而他們敏感脆弱的心靈仍載不動這樣的傷痛。

可是有的時候內心也會有溫柔脆弱的一面。

這樣才不致打擊孩子的自信心和自尊。

雷可夫並提到像：

He broke down.（他停擺了／拋錨了。）→心是機器

He cracked up.（他精神崩潰了。）→心是易碎物

這兩個隱喻所呈現的心智經驗，並非一致。當機器故障時，也就停止發生作用；當一個易碎物碎了，碎片飛走，可能伴隨著危險的後果。Lakoff & Johnson（1980）以懷特（Dan White）槍殺舊金山市長摩坤斯（George Moscone）的事件，媒體用「他承受不了壓力而崩潰」（He cracked under pressure）來解釋懷特的行動爲例，「對我們多數人而言，這類說法純屬自然，理由是，諸如『心是易碎物』這樣的譬喻是我們文化有關心智模式的不可缺少的部分；是多數人用以思考並運作的模式」。〔註82〕

隱喻與我們所感所思所爲密切相關，Lakoff & Johnson《我們賴以生存的隱喻》（Metaphor we live by）一書即強調此一觀念。語言表達式中的譬喻，只是隱喻觀的諸多面向其中一個視界罷了。語言表述因其功能性而有所不同，在表述的過程中，我們不知不覺地會以舊經驗解釋新經驗，我們因此有了一套自己認知世界的方法，我們用這種模式延伸至我們對各種新奇事物的理解，在完形心理學上稱之爲「基模」，這是大腦在學習過程中的運作機制，認知語言學派稱之爲認知模式或圖式。

修辭層面的是對語言表達式的排組或潤飾，是以文字功能的表層爲其鑽

〔註82〕Lakoff & Johnson（1980），周2006譯文，頁53。

研的對象；認知語言層面是對語言式內在意涵的模式，找到延伸或映射的基礎。

五、本論文的切入角度與研究策略

筆者於論文中採取認知隱喻的觀點切入，在本文的第一章討論語言世界與自然世界的關係，並就文本及本文的研究方法作逐一說明。第二章針對「元雜劇」這個文體，依其展現形態：舞台演出及劇本閱讀，分爲演出態與閱讀態，討論劇場系統（劇場－觀眾）角度與劇本系統（劇本－讀者）角度的風貌。以劇本的觀點爲主，討論戲劇演出與劇本閱讀的問題及戲曲的重要社會作用，在方法上是以傳統戲曲理論爲主，並參酌雅克愼的傳訊理論。在雜劇閱讀態分析裡，運用了詞彙分析的方法，以其詞彙形態結構及語彙關係上的搭配運用析論之。第三章討論「元雜劇」體制的各個結構，諸如：腳色、曲詞、賓白、諢話、上下場詩、團圓模式等的隱喻性。第四、五章分別以末本、旦本雜劇的內容性及主題意識作探討，逐一討論其內在的隱喻概念，在方法上，以認知模式的範疇觀討論「英雄」，而一些重要的隱喻概念，如人生是旅行、容器隱喻等使用二域模式或多空間模式，解析並整合雜劇文本內的隱喻概念。第六章總結全文。

筆者依循本章第二節所列各家作品所開闢的「譬喻理論的文學實踐」的方法與途徑，討論「『元雜劇』語言之隱喻性思維」，希冀藉此認識「元雜劇」的隱喻世界。

第二章　戲曲語言與思維

劇本為舞台演出而撰寫，在搬演的過程中再現其風華，但寫定的劇本，亦可成案頭劇，在閱讀的過程中，重現其生命力。戲曲的語言因其舞台演出的關係，除了角色〔註1〕的曲詞與賓白，角色的扮相、動作甚至空間的安排都是戲曲語言的一部分。流傳於世的劇本，讓讀者在閱讀情境下進行的語言交流，又是另一種面貌。源起於民間、流傳於市井的戲曲，反映的是來自社會底層的心聲與俗層文化的價值觀，但創作劇本的書會文人又有其來自傳統文化的思維，而將原屬於社會上層〔註2〕——雅層文化——的價值觀編碼於戲曲之內，對觀眾進行或隱或顯的教化，戲曲遂成了雅俗共賞的文學作品。

胡潤森《戲曲元素論》將戲曲生命的展演分為演出態與閱讀態〔註3〕，並說明戲劇的本質有兩個基本的元素——台詞和動作。兩者透過聽覺與視覺對我們進行潛移默化，胡潤森分別以圖式及文字說明，一一討論台詞與動作在演出態與閱讀態的不同：

在台詞方面：

從劇場（「劇場－觀眾」）系統的角度看，演出態的台詞：

演員的發音器官 $\xrightarrow{\text{語言的聲音符號}}$ 觀眾的聽覺器官

（所發出的對話、獨白、旁白、唱詞）

〔註1〕角色，又稱色目或行當，指的是劇中的人物。本文在第三章第一節〈行當與人物〉對「行當」與「角色」有進一步的分別。

〔註2〕上層相對於底層而言，以馬克思主義而言藝術（包含文學）是屬於社會上層建築的一部分。

〔註3〕胡潤森，《戲劇元素論》（天津：天津社會科學院，2000年）。

從劇本（「劇本－讀者」）系統的角度看，閱讀態的台詞：

戲劇文本 —語言的文字符號→ 讀者的視覺器官
（所紀錄的對話、獨白、旁白、唱詞）

在動作方面：

演出態的動作：

演員的外在形體 —外觀形象→ 觀眾的視覺器官
（表情、舉止、姿態等）

閱讀態的動作：

戲劇文本 —語言的文字符號→ 讀者的視覺器官
（提示動作的話語）

按照上面的圖示〔註4〕，在台詞方面，演出態和閱讀態呈現出很大的差別，不但兩者的信息發出者不同（前者是演員的發音器官：語言的聲音符號；後者是戲劇的本文：語言的文字符號），而且接受者所開放的接受器官也不同（前者是觀眾的聽覺器官；後者是讀者的視覺器官）。不過，據胡氏的看法，這類差別最終仍有統一的歸宿，這個歸宿就是劇本。〔註5〕

劇作家創作了劇本——戲劇「文本」，這才是劇作者意旨的主要依歸。而劇本在演出態和閱讀態的舖陳下，展現了它的二重生命。在雜劇的演述過程中，演述者更依其實際演出的情境及與觀眾的互動，隨機性的改變情節或對白，可改動性是其舞台生命的遺跡，成了元雜劇非「定本」的版本問題的由來。雜劇的演出態，其文本在與觀眾的互動中產生能量。雜劇的閱讀態，其文本經由閱讀行爲，流傳在當代及後世的讀者心中，影響的時空更甚於演出態。

本章就元雜劇的演出態與閱讀態分別討論之，並進一步說明戲曲的橋樑作用。分爲四個小節論述：一、「元雜劇的閱讀態」；二、「元雜劇的演出態」；三、「雅俗共賞：戲曲的橋樑作用」；最後再以一小節總結。

第一節　元雜劇的閱讀態

在元雜劇興盛的年代，甚至有如關漢卿這樣的作家躬踐排場，粉墨登場

〔註4〕以上圖示引自胡潤森（2000），頁1～6。
〔註5〕胡潤森（2000），頁7。

地直接面對觀眾。戲劇的生命在幕前綻放，落幕後亦即消逝。「文本」的流傳比演出更延長了戲劇的生命和影響。透過閱讀，豐富並加深了元雜劇的影響，也讓無緣觀賞演出情景的讀者，透過閱讀，再現雜劇的生命力。

元雜劇的閱讀態所展現的，是以敘事性爲主的戲曲文學。一般認爲這樣的體制源自於說唱文學：

> 以一人主唱爲定例的戲曲敘事，是過去一人主唱的說唱文體（如諸宮調）向戲劇形態轉化時所必然出現的文體特徵。因此元雜劇作家在創作時，比較自覺地賦予劇曲以很強的敘事功能，有時，爲了方便於觀眾記憶劇情，甚至不避重複……元雜劇之劇曲敘事在一定程度上的自足性，與它脫胎於說唱文學是極有關係的，說唱文學以「唱」爲主、以「說」爲輔的文體特徵，仍遺留在元雜劇之中。從這個意義上說，元雜劇的劇曲反映出說唱文學向戲劇文學演化的事實，其間不乏顯示著這種演化痕迹的「活化石」。〔註 6〕

元雜劇的文體豐富多樣，在語言方面更是兼備眾體，劇曲以韻文爲主軸，賓白以散文體式爲宗，揉合代言、說書、笑話等於一的語言藝術，更加強了敘事的靈活多變。董上德以舞台演出的隨機性，解釋了元雜劇非「定本」的緣由。可改動性既是來自舞台生命的遺跡，那版本的不同也是可以理解的。〔註 7〕

元雜劇被譽爲「語言托起的綜合藝術」〔註 8〕，筆者討論元雜劇的閱讀態，以閱讀首要接觸的語言文字爲主來論述雜劇語言的藝術性，其次討論閱讀態的傳訊過程。

一、語言托起的綜合藝術

元雜劇的語言藝術性高，能使閱讀情境如歷目前，營造聲情效果。除了文體上的靈活多變外，遣詞用句在表意狀景方面更有出色的表現，呈現元雜劇閱讀態獨特的聲情樣貌。且善於用角色的賓白，使劇中人物形象更鮮明，於閱讀情境下，更能感染戲劇性的氛圍。故而元雜劇可稱之爲以「語言托起的綜合藝術」。筆者分述如下：

〔註 6〕董上德，〈論元雜劇的文體特徵〉，收入黃天驥主編，《中國古代戲曲與古代文學研究論集》（北京：中華，2001 年），頁 121。

〔註 7〕董上德（2001），頁 124～125。

〔註 8〕套用門巋，《戲曲文學：語言托起的綜合藝術》之書名爲標目。

（一）詞彙的擬聲與狀態效能有助於閱讀時的情境烘托及描摹

閱讀不同於舞台欣賞，看不到演員的表情做工，聽不到詞曲的情意抑揚，只有寄託在字裡行間的訊息傳達，解碼時，還須加上個人的生活經驗及想像。元雜劇的曲文中，有大量的擬聲詞、重疊詞在其中，它們對於傳情達意有特殊的效用，除能配合節律，更使讀者能易融於劇情之中。

蕭德祥《殺狗勸夫》（第二折，卷七，頁 4656）中孫二背回倒在雪地的孫大，卻被孫大誤會他偷了靴裡的錢，孫二唱了一段訴說黑夜雪地裡救大哥的經過：

> 【伴讀書】白茫茫雪迷了人蹤迹，昏慘慘雪閉了天和地。寒森森的我還窨内，滴溜溜絆我個合撲地。黑嘍嘍是誰人帶酒醺醺醉，我、我、我定睛覷個眞實。（《殺狗勸夫》第二折，卷七，頁 4656）

在連用了五個 ABB 式重疊詞後，曲末以 AAB 式重疊詞「醺醺醉」作結。這六個重疊詞全用來狀態，「白茫茫」、「昏慘慘」、「黑嘍嘍」用來摹狀天色，「白茫茫」是強調雪下得迷濛一片使人不辨路徑；「昏慘慘」突顯雪遮蔽了天地一片昏暗的情境；「黑嘍嘍」是著重在夜色的暗沉。「寒森森」摹寫天寒地凍的冷冽、「滴溜溜」摹狀天雪路滑、「醺醺醉」是描寫喝醉酒的狀態。在這六個重疊詞裡，有視覺上感知天色的「白茫茫」、「昏慘慘」、「黑嘍嘍」；有觸覺上感知氣候寒冷的如「寒森森」和地形滑溜的「滑溜溜」；還有嗅覺上氣味的感知，如「醺醺醉」。各種感官上的描述，豐富了讀者的聯想。

隔了一曲【笑和尚】，緊接著【叨叨令】：描述孫二被孫大罰在檐下，在大雪裡跪著，孫二對著淒寒的大雪唱著，曲文中用了四音節詞〔註 9〕「吸里忽刺」、「失留屑歷」等搭配著 ABB 式重疊詞來狀態，如下：

> 【叨叨令】則被這吸里忽刺的朔風兒那裡好篤簌簌避，又被這失留屑歷的雪片兒偏向我密濛濛墜。將這領希留合刺的布衫兒扯得來亂紛紛碎，將這雙乞量曲律的胳膝兒罰他去直僵僵跪。兀的不凍殺人也麼哥！兀的不凍殺人也麼哥！越惹他必丢疋搭的響罵兒這一場撲騰騰氣。（《殺狗勸夫》第二折，卷七，頁 4656）

「篤簌簌」、「密濛濛」、「亂紛紛」、「直僵僵」、「撲騰騰」都是用來狀態，經過劇作家蕭德祥的縝密設計，這一組 ABB 式重疊詞的前面都搭配一個四音節

〔註 9〕周法高，〈中國語法札記〉稱之爲「四音狀詞」，收錄於《中國語言論文集》（台北：聯經出版社，1975 年），頁 426。

結構的詞，並且都下接動詞，如表 2-1-1：

表 2-1-1：《殺狗勸夫》劇的詞彙搭配情形

四音節詞（有的擬聲、有的狀態）	名詞（接兒尾）	ABB 式重疊詞（用於狀態）	動詞
吸里忽刺（擬聲詞）	朔風兒	篤簌簌	避
失留屑歷（擬聲詞）	雪片兒	密濛濛	墜
希留合刺（狀態詞）	布衫兒	亂紛紛	碎
乞量曲律（狀態詞）	胳膝兒	直僵僵	跪
必丟疋搭（擬聲詞）	讐罵兒	撲騰騰	氣

ABB 式重疊詞在句中作狀語修飾下面的述語：在朔風「吸里忽刺」（擬聲詞，模擬風聲）吹襲下，「避」的動作是在「篤簌簌」不停發冷顫的情形下進行的；雪下得「失留屑歷」（擬聲詞，模擬下雪聲）的，下的狀態是「密濛濛」的，既密集又迷濛地不停「墜」落；身上的布衣被風吹得「希留合刺」（狀態，布料不牢靠好像隨時會被風吹散了）地，「碎」裂開來的布衣又是不規則地破裂（用「亂紛紛」來強調）；本就「乞量曲律」彎曲的膝蓋，偏偏被罰跪，又因天冷，故用「直僵僵」來形容被罰「跪」的膝腿（既寫被罰跪得挺直的膝腿，也寫膝腿被冷得凍僵的狀態）；而哥哥（孫大）又因「氣」得「撲騰騰」（怒氣上升的狀態）的，口裏不停「必丟疋搭」地罵個不停。這些或擬聲或狀貌的四音節詞，配合描摹動態的 ABB 式重疊詞，把孫二的淒慘遭遇有聲有貌地呈現在閱讀的文本（雜劇）之中。

ABB 式重疊詞和四音節詞的搭配在費唐臣《貶黃州》的曲牌【叨叨令】中也運用上，也與雪景相關連，但詞彙的先後次序上與《殺狗勸夫》的相反，如：

> 【叨叨令】寒森森朔風失留疏刺串，舞飄飄瑞雪踢良禿欒旋。騎著匹慢騰騰瘦蹇必丟不答踐，凍的個立欽欽稚子滴羞篤速戰。兀的不凍殺人也麼哥，兀的不凍殺人也麼哥，空教我瘦岩岩老夫迷留沒亂倦！（費唐臣《貶黃州》二折，卷五，頁 3281）

將曲文中的詞彙搭配方式表列於表 2-1-2：

表 2-1-2：《貶黃州》劇的詞彙搭配情形

ABB 式重疊詞（用於狀態）	名詞（偏正式合義複詞）	四音節詞（有的擬聲、有的狀態）	動詞
寒森森	朔　風	失留疏剌（擬聲詞）	串
舞飄飄	瑞　雪	踢良禿栾（狀態詞）	旋
慢騰騰	瘦　蹇	必丢不答（擬聲詞）	踐
立欽欽	稚　子	滴羞篤速（狀態詞）	戰
瘦岩岩	老　夫	迷留沒亂（狀態詞）	倦

《貶黃州》劇將 ABB 式重疊詞置於前，四音節詞在後；ABB 式重疊詞，如：「寒森森」、「舞飄飄」、「慢騰騰」、「立欽欽」、「瘦岩岩」在曲文中皆用狀態，分別修飾「朔風」、「瑞雪」、「瘦蹇」、「稚子」、「老夫」的情況。四音節詞「失留疏剌」擬「朔風」觸物之聲、「踢留禿栾」狀「瑞雪」之態、「必丢不答」擬「瘦蹇」〔註 10〕紛雜錯亂的腳步聲、「滴羞篤速」狀「稚子」顫抖之情態、「迷留沒亂」狀「老夫」心緒繚亂精神恍惚之態。

《殺狗勸夫》和《貶黃州》兩劇的【叨叨令】，都同時出現了四音節詞和 ABB 式重疊詞，《殺狗勸夫》劇將四音節詞置於前，而《貶黃州》劇則將 ABB 式重疊詞置於前；這兩種詞彙無論在劇中孰先孰後，置於前者一定搭配名詞，置於後者一定配合著動詞。《殺狗勸夫》的詞彙結構及其搭配爲：「四音節詞＋名詞（接兒尾）＋ABB 式重疊詞＋動詞」；《貶黃州》則爲：「ABB 式重疊詞＋名詞（偏正式合義複詞）＋四音節詞＋動詞」。兩劇的 ABB 式重疊詞皆用於狀態，四音節詞也都是有的擬聲、有的狀態，在詞形結構與功能的搭配表現出共通處。

ABB 式重疊詞和四音節詞的搭配，也有在上下文分別疊用的情形，如下文無名氏《貨郎旦》劇：

【六轉】我只見黑黯黯天涯雲布，更那堪濕淋淋傾盆驟雨！早是那窄窄狹狹沟沟塹塹路崎嶇，知奔向何方所？猶喜的消消洒洒、斷斷續續、出出律律、忽忽嚕嚕陰雲開處，我只見霍霍閃閃光星炷。怎

〔註 10〕「瘦蹇」是指瘦驢，蹇驢常連用，指駑弱的驢。此亦即修辭學所謂「借代」之「部份代全體」，以其功能性的部分來代指全體；Lakoff-Johnson 當代認知譬喻理論將之稱爲「轉喻」。

> 禁那颾颾飋飋風，點點滴滴雨，送的來高高下下、凹凹凸凸一搭模糊，早做了撲撲簌簌、濕濕淥淥疏林人物。倒與他妝就了一幅昏昏慘慘瀟湘水墨圖。（無名氏《貨郎旦》四折，卷八，頁 6120）

此段唱詞的前因是，李彥和娶妾張玉娥，氣死了大渾家劉氏。偏生又禍不單行，家中正堂起火，連帶燒了官房五六間，怕被抓去抵罪，李彥和與張玉娥便帶著小兒春郎、乳母張三姑，一家四口慌忙逃走。多年後張三姑在長成後的春郎要求下，述說那天的情景：「黑黯黯」、「濕淋淋」是用 ABB 式重疊詞狀摹那一日的天候，烏雲密布、大雨傾盆；接下來是一連串的 AABB 式重疊詞，共計有十四個，「窄窄狹狹」、「溝溝塹塹」是用來形容道路的狹小及路面的崎嶇不平，「消消洒洒」、「斷斷續續」、「出出律律」、「忽忽嚕嚕」是形容偶然的烏雲撥開處，「霍霍閃閃」是對雷聲與閃電的描繪，「颾颾飋飋」是形容風，「點點滴滴」是形容雨，「高高下下」、「凹凹凸凸」是對眼前模糊景象的概括性形容，「撲撲簌簌」、「濕濕淥淥」是對自身在風雨中的慘狀的描述，而這些風雨的情境，竟像一幅水墨圖，用「昏昏慘慘」形容這幅水墨圖，既描寫了天象的惡劣也描述了人的境遇。劇作家善於利用詞彙作「整體概述－細部描繪－總結」之「整體－部份－總合」的層次性描述，利用詞彙意涵的籠統或細膩，忽隱忽顯地表現那一日風雨交加的情景。筆者將這一段文句所類聚的詞彙及勾勒出的情境意象，表列如表 2-1-3：

表 2-1-3：《貨郎旦》劇的詞彙類聚與情境意象

情境類別	整體概述	小　類	細 部 描 繪	人的處境	說　　明
天地景象	黑黯黯	天　昏	消消洒洒、斷斷續續 出出律律、忽忽嚕嚕 霍霍閃閃	撲撲簌簌	因天昏地暗之故人在這樣的天候環境下「撲撲簌簌」寫其寸步難行的艱澀。
		地　暗	窄窄狹狹、溝溝塹塹 高高下下、凹凹凸凸		
風雨情景	濕淋淋	雨	點點滴滴	濕濕淥淥	因風雨造就使人渾身上下濕濕淥淥的情景。
		風	颾颾飋飋		
合　成	一幅昏昏慘慘瀟湘水墨圖				

劇作家在使用整體概述：「黑黯黯」、「濕淥淥」描述天地景象及風雨情景，而在天地景象裡又細分為「天昏」、「地暗」兩小類，並以細部描繪分別呈現這

兩種景觀；於風雨情景下亦細分出「雨」和「風」，並以下層較爲具象的描繪語狀景。而人在這樣的天地、風雨之間，其處境分別以「撲撲簌簌」、「濕濕淥淥」概括之，而整個 ABB 式重疊詞及四音節詞，這些詞彙的堆疊，合成了「一幅昏昏慘慘瀟湘水墨圖」。

具有擬聲或狀態功能的詞彙，在閱讀過程中，有效地描摹出生動的情境，並烘托氣氛讓讀者能居於文本的氛圍之中，如在目前地感知人物所處的情境。而這些具有生命力的詞彙，是在元雜劇裡大量出現的 ABB 式重疊詞和四音節詞。

（二）善於利用劇中角色賓白使人物形象更趨鮮明

除了詞彙的擬聲與狀態功能外，劇中角色的賓白對於人物形象塑造有畫龍點睛之妙，使得雜劇文本在閱讀時，能讓讀者明白地感知人物的性格，使人物形象更趨鮮明。如李文蔚《燕青博魚》，劇中搽旦〔註 11〕王臘梅與淨扮的楊衙內私通，兩人趁燕大酒醉，相約在後花園亭子內飲酒調情，被燕青撞見，把酒醉的燕大叫醒，兩人去抓姦，不料跑了奸夫。沒了人贓，王臘梅撒起潑來，抵死否認，並囂張地反咬燕大，定要燕大給個交待，如下：

> （搽旦云）奸夫在哪裡？姓張姓李？姓趙姓王？可是長也矮？瘦也胖？被你拿住了來？天氣喧熱，我來這裡歇涼，哪裡討的奸夫來？常言道：捉賊見贓，捉奸見雙。燕大，你既要拿奸，如今還我奸夫來便罷；若沒奸夫，怎把這樣好小事兒贓誣著我？我是個拳頭上站的人，胳膊上走的馬，不帶頭巾男子漢，丁丁當當響的老婆。燕大，我與你要見一個明白！（李文蔚《燕青博魚》四折，卷二，頁 1442～1443）

分析以上引用的賓白，在語言的運用上，問句的堆疊達到了劇中角色欲反轉情勢的效果。問句的效用有詢問、質疑、反詰等功用，對於「眼見」的事實，角色王臘梅卻用一句又一句的問句反詰燕大，有咄咄逼人的態勢，企圖擾亂視聽，遮掩她出軌的事實，且引用具有公眾力的俗諺「捉賊見贓，捉奸見雙」來提醒燕大——沒有實證的指控是不成立的。

搽旦一口氣說了那麼些話，用一堆問句去回堵燕大對她的指控，問句在此有反詰的作用；明明是眾人親眼所見，只是跑了奸夫，沒了人贓，她便要

〔註 11〕「搽旦」是「旦」行之一，外型扮相或身份性格上不同於一般旦角，本文第三章第一節對「搽旦」有更進一步地說明。

燕大給她個交待。且在言詞間善用俗諺語，她的世故、她的刁鑽，顯而易見。讀者雖不見其人，但在言詞上展現的氣勢，已可知她在劇中的姿態與氣焰。

又如在《羅李郎》劇，第一折正末（羅李郎）引丑（侯興）、旦兒、倈兒上場，交待劇情：羅李郎的兩個結義兄弟蘇文順、孟倉士為求仕進，將一對孩兒質當給羅李郎，換取盤纏上朝取應；二十年過去，羅李郎的兩個兄弟無了音訊，羅李郎將兩個孩兒定奴、湯哥婚配成家生了受春兒，湯哥不知身世，任意揮霍羅李郎的家產，逐日飲酒非為不走正道。湯哥未出場，倒先有討酒錢、樂錢、打傷人的情事一一舖陳上場，如：

> （外扮酒家上，云）湯舍，湯舍在家裡麼？（正末云）侯興，做什麼鬧炒？（侯興看科，云）老爹，門首有人叫湯舍討酒錢。（正末云）咱家誰做官來，叫湯舍？（侯興云）討酒錢哩。（正末云）他少多少錢？（侯興出門，問云）他少你多少錢？（外云）少一千瓶酒錢。（侯興云）老爹，少他一千瓶酒錢。……（外扮樂人上，云）湯舍在家麼？（正末云）侯興，怎麼又這般鬧炒？（侯興看科，云）你要什麼？（外云）我討樂歌錢。（侯興云）老爹，討樂歌錢的。（正末云）怎生喚做樂歌錢？（侯興云）啊！這老爹一竅也不通。樂歌錢是和小娘每吃酒耍子，樂人彈唱伏侍的……（丑扮廝打上，云）打下牙來了也！（正末云）又是什麼人鬧炒？（侯興看科，云）老爹，湯舍打殺人也！（正末云）在哪裡？（侯興云）在門首。（正末云）我自看去。（見丑，問云）哥哥，你怎地來？（丑云）您湯哥打下我門牙，我沃了來。（正末云）侯興，他打下牙來，您怎生說打死人？（侯興云）打下牙，害了破傷風不要死那？……（無名氏《羅李郎》一折，卷九，頁6863～6864）

湯哥尚未登場，這些討酒錢的、討樂人錢的、被打傷上門索賠的，一一登場，將湯哥由正末口述的一個「飲酒非為」的紈綺子弟的形象清楚地浮現出來。而這段賓白中，還有一個重要的伏筆，即「侯興」在劇中的扮演的角色。他是羅李郎的重要奴僕，是羅李郎對外的「媒介」，消息的傳遞，是經由他傳送。侯興居中傳達訊息時曾說：「這老爹一竅也不通」，這使得侯興的角色潛在了蒙蔽居內的主上的可能性；而且侯興還有誇大不實的毛病，如湯哥將他人的門牙打落，侯興卻說打殺人。在羅李郎查明眞相後，他狡猾地說：「打下牙，害了破傷風不要死那？」來爲之前不實的話做辯解。

羅李郎疼愛養子的形象他一一爲湯哥償還債務時顯現出來，雖然他在家中，對外事務是由侯興傳遞，但面對湯哥打殺人命的重大事件，他親身查證，這性格也符合劇本之後的發展：雖暫爲侯興矇騙，但他努力追尋湯哥下落的下文。雜劇文本中善於利用角色的賓白，讓劇中人物形象更加鮮明，甚至埋下伏筆爲劇情的發展作預設。

雜劇文本的角色賓白中，另有利用諧音的妙用，來增加角色之間的疏離感。如：

> （正末唱）劉家女倈你與我討一把家火來。（旦兒云）哎呀！連兒、盼兒、憨頭、哈叭、刺梅、鳥嘴，相公來家也，接待相公。打上炭火，釃上那熱酒，著相公盪寒！問我要火？休道無那火，便有那火，我一瓢水潑殺了；便無那水呵，一個屁迸殺了！可那裡有火來與你這窮弟子孩兒！（正末云）兀那潑婦，你休不知福！（旦兒云）什麼福？是、是、是，前一幅，後一幅，五軍都督府，你老子賣豆腐，你奶奶當轎夫。可是什麼福？……（旦兒云）朱買臣，巧言不如直道，買馬也索余料，耳檐兒當不得胡帽，墻底下不是那避風處。你也養活不過我來，你與我一紙休書，我揀那高門樓大糞堆，不索買卦有飯吃，一年出一個叫化的，我別嫁人去也！（正末云）劉家女，你這等言語，再也休說！有人算我明年得官也。我若得了官，你便是夫人縣君娘子，可不好那！（旦兒云）娘子、娘子，倒做著屁眼下穰子！夫人、夫人，在磨眼兒裡。你砂子地裡放屁，不害你那口嗲。動不動便說做官，投到你做官，你做那桑木官、柳木官，這頭喘著那頭掀；吊在河裡水判官，丟在房上晒不乾。投到你做官，直等的那日頭不紅，月明帶黑，星宿斬眼，北斗打呵欠！直等的蛇叫三聲狗拽車，蚊子穿著兀那靴，蚊子戴著煙毡帽，王母娘娘賣餅料！投到你做官，直等著炕點頭，人擺尾。老鼠跌腳笑，駱駝上架兒，麻雀抱鵝彈，木伴哥生娃娃！那其間你還不得做官哩！看了你這嘴臉，口角頭餓紋，驢也跳不過去，你那一世兒不能夠發跡！將休書來！將休書來！（無名氏《漁樵記》二折，卷九，頁 6415～6417）

明明是一對夫妻，妻直呼夫名「朱買臣」，夫稱妻爲「劉氏女」（倈），特意把兩人的關係疏離化〔註 12〕。劉氏女還特地用諧音扭曲朱買臣的本意，刻意造就兩人的理解誤差：把丈夫口中突顯身分地位的「娘子」、「夫人」等尊稱借諧音說成不值錢的廢物：「穰子」「麩仁」，還將丈夫口中的吉祥詞「福」、「官」做韻腳扯了一堆不相干的「幅」、「府」、「腐」、「夫」；「官」、「乾」。開頭扯了一堆虛構的僕役名，叫來接待「相公」，嘲笑朱買臣人窮還擺架子要人侍候；最後還用了一堆不可能的譬喻來笑他做官是異想天開。將不耐長久貧困的妻子，對只會以讀書做官來畫餅充飢的丈夫的不滿，用揶揄嘲弄的方式表現出來。將夫妻兩人的衝突與困境顯現於文字之間，諧音和押韻的使用，和廣搜天文、動物、昆蟲的誇張譬喻的運用，不但加強了市井小人物形象的俚俗鮮活性，更增添了閱讀情境的活潑與趣味。

雜劇裡的曲詞是正末或正旦才有的專利（打諢時除外），而賓白卻是各種行當角色得以發揮的空間，賓白的俚俗化、善用俗諺，合於市井小民的身份，對各種不同的角色配以合乎身份性格的賓白，有助於人物形象的描繪。

二、閱讀態的傳訊過程

閱讀態的傳訊過程比演出態要簡化得多。只關連到「劇作家－文本－讀者」，比起演出態的「劇作家－文本－演員－觀眾」少了一層環節。

根據雅克愼的傳訊理論，劇作家即說話人，讀者即話語對象，劇作家利用文本傳遞話語，讀者經由閱讀理解；劇作家依其語文能力，用文字編碼話語傳送指涉的意涵，讀者依其詮釋能力，用雜劇語規將之解碼（參見圖 2-1-1）。〔註 13〕

閱讀劇本比直接欣賞戲劇演出少了聲音、表情、動作，雖然表情和動作可以被文字化，將之不嫌繁瑣地記錄下來，讀者透過文字的提示來加以想像，

〔註 12〕元雜劇裡的夫妻，夫通常稱妻爲「大嫂」、妻則稱夫的職位、身份或名字，如：「孔目」（見《鐵拐李岳》、《酷寒亭》等劇）、「員外」（見《勘頭巾》、《灰闌記》、《殺狗勸夫》等劇）；在《魔合羅》劇丈夫李德昌稱妻子劉玉娘爲「大嫂」，而小叔李文道則稱劉玉娘爲「嫂嫂」，因李德昌是個生意人沒身份頭銜，妻子以其排行稱他爲「李大」。「嫂嫂」和「大嫂」在雜劇中是不同關係的稱呼，《殺狗勸夫》的孫二亦稱哥哥孫大之妻楊氏女爲「嫂嫂」，孫大亦稱自己的妻子爲「大嫂」。很少有像朱買臣般稱自己的妻子爲「劉家女」（俫）的，朱買臣刻意稱呼妻子的娘子姓氏，是將兩人的關係刻意疏離。

〔註 13〕此傳訊示意圖參考江佩珍，《閱讀賈寶玉——從語言溝通的角度探討小說人物塑造》（東海大學碩論，2003 年），頁 65。「圖表 2-4 小說閱讀之傳訊示意圖」。

但說話時聲音的音色、高低、快慢這些超語言的成分，閱讀者無法經由書面語言領略之。閱讀的困境還在於解碼，即詮釋的過程。如果讀者與作者有共知前提（相同的世界觀、價值觀或社會階級、或文化背景），讀者可以據此解碼劇本的文字符號（語碼），進而理解作者的意涵（指涉）；若是兩者沒有共知前提，讀者則無法解讀作者要傳達的意念，而僅憑讀者自身的認知經驗去詮釋作品。雖然在「作者－讀者」的溝通上造成了障礙，但卻不妨礙讀者對作品的理解。讀者可以不通過作者，直接理解作品，這時作者在讀者的閱讀過程中引退〔註 14〕。因此閱讀行為可能是「作者－讀者」雙向的交流，也可能是讀者與文本的對話關係。這是閱讀可能的傳訊障礙，在溝通上可能出現的歧異。

圖 2-1-1：雜劇文本閱讀態之傳訊示意圖

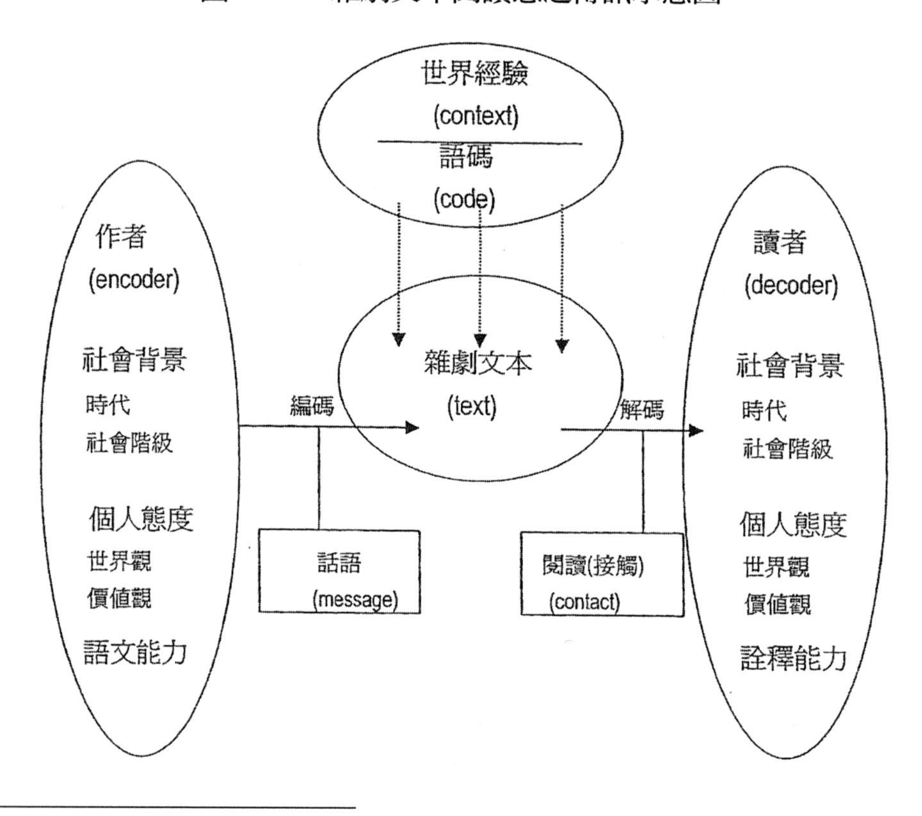

〔註 14〕當作者將作品完成時，作品已成為客觀的存在，稱之為「文本」（text），閱讀者觀看這客觀的「文本」時，並不是被動地接受作者給予的訊息，而是從讀者的角度去閱讀。對於「文本」的解釋權掌握在讀者手中，這是羅蘭・巴特所說「作者已死」的概念。

然而，劇本的閱讀態，因其書面化形成的文學生命，經由一代代讀者的閱讀，延伸了雜劇的時空舞台，從元代勾欄拓展至明、清，甚至今日，舞台生命消亡，繼起的文學生命卻不朽。

第二節　元雜劇的演出態

元雜劇是舞台藝術，它傳播的主要途徑不是通過案頭閱讀而是舞台演出。一個角色主唱是元雜劇演出的一個重要特點。不管有多少角色上場，而主唱只能是正旦或正末〔註15〕（亦有少數劇楔子或折子中，出現次要或其他小角色唱曲的例外），其它角色只有科白和科諢，在這樣的曲白〔註16〕分配上，李春祥認爲重要的次要人物得不到應有的刻劃，在舞台氣氛上單調〔註17〕。在元雜劇的表演形式方面，曲詞、賓白、科介，這三者組成了戲曲文學藝術的整體。元雜劇的演出態，不但有曲詞帶來音樂節律的聽覺享受之外，更有透過演員身段做工傳遞的視覺訊息。〔註18〕

作爲演出的戲劇，據武俊達所言，有所謂的兩度創造；戲劇的兩度創造各有不同的要求和特點，主要的有：

第一度創造	第二度創造
1.可以獨立完成。	1.必須集體完成。
2.可以長期保留。	2.消失在舞台上。
3.創作過程不受時、空限制。	3.須在一定時間內，在一定的場合完成其創作。
4.一稿、二稿……可以斷續完成。	4.每場演出必須一次完成。
5.寫作時可以較少受外來影響。	5.受舞台條件和觀眾反應等影響。

戲劇的第一度創造，是封閉式的，劇作家創作劇本，不受外來的干預和限制；戲劇的第二度創造是舞台搬演時，在一定的時空內完成，劇作家透過戲劇作

〔註15〕元雜劇中主唱者扮演的角色是女性時，該角色稱之爲「正旦」；若主唱者扮演的角色爲男性時，則稱之爲「正末」。

〔註16〕意指曲詞與賓白。

〔註17〕「一個角色主唱有利於突出主要人物，同時也帶來其它局限：地位重要的次要人物得不到應有的刻劃，舞台氣氛單調等。」詳見李春祥，《元雜劇史稿》（開封：河南大學，1989年），頁37。

〔註18〕門巋，《戲曲文學：語言托起的綜合藝術》（桂林：廣西師範大學，2000年），頁41。

品的演出和觀眾產生了互動，進而影響到了劇作家的創作。武氏強調：

> 戲劇藝術是一種集體創作、集體欣賞的藝術，在演出過程中，觀眾的反映常影響到創作者，因此從某種意義上說，觀眾實際也參加了創作活動；更由於演劇活動必須在一定的場合，面對觀眾進行現場創作，它的活動離不開一定的演出場所，因此，也可以叫做「劇場藝術」。〔註 19〕

本節就第二度創造——舞台搬演來討論

一、演出態的劇場空間

在演出態上不得不注意的是劇場空間的運用。元雜劇將劇場空間分為：戲台、戲房、鬼（古）門道〔註 20〕、樂床，還有神樓和腰棚。神樓和腰棚是當時的觀眾席，樂床是設在戲台上，用來放置樂器的。戲房在戲台的後方，相當於今日的後台。鬼門道是出入戲台和戲房的通道，而實際演出的是戲台〔註 21〕。關於「鬼門道」在戲劇演出時的具體作用，如阿甲所言：

> 在宋元時代，這上下場門，有的叫做「鬼門道」的。古人有首這樣的詩：「扮演古人事，出入鬼門道。」這說明戲的故事情節，是通過角色和上下場的形式來安排的。角色的上場下場，有關全局結構。……只要角色一出鬼門道，具體的地點才開始規定，到角色一下場，這個具體地點又不存在了。〔註 22〕

角色出入鬼門道，即戲台上人物的上下場，關係著戲劇情節的時空推衍。

筆者將演出態的劇場空間，依其演出時的需要，分為舞台上的空間和舞台外的空間。

〔註 19〕武俊達，〈談戲曲藝術的特點——側重於戲曲綜合美的探討〉，收入中國藝術研究院戲曲研究所編，《中國戲曲理論研究文選》（上海：上海文藝，1985 年），頁 164～165。

〔註 20〕《全元曲》於《金線池》一折〔註 4〕詳解云：「古門：亦作『古門道』、『鬼門道』。舞台上的上場門和下場門。元・柯九思《論曲》：『构肆中戲房出入之所，謂之‘鬼門道’。言其所扮者皆是已往昔人，出入于此，故云‘鬼門’。愚俗無知，以置鼓于門，改為‘鼓門道’，後又訛而為‘古’，皆非也』。」（卷一，頁 147）

〔註 21〕參見廖奔，《中國古代戲場史》（河南：中州古籍，1997 年），頁 49～50。

〔註 22〕阿甲，〈生活的眞實和戲曲表演藝術的眞實——談舞台程式中關於分場、時間空間的特殊處理等問題〉，收入中國藝術研究院戲曲研究所編，《中國戲曲理論研究文選》，頁 50。

（一）舞台上的空間

舞台又稱戲台，舞台上通常是一折如一幕，限定在一個時空中，循人物述說而轉換空間。有時舞台上是一個獨立空間的展現，有時是二個並置空間的呈現。如吳昌齡的雜劇《東坡夢》第一折，舞台上佛印、蘇東坡各據一空間，行者居中銜接兩個人、兩空間，如：

> （東坡云）……只見山門下立著一個行者，待我問他：你那佛印師父，可在法座上麼？（行者云）師父打坐哩。（東坡云）借你口中言，傳俺心間事。你道有個客官，不言姓名，有兩句禪語，又叫做偈語。你道：眉山一塊鐵，特地來相謁。（行者，云）……（入報科，云）師父，外面來到一個主兒，不言姓名，道兩句禪語，又叫做偈語：眉山一塊鐵，特地來相謁。（正末云）急急上堂來，爐中火正熱。（行者云）著手！他便是鐵，我師父是火，架起爐來燒他娘。老官，我師父著我燒你哩。（東坡云）怎麼說？（行者云）叫你急急上堂來，爐中火正熱。（東坡云）這也是禪語。再進去說：我鐵重千斤，恐汝不能挈。（行者云）你不怯我師父，我師父也不怯你。師父，他又道兩句：我鐵重千斤，恐汝不能挈。（正末云）我有八金剛，將汝碎爲屑。（行者云）著手！我師父道：我有八金剛，將汝碎爲屑。（東坡云）再進去說：我鐵類頑銅，恐汝不能爇。（行者云）……師父，他又道兩句：我鐵類頑銅，恐汝不能爇。（正末云）將你鑄成鐘，眾僧打不歇。（行者云）著手！我師父要打你哩。（東坡云）怎麼要打我？（行者云）將你鑄成鐘，眾僧打不歇。（東坡云）再進去說：鑄得鐘成時，禪師當已滅。（行者哭入科）（正末云）行者爲何哭起來？（行者云）他道鑄得鐘成時，禪師當已滅。（正末云）大道本無成，大道本無滅。心地自然明，何必叨叨說？夜來伽藍道：今日午時有東坡學士至此，果應其言。快與我請進來。（行者云）有眼不識灰堆。學士老爺，俺師父有請。（正末云）十五年不下禪床，今日須下禪床，接待學士者。（做見科）（卷三，頁 1898～1899）〔註 23〕

他們三個人的關係，如圖 2-2-1：

〔註 23〕「卷三」指的是《全元曲》第三卷，筆者於文中不另標書名（《全元曲》），直接標誌卷數及頁數。

圖 2-2-1：蘇東坡／行者／佛印法師的語言傳遞關係

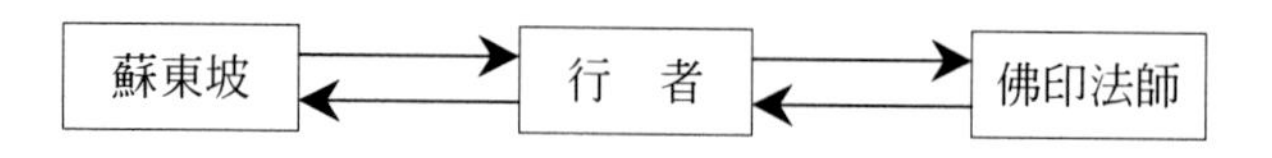

行者是蘇東坡和印佛法師間的傳遞工具，在「王不見王」的情況下，行者將兩人的語言「載符」傳達到對方裡，而解開「載體」的是兩個互不見面的彼此。在隱喻的諸多概念中，雷迪（Michael Reddy）於 1979 年提出「管道／傳導隱喻」〔註 24〕（Conduit metaphor），將語言表達式視爲意義的容器，說話人將想法（物件）放入語辭（容器）並傳遞（經由管道）至聽者，聽者再將想法（物件）由語辭（容器）中取出來〔註 25〕。如圖 2-2-2：

圖 2-2-2：「管道／傳導隱喻」示意圖

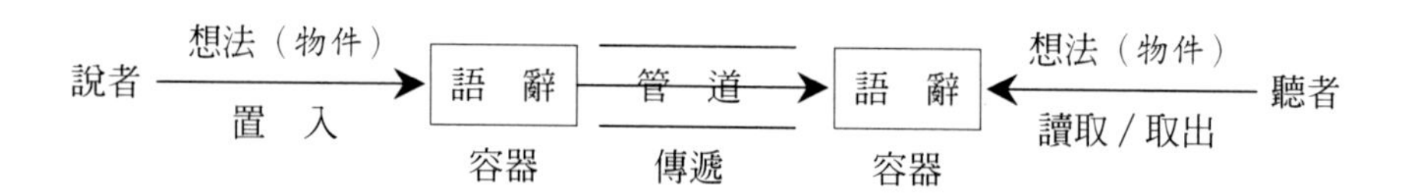

「行者」是東坡和佛印之間的傳遞管道，他將「偈語」（容器）更加入了自己的「諢話」，傳到佛印法師那，法師只接收了「偈語」並取出了「偈語」內的想法，而「偈語＋諢話」卻因「行者」的搬演，是由觀眾接受並解讀。使舞台的演出氣氛輕鬆活潑，不致於太沉悶，讓觀眾無論能否理解偈語，都能娛悅地觀看戲劇。

又如楊顯之《臨江驛》第四折，張天覺和張翠鸞父女隔著驛門內外，精彩地演出父女兩人的內心世界，正旦在驛門外大哭：

> （做哭科，云）哎呀，天也！我便在這裡，不知我那爹爹在那裡也！（張天覺云）翠鸞孩兒，兀的不痛殺我也！我恰才闔眼，見我那孩兒在我面前一般，正說當年之事，不知是什麼人驚覺我這夢來……（正旦詞云）告哥哥不須氣撲，我冤枉事誰行訴與？從今後忍氣吞聲，再不敢嚎咷痛哭。爹爹也，兀的不想殺我也！（張天覺云）翠

〔註 24〕周師世箴譯作「管道」隱喻，詳見周師譯本（2006），頁 21；胡壯麟（2004），頁 59，譯作「傳導隱喻」。

〔註 25〕詳見 Lakoff & Johnson（1980），周師譯本（2006），頁 21～26。

> 鸞孩兒，只被你痛殺我也！恰才與我那孩兒數說當年渡河相別之事，不知是什麼人驚覺我這夢來！……（正旦詞云）隔門兒苦告哥哥，聽妾身獨言肺腑。但肯發慈悲肚腸，就是我生身父母。……頃刻間便撞起響瑺瑺山寺殘鐘，且容咱權避這淅零零瀟湘夜雨。（張天覺云）天色明了也。興兒，你去門首看看是什麼人鬧這一夜，與我拿將過來！（做拿解子、正旦，見旦認科，云）兀的不是我爹爹！（張天覺云）兀的不是翠鸞孩兒！這三年你在那裡來？你爲什麼披枷帶鎖的？（四折，卷四，頁 2663～2665）

一個風雨交加、哭聲不歇、怨罵不已，充斥著各種吵雜聲響的夜晚，有五個人不得安眠。除了張翠鸞、張天覺父女因彼此的思念和處境而難以成眠外，興兒、驛丞、解子，則因他三人的職務關係也連帶地不得好眠。翠鸞的哭聲驚擾在夢中與女兒相見的張天覺，被驚醒的張天覺，氣得責罵／打興身，興兒被責罵／打也將氣出在驛丞的身上，無辜的驛丞更將矛頭指向在門外避雨的解子，倒楣的解子無可奈何地責罵哭聲的製造者——翠鸞。如圖 2-2-3：

圖 2-2-3：人物關係圖

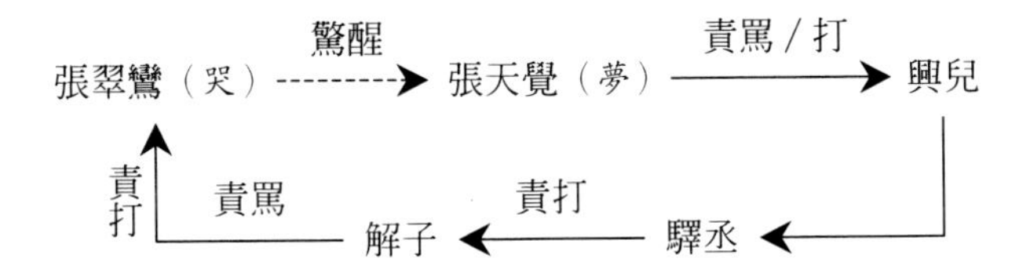

註：圖中實線表示兩人之間有直接接觸；虛線則表示人物之間並無直接接觸。

在舞台上這五個人呈現著鐶鐶相扣的鎖鏈關係，在這個鐶鍊關係中，張翠鸞父女各在鎖鏈兩端，卻看不到彼此，張翠鸞用哭聲作媒介，扣入張天覺的夢境，驚擾父親的睡夢。其餘的人，如張天覺對興兒、興兒對驛丞、驛丞對解子、解子對張翠鸞，都是面對面的接觸，且處於上對下的直接關係，但是處於最下層的張翠鸞卻以哭聲逆轉情勢，間接銜連最上層的張天覺。舞台表演時利用人物身份，切割出不同的空間和層次感。在空間的內外關係上，如林碧慧在其碩論中曾言：

> 「內、外」是立體空間的方位關係，必須有容器的形式才能呈現內

> 外的區別。容器「內」是被保護的、安全的私密的空間，同時也是被約束的空間；容器「外」自由自在的世界，同時也是較多變、難以掌控的空間。內、外的空間關係只是一壁之隔，其象徵隱喻由不同的角度切入恰是二個極端。〔註26〕

居內部的、處優勢的屬上位空間，張天覺、興兒和驛丞在驛門內的庇護空間；解子和張翠鸞二人在劇中屬下位，只得處在驛門外的劣勢空間。劇中的上位者——廉訪使大人正在驛站休息，因此無論外面風雨多大，處劣勢的下位者也能棲身驛門外稍遮風雨，而不得入內驚擾大官。舞台上的人物和虛擬出的內外空間配置，如圖2-2-4：

圖2-2-4：人物及內外空間虛擬配置圖

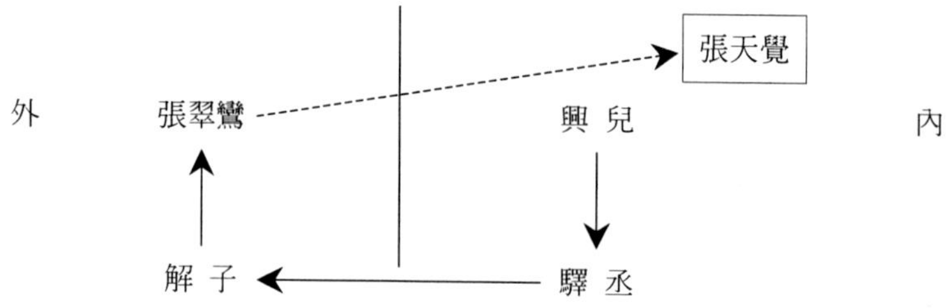

舞台上單靠人物的動作和對話，就將舞台切分出「內←→外」的虛擬空間，並且內部空間又分割出「張天覺－興兒」及「興兒－驛丞」這兩個區隔空間。這些「一壁之隔」在舞台上全是虛擬出來的，這五個人還是在舞台這一大空間下同台演出。「內」、「外」的區隔，正如林碧慧在文中指出的「其象徵隱喻是由不同角度切入的二個極端」，筆者將舞台呈現的空間和人物的關係，從內、外兩種視角分述如下：「內——上位者——官——張天覺——父思女」；「外——下位者——罪犯——張翠鸞——女思父」。

（二）舞台外的空間

演出時，除了實際在搬演的戲台外，戲台外的空間也在表演的劇情內，「鬼門道」或「戲房」後的指定角色或不具名的人物，都成了表演的一部分，為另一種演出形式。

〔註26〕林碧慧，《大觀園隱喻世界——從方所認知角度探索小說的環境映射》（東海大學中文所碩論，2001年），頁54～55。

1. 鬼門道

鬼門道雖居幕後，但亦可成爲舞台演出的一部分。舞台表演時，有時人物不出場，而在「鬼門道」內應聲與台上的演員相應和，如：

> （正旦領梅香上，向古門道云）韓秀才，你則躲在房裡坐，不要出來，待我和那虔婆頹鬧一場去！（韓輔臣做應云）我知道。（關漢卿《金線池》一折，卷一，頁 144）

《金線池》一劇韓輔臣在戲劇演出時只躲在幕後不出場，由杜蕊娘出面和虔婆計較，這樣的戲劇安排和舞台效果，把韓輔臣的懦弱性格，及人在矮簷下的現實狀況表露無遺。《竇娥冤》中張驢兒透過古門道跟在內的竇娥交待事項，觀眾看不到繁瑣的細節，但具關鍵性的羊肚湯卻已在傾刻間端出舞台，帶著劇情向前推延：

> （張驢兒向古門云）竇娥，婆婆想羊肚兒湯吃，快安排將來！（正旦持湯上，云）妾身竇娥是也。有俺婆婆不快，想羊肚湯吃，我親自安排了與婆婆吃去。……（二折，卷一，頁 273～274）

2.「內」——劇場的空間意識

劇場的空間意識，可以容器隱喻來理解。容器隱喻的立基點如前文所述，是以肉體爲出發，我們每個人的身體都是容器，通過皮膚與身外世界接觸，有一個有界體表與一個進出方位。我們將自己肉體經驗到的進出方位投射到其他具表層界限的存在物上，將他們也視爲有內外之分的容器。「地盤」——進／出、「視野」——內／外，以及「事件／行動／活動／情況」也概念化爲容器隱喻。

劇場是一個密閉的容器，只有一面開口，可以隨雜劇的演出而開闔，以舞台爲基點，戲房（後台）在內是封閉式的，神樓、腰棚（觀眾席）在舞台的外面，也是封閉式的。劇場空間，因其功能性在演出，無論是以觀眾還是以演員來說，內外的參考點是以演員的表演面向爲主。以演員面向來看，他的前後內外的關係是「內／後⟵⟶前／外」；以觀眾的面向而言，他的前後內外的相對關係是「內／前⟵⟶後／外」，如圖 2-2-5。〔註 27〕

〔註 27〕劇場中的位置是相對而非絕對的，且據廖奔（1997）的說法「腰棚和神樓對戲台構成三面環繞的形勢，所以勾欄（宋元時戲劇演出的地方稱之）的整體構造呈圓形。」而且勾欄有門，可上鎖，是封閉式的空間。

圖 2-2-5：劇場空間示意圖

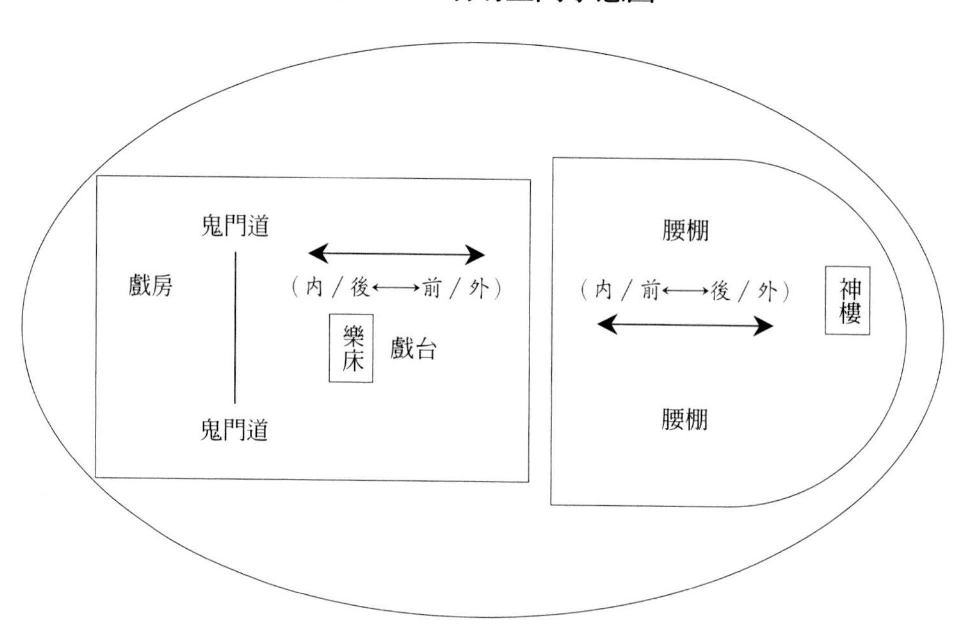

就演員而言，戲房（後台）屬內部空間，是私密的自我和扮演的古人共存的空間，具隱蔽性、安全性。「鬼門道」是個轉換的通道，戲台（舞台）上，是外放的空間，只有扮演某某古人的「行當」〔註 28〕在。以觀眾來說，他也是在「外」在空間觀看在「內」的舞台表演。舞台是一個容器（就觀眾的視野而言），容器之外的戲房又是另一個內在於舞台的神秘容器，這個容器內的東西看不見但聽得到，平時觀眾感知它存在於舞台之後，遇上這內在於舞台的空間——戲房，也有人物與舞台上的角色進行對話，參上一腳演出時，它成了觀眾心中的另一個隱性舞台。元雜劇中亦有以「內」充當角色，與劇中行當或人物應對、打諢的情況出現，如：

（淨扮太醫上，云）……（淨叫云）丁香奴！（內應科，云）有，（淨云）你丸藥來不曾？（內云）我丸藥來。（淨云）你丸了多少藥？（內云）我丸了八囤半。（淨云）老哥（語境上是對前來請他去醫病的張千說的），我那囤子是囤糧食的，四五個人圍不過來。這小的每貪耍，一日吃了三頓飯，則丸八囤半。……（吳昌齡《張天師》楔子，卷

〔註 28〕「行當」，又稱色目、角色，指的是劇中人物。筆者於第三章第一節中探討〈行當與人物：原型及其延伸〉，就將兩者二分，行當是人物的類型化，人物指的是劇中角色。

三，頁 1872）

應聲的，是淨口中的「丁香奴」，從對話中得知，他是「淨／太醫」的家僕。同一齣戲，張天師在作法時，當值神明受命去勾取桂花仙子，戲房內有人應聲說話，但應聲者身份未明：

> （天師云）有勞當日神將，值日功曹，直去花苑中勾將桂花仙子來者。（直符云）得令！桂花仙子安在？疾！怎生無有桂花，是有誰？（內應科，云）止有荷花。（直符云）報知眞人，止有荷花。（吳昌齡《張天師》三折，卷三，頁 1876。）

「鬼門道」成爲舞台界限的標記，「內」代表的是劇中的角色不具名，但在劇中也是個「人物」，具有角色與身份的功用。如楊顯之《臨江驛》第二折，張翠鸞尋崔甸士來到秦川縣，向路人問路時，亦以「內」替代一不知名姓的路人甲，用「聲音」標誌角色在戲房內發聲（聲音＝角色），如下文：

> （云）可早來到秦川縣了也。我問人咱。（做向古門問科，云）敢問哥哥，哪裡是崔甸士的私宅？（內云）則前面那個八字牆門便是。（正旦云）哥哥，我寄著這包袱兒在這裡，我認了親眷呵便來取也。（內云）放在這裡不妨事，你自去。（楊顯之《臨江驛》二折，卷四，頁 2653）

雜劇在演出時，戲房（後台）不但是演員準備上場時的地方，也可應劇情需要在戲房內應聲來交待情節的發展，或擔任某個不重要或者不知名的角色跟戲台上的角色應答。

舞台上、舞台外（內部戲房）都是雜劇演出可資利用的空間，一個外顯並開放於觀眾的眼前，另一個內在並封閉於觀眾的視線之外；一個是明白看見演員的動向，一個是清楚感知演員的存在。兩種不同空間與形式的舞台搬演，讓觀眾利用不同的感官接受戲劇訊息，欣賞戲劇的演出。

二、科介的程式化與虛擬

除了劇場空間外，元雜劇演出時因舞台的簡單，時空的變化不是透過具體的布景或道具來表現，主要是靠演員的表演虛擬出來的。關於舞台表演時之特點──「虛擬性」，葉長海做了以下的說明：

> 它是在基本上沒有景物造型的舞台上，運用演員的虛擬動作調動觀眾的想像，形成特定的戲劇情境和舞台形象。這種演出中的舞台的時空是一種虛擬的時空，自由的時空。所謂虛擬的空間，即以虛擬

手法使舞台上產生特殊的時間形態：一是時間的壓縮，如唱做十幾分鐘，就表示已經經歷了很長的時間；二是時間的延伸，如幾秒鐘的思考和動作，卻花費幾倍、十幾倍的舞台時間來細緻刻劃。從根本上說，這種舞台時間和空間形態不是現實生活的時間和空間的直接再現，而是經過心靈折射的時間和空間的藝術反映。它們是一種「心理時間」和「心理空間」，存在於創造者和欣賞者的想像之中。有一句戲諺云：「三五步行遍天下，六七人百萬雄兵」，頗爲生動地說明了中國戲劇的象徵性的、自由的舞台時空特徵。〔註29〕

戲劇演出的時空，是由出場的角色決定的，當人物離開，時空亦不復存在。元雜劇表演形式的特點，歷來的戲曲研究者都將其稱之爲「程式化」〔註30〕。門巋說明了「科介」〔註31〕與中國戲曲虛擬和程式化的關係：

而惟有科介提示明白了中國戲曲虛擬與程式化的特徵。……虛實結合，以虛爲主，是元雜劇舞台演出的又一重要特點。由於古代舞台設置較簡單、分場形式演出等原因，所以在表演方面就形成了一套虛實結合，以虛爲主的舞台處理方法。……整個劇情的進程，其時間和空間的發展變化，具體景物和場面描寫，卻不是通過布景裝置來表現，而是主要依靠演員和虛擬表演所創造的氣氛來表現，這種虛擬手法也被稱爲「動作暗示法」。在戲曲文學創作上對虛擬和程式的集中體現就是科介的提示。……〔註32〕

〔註29〕葉長海，《曲學與戲劇學》（上海：學林出版社，1999年），頁121。

〔註30〕「所謂程式化，就是根據舞台藝術的特點和規律，把生活中的語言、動作提煉加工爲唱念藝術和身段，並和音樂節奏相配合，成爲形式上、技術上的規範和表現手段。諸如唱腔板式、音樂旋律，以及動作、台步等，這些程式化的表演藝術，受到傳統的說唱藝術和歌舞百戲等的影響，同時也被後世的傳統戲繼承下來。」李春祥（1989），頁37～38。「元雜劇表演藝術的又一特點就是程式化。科介的提示需要演員創造出種種虛擬的表演藝術，久之，某些創造，爲演員和觀眾共同認可，以其爲美，這些創作一代代傳下去，一方面形成傳統表演方式，一方面即形成一種固定的表演程式。這種程式在元雜劇時代就已經形成，當時已有『科範』一詞，又作『科泛』，就是指表演的一定規範，陶宗儀《輟耕錄》即載元初教坊色長劉耍和『長於科泛』。就是說劉耍和善於爲演員制定和創造出一定的表演規範。」門巋（2000），頁43。

〔註31〕「科」與「介」意同，一般北劇用「科」，南戲用「介」，也有連用「科介」者。徐渭《南詞敘錄》曾解釋其意曰：「科，相見、作揖、進拜、舞蹈、坐跪之類，身之所行，皆謂之科……」「介，今戲文科處皆作介，蓋書坊省文，以科字作介字，非科、介有異也。」門巋（2000），頁41。

〔註32〕門巋（2000），頁41。

雜劇中對於人物動作的提示語，必有程式化的科介。如在戰爭場面常見的將領上場時的科介：「躧馬兒」和「跚馬兒」，以虛擬的動作摹擬騎馬的樣態，在舞台表演上也應有程式化的規範。在科介的選用上，雜劇大家關漢卿喜用「跚馬兒」，在關劇《單鞭奪槊》第三折（卷一，頁 517～518）單雄信、段志賢、李世民、尉遲恭，這些出場的將領不分輸贏，都以「跚馬兒」上場，關劇《陳母教子》裡跨馬遊街的狀元們，也都以「跚馬兒」上場。李文蔚《破苻堅》第三折（卷二，頁 1479～1480）未開打前，不分敵我，每一個意氣飛揚的將領都以「躧馬兒」出場；無名氏《衣襖車》第二折（卷八，頁 6186～6188）盜衣襖車的昝雄、史牙恰和追討衣襖車的狄青及正末劉慶都是「躧馬兒」出場的。這兩種科介，看似應相同，純由劇作家寫作風格的偏好而用「跚馬兒」或「躧馬兒」。但是在李壽卿《說鱄諸》劇，則分別了這兩種科介，配合使用的情景大有不同：第二折（卷四，頁 2343）伍員帶著襁褓之中的芈勝要投奔鄭國，費無忌派來的追兵在後，此時狼狽奔逃的伍員用「跚馬兒」上場；到了楔子（卷四，頁 2359），伍員借到吳國的十萬雄兵，欲攻打楚國擒拿費無忌時，用「躧馬兒」上場；劇作家李壽卿在使用這兩個科介時，是有差別性的：在落魄逃竄之際，用「跚馬兒」出場，意氣風發時則以「躧馬兒」出場的。姑不論「跚馬兒」和「躧馬兒」是否具有不同的意涵，由李壽卿的分別使用，可知這兩種科介，在李壽卿的運用上必定有所差異，而其他雜劇作家的選用上，因不見有對應意涵的差別，可能只是作家對這兩個科介用語的偏好不同。「躧馬兒」和「跚馬兒」在不同劇作家不同雜劇裡都出現，可見必有程式化的科介在。

科介除了程式化的特點外，虛擬也是它最大的特色之一，雜劇裡以科介虛擬空間的，如：

> （卒子云）喏，報的將軍知道，有曹丞相領兵在城下，請將軍打話。
>
> （關末上城，云）我與他打話去。丞相，你爲何領兵來？（無名氏《關雲長》第一折，卷八，頁 5856）

無名氏《關雲長》劇，關末爲與曹丞相打話，做了「上城」的動作，這個科介完成後，關末所處的空間轉變到居高臨下的城墻之上。這是以科介虛擬空間的轉換。

其他科介的功用，有的是爲了插科打諢的舞台效果，如李文蔚《燕青博魚》劇第二折，燕青遇上了之前眼瞎時打他的楊衙內，拿住楊衙內便打，在雜劇中有「楊衙內打筋斗科」（卷二，頁 1436）的動作提示；在眾人以爲燕青打死楊衙內時，他還對搽旦做「嘴臉」，雜劇上的動作提示爲：「楊衙內做嘴臉調旦科」（卷二，頁 1437）。「打筋斗科」和「做嘴臉」是用來取鬧調笑的，「打筋斗科」是劇中人被燕青打了一頓，本應做悽慘狀，卻反做起耍寶的特技動作；「做嘴臉」是劇中人被人打卻只顧與情婦調情的醜態。

也有些科介是用來表現人物情緒狀態的，如：

> （任二公做氣科，云）你們裝這圈套，來強娶我女孩兒，兀的不氣殺老漢也！（王曄《桃花女》二折，卷七，頁 4776）

任二公的「做氣科」是一般劇中人物生氣時表情動作的提示；在尚仲賢《氣英布》劇，正末英布遭高祖濯足相見的動作及情緒反應，先是「做怒科」接著是不同情狀的「做噴氣科」，如：

> （正末做臨古門見科）（漢王引二宮女上，做濯足科）（正末做怒科）……（做仰天掀髯噴氣科云）叵奈劉季那廝濯足相見，明明覷的咱輕如糞土，這一來咱好差了也！令人，傳下將令，即刻拔營而起，重回咱九江去來。（尚仲賢《氣英布》二折，卷四，頁 2488）

> （正末云）只是那隨何是咱綰角兒弟兄，他可不該來哄咱。不殺的他，也出不得這口臭氣！（做噴氣科）（尚仲賢《氣英布》三折，卷四，頁 2493）

英布的怒氣是對漢王濯足相輕的不滿，「做噴氣科」還加上了「仰天掀髯」的動作描述，大有今人所說「氣得吹鬍子瞪眼睛」的情態。第三折的「做噴氣科」怒氣轉嫁到了勸他降漢的老友隨何身上。任二公的「做氣科」和英布的「做怒科」、「做仰天掀髯噴氣科」、「做噴氣科」在舞台表演的程式化規範上，也應有其生動的情狀與姿態。

有的科介連串在一起，用動作代替語言來描述情節發展，如王曄《桃花女》第三折，不安好心的周公刻意選凶神惡煞的時日迎娶桃花女，被桃花女一路破解。周公不甘心落敗，他在白虎頭上舖床，故意要外面響動鼓樂，要驚起白虎，想害死端坐新房內的桃花女。桃花女算著了，特意請小姑娘臘梅出來相陪，如：

> （臘梅做見正旦科，云）嫂嫂萬福。（正旦云）姑姑萬福。你穿著我這鶴袖兒，在這裡坐一坐，我往後面更衣去便來。（虛下）（外動鼓樂科）（白虎上，咬臘梅科）（臘梅做倒科）（正旦更衣上，坐科）（彭

大云）這一會不聽的孩兒言語，敢是死了也，我試看咱。（做看科）（正旦云）怎麼小姑娘臘梅死了也？（彭大云）呀，果然小姑娘死了！周公快來！（卷七，頁 4788）

舞台上以科介演述了之前周錢盤算好的陰謀，害不成桃花女的周公反害到自己的小女兒。在這一連串的科介裡，搽旦臘梅的「做倒科」應爲一程式化的科介；在《說鱄諸》劇第一折，伍員從芈建口中得知父兄遭殺害時，亦有「氣倒科」（卷四，頁 2337）的科介提示。「倒」的動作在形式上，應有共通的規範和表現的手段。

科介——演員在舞台上的肢體動作，以虛擬與程式化來呈現，使元雜劇的舞台藝術有規範可循。每一種科介都有適合角色人物的各種情狀，及其在舞台表演時的最佳姿態。科介的定型化，使表演藝術更趨普遍化；以科介虛擬出來的城墻、門戶、坐騎，都以抽象的動作姿態描繪具象的「物」，固定的表演形式讓觀眾一目了然。

曾永義在討論「排場」〔註 33〕的時候，認爲戲曲的排場——分場演出，造就了它的藝術風格，使之具虛擬象徵性的特質，如：

就因爲中國戲劇是以分場的方式連續演出，所以其藝術也就形成非寫實而爲虛擬象徵性的特質，也惟有這樣特質的戲劇才能搬演宇宙間的萬事萬物和自由自在的時間流轉。〔註 34〕

排場和虛擬、程式化的科介的相關性，筆者以孫仲章《勘頭巾》劇之楔子爲例，該楔子的「排場」有三，筆者依故事情節、劇本科介提示、場景，如表 2-2-1：

表 2-2-1：排場之情節、科介、場景

排場	故　事　情　節	劇本科介提示	場　景
一	劉員外娘子上場、王知觀上場，劉娘子使計謀要王知觀殺了劉員外，誣賴給寫下保辜文書的王小二，兩人一同下場。	（旦上）－（淨扮道士上）－（旦見科）－（同下）	劉員外家

〔註 33〕「排場」，據曾永義之說：「是中國戲劇組成結構的基本單位。」（頁 376）「是指中國戲劇腳色在『場上』所表演的一個段落，它是以關目情節的輕重爲基礎，再調配適當的腳色、安排相稱的套式、穿戴合適的穿關，通過演員唱作唸打而展現出來。」見曾永義，〈說「排場」〉，《詩歌與戲曲》（台北：聯經出版社，1988 年），頁 396。

〔註 34〕曾永義（1988），頁 397。

二	劉員外上場，多喝了酒，把馬拴在樹上，人樹下歇息，王知觀上場殺了劉員外下場。	（正末上）－（做睡科）－淨上殺末科－（下）	城外楊柳樹下
三	街坊上場告知劉娘子員外死訊，劉娘子上場將此事賴與王小二，走至王小二家喚王小二上場，說他殺了員外，拉王小二去見官，二人下場。	（街坊上）－（旦上）－（喚科）－（王小二上，見科）－（下）	劉員外家門口→王小二家門口

這三個「排場」在舞台上是連續進行的，以腳色的上下場劃分，上下場是表演的停頓之處，代表著分場符號，分場在戲劇的表達中傳遞舞台上時空轉換的訊息。人物的上下場明顯看出時空的轉換，但場景的標示卻是由角色的賓白中顯示的，如：第一場，由旦上場說：「我著人尋王知觀去了，這早晚敢待來也。」及淨說：「他今日著人來叫我，須索走一遭去。來到這門首也。」由二個角色的話語中告知觀眾演出的場景是在「劉員外家」；第二場如正末所說：「自家劉員外的便是。城外索錢去來……我下馬來，把馬栓在樹上，我去那柳蔭下且歇息咱。」，正末告知觀眾場景在「城外楊柳樹下」；第三場在劉員外家門口——王小二家門口，眾街坊上場喊著說不知什麼人殺了員外後旦角才上場，可知在場景虛擬上旦角未出場表示人在屋內，街坊是自門外叫喚，所以場景是先設定在「劉員外家門口」，旦角出場後，說要去問王小二，道：「到他家試問咱。早到門首也。」場景在旦角口中轉移到了「王小二家門口」，旦角喚王小二出來，也說明了王小二人在屋內，丑角由後台上場，在舞台表演上成了從屋內出來應門。

在這三個排場裡，除了有雜劇文本裡記載的科介，也有以賓白提示的動作，如王知觀（淨）所說：「他今日著人來叫我，須索走一遭去。來到這門首也。」這段話語在淨角口中道出，並未切分，是連續說出的句子，但在舞台表演時，可切分成二個段落，如：從「他今日著人來叫我，須索走一遭去。」到「來到這門首也。」中間的（……）是分段處，在戲劇情節裡「象徵著走上了一段路」，但實際的舞台動作可能只跨上了一兩步；這是由賓白提示的動作。在第三場排場裡，旦角提到「到他家試問咱。早到門首也。」也是一樣話語中有賓白提示的動作。

戲曲演出時人物的舞台動作除了程式化的科介外，舞台上人物的上下場，不但藉由停頓劃分出排場，更能以此轉換演出的時空，透過人物賓白的暗示表達出時空的場景——人物事件交會的地點。場景是角色賓白虛擬出來的，而一般所知的科介，除了雜劇中類而易見之「做……科」的科介提示外，賓白也可以提示科介，而這些科介都是以虛擬爲主，並且有其程序化的套序。

三、演出態的傳訊過程

根據雅克愼傳訊理論，語言行爲模式有六面，包括：說話人、話語對象、指涉、話語、接觸、語規。如圖 2-2-6：〔註 35〕

圖 2-2-6：語言行為模式之六面

指涉（CONTEXT）
話語（MESSAGE）
說話人（ADDRESSER）———————— 話語的對象（ADDRESSEE）
接觸（CONTACT）
語規（CODE）

根據傳訊理論：說話人要將話語有所指涉的內容傳給話語的對象，必須與話語對象具有相同的語規，話語才能爲話語對象所了解，而兩主體間在物理與心理上須有聯繫才確保接觸，以完成傳達之任務。

雜劇作家創作雜劇，透過演員的角色扮演，將雜劇內容傳遞給觀眾的過程，比起閱讀態來複雜了許多。劇作家因其個人的時代背景與社會階級，有著個人的世界觀與價值觀，而雜劇的寫作因劇作家的現實生活需求，更有經濟因素在其中，因而社會風尚與觀眾喜好成爲雜劇形成的背景條件。據此，雜劇作爲一部文本來看待，除了反映了劇作家的思想、精神，也包含其所處時代與社會階級之集體意識。劇作家運用個人的語文能力，將摻合個人創造與時代因素的內容，以文字編碼創作雜劇。雜劇，它是說唱文學的餘緒，說唱是一種民間藝術，是以口語表達配合曲調演唱來講演故事的一種形式。雜劇寫作的目的，不是爲了以書面文學的形式存在，而是爲了舞台搬演，故而雜劇的賓白語言是一種模擬口頭語言的書寫語言。除了曲詞外，口頭語言廣泛出現在戲劇的演出過程。值得注意的是，雜劇劇本是一個「不變體」（invariant），透過演員的表演，每一次演出就是這劇本可變的「演體」（variants）

〔註 35〕見古添洪，〈第四章雅克愼的記號詩學〉，《記號詩學》（台北：東大圖書公司，1984 年），頁 98。

〔註 36〕。由演員以其詮釋能力將文字解碼，並依其個人之表演技巧及舞台經驗，用聲音、表情、肢體動作這些超語言的成分，在舞台表演時按照角色重新編碼傳遞文本的意涵。一次演出即一次創作，即一個演體，演體是不會重複的，每一個演體都是獨一無二的。觀眾接受演員表演的訊息，以個人之時代與社會階級和詮釋能力將之解碼。這樣的傳訊過程，如圖 2-2-7：

圖 2-2-7：雜劇文本演出態的傳訊示意圖

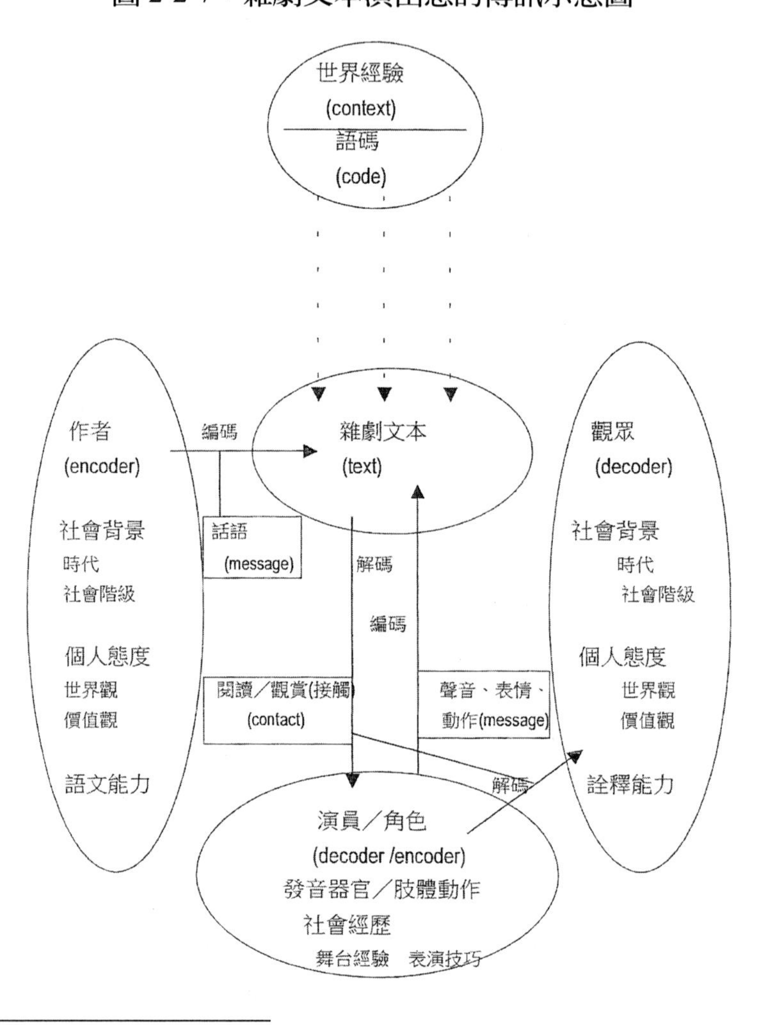

〔註 36〕古添洪（1984），〈從雅克慎底語言行爲模式以建立話本小說的記號系統——兼讀「碾玉觀音」〉一文提及：「用記號學的語彙來說，這『話本小說』是一個『書篇』（text），是一個『不變體』（invariant），而每一次說故事，即是這『書篇』可變『演體』（variants）。就好比是一個劇本是一個不變體，而每一次的演出則是這劇本的『演體』。」詳見《記號詩學》，頁 204。

作者因其社會背景、個人態度及語文能力將話語編碼寫作成雜劇文本，文本中有其語碼和世界經驗在其中；演員透過閱讀（接觸）將雜劇文本解碼，並以自身的發音器官、肢體動作和社會經歷透過聲音、表情、動作等舞台動作再次將戲劇文本編碼；觀眾以自己的社會背景、個人態度、詮釋能力透過觀賞（接觸）將之解碼。上圖呈現的是雜劇文本演出態的傳訊過程。

第三節　雅俗共賞：戲曲的橋樑作用

戲曲既具娛樂效果，又具教化意味。書會文人利用戲曲教化不識字的廣大群眾，忠孝節義的觀念或佛道思想在舞台上透過角色扮演、劇情推衍，對台下的觀眾進行潛移默化。戲曲中有著濃厚的訓示意味，時而透露儒家主流的價值觀。戲曲具有溝通「雅」、「俗」的橋樑作用，深奧的義理或教義，藉由淺白通俗的曲文賓白，讓未受教育不識字的市井小民也能心領神會；而文人階層也藉由曲文賓白的俚俗，瞭解市井小民的生活文化。這也是雜劇作家所努力的：爲能宣揚儒道思想從而教化人心，在劇中淺顯地透過英雄事蹟的講述、歷史事件的概述、孝子賢母的典範、公理正義的伸張，來教示做人處事的道理；爲能使雜劇深入俗層群眾，劇作家也盡量運用俚俗字眼或贅加市井小民喜聞樂見的嬉鬧情節，使其俚俗化。筆者分就內容及形式兩大類，論述雜劇在內容上明顯揉合了雅層與俗層相異的文化意識，及形式上雅俗語言揉雜的情形；接著論及戲曲的溝通效能，並進而闡述其溝通雅俗的橋樑作用。

一、內容上的雅俗雜揉

戲曲的內容，指的是語言載體的部分。本文的戲曲是以元雜劇爲根據，以其戲劇內容所傳達的意涵，作爲研究的對象。在雜劇的內容上較鮮明的是屬於雅層的文人，寄託於劇中欲傳達予觀眾或讀者的文化思維及其價值觀；雅層之於俗層起的是教化的作用。而世俗大眾的喜好與取向也影響了劇作家的創作，俗層之於雅層起的推動雜劇平民化的作用，促使其創作題材的生活化；元雜劇必須能反映底層市民的思想與生活，方能引起大眾的共鳴。這些因素使得元雜劇在內容上雅俗雜揉。

（一）曲白呈現對雅層文化的宣揚

曲白呈現的雅層文化，通常與傳統儒家的思想相關。筆者就此分爲「對儒家經典與聖賢事蹟的宣揚與教化」及「倫理觀念的宣揚與教化」來進行論述。

1. 儒家經典與聖賢事蹟的宣揚與教化

雜劇作家藉雜劇娛樂觀眾，但也藉之傳遞雅層的文化訊息進而教化大眾。在雜劇曲白裡可見濃厚的雅層士人的價值觀，尤以《陳母教子》最爲明顯；劇中陳母以詩書傳家，教子以經爲其最高的目標，如：

> （正旦云）孩兒每也，你那裡知道！豈不聞邵堯夫教子伯溫曰：「我欲教汝爲大賢，未知天意肯從否？」「遺子黃金滿籯，不如教子一經。」依著我，就那裡與我培埋了者。（關漢卿《陳母教子》楔子，卷一，頁 390）

《陳母教子》所傳遞的是中國社會長久以來所標榜的主流價值觀：「萬般皆下品，唯有讀書高」，陳母所說「遺子黃金滿籯，不如教子一經」，亦即童蒙書《三字經》中所言：「人遺子，金滿籯；我教子，惟一經」，強調教子讀書的重要。但讀書首要爲修身，而世俗的目的卻是「狀元郎」。第一折中陳母燒夜香祈求長子中狀元，吊書袋地扯了一些儒家經典：

> （正旦云）大哥求官應舉去了，必然爲官也。我每夜燒一柱香，您那裡知道也。我「不求金玉重重貴，只願兒孫個個賢」。（唱）【仙呂・點絳唇】我爲甚每夜燒香？博一個子孫興旺，天將傍。非是我誇強，我則待將《禮記》、《詩》、《書》講。（二末云）母親，大哥這一去，憑著他那七言詩八韻賦，必然爲官也。（正旦唱）【混江龍】才能謙讓，祖先賢承教化立三綱；稟仁義禮智，習恭儉溫良。定萬代規模遵孔聖，論一生學業好文章。《周易》道「謙謙君子」，後天教起此文章。《毛詩》云國風、雅、頌，《關雎》云大道揚揚。《春秋》說素常之德，訪堯舜夏禹商湯。《周禮》行儒風典雅，正衣冠環佩鏘鏘。《中庸》作明乎天理，性與道萬代傳揚。《大學》功在明明德，能齊家治國安邦。《論語》是聖賢作譜，《禮記》善問答行藏。《孟子》養浩然之氣，傳正道暗助王綱。學儒業，守燈窗，望一舉，把名揚。袍袖惹，桂花香，瓊林宴，飲霞觴。親奪的，狀元郎，威凜凜，志昂昂。則他那一身榮顯可便萬人知，抵多少五陵豪氣三千丈！有一日腰金衣紫，孩兒每也休忘了那琴劍書箱。（關漢卿《陳母教子》一折，卷一，頁 392～393）

這些典籍的主旨大要在陳母的鋪陳下，使得一般的觀眾雖不識字，也有了些微認識。第二折中陳良佐的大哥（大末）、二哥（二末）和妹婿（王拱辰）紛紛指責他之前的誇大和目中無人時，也都搬出了一些大道理來賣弄，如：

> （大末云）你既爲孔子門徒，何出此言？俺家素非白屋，祖代簪纓，乃陳平之後，你今日得了個探花郎，豈不汗顏？爲人者要齊家治國，修身正心；人心不正，做事不能成矣。人以德行爲先。德者，本也；才者，末也。德勝才爲君子，才勝德爲小人。你這等人，和你說什麼來！我和你同胞共乳一爺娘，幼小攻書在學堂。受盡寒窗十載苦，龍門一跳見君王。你去時節人前誇大口，還家只得探花郎。鳳凰飛在梧桐樹，呸！自有傍人話短長。（下）……（二末云）你去時節誇盡大言，回來得了個探花郎，豈不汗顏？俺家素非白屋，累代簪纓，漢陳平之玄孫，祖宗拜秦國公之職，爲子當以腰金衣紫。俺二人皆第狀元，惟汝不第者何也？爲子才輕德薄。我和你說什麼來！未應舉志氣凌雲，但開口傍若無人。賣弄你詩才過李白、杜甫，舌辨似張儀、蘇秦。大哥如泥中草芥，二兄長似陌上輕塵。孔子居於鄉黨，見長幼禮法恂恂。可不道狀元郎「懷中取物」，覷富貴「掌上觀紋」？發言時舒眉展眼，你今日薄落了縮項潛身。俺狀元誇談宗祖，呸！誰似你個探花郎羞答答的辱末家門！（下）……（王拱辰云）適才小官聽的大舅二舅所言，說三舅去時節誇盡大言，回來得了個探花郎，豈不汗顏？爲人者可以治國齊家，修身正心；人心不正，做事不能成矣。《中庸》有言：「喜怒哀樂之未發謂之中，發而皆中節謂之和。中也者，天下之大本也；和也者，天下之達道也。」《論語》云：「君子不重則不威。」輕乎外者，必不能堅乎內，故不厚重，則無威嚴，而所學亦不堅固也。俗言有幾句比並，尊舅豈不聞：草蟲食草，豈知重味之甘？蚯蚓啼洼，不解汪洋之海。瓮生蠓蠛，豈知化外清風？螢火雖明，不解蟾光之照。樹高而曲，不如短而直；水深而濁，不知淺而清。蜘蛛有絲，損人利己；蚕腹有絲，裕民潤國。但凡爲人三思，然後再思可矣。你空長堂堂七尺軀，胸中志氣半星無。綠袍槐簡歸故里，呸，枉做男兒大丈夫！（下）（《狀元堂陳母教子》二折，卷一，頁 410～411）

這些個儒家義理：《中庸》、《論語》的話語，齊家治國之道及君子、小人之辨，在這三人道貌岸然的陳述下，躍然於小市民的耳中。

除了引經據典之外，雜劇中亦有講述先聖先賢事蹟以自勵者，如：

【梁州】我便似簞瓢巷顏回暗宿，卻渾如首陽山伯夷清齋。我便似絕糧孔子居陳蔡。餓殺我也口談珠玉，凍殺我也胸卷江淮。（鄭廷玉《金鳳釵》三折，卷二，頁 1217）

鄭廷玉《金鳳釵》劇的窮書生趙鶚，以顏回、伯夷、孔子的貧窮困阨卻人品清高來自勉，市井觀眾透過戲劇欣賞，耳濡目染這些聖賢的行跡。

又如關漢卿《單刀會》劇，魯肅要關羽歸還荊州，引用聖人的話，強調「信」的重要，如：

（魯云）將軍原來傲物輕信！（正末）我怎麼傲物輕信？（魯云）當日孔明親言：破曹之日，荊州即還江東。魯肅親爲擔保。不思舊日之恩，今日恩變爲仇，猶自說「以德報德，以直報怨！」聖人道：「信近于義，言可復也。」去食去兵，不可去信。「大車無輗，小車無軏，其何以行之哉？」今將軍全無仁義之心，枉作英雄之輩。荊州久借不還，卻不道「人無信不立！」（關漢卿《單刀會》四折，卷一，頁 91）

宮天挺《范張雞黍》中，也提到「信」，也引用了跟魯肅一樣的倫語章句，來加深「信」的重要性。

（正末云）兄弟今日酌別，直至後二年今月今日，汝陽庄上拜探老母。（張元伯云）哥哥，您兄弟在家殺雞炊黍等待哥哥相會。哥哥，你休失信也！（正末云）兄弟，爲人豈敢輕言！可不道信近於義，言可復也。去食、去兵，不可去信。大車無輗，小車無軏，其何以行之哉？（宮天挺《范張雞黍》楔子，卷五，頁 3605）

「信」在元雜劇作家心中是爲人處世首要的德行，在《剪髮待賓》的陶母因兒子典當了「信」字而嚴加訓斥的態度上可見一斑。

2. 對於倫常觀念的宣揚與教化

倫常觀念也是儒家所重視的，五倫中君臣、父子、夫婦、兄弟、朋友，囊括了人世間各種複雜的關係，孰輕孰重，各有其序。鄭廷玉《楚昭公》劇演述了倫常關係的親疏。如果處在嚴酷的人性考驗下，人倫關係的妻、子、兄弟孰親孰疏？「兄弟如手足，妻子如衣物」是劇中傳遞的訊息。楚昭公攜妻子和弟芈旋逃難，共乘小船過江，遇上大風浪，船小人多水淹了上來，梢公前後兩次請「不著親」的一個下水去，好救全船人的性命，昭公妻、子先後下水。事隔半年，芈旋談起此事不勝感傷，昭公卻安慰他：

> 【落梅風】他身喪在波濤內，名標在書傳裡。死便死猶存生氣。我今日正椒房，怕沒有結髮的妻。（云）兄弟也，當初我棄了嫂嫂、姪兒，留得你在。哥哥今日還有嫂嫂，少不的生下姪兒。若無了你呵，（唱）那裡去再尋個同胞兄弟？（鄭廷玉《楚昭公》四折，卷二，頁 1154）

同胞兄弟對昭公來說，是親的不能再親的血緣關係了。妻子再娶就有，孩子可以再生，但手足兄弟若沒了，就無處尋覓了。這樣的觀念在戲劇中傳遞，看戲的觀眾接收了訊息，雖不一定會在生活上力行，但是與非、親與疏已然在觀眾的心中產生了影響。昭公爲兄弟情拋棄夫妻情、父子情，是去己私之善念，結果後來妻兒生還，楚昭公不但一家團圓，復立家邦，還得與秦國結親。劇中透過其愛弟芈旋之口表達「天道無親，常與善人」的觀念，表彰其心存善念的福蔭：

> （芈旋云）哥哥當日在漢江之上，情願捨了嫂嫂、侄兒，留您兄弟，豈知嫂嫂、侄兒安然無事。可見天道無親，常與善人，信不誣也。（鄭廷玉《楚昭公》四折，卷二，頁 1155）

這樣去「私欲」的觀念，也表現在婦德的宣揚與教化方面。特別在一般認定會虐待前妻子女的繼母身上展現，如關漢卿《蝴蝶夢》劇，王婆婆捨親兒去償命，保全前家兒，如：

> （包待制云）兀那婆子，近前來，你差了也，前家兒著一個償命，留著你那親生孩兒養活你，可不好那！（正旦云）爺爺差了也！（唱）不爭著前家兒償了命，顯得後堯婆忒心毒。我若學嫉妒的桑新婦，不羞見那賢達的魯義姑！（關漢卿《蝴蝶夢》二折，卷一，頁 48）

連一個村婦，都有這樣高標準的道德觀，在倫常關係下也是以義理爲考量的前提。這也是對婦德的宣揚與教化。

另一種婦道的宣揚與教化，即關漢卿《竇娥冤》劇，劇作家藉竇娥之口，闡述今生所受苦難，乃前世所造的業。今生的運命已定，但來世可修，教導人認命做好分內之事。竇娥命運乖舛，但卻安於本分，爲夫守節、孝養婆婆。劇作家藉她來曉喻世人，如：

【天下樂】莫不是前世裡燒香不到頭，今也波生招禍尤？勸今人早將來世修。我將這婆侍養，我將這服孝守，我言詞須應口。（關漢卿《竇娥冤》一折，卷一，頁 206）

「言詞應口」，就是說的和做的要一致，守住婦女的本份（將這婆侍養）與貞節（將這服孝守）。並藉由她反對婆婆改嫁的堅決態度，諷刺無終始的婦人家。在劇中宣揚著嚴苛的婦道，是爲了鞭斥不節不義之行。強烈的道德意識，反讓她自己陷於萬劫不復的地步，雖天地不仁，卻也爲她下起六月雪、撐起三年旱。藉由鬼魂顯靈平復冤情，也讓觀眾知道善惡到頭終有報。而竇娥孝媳節婦的形象也深入觀劇百姓的心中，對於倫常的教化，裨益不少。

（二）曲白中反映的俗層文化

在元雜劇的體制上，曲文是由正末或正旦主唱，雖然其他角色只有科白和科諢，但是詼諧諷刺的科諢和賓白，常常活絡了演出的氛圍。在曲白中有時會出現一些市井流傳的說法，他們洋洋灑灑贅述一大段，岔開劇情，卻反映出當代的底層文化。筆者分別討論「陰陽五行與面相之說」、「販夫走卒與社會面貌」及「佛道事蹟與宣揚」。

1. 陰陽五行與面相之說

關漢卿《裴度還帶》第二折趙野鶴（道號虛無子）斷裴度的面相時，說：

你看你凍餓紋入口，橫死紋鬢角連眼，魚尾相牽入太陰，游魂無宅死將臨，下侵口角如煙霧，即日形軀入土深。可憐也！你明日不過午，你一命掩泉土。……（關漢卿《裴度還帶》二折，卷一，頁 349）

還說他「五露、三尖、六極」〔註 37〕，並一一解釋這些名詞，都屬於民間俗文化觀面相之說，也出現在雜劇賓白中。在裴度送還韓瓊英遺失的玉帶後，再見到虛無子，他又換了說詞：

長老，你看他那福祿文眉梢侵鬢，陰騭文耳根入口，富貴氣色，四

〔註 37〕劇中趙野鶴解釋說：「五露者，是眼突、耳反、鼻仰、唇掀、喉結。經曰：一露二露，有衫無褲；露若至五，夭壽孤苦；五露俱無，福壽之模。六極者：頭小爲一極，夫妻不得力；額小爲二極，父母小溫習；目小爲三極，平生少知識；鼻小爲四極，農作無休息；口小爲五極，身無剩衣食；耳小爲六極，壽命暫朝夕。我與你細細的詳推。」見《裴度還帶》二折，卷一，頁 349～340。

面齊起。裴秀才，你久後必然拜相位也。（關漢卿《裴度還帶》楔子，卷一，頁 371）

「相由心生」，本是橫死命相的裴度，因一時善念救了三條人命，面相變換，成了富貴氣色。劇中再度將「善有善報」的果報觀念傳播在觀眾的心中。

2. 販夫走卒與社會面貌

無名氏《百花亭》第三折，士人王煥爲見賀憐憐一面，扮作賣查梨條的小販到承天寺叫賣：

（正末提查梨條從古門叫上，云）查梨條賣也！查梨條賣也！才離瓦市，恰出茶房，迅指轉過翠紅鄉，回頭便入鶯花寨。須記的京城古本老郎流傳，這果是家園製造，道地收來也。有福州府甜津津、香噴噴、紅馥馥、帶漿兒新剁的圓眼荔枝，也有平江路酸溜溜、涼蔭蔭、美甘甘、連葉兒整下的黃橙綠橘，也有松陽縣軟柔柔、白璞璞、蜜煎煎、帶粉兒壓匾的凝霜柿餅，也有婺州府脆鬆鬆、鮮潤潤、明晃晃、拌糖兒捏就的龍纏棗頭，也有蜜和成、糖製就、細切的新建薑絲，也有日曬皺、風吹乾、去殼的高郵菱米，也有黑的黑、紅的紅、魏郡收來的指頂大瓜子，也有酸不酸、甜不甜、宣城販到的得法軟梨條。俺也說不盡果品多般，略鋪陳眼前數種。香閨繡閣風流的美女佳人，大廈高堂俏倬的郎君子弟，非誇大口，敢賣虛名？試嘗管別，吃著再買。查梨條賣也！查梨條賣也！（做嘆科，云）王煥，這個是做子弟的下場頭也呵！（無名氏《百花亭》三折，卷九，頁 6782～6783）

在賓白中提到來自四面八方的農產品：福州府的荔枝、平江路的橘子、松陽縣的柿餅、婺州龍纏棗頭、新建的薑絲、高郵的菱米、魏郡的瓜子、宣城的軟梨條等等。這些物產聚集在一個小販的手中，生動描繪出當時商業繁華的都市生活。另外在雜劇中也透過賣查梨的小二之口，道出小販的社會地位：

（小二云）小人有一計，可使官人與賀家大姐相見。只要官人不惜廉恥，權做到下流：將小人頭至下，腳至上渾身衣服並這個查梨條籃兒，都借與官人，打扮做賣查梨條的，才入的那承天寺去。（無名氏《百花亭》第二折，卷九，頁 6779～6780）

「不惜廉恥，權做下流」是一般社會大眾對讀書人扮做小販的普遍看法。小販是「萬般皆下品」的具體實例。

3. 佛道事蹟與宣揚

佛道思想深入人心，也是安定社會的重要力量。雜劇的曲目中有的也記載了佛道的事蹟，還有佛道思想的宣揚。在《碧桃花》劇，對道士的登壇做法，有詳細的記載，將道教儀式展演在戲劇中，如：

> （眞人云）貧道登壇之後，不便瞻顧，暫請老相公迴避。（張珪云）眞人請自穩便。（下）（眞人云）道童，將道服、劍來。（道童遞科）（眞人云）道香一柱，法鼓三冬。十方肅靜，萬神仰德。恭焚道香，無為清淨。自然香超三界，香滿瓊樓玉境，遍周天法界。虔誠恭請，叩齒焚香，請三天使者，五老神兵銜符背劍在雲間，跨虎乘鸞來月下。今因信士張珪之子張道南染病，服藥不效，今日香燈花果列壇前，法遣神兵排左右。吾奉太上老君急急如律令，攝！一擊天清，二擊地靈，三擊五雷，速變眞形。（做拿筆科，云）天圓地方，律令九章，神筆到處，萬鬼潛藏。（做書符科，云）天上麒麟子，頓斷黃金鎖。偷走下天來，人間收的我。紫薇殿下丹霞繞，白玉階前劍佩齊。十二童子傳詔華，星冠雲冕一齊回。（做擊劍科，云）老君賜我驅邪劍，離火煆成經百煉，出匣森森雪霜寒，入手輝輝星斗現。（做咒水科，云）我持此水非凡水，九龍吐出淨天地。太液池中千萬年，吾今將來淨妖氣。（做仗劍步罡科，云）謹請當日功曹、直符使者，吾今用爾，速至壇前。吾奉太上老君急急如律令，攝！（淨扮直符上，云）小聖乃直符使者是也。上仙呼喚，那廂使用？（眞人云）有勞神將去百花園中，勾將碧桃來者。（直符云）得令。（無名氏《碧桃花》三折，卷九，頁 6814）

透過文字的敘述，將道士開壇做法的程序描繪下來。吳昌齡《張天師》劇中亦有登壇作法的排場，也是請事主先迴避，因「壇場之上，不能攀話」〔註 38〕，與《碧桃花》劇相差不多，惟《張天師》敘述得更爲詳細。

在其他雜劇中，遇上邪門的事或鬼魂時，最常見的驅邪的小動作，就是「撮鹽入水」並口唸「太上老君急急如律令」句。如《竇娥冤》中市井小混混張驢兒狡辯，不肯鬆口自認是眞兇，竇天章請出竇娥的冤魂，嚇得心虛的張驢兒急忙做法說：「有鬼，有鬼，撮鹽入水；太上老君急急如律令，敕！」（《竇娥冤》四折，卷一，頁 293），希望能驅趕鬼魂。又如《盆兒鬼》劇，張

〔註 38〕見吳昌齡，《張天師》三折，卷三，頁 1875。

懺古從拿到盆兒起，一路上都覺得怪怪的，好像有什麼東西跟著他，如：

> （做驚科，云）背後是什麼人走響？（做回頭喝科，云）嗯！那個？（唱）是那個磕撲撲在背後追隨？（帶云）兀的不諕殺老漢也！（唱）這扯住我的不知是誰？（云）誰不知老漢是不怕鬼的張懺古？俺的性兒撮鹽入火。俺會天心法、地心法、哪吒法，書符咒水。吾奉太上老君急急如律令，攝。（無名氏《盆兒鬼》三折，卷九，頁6331）

害怕的張懺古爲了壯膽，直說自己是「不怕鬼的張懺古」，會一堆法術咒語的。其實這些話都是他自我安慰罷了，只要有任何風吹草動，他都嚇得魂不附體的，這麼說只是虛張聲勢企圖嚇走髒東西。像張驢兒和張懺古遇見鬼魅的反應和做法，便是道教作法儀式深入世俗底層的一種反映，已成了市井小民日常生活的小常識了。

在雜劇中也有敘述佛教教義與介紹派別的長篇言詞出現，如鄭廷玉《忍字記》劇：

> （外扮首座上，詩云）出言解長神天福，見性能傳祖佛燈。自從一掛袈裟後，萬結人緣不斷僧。貧僧乃汴梁岳林寺首座定慧和尚是也。想我佛門中，自一氣才分，三界始立，緣有四生之品類，遂成萬種之輪迴。浪死虛生，如蟻旋磨，猶鳥投籠，累劫不能明其眞性。女人變男，男又變女，人死爲羊，羊死爲人，還同脫褲著衣，一任改頭換面。若是聰明男女，當求出離於羅網，人身難得，佛法難逢，中土難生，及早修行，免墮惡道。想我佛西來，傳二十八祖，初祖達摩禪師，二祖慧可大師，三祖僧灿大師，四祖道信大師，五祖弘忍大師，六祖慧能大師。佛門中傳三十六祖五宗五教正法。是那五宗？是臨濟宗，雲門宗，曹溪宗，法眼宗，溈山宗。五教者，乃南山教，慈恩教，天台教，玄授教，秘密教。此乃五宗五教正法也。（鄭廷玉《忍字記》三折，卷二，頁1189）

劇中借定慧和尚之口，對觀眾梗概性地述說佛教意旨、師傳與派別。佛教思想影響平民大眾最深的就是輪迴因果的觀念，反應在雜劇中的，如無名氏《浮漚記》劇：

> （邦老云）我平日是個吃齋把素，伸指頭不咬人的人，這樣勾當，我幾曾幹來？你說太尉廟中滴水浮漚兒是證見，只叫那太尉來，我和他對證。（太尉同鬼力上，云）人間私語，天聞若雷。暗室虧心，

神目如電。兀那鐵旛竿白正，你還不認的我哩。你當日在我神廟中，滴水浮漚之下，將王文用圖財致命，又渰死了他父親，強奪了他妻室。你今日惡貫滿盈，有何理說？（邦老做跪科，云）是、是、是，我殺了王文用來，望上聖可憐見！我與他看經禮懺，請高僧大德超度他生天。你則饒了我罷！（正末云）你那賊也有今日哩。從來一冤報，我怎麼還饒得你！（唱）……（詞云）則為這鐵旛竿撒潑行凶，將王文用趕入廟中。既謀財又傷他命，結冤仇似海無窮。曾指定浮漚為證，到今朝運數當終。遣鬼力將他拿下，直押赴地獄重重。其屈死一雙怨鬼，償還他來世亨通。才見得冤冤相報，方信道天理難容。（無名氏《浮漚記》四折，卷八，頁6152～6153）

凶殘狡詐的鐵旛竿白正，遇上向他索命的王文用的鬼魂，還大言不慚地要見證。太尉上場說的：「人間私語，天聞若雷。暗室虧心，神目如電。」正是常言道：「舉頭三尺有神明」、「若要人不知，除非己莫為」、「人在做，天在看」之謂，喻示觀眾「天理昭彰」。太尉所言的「從來一冤報，我怎麼還能饒得你」及「才見得冤冤相報，方信道天理難容」，強調的是果報的觀念。因有果報，故饒不得鐵旛竿白正；因有果報，所以在劇末交待，「其屈死的一雙怨鬼，償還他來世亨通」。白正在求饒時所說的：「我與他看經禮懺，請高僧大德超度他生天」，常見於做虧心事的人的心態上——用一心向佛來消業障，希冀能擺脫果報。如該劇第二折，白正在東岳神廟內殺王文用時，王文用指廟內「太尉爺爺」及浮漚為證見，白正卻得意地認為若在檐稍下殺他，太尉就無法做見證，而且浮漚又怎能為證？當他殺了王文用時，還向神明挑釁說：

神道，我鐵旛竿須不怕你，隨你去做證見來。（無名氏《浮漚記》二折，卷八，頁6143）

因此劇中受白正挑釁的東岳太尉上場時，宣示果報的必然性：

頗奈鐵旛竿白正無禮，在吾神廟中圖了王文用之財，又致了他命，指吾神為證見。便好道善有善報，惡有惡報。天若不降嚴霜，松柏不如蒿草。神靈若不報應，積善不如積惡。則今日領著鬼力，擒拿鐵旛竿白正，走一遭去來。（詩云）休將奸狡昧神祇，禍福如同燭影隨，只爭來早與來遲。〔註39〕（無名氏《浮漚記》二折，卷八，頁

〔註39〕這是東岳太尉配合劇情所引的下場詩，關於上下場詩，本文第三章第二節〈人物的符號性意涵〉中有更深入的討論。

6143～6144）

東岳太尉說的，其實是一般大眾的心態：若無果報，做好人不如做惡人。太尉用自然界的松柏與蒿草來說明，沒有嚴霜的考驗，兩者是沒有區別的，甚至蒿草比松柏更可取，因生命力強，且隨處可見。但嚴霜侵襲之下，蒿草隱跡，松柏長青且傲然挺立，顯現出非凡的生命氣質。而好人壞人也是一樣的道理，沒有了神明的因果報應，壞人永遠欺壓好人，橫行於世，做好事的人是不如做壞事的人的。一旦人的一舉一動，都看在神明的法眼中，且都能予以該受的報應時，才讓人覺得善有善報，做好事是對的——這是東岳太尉以自然界的松柏、蒿草譬喻人世界積善與積惡者時所攝取的角度與概念層面，亦即整個概念運作中突顯與採用的部分（used）；而對於自然界蒿草的譬喻，隱藏了蒿草生命力強盛，雖被嚴霜覆蓋但生命並未消亡，蓄勢待春竄生，以及蒿草的生長不受地形的影響松柏卻有侷限的概念層面，這是整個概念裡未被採用的部分（Un used）。東岳太尉的隱喻表述「天若不降嚴霜，松柏不如蒿草。神靈若不報應，積善不如積惡。」其隱喻映射運作可解析如圖 2-3-1：

圖 2-3-1：東岳太尉所引詩句之隱喻映射運作圖示

來　源　域 自　然　界	隱喻映射	目　標　域 人　世　間
天若不降嚴霜，松柏不如蒿草。		神靈若不報應，積善不如積惡。
Used： 自然界 松柏／蒿草（兩種植物） 天（自然界的主宰者） 嚴霜（自然界的考驗） 有嚴霜的考驗，才能顯現松柏生命力的強韌。 沒有嚴霜，蒿草在繁殖方面的生命力強過松柏，顯現不出松柏的韌性。	⇨	人世間 爲善／做惡（兩類行徑） 神靈（人世間冥冥中的主宰者） 報應（人世間的賞罰） 有報應的顯示，才能瞭解爲善積德的好處。 沒有報應懲戒做惡的人，惡人欺壓善人，爲善的不如做惡的快活。
Un used： 天候的變化是依節氣的。 蒿草生命力強盛，覆蓋在嚴霜之下，待春竄生，生命並未消亡；且蒿草隨處可生，不受地形氣候的影響。松柏是嚴霜下猶能立於地表之上，仍能看到的植物罷了。它生長的地形、氣候比蒿草有限。		報應的掌控是在神靈的手上，善惡的報應有時不是現世可見的。

上圖以二域模式的架構來分析，另圖 2-3-2 則以四空間模式呈現之。

圖 2-3-2：東岳太尉所引詩句之四空間模式

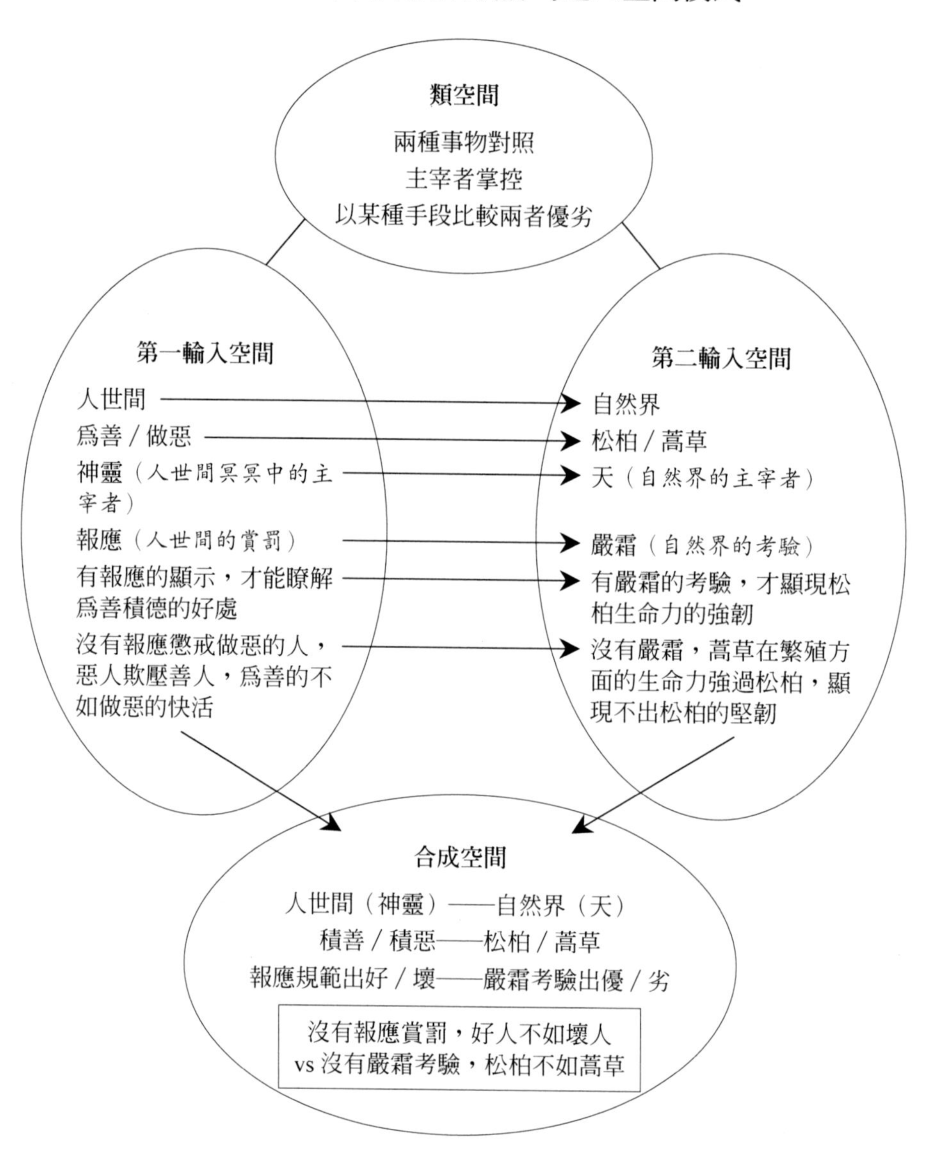

「冤冤相報」不是儒者的襟懷，卻是平民大眾所能接受的善惡觀，符合市井小民對公理公義的期待。如果做惡的沒有該得的惡報，就失去了約束人心的外在力量——來自神明的箝制。因此佛教中的果報觀念，也是另一種教化人心的力量，雜劇作家也深受因果輪迴觀的影響。但細讀此劇不難發現，在一般百姓的心理層面上是佛道不分的，東岳神廟、殿前太尉〔註40〕和長街卜卦〔註41〕是道教的信仰下產生的，而劇中的地曹、森羅殿、冤報觀、看經禮懺之事卻又是佛教的產物。

二、形式上的雅俗雜揉

戲曲的形式，指的是語言載符。在元雜劇的語言載符方面，筆者以曲詞與賓白爲研究的對象。元雜劇裡的曲詞文雅、賓白俚俗，是一般大眾的認知，但深究曲詞與賓白，卻未必如此截然二分。曲白裡的雅言與俗語是本節的主要課題。

（一）曲白中的雅俗語言

筆者分別述說元雜劇的曲詞、賓白如何融合雅俗語言：在一般評價爲較爲文雅的曲詞方面，討論的是其中的俚俗語；而在被一般大眾歸類爲俚俗的賓白方面，則是探討其中的詩或詞。

1. 曲詞中的俚俗語

曲詞在雜劇中，該算是韻文部分，一般認爲曲詞較雅致，不像賓白般俚俗。但是在曲詞中，還是有俚俗語存在，這是爲了讓戲劇在展演時較爲自然生動之故。像石君寶《紫雲亭》劇妓女韓楚蘭爲和書生在一起，被虔婆責罵。她在【醉中天】唱詞中，將她和書生比做雙漸和蘇卿，說兩人在一起被虔婆罵道：「兀得不好拷末娘七代先靈」，如：

> （正旦唱）【醉中天】我唱到那雙漸臨川令，他便腦袋不嫌聽。提起那馮員外，便望空裡助采聲。把個蘇媽媽便是上古聖人般敬，我正唱到不肯上販茶船的小卿，向那岸邊廂刁蹬，（帶云）俺這虔婆道：兀得不好拷末娘七代先靈！〔註42〕（石君寶《紫雲亭》一折，卷四，頁2604）

〔註40〕東岳神廟殿前太尉，在生之日，秉性忠直，被歹人所害身亡，加爲東岳神殿前太尉，朝玉帝回來遇上鐵旛竿白正在廟內殺害王文用之事。「玉帝」也是道教中的神明。見該劇二折，卷八，頁6141。

〔註41〕王文用即因長街卜卦說他有一百日血光之災，千里之外可躲。他爲了避災出外做些買賣，卻遇上謀財害命的倒楣事，應了卦象。詳見該劇楔子，卷八，頁6127。

〔註42〕據《全元曲》卷四〔註30〕言：「詈詞，這怎不拷打她呢？兀得不，怎的不、怎不。拷末娘，即『打他娘』。末娘，同『麼娘』、『他娘』。詈詞，七代先靈，指老祖宗。『七』是約指的數。」（頁2608）

就如今日俗語所說的「連人家祖宗八代都罵了。」這雜劇中的「七代先靈」也是指祖宗，「兀得不好拷末娘七代先靈」句是詈詞，出於虔婆之口，由韓楚蘭引述，意謂韓楚蘭該打，連她的「祖宗八代」（七代先靈）也該打了。又如：

> 【後庭花】俺這老婆肚皮裡《六韜》《三略》盛，面皮上四時八節擎。未見錢羅呀，冬雪嚴霜降，得了鈔羅〔口應〕，春風和氣生。俺這個狠精靈〔註43〕，他那生時節決定，必犯著甚愛錢巴鏝的星。〔註44〕
> （石君寶《紫雲亭》一折，卷四，頁2605）

劇中的俗語如「狠精靈」用來指虔婆，「必犯著甚愛錢巴鏝的星」也是指虔婆，其中蘊涵了當時人的觀念，他們認爲人的不好的品性，是與出生時沖犯到天上的星宿有關；而虔婆必定犯著了什麼愛錢的巴鏝星。這些都是來自民間的俗語諺語，用在曲詞中唱述之。

（二）賓白中的詞與詩

一般對於賓白的看法，是以「俚俗」爲主，但是受限於主唱爲一人之故，其他角色在賓白中才有發聲的機會，於是若遇上文謅謅的書生或大官，他的賓白中，就會有措詞文雅的詩云或詞云的出現。元雜劇中的詩、詞同樣都是出現在賓白中的韻語，句式較爲工整的七字句或五字句，標爲「詩」，有詩的韻律但並不講求對仗，在格律上要求不嚴；而文句既長句式不一的韻語被稱爲「詞」，與文體上所謂的宋詞的詞大不相同，概因元雜劇的賓白中若眞出現文體上的詞，都會標註詞牌名，如戴善甫《風光好》劇，陶穀填詞時便有「詞寄風光好」之類的話語。因此，筆者認爲賓白中標記爲「詞」的，應是一種近似詞體的韻語（因其押韻、句式長短不一的特徵而以「詞」爲名），是一種特殊的說白方式，因其具有音韻和諧的特色，故而必有不同於說白的聲情語調，在演述上想必有其特定的方式。

以楊顯之《臨江驛》第四折（卷四，頁2663～2665）一段曲文爲例，張天覺和張翠鸞（正旦）父女隔著驛站門的內外，精彩地演出父女兩人的內心世界，道白中張天覺的話語，有如曲文般文雅，具有音節流暢的聲響效果，如：

〔註43〕《全元曲》卷四〔註48〕言：「惡鬼。這裡指鴇兒。」（頁2609）

〔註44〕《全元曲》卷四〔註49〕言：「鴇兒愛錢是天生的。古代星相家認爲，人的某些不好的品性和他出生時沖犯了天上的星宿有關。巴鏝，嗜愛錢鈔。」（頁2609）

（張天覺云）翠鸞孩兒，兀的不痛殺我也！我恰才闔眼，見我那孩兒在我面前一般，正説當年之事，不知是什麼人驚覺我這夢來。皆因我日暮年高，夢斷魂勞，精神慘慘，客館寥寥。又值深秋天道，景物蕭條，江城夜永。刁斗聲焦，感人淒切，數種煎熬，寒蛩唧唧，塞雁叨叨，金風淅淅，疏雨瀟瀟，多被那無情風雨，著老夫不能合眼。我正是悶似湘江水，涓涓不斷流。又如秋夜雨，一點一聲愁。……

（正旦詞云）告哥哥不須氣撲，我冤枉事誰行訴與？從今後忍氣吞聲，再不敢嚎咷痛哭。

（張天覺云）翠鸞孩兒，只被你痛殺我也！恰才與我那孩兒數説當年渡河相別之事，不知是什麼人驚覺我這夢來！（詞云）一者是心中不足，二者是神思恍惚。恰闔眼父子相逢，正數説當年間阻。忽然的好夢驚回，是何處淒涼如許？響玎璫鐵馬鳴金，只疑是冷颼颼寒砧搗杵。錯猜做空階下蛩絮西窗，遙想道長天外雁歸南浦。我沈吟罷仔細聽來，原來是喚醒人狂風驟雨。我對此景無個情親，怎不教痛心酸轉添淒楚。孩兒也，你如今在世爲人？還是他身歸地府？也不知富貴榮華，也不知遭驅被擄。白頭爺孤館裡思量，天那！我那青春女在何方受苦？……

（正旦詞云）隔門兒苦告哥哥，聽妾身獨言肺腑。但肯發慈悲肚腸，就是我生身父母。且休提一路上萬苦千辛，只是腳底水泡兒不知其數。懸麻般驟雨淋漓，急箭似狂風亂鼓。定道是驛館裡好借安存，誰想你惡哏哏將咱趕出。便要去另尋個野店村庄，黑洞洞知他何方甚所？若不是逢豺虎送我殘生，必然的埋葬在江魚之腹。頃刻間便撞起響璫璫山寺殘鐘，且容咱權避這淅零零瀟湘夜雨。

在這一段戲劇表演中，張天覺、張翠鸞都有如「詞」這樣流暢又叶韻的賓白，甚至如興兒、驛丞和解子這樣的走卒，也都有標誌爲「詞」的賓白出現：

（解子云）都是這死囚。（詞云）你大古里是那孟姜女千里寒衣，是那趙貞女羅裙包土，便哭殺帝女娥皇也，誰許你灑泪去滴成斑竹？

（興兒云）……兀那驛丞，我著你休大驚小怪的，你怎生又驚覺老爺的睡來？（詞云）我將你千叮萬囑，你偏放人長號短哭。如今老爺要打的我這壁廂叫道：阿呀！我也打的你那壁廂叫道：老叔！

（驛丞云）都是這門外邊的解子，我開開這門打那廝。兀那解子，我再三的吩咐你休要大驚小怪的，你又驚覺廉訪大人的睡來。你這弟子孩兒！（詞云）雖然是被風雨淋淋淥淥，也不合故意喃喃篤篤。他伴當若打了我一鞭，我也就拷斷你娘的脊骨！

當說話者隸屬俗層是文化素養較低落的販夫走卒時，在賓白中出現的「詞」，就不是些文雅的語彙，大多如驛丞的「詞」一樣，出現像訾語「弟子孩兒」這類粗俗的語詞——這也或多或少反映了元雜劇的寫實性，根據說話人的社會位階與文化水準措語造辭。

在雜劇賓白裡使用詩句的，有史九散人《老莊周》劇。莊周（生扮）在劇中前前後後遇見的四名女子，幻化不同身份，都以詩句自我介紹。第一折是蓬壺山長領著的風、花、雪、月四仙女。蓬壺仙長在杭州城內化一所仙莊，賣酒爲生，著四仙女化爲四個妓女，專等莊周來店。先迷住他，再待太白金星來點化他（一折，卷四，頁 2877）：

（生云）你這四個大姐，都是院裡的？會什麼吹彈？……您將樂器各作四句詩，都要有出處的言語。

（一旦云）蒼梧雲氣赤城霞，錦樂均天帝子家，醉裡忽逢王子晉，玉簫吹上碧桃花。（生云）婦人只知枕席之事，也曉的這等言語？（又一旦云）世人多慮我無憂，一片身心得自由。散誕清閑無個事，臥吹鳳管月明秋。……

（又一旦云）塵世飄飄萬丈坑，暮雲樓閣古今情。誰將羌管吹殘月？白玉樓頭第一聲。……

（又一旦云）非希非易亦非奇，音律輕歌韻正宜。說與君家如得悟，無憂無慮亦無疑。

第二折四女鶯、燕、蜂、蝶各拿琴棋書畫上場，要莊周戒酒色財氣（《老莊周》卷四，頁 2887～2889）。如：

（一旦攜琴上，云）一寸光陰一寸金，持將此物寄知音。先生識破浮生夢，渾似《南風》一操琴。（生云）大姐如何不操琴？（旦云）先生戒一件物，方去操琴。（生云）戒什麼？（旦云）戒酒。傷人點水傍邊酉，玉液瓊漿不堅久。陷人風波萬丈坑，人人送死皆因酒。（生云）敢問大姐什麼名字？（旦云）畫樓西畔雨初晴，度柳穿花過一生。既是叔叔問名姓，妾身小字是鶯鶯。……

（又一旦將棋子上，云）滿眼韶光似箭催，轉頭白髮故人稀。榮枯枕上三更夢，成敗尊前一局棋。（生云）又教我戒什麼？（旦云）戒色。敗國亡家破吳越，蛾眉淡掃君王側。快人迷戀翠紅鄉，個個身亡皆爲色。（生云）敢問大姐什麼名字？（旦云）穿簾入户居宮殿，飛入烏衣尋不見。先生既問妾身名，舊時王謝堂前燕。……

（又一女子捧書上，云）浮利浮名總是虛，潑天富貴待何如？若能參透詩中意，盡在玄元一卷書。（生云）又著我學生戒什麼？（旦云）戒財。白玉黃金是禍胎，錢多害己必爲災。勸君跳出風波險，丟了飄飄浮世財。（生云）敢問大姐什麼名字？（旦云）殷勤釀蜜若於農，深有於人濟世功。採蕊尋芳平日事，花間葉底小游蜂。……

（又一女子把畫上）（云）秦晉交歡皆爲詐，榮華一筆都勾罷。龍爭虎鬥是非場，圖成四幅丹青畫。（生云）又教我戒什麼？（旦云）戒氣。德重施仁唐虞治，誰強誰弱都不濟。要入長生不死鄉，休爭三寸元陽氣。（生云）敢問大姐什麼名字？（旦云）牡丹盈檻花開徹，兩翅濃香慣風月。飛入君家夢裡來，妾身本是花間蝶。

同是第二折，四旦又再次改換身份爲春、夏、秋、冬四仙女，化作桃、柳、竹、石四女迷惑本是大羅神仙貶謫下凡的莊周。四旦出場大都遵循一模式：上場各吟一首四句詩，等莊周問名時，再以一首四句詩作答。其詩句全以賓白呈現。以這麼文謅謅的賓白，倒似文人書生與歌樓酒女的酬答。但四女的詩文才情，與嬌姿豔態，讓莊周享盡豔福，更讓台下觀眾羨慕不已。這樣的勸喻方式，倒有些像「勸百諷一」的漢賦，要君王戒好大喜功，不重宮殿華美，不做冶遊射獵之事，卻在賦中極盡描繪盛況遊樂之能事，至末了才提及「不可爲」。觀者只見宮室之美、冶遊之樂，看不到諷諫的語句。此劇亦然，勸人出家修道，卻將美女在側，把酒言歡之樂，著墨甚多。第二折的前半，鶯、燕、蜂、蝶四女要莊周戒酒色財氣，而第二折的後半，桃、柳、竹、石四女出現時，莊周插桃、柳、竹各飲三杯酒賞之，就連石不能插在身，也滿飲三杯。其行徑與前面四女（鶯燕蜂蝶）所勸（戒酒色財氣）背道而馳，至少對酒色之樂描摹過甚。這大概是爲了討好觀眾的視聽感官，若一味宣道，恐過於沈悶，故置四個女子，讓人賞心悅目一番，從中再灌輸道家求仙脫離生死的思想吧！

三、戲曲的溝通效能

戲曲的作用在於溝通雅俗階層，創作與欣賞之間是具互動性的。就雅層文人而言，雜劇的創作除了描繪生活的現實面外，也應有教化的功用；對俗層的小老百姓而言，一昧地說教是可憎的，反映生活的戲劇，才能獲得共鳴。因此，在戲曲文學的本質裡，溝通效能是重要的課題，屬於戲曲文學的雜劇亦具備了這樣的要件。

在戲曲的溝通效能上，筆者以元雜劇曲白的傳訊功能和科介的溝通效用作進一步的說明。

（一）曲白的傳訊功能

元雜劇的曲白最常見的傳訊功能，是來自雅層對俗層的教化作用。元雜劇裡常借角色之口，對劇中人講述道理，其實是藉此對一般大眾進行教化。在劇中接受教訓的角色有時在場上，如常在雜劇演述時出現的「試說一遍」語，出現此語時的語言情境，扮演聽眾的角色是在場的，借聽眾角色的不知情，希望主角能對他詳細說明，其實是藉此來告示觀賞戲劇表演的大眾，如劉唐卿《蔡順奉母》劇，宣揚孝子事蹟，劇中興兒用「試說一遍」，請蔡順講述古人的孝順典範，此時蔡順不但是說給興兒聽，也是說給台下的觀眾聽，如：

> （云）則不小生行孝，想古者多有行孝之人也。（興兒云）小哥，想上古賢人，那幾個行孝？區區愚魯，不知古往之事。小哥，試說一遍興兒聽者。（正末唱）【醉春風】有一個董永賣親身，黃香扇枕涼，郯子鹿乳奉萱堂。這三人萬代可便講，講。則願的老母安康，病體健，可便是俺子孫興旺。（劉唐卿《蔡順奉母》三折，卷五，頁3559）

曲詞中提到董永、黃香和郯子的孝行，教化觀眾的意味明顯可見。

有時聽眾角色並不在場上，如楊顯之《酷寒亭》劇，趙用替鄭孔目回家拿文書，遠遠的就聽到鄭孔目的兒女啼哭，質問蕭娥為何打孩兒，蕭娥卻說那兩個孩兒：「一個不肯上學，一個不肯做生活，我逗他耍來」，還大顏不慚地說：「天也，我愛的是這一雙兒女。」趙用兩次三番地請她不要打鄭孔目的孩兒，被她推出門去。趙用說道：「這婦人推我出來，關上門。我待去了，出不的這口惡氣。」他接著請「街坊鄰舍聽者」，即用一段「詞」來勸世：

> （詞云）勸君休要求娼妓，便是喪門逢太歲。送的他人離財散家業破，鄭孔目便是傍州例。……（楊顯之《酷寒亭》二折，卷四，頁2684）

這段「詞」勸的是「街坊鄰舍」，訊息是由劇中人物趙用傳遞給虛設的「街坊鄰舍」（不在場）聽的，「勸世」的用意明顯。如以「勸世」的教化意義來看：劇作家隱於雜劇劇本之後，透過雜劇灌輸大眾他個人的理念；演員據劇本腳色扮演，以其聲情動作傳達之。劇中提到的「街坊鄰舍」即演員面對的觀眾：台上的演員說是講給「街坊鄰舍」聽的，但「街坊鄰舍」實際上不在場；在場的觀眾，反倒成了戲中的「街坊鄰舍」，扮演聆聽者的角色。而觀眾在「聆聽」之際，也同時接受了劇作家所要傳遞的訊息。如圖 2-3-3：

圖 2-3-3：劇作家與觀眾之傳訊示意圖

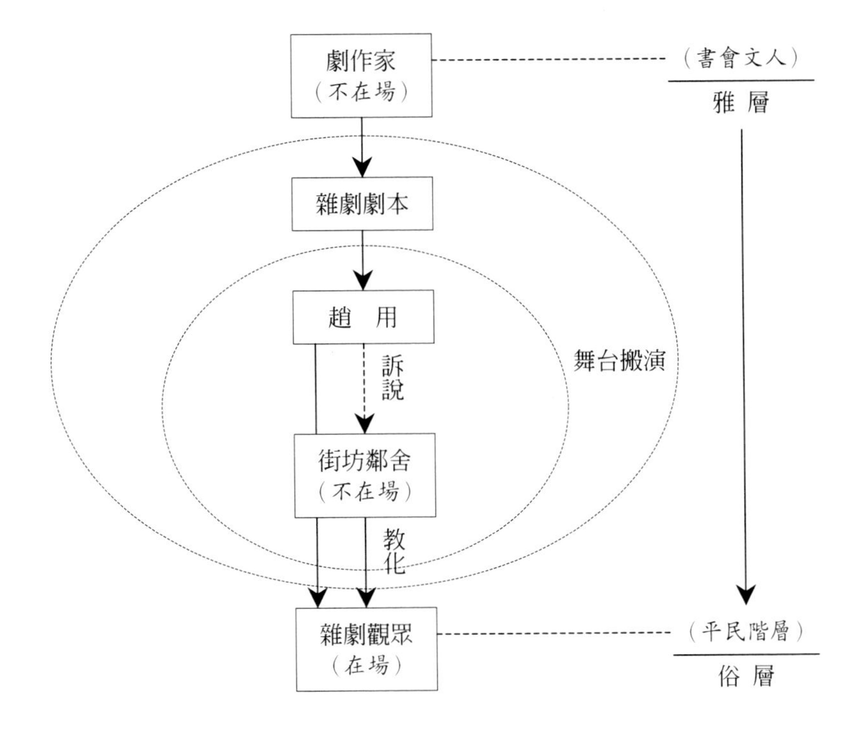

（二）科介的溝通效用

科介是元雜劇作家以語言紀錄下來的動作符號，在傳訊功能上同於載符，具有一定的意義和內涵。在舞台搬演之際，它也具有溝通舞台上下的效用。如岳伯川《鐵拐李岳》劇：

> （外扮呂洞賓上，云）我勸你世俗人跟貧道出家去來，我教你人人成仙，個個做了道，做大羅神仙也。（做看科，云）這裡也無人。貧道不是凡人，乃上八洞神仙呂洞賓是也。……（《鐵拐李岳》第一折，卷五，頁3189）

「做看科」在舞台上表現的意涵有二個：其一，是表示說話的呂洞賓在觀察四周，是否有人聽到他的話；其二，是與觀眾對談，將秘密進一步分享給台下的觀眾，讓觀眾掌握故事的進行。如高文秀《誶范叔》中的「背云」：

> （須賈云）這綈袍穿著，倒也可體。（正末唱）【笑和尚】比我舊腰身寬二分，比我舊衣裳長三寸，正遮了這破單裩精臁刃。凍剝剝正暮冬，如今暖溶溶便開春。來、來、來，謝綈袍妝點了我腌身分。（背云）此人綈袍戀戀，尚有故人之心也。（高文秀《誶范叔》三折，卷二，頁1030）

它雖未標誌「科介」，但「背」已是一個動作訊息，接受到動作訊息的觀眾已和角色達成共識，說話的角色將自己的內心話，演說給觀眾聽，讓觀眾成了范雎同路人，知道他心裡在想些什麼。

不同的科介，也可以產生同樣的效果：在孟漢卿《魔合羅》劇，張鼎爲騙取李文道的招認，先刻意說老相公夫人染病，問李文道買藥，再說老夫人吃藥身亡，並且表示他有心爲李文道開脫，問李文道家中尙有何人？李言有八十老父，張孔目告訴他說：「老不加刑，則是罰贖。」兩人協議要把罪過推給老父。劇中科介提示「打耳暗」，表示張孔目和張千共謀，如：

> （李文道云）我隨身帶著藥，拿與老夫人吃去。（張千云）將來，我送去。（做送藥回科）（正末與張千打耳喑科，云）張千，你看老夫人吃了藥，七竅迸流鮮血死了也！（李文道慌科，云）孔目哥哥救我咱。（孟漢卿《魔合羅》四折，卷五，頁3373）

台下觀眾只知張孔目和張千共謀，揣度老夫人吃了藥七竅流血而死，應是捏造，只是不明白張鼎的葫蘆賣什麼藥？爲何要假造這樣的事？還拉了個八十老人來受罪？等老父李彥實上場，張鼎問的卻是另一樁李德昌被毒殺的案子：

> （正末云）是你孩兒李文道告你。你不信，須認的他聲音也。（唱）

【窮河西】誰向官中指攀著伊？是你那孝子曾參賽盧醫。又不是恰才新認義，須是你親侄。哎！老丑生無端忒下的！（李彥實云）我不信。李文道在那裡？（正末云）你不信。聽我叫：賽盧醫！（李文道云）小的有。（正末云）誰合毒藥來？（李文道云）是俺父親來。（正末云）誰主情造意來？（李文道云）是俺父親來。（正末云）誰拿銀子來？（李文道云）是俺父親來。（正末云）都是誰來？（李文道云）並不干我事，都是俺父親來。（孟漢卿《魔合羅》四折，卷五，頁3374）

李文道因之前的協議，對張孔目的每項質疑，都搪塞爲老父所爲。等父子兩人相見，做父親的責打兒子說：「藥殺哥哥也是你，謀取財物也是你，強逼嫂嫂私休也是你。都是你！都是你來！」至此案情眞相大白。「打耳暗科」的隱密意義，讓觀眾透過視覺觀賞與正末、張千成了舞台上、下的同謀人。如圖2-3-4：

圖2-3-4：科介的溝通效用圖

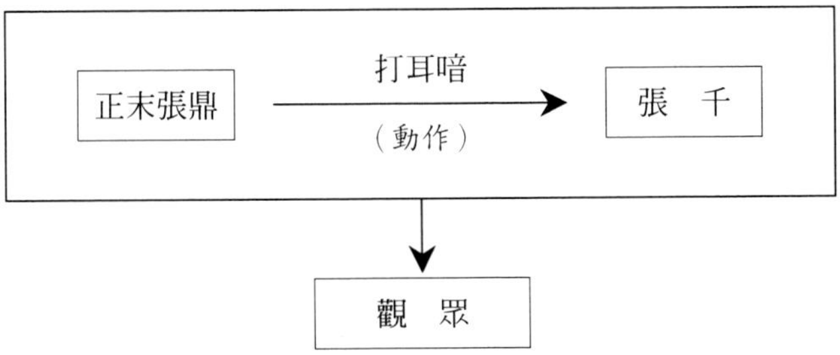

正末張鼎 —打耳喑（動作）→ 張　千
↓
觀　眾

科介在舞台具有溝通上下的效用，將角色與觀眾的距離拉近了，它在演出的當下，有橋樑的作用。閱讀中只能以科介來比擬行爲，進而揣度行爲背後的意義。

第四節　小　結

根據元雜劇的傳播與流通，它的生命力展現在舞台搬演的演出態，以及文本傳承的閱讀態。雜劇的舞台生命使它允許有「非定本」的機動性，而文本閱讀的定型化拘束了它的靈動性，卻賦予它不朽的文學生命。元雜劇因其劇本形式，與其他的文學作品相較，呈現了它無與倫比的二重生命：演出態與閱讀態。本章第一節的討論中元雜劇的演出態從劇場空間到科介搬演，顯示了它虛擬性及程式化的表演特質與高度象徵的藝術風格。第二節對於元雜劇的閱讀態而言，雖然少了舞台生命的活潑性，但更能專注於元雜劇的語言，元雜劇的語言不但在文體上多樣化，在詞彙方面更有豐富的擬聲狀態效果，烘托情境，使讀者更易於發揮想像，融於劇情之中；而在劇中人物的形象刻劃上，善於利用角色賓白描繪出人物性格，甚至爲劇情發展埋下伏筆，使讀者有脈絡可尋。豐碩多樣的詞彙，俚俗語、諧音妙用，使元雜劇在其舞台生命的凋零後，發展了永恆的文學生命。

在第三節的論述中，筆者就雜劇的內容、形式與溝通效能，討論它雅俗共賞的橋樑作用。雅層的文化意識與俗層的社會生活融合於元雜劇的內容，使其注入多樣活潑的生命力。元雜劇內容裡的現實性，豐富並深刻了雜劇的文化意涵。在形式上曲白內俚俗語的使用，不但使雜劇更爲生動自然，也拉近了雜劇與社會大眾的距離；而文言雅詞的運用亦提升了觀眾的欣賞能力與文化素養。在雜劇的溝通效能上，曲白的傳訊功能是以劇作家欲藉以傳遞的教化作用爲主要的訊息；而科介的溝通效用主要用於溝通舞台上下，具有拉近角色與觀眾距離的實質效用。

在元曲興盛的年代，參與創作的書會才人眾多，雜劇搬演的情形也很普遍，已成時代趨勢與社會的現象。商業的繁榮，市井小民的娛樂取向，帶動俗文化的發展，雜劇至此，已是一種商業化的行爲，如廖奔在《中國古代劇場史》一說所言：

> 元代瓦舍勾欄不見隸屬於何種政府部門的記載，大概已經進一步商業化了。……元代勾欄對觀眾收取費用有不同的形式。一種是門口設人把守，所謂「把棚的莽壯眞牛」(《嗓淡行院》)，觀眾付錢入場，《莊家不識勾欄》散套說：「要了二百錢放過咱」。一種是演出過程中，演員向觀眾逐一討賞，《水滸傳》第五十一回白秀英唱諸宮調，唱到中間，白秀英拿起盤子指著道：「財門上起，利地上住，吉地上過，旺地上行。手到前面，休教空過。」白玉喬道：「我兒且走一遭，看官都待賞你。」白秀英就從戲台上下來到觀眾中轉圈討錢。〔註45〕

商業化的結果，使「觀眾－演員－書會才人」，產生交流衝擊，溝通了雅俗階層。因應商業化的市場機制，創作雜劇劇本的書會文人，必須能因應觀眾口味，生

〔註45〕廖奔（1997），頁54～55。

活化的題材是必須的要件；這是俗層的市井大眾對雅層文人的創作的影響力。

元曲的繁盛，據鄭傳寅的《戲曲文化概論》之說，是由於文化的平民化進程爲它鋪平了繁榮的道路〔註 46〕。其言：

> 文化的平民化不只爲戲曲的生成和發展提供了故事情節、表現形式，更爲主要的是使文化發展的指向發生了重要的變化——由朝而野，由雅而俗，克服長期以來形成的某些心理障礙，爲雜劇等面向大眾的市井文化的生成和發展鋪平了道路。〔註 47〕

元雜劇就其戲曲的本質而言，是來自民間的說唱藝術，流傳市井之間，在它興盛的年代，由於商業繁榮，生活在市井之中，受儒家教化而不得仕進的文人，將筆墨觸及至現實人生，雜劇的生命力據之開展，文化的平民化是元雜劇能開出豐碩果實的重要因素。鄭氏並舉鍾嗣成作《錄鬼簿》、夏庭芝作《青樓集》爲事例，顯示元代文化下移的時代趨勢，如：

> 在鍾嗣成眼裡，這些「已死未死之鬼」之所以值得他記並不是因爲其門第高或職位顯，而是在於其「高才博識，俱有可錄」。他記錄這些戲曲藝術家的目的，一是爲了使後來人繼其未竟之事業，二是爲了使這些「門第卑微，職位不振」的戲曲藝術家不至於因爲歲月彌久而湮沒無聞。他要讓這些「未死已死之鬼」和「著在方冊」的「聖賢之君臣，忠孝之士子」一樣「作不死之鬼，得以傳遠」。這絕不僅僅是鍾嗣成個人的「靈機一動」和與眾不同的「嗜好」，而是標誌著一代文人學術道路的轉變，顯示了文化下移的時代趨向。鍾嗣成的選擇是時代的選擇而不是單單是個人「癖好」。這一時代選擇在同時代的其他文人身上也同樣得到了反映。元代至正年間的文人張擇在《青樓集．敘》中，針對有些人指《青樓集》作者夏庭芝作爲名門巨族之後和士大夫，「弗究經史，而志米鹽瑣事」，「記其賤者末者」，爲夏庭芝的行爲辯護說：「史列伶官之傳，侍兒有集，義倡司書，稗官小說，君子取焉。」認爲夏氏記錄從藝妓女的這部集子同記錄「名臣方躅」的「信史」一樣有價值。可見，這已不是個別人違時逆俗，而是一種時代的文化選擇，是文化下移的必然結果。〔註 48〕

〔註 46〕鄭傳寅，《戲曲文化概論》（武漢：武漢大學，2003 年修訂版），頁 150。
〔註 47〕鄭傳寅（2003），頁 152。
〔註 48〕鄭傳寅（2003），頁 152～153。

戲曲的橋樑作用，在於它在內容上包容了雅俗文化在其中，在形式上又雜揉了詩詞韻語和俚俗口語於一，更利用曲白傳遞重要訊息、科介溝通舞台上下。劇作家將嚴肅的義理化作有趣生動的故事，透過俚語俗話的講述和雅詞文言的宛轉唱詞，以及生動活潑的角色搬演，讓觀眾更能接受故事所要傳達的訊息，也達到賴以爲生的經濟需求。名位不高的文人們，藉雜劇抒發胸臆。在來自本身情感抒發的創作需要以及市場需求之間，必須有很好的掌控與拿捏，才能兩者兼美。因此，雜劇兼容雅俗文化、溝通雅俗文化是它源自民間、綻放於民間的文學、生命力的泉源及本色。以共時、歷時的觀點來看元雜劇，它具有豐饒的生命力。就共時而言，在其輝煌的年代，無有可與之媲美的舞台劇；以歷時而言，歷經明人的編輯，清人的修繕，文本的生命氣質，有著元明清三代的氣象。說它具有豐饒的生命力，原因在此。元雜劇在中國文學史上展露它特有的風華。

第三章　雜劇結構元素：基本範疇及其隱喻運作模式

角色、曲白、科介，是元雜劇體制結構裡不可或缺的重要元素〔註1〕。本章探討這三大元素的基本範疇、其在雜劇結構中的隱喻性意涵及其運作模式。角色方面，聚焦於「行當」與「人物」基本範疇之原型及其延伸，並透過姓名稱謂的符號化、上下場詩的蹈襲與故事情節的模式化現象來觀察雜劇結構元素的隱喻運作及其意涵；科介方面，則聚焦於以舞台表演爲其勝場的「插科打諢」，並觀察其在蹈脫劇情的人生隱喻運作中的作用；在曲白方面，筆者更以「殺羊造酒做一個慶喜的宴席」的「團圓模式的收結」，討論元雜劇的思維模式。

第一節　行當與人物：基本範疇之原型及其延伸

行當，在元雜劇的搬演中是戲劇的主要要素之一。以舞台實際演出而言，演員在創造其所扮演的角色過程中形成的類型〔註2〕。從範疇研究的觀點，則可將其二分爲「行當」與「人物」:「行當」是據其類型化而言；「人物」是指

〔註1〕據盧元駿，《曲學》，第四章〈體制〉之說（台北：黎明文化事業，1980年），元雜劇的體制包括了：(1）折數、(2）楔子、(3）科白和曲、(4）腳色、(5）宮調、曲調、(6）題目正名。本章探討其中的科白和曲以及腳色，但筆者論述時將曲白（曲詞、賓白）對舉，科介和角色則分別論述。

〔註2〕張庚，《戲曲藝術論》（台北：丹青圖書公司，1987年），頁144：「行當是創造角色的結果，特別是因爲創造得很成功，才成爲一種類型的。」張庚的說法是針對演員實際的演出而言。

劇中角色。「行當」又稱「色目」〔註3〕又稱「角色」，是雜劇中的人物。而戲劇中的人物，常依其性格與特質，分爲各類「行當」。角色的分類是爲了使觀眾容易明瞭出場的人物是屬哪一類型的，以免混淆不清。這樣將戲劇人物單純化，非善即惡，突顯出社會將戲劇的功能定位於教化。將劇中人物劃分各行當，演述者扮演某種行當，即爲該角的化身和代言人。戲劇爲標榜其不偏不倚的公義形象與導惡向善的教化作用，又常讓演述者成爲冷靜的評述者，說明善惡之果報。如陳建森〈元雜劇「演述者」身份的轉換與「代言性演述干預」〉〔註4〕所言：

> 元雜劇作家寫完劇本，雖然退居幕後，但仍將自己的觀念形態、價值取向和情感態度隱藏到「行當」和「角色」的話語之中，引導劇場觀眾接受視界的取向，形成了元雜劇的「代言性演述干預」。

陳建森認爲元雜劇的演述者具有「行當」和「角色」雙重演述身份，演述者一旦以演戲爲職業之後便各有其類型標籤「行當」，在粉墨登場時則具體扮演有名有姓的角色——劇中人物，兩者都是功能性的演述者。如：「沖末扮柳耆卿引正旦謝天香上」，其中「沖末」、「正旦」是元雜劇的「行當」，柳耆卿、謝天香是劇中的「角色」（人物）〔註5〕。陳文特別說明：

> 元雜劇的演員是一種社會職業，而不是戲曲中的演述者，在瓦舍勾欄的表演過程中，演員是以「行當」的身份登場扮演「人物」的。

〔註3〕「色目」，是雜劇中的人物，據明朝寧獻王的說法，有九種：（1）正末：「當場男子能指事者也，俗謂之末泥。」（2）「副末」：「執磕爪（或作瓜）以朴靚，即古之所謂蒼鶻是也。」（3）狚：「當場之妓者也，狚猨之雌者，其性好淫，今俗譌爲旦。」（4）狐：「當場之裝官者也，今俗譌爲孤。」（5）靚：「傅粉墨，獻笑供諂者也，古稱靚妝，故謂之妝靚色，今俗譌爲淨。」（6）鴇：「妓女之老者也，鴇似雁而大，無後趾，虎文，喜淫而無厭，諸鳥求之即就，世呼獨豹者是也。」（7）猱：「凡妓女總稱也，猱亦猨屬，喜食虎肝腦，虎見而愛之，輒負於背，猱乃取蝨遺虎首，虎即死，取其肝腦食焉，以喻少年愛色者，亦如愛猱然，不至喪身不止也。」（8）捷譏：「古謂之滑稽，雜劇中取其便捷譏謔故名。」（9）引戲：「即院本中之狚也。」吳瞿安〈元劇略說〉（李萬育筆記）更進一步分析：「正末即正生，副末至今存，狚即正旦，狐即外，靚即淨，鴇即老旦，猱即貼旦，捷譏即丑，引戲即雜腳」「各色分配，並無一定目標，僅就劇中情節，略加區別，期勿溷觀場者之目光而已。」該文收錄於《中國文學研究專刊》（1927年6月），又收編於存萃學社編集，《宋元明清劇曲研究論叢》第一集（香港：大東圖書，1979年）。

〔註4〕該文見載於《華南師範大學學報》（社會科學版），2001年第六期，頁38～45。

〔註5〕「角色」指劇情虛構域中的「人物」，見陳建森（2001），頁41。

> 因而，王三的答〔註 6〕，不是以演員的身份代替作者向扮演張千的演員解釋，而是以「行當」的身份代替劇作家向扮演張千的「行當」解釋，實際上是傳達劇作家的創作視界，引導觀眾的接受取向。這就是劇作家將自己的創作視界隱藏到演述者的話語之中，通過演述者的聲口來指揮控制整個劇情演出的重要手段——「代言性演述干預」。〔註 7〕

元雜劇「行當」的劃分，不若京劇般細，大略分爲旦、末、淨三大類，本文先逐一說明「行當」的基本概念，再以範疇論的觀點來觀察人物的原型及其延伸情形。

一、「行當」的基本概念

「行當」的基本概念要從元雜劇的角色談起，角色依其性別、身份、個性或出場的次序與重要性，分別由不同「行當」的演員來扮演；李春祥《元雜劇史稿》將元雜劇的「行當」分爲四大類：〔註 8〕

> 一曰旦。旦是扮婦女的角色。女主角叫正旦，正旦主唱的劇本叫旦本。其餘如外旦、老旦、大旦、小旦、貼旦、花旦等皆旦之「外角」。
>
> 二曰末。末是扮演男子的角色。正末主唱的劇本叫末本，其餘如外末、付末、沖末、小末等皆末之「外角」。
>
> 三曰淨，丑亦歸此類。由唐之參軍演化而來。王國維《古劇腳色考》：「余疑淨即參軍之促音，參與淨爲雙聲，軍與淨爲疊韻，參軍之爲淨，猶勃提之爲披，邾婁之爲鄒也。」元雜劇中之淨，或扮演反面人物，或扮演滑稽可笑角色。有副淨、淨和丑等。
>
> 四曰雜。指以上三類之外的登場角色。他們「或表其人在劇中之地位」，或「表其品性之善惡」，或「表其氣質之剛柔」〔註 9〕，或其稱謂和性別、年齡、職業、社會地位及特定身份有關。如皇帝稱駕、

〔註 6〕陳文引《蝴蝶夢》第三折王三與張千的對答：「【端正好】腹攬五車書，（張千云）你怎麼唱起來？（王三云）是曲尾。（唱）都是些《禮記》和《周易》……。」陳建森（2001），頁 39。

〔註 7〕陳建森（2001），頁 39。

〔註 8〕李春祥（1989），頁 36～37。

〔註 9〕李春祥（1989），頁 37 文中註 13，語出王國維《古劇腳色考》。

官員稱孤、老年男子稱孛老、老年婦女稱卜兒、男孩稱倈、女孩稱旦倈、慣匪慣犯稱邦老、男鬼魂稱魂子、女鬼魂稱魂旦、農家女孩稱禾旦、病者稱患子、秀才或士子稱細酸等。

筆者據李春祥以上論述，將元雜劇的角色類別統整如表 3-1-1：

表 3-1-1：李春祥元雜劇的角色分類

行當			角色（備註）
總名	概分	細目	
旦	正旦	（主唱者，旦本劇）	婦女角色
	外角	外旦、老旦、大旦、小旦、貼旦、花旦	
末	正末	（主唱者，末本劇）	男子角色
	外角	外末、付末、沖末、小末	
淨	淨	副淨、淨	由唐之參軍演化而來，或扮演反面人物，或扮演滑稽可笑角色
	丑	丑	
雜	身份	駕（皇帝）、孤（官員）、細酸（秀才、士子）、邦老（慣匪慣犯）	以上三類以外的登場角色
	年齡＋性別	孛老（老年男子）、倈（男孩） 卜兒（老年婦女）、旦倈（女孩）	
	性別＋身份	魂子（男鬼） 魂旦（女鬼）、禾旦（農家女孩）	
	人物的狀況	患子（病者）	

註：本表據李春祥《元雜劇史稿》，元雜劇的角色分類所製，頁 36～37。

李春祥將元雜劇角色分旦、末、淨、雜四類。廖奔則在《中國戲曲史》介紹元雜劇的角色與宋元戲文的淵源時，就元雜劇的各類角色，分別論述其與宋元戲文之間的沿革，指出「宋元戲文和元雜劇的角色是對宋雜劇的不同繼承和發展」，並且對二者做了比較分析：〔註 10〕

宋元戲文和元雜劇的角色是對宋雜劇的不同繼承和發展。宋代戲文裡的角色有生、旦、外、貼、丑、淨、末七種（見於《張協狀元》），其中生應該與末泥對應，旦即引戲，外角是生角的擴大（徐渭《南詞敘錄》說外是「生外又一生」），貼角是旦角的擴大（徐渭說是「旦

〔註 10〕廖奔，《中國戲曲史》（上海：上海人民，2004 年），頁 63～63。

之外又貼一旦」)，淨和末是由副淨副末轉化而來，丑則是戲文的發明。丑是一位與淨一樣的花面角色，《南詞敘錄》說他是「以墨粉塗面，其形甚丑」，大概是戲文最初起自民間時產生的角色。……元雜劇裡的角色，根據元本所提供的有正末、小末、外末、沖末、正旦、小旦、外旦、老旦、禾旦、淨，又有孤、駕、孛老、卜兒、倈兒、尊子等，後面的爲各類人物的名稱，不是正式角色，可以不計。很明顯，他們主要可以歸入末旦淨三種角色行當。其中正末是由宋雜劇的末泥轉化而來，正旦應該是由引戲轉來，淨爲副淨，而小末、外末、沖末是正末的擴大或副末的轉變，小旦、外旦、老旦、禾旦是正旦的擴大又兼有副淨的特色。元雜劇正旦正末可以裝扮的社會人物身份和年齡的距離比較大，這使它可以表現比戲文廣泛得多的社會內容，但也造成以一種角色應工各類人物的缺陷。〔註11〕

以上廖奔的分析中，元雜劇的主要行當只有三種末、旦、淨。末是男角，旦是女角，而淨是人物性格，淨角或滑稽或奸邪。孤、駕、孛老、卜兒、倈兒、尊子等標誌特殊身份或年齡的人物，旦、末淨三種角色行當皆可扮演。正旦和正末可以裝扮的人物，其身份與年齡有很大的彈性空間與廣度，能夠廣泛地反應社會現實，但也造成一種角色扮演多樣人物，角色分工不當的情形。筆者據廖奔以上論述，將元雜劇的角色類別統整如表 3-1-2：

表 3-1-2：廖奔元雜劇的角色

行當		人物	備註
角色行當	行當下的細目——角色種類		
旦	正旦、小旦、外旦、老旦、禾旦	孤、駕、孛老、卜兒、倈兒、尊子等（可以歸入三種角色行當中）。	旦：女角 末：男角 淨：以人物性格分
末	正末、小末、外末、沖末、		
淨	淨、丑		

註：據廖奔《中國戲曲史》，元雜劇的角色所製，頁 62～63。

廖奔將李春祥視爲角色的「雜當」區別爲「各類人物的名稱，不是正式角色」。綜合廖、李二人的共識：雜劇的行當有三類末、旦、淨；末、旦是以性別而分，淨是以性格而別，可男可女可老可少。李春祥分類雖多出一類，實

〔註11〕廖奔（2004），頁 62～63。

際上也只有末、旦、淨三類，他只是將三種行當以外的登場人物歸類於「雜」而已。在分類上末、旦、淨是以行當而分，而雜則是就人物身份而言。「雜」是標誌人物的身份的，可以「末」角扮，亦可以「旦」角扮，也可依性格以「淨」角扮之。

每一種角色取樣自現實人生，概括某一類人物：末、旦即以男、女性別作最基本的分類，淨是奸壞或滑稽人物的代表；與淨相對的末、旦又進一步寓意了具正派或莊重的人物性格。「行當」是劇中人物的類型化表徵，是爲了標記人物的性別與劇中的地位（或身份）而設——劇作家設定了角色的行當，便判分劇中人物的性別或善惡——是元雜劇的搬演中主要要素之一。那麼，在論述雜劇結構元素的隱喻性之前，有必要將「旦、末、淨、雜」的特色與功能一一釐清。以下共分兩部分，先談「旦」行與「末」行，再論「淨」（丑）行與「雜當」：

（一）「旦」行與「末」行

「旦」行與「末」行分別的是角色的性別，雜劇裡以旦角主唱的稱「旦本」雜劇，主唱者的旦角稱之爲「正旦」，以末角主唱的稱爲「末本」雜劇，主唱的末角稱爲「正末」。在這「旦」行與「末」行之下各有一些再加以細分的角色名稱，筆者分別敘述如下：

1.「正末」與「正旦」

「正末」、「正旦」本是雜劇中的主唱者，但在「末本」雜劇中的「正旦」，或「旦本」雜劇中的「正末」，並不是主唱，而是指男、女主要角色之意。如《秋胡戲妻》是旦本戲，但第一折開頭言：「老旦扮卜兒同正末扮秋胡上」（一折，卷四，頁 2544），「正末」在此不是主唱者，而是男主角的意思，而後「正旦扮梅英同媒婆上」（一折，卷四，頁 2545），「正旦」才是主唱者。又如「末本」劇《抱妝盒》一折（卷八，頁 5818）：「正旦扮李美人」，「正旦」並非指主唱者，而是指主要女角之意，主唱者爲「正末扮陳琳」者。

2.「貼旦」與「外旦」

在「末本」雜劇中，已有「旦」角時，再出現的叫「貼旦」（旦外又貼一旦），如《玉壺春》第三折（卷八，頁 5635）上場的「貼旦陳玉英」，她自稱做著第二個行首，稱先前的旦角李素蘭爲大行首；又如《魯齋郎》楔子（卷一，頁 467）先出場的銀匠李四妻稱「旦」，後出場的張孔目妻李氏稱「貼旦」

（卷一，頁 468）。「旦本」劇《碧桃花》已有「老旦」扮夫人（張道南母）出場，後出場的徐夫人（徐碧桃母）以「貼旦」扮演。

有時多出的旦角稱「外旦」（旦外又一旦之意），「外旦」已非以誰先、誰後出場來論定，而是以主要角色、次要角色來分別。如旦本劇《雲窗夢》第二折，因有「正旦」鄭月蓮在，再出現的旦角張媽媽稱「外旦」〔註 12〕；有時「外旦」比「正旦」先出場，如旦本劇《貨郎旦》一折（卷八，頁 6099）「外旦扮張玉娥」先出場，而後主唱的「正旦」李彥和妻劉氏才上場。同一本雜劇中，「外旦」可以有兩個，如《小張屠》劇，主要角色張屠母是劇中「旦」角，次要角色張屠妻、王員外之母皆爲「外旦」。〔註 13〕

「貼旦」是以出場次序的先後來分別，而「外旦」則以劇中的主要角色與次要角色分別之。

3.「副旦」

在《貨郎旦》一折中，「外旦」張玉娥將「正旦」大渾家劉氏氣死後，第二折至第四折的主唱者改爲張三姑，而她是以「副旦」的角色出現〔註 14〕，雖爲劇中主唱者，但不稱其爲「正旦」。她是少數的特例，也是現存的雜劇裡唯一的「副旦」主唱者。

4.「旦」、「旦兒」

「正旦」、「旦兒」、「旦」，元劇作家無大分別。如《度柳翠》的楔子稱柳翠爲「旦兒」（卷四，頁 2372），卻在第一折時稱「旦」（卷四，頁 2376）；又如《鴛鴦被》的楔子，「正旦」李玉英在雜劇中亦寫作「旦」。〔註 15〕

5. 其他「旦」角

「大旦」、「小旦」是以身份的長幼而定的，例如薛仁貴妻本稱「旦兒」〔註 16〕，後因仁貴又娶了英國公的小姐，大婦稱「大旦」，後娶的英國公小姐稱「小旦」〔註 17〕。「小旦」有時是指劇中人物看起來年齡幼小者，如《劉晨

〔註 12〕外旦張媽媽將鄭月蓮從鄭媽媽處用五十兩銀子買來做妹子。見《雲窗夢》二折，卷八，頁 6089。

〔註 13〕見《小張屠》楔子，卷八，頁 5720：「旦」爲張屠母、「外旦」爲張屠妻；及第三折，卷八，頁 5730：「外旦」爲王員外之母。

〔註 14〕「副旦扮張三姑背俫兒慌上」，見《貨郎旦》二折，卷八，頁 6106。

〔註 15〕見《鴛鴦被》楔子「（旦云）父親說那裡話？」卷八，頁 5792。

〔註 16〕見《榮歸故里》楔子，卷五，頁 2942。

〔註 17〕見《榮歸故里》四折，卷五，頁 2963。

阮肇》二折，稱扮演金童、玉女者爲「小旦」（卷八，頁 5553）。又有「大旦」、「二旦」之別，是由於這兩個旦角在劇中是妯娌關係：其夫排行老大者，稱「大旦」；其夫排行第二者，稱「二旦」；如《凍蘇秦》劇中蘇梨、蘇秦兄弟，蘇梨之妻稱「大旦」，蘇秦之妻稱「二旦」（楔子，卷八，頁 5913）。

另有「搽旦」一角，面傅粉，在舞台表現上或以醜態、或以奸邪，是以其扮相或性格爲主，與其他「旦」角依其劇中地位如何？角色主唱與否？等分判角色的標準，大相逕庭。本小節第二部份（「行當」的認知模式與範疇化）將以「搽旦」爲例，從「外型扮相」、「身份性格」等角度具體考察其認知模式與範疇化。

6. 副末、冲末、外末

「副末」出現次數較少，如《灰闌記》中的馬員外（楔子，卷五，頁 3397），雖爲劇中要角之一，但出現至第一折即被大婦毒殺身亡；又如《蝴蝶夢》第一折短暫出現的「地方」（卷一，頁 37）。比較特別的例子是旦本劇《竹塢聽琴》，其第一折開始時寫著：「副末扮秦翛然」，但在後文中皆以「正末」稱之（一折，卷五，頁 3312、3314）。「冲末」是末角人物中較有脾氣的，如《灰闌記》張海棠的火爆性格的兄長張林（楔子，卷五，頁 3396）；有作劇中主要男角的，如《東墻記》的馬文輔（楔子，卷二，頁 802）。「外末」通常扮有身份地位者，或是長者，或是個性沈穩者；例外者如《劉晨阮肇》的阮肇（一折，卷八，頁 5544）及《紅梨花》的趙汝州（一折，卷五，頁 3500），二人都是青年；阮肇是末本劇中正末劉晨之外的末角，趙汝州是旦本劇中之末角（劇中另一末角爲「冲末」）。

7. 其他「末」角

以兄弟排行分「大末」、「二末」、「三末」的，如《陳母教子》之老大陳良資、老二陳良叟、老三陳良佐（楔子，卷一，頁 389）。以年紀輩份分別的「小末」（或「小末尼」），如《東堂老》劇東堂老李茂卿之子，劇中先稱「小末尼」，後又寫做「小末」（二折，卷七，頁 45）。

（二）「淨」（丑）行與「雜當」

1.「淨」（丑）行

「淨」行之下有「淨」、「副淨」與「丑」，多半飾奸壞、滑稽之人，而大奸大壞之人通常由「淨」扮，與「淨」相較，小奸小壞的則由「丑」扮，如

《酷寒亭》中最壞之人高成，由「淨」角扮，解子則由「丑」角扮〔註 18〕。而當劇中已有「淨」角時，後出場的以「副淨」扮演，如《竇娥冤》劇，賽盧醫先出場以「淨」扮之，後出場的張驢兒則以「副淨」扮，兩人奸壞的程度以後出場的「副淨」爲甚。

「淨」（丑）是以人物扮相與性格爲主，故而可扮男性角色，亦可扮女性角色。「淨」的男性角色可扮演奸惡的「邦老」（土匪）亦可演扮相不佳的「孛老」（老人家）；而「淨」的女性角色可扮「㜷㜷」（年老的僕婦）、「卜兒」（老婦人），也可扮演「姑兒」（或稱「禾旦」，指的是村姑角色）。「丑」的男性角色多半扮莊家、店小二等小人物，但也有扮演像道姑或梅香之類的女性角色。

2.「雜當」

「雜當」在李春祥的分類中，也列爲行當之一。但筆者以廖奔之說爲據，「雜當」不是正式角色，而是各類人物的名稱，可以歸入末、旦、淨三種角色行當。在雜劇中常出現的「雜當」有：卜兒、孛老、邦老、㜷㜷、孤……等，詳見表 3-1-3：

表 3-1-3：雜當的行當

雜當	身份（年齡）	性別	行　當	人　　物
卜兒	老婦人	女	淨、老旦、搽旦	虔婆、老夫人、老母、虔婆
姑兒	農家女孩	女	淨（後稱「禾旦」）	村姑
㜷㜷	老僕婦	女	正旦、淨	㜷㜷（主唱者）、㜷㜷
邦老	慣犯慣匪	男	淨	土匪、盜賊
孛老	老人家	男	正末、冲末、外、淨	老父（爲主唱者）、老父、老父、老人家
孤	官吏	男	外、淨	清官、昏官
都子	乞兒	男	淨	乞兒

關於這些雜當及其行當在雜劇中搭配的情形，筆者詳述於〈附件〉之附錄一的短文中。

〔註 18〕據傅玉賢，〈元曲與皮簧之比較〉（收於燕京大學，《文學年報》第六期，1940 年），編入《宋元明清劇曲研究論叢》第一集，頁 172。並參見《鄭孔目風雪酷寒亭》「丑扮解子」（楔子，卷四，頁 2674）、「淨扮高成」（一折，卷四，頁 2677）。

元雜劇的人物行當基本概念如上所述，一般區分角色行當的通則大致如此。但角色行當的分配不是絕對的，是以一本劇本之中的角色人物相對分配的，如吳瞿安所言：

> 元人曲中頗不一定，……可知各色分配，並無一定目標，僅就劇中情節，略加區別，期勿溷觀場者之目光而已。〔註19〕

行當與人物的配置是爲了讓觀眾能清楚辨別每一個上場的角色。筆者整合上文對「旦」行、「末」行與「淨」（丑）行及其角色人物的分配情形，表列於下：

表 3-1-4：元雜劇中的行當與人物〔註20〕

行當		角色／人物	出處
總類	次類		
旦	旦	張屠母	《焚兒救母》楔子，卷八，頁 5720
		夫人（趙廉訪妻）	《後庭花》一折，卷二，頁 1233
	正旦	龍女三娘	《柳毅傳書》楔子，卷四，頁 2446
		佘太君	《謝金吾》一折，卷九，頁 6704
		嬤嬤（龐衙內家的嬤嬤）	《生金閣》二折，卷四，頁 2246
		嬤嬤（陳太守家中嬤嬤）	《張天師》二折，卷三，頁 1865
		楊母	《不認屍》楔子，卷四，頁 2292
		賣花三婆	《紅梨花》三折，卷五，頁 3511
		莽古歹（小番）	《哭存孝》三折，卷一，頁 23
	旦兒	柳葉（一折，頁 2376，稱「旦」）	《度柳翠》楔子，卷四，頁 2372
		夫人（孫權之母）	《隔江鬥智》一折，卷九，頁 6732
		仁貴妻（大婦）	《榮歸故里》楔子，卷五，頁 2942
		李玉娥（張孝友妻）	《合汗衫》一折，卷五，頁 2984
	大旦	仁貴妻（大婦）	《榮歸故里》四折，卷五，頁 2963
		蘇梨妻（蘇秦嫂）	《凍蘇秦》楔子，卷八，頁 5913
	二旦	蘇秦妻（蘇秦排行老二）	《凍蘇秦》楔子，卷八，頁 5913
		張氏（正末韓弘道妻，韓弘道排行第二）	《翠紅鄉》楔子，卷八，頁 5439
	小旦	仁貴妻（英國公小姐，仁貴已有元配）	《榮歸故里》四折，卷五，頁 2963
		金童、玉女	《誤入桃源》二折，卷八，頁 5553

〔註19〕見吳瞿安（1927）編入《宋元明清劇曲研究論叢》第一集（1979），頁 96。
〔註20〕本文於〈附件〉之附表一，另列一表以供參考。

	外旦	宋引章 張玉娥（上廳行首） 劉桃花（亞仙結義妹子） 張屠妻 王員之母	《救風塵》一折，卷一，頁 109 《貨郎旦》一折，卷八，頁 6099 《曲江池》一折，卷四，頁 2574 《焚兒救母》楔子，卷八，頁 5720 《焚兒救母》三折，卷八，頁 5730
	貼旦	徐夫人（李氏，碧桃母）（前已出現老旦夫人，即張道南母） 陳玉英（第二個行首） 張孔目妻李氏（先出場的銀匠李四妻已稱「旦」，頁 467）	《碧桃花》楔子，卷九，頁 6795 《玉壺春》三折，卷八，頁 5635 《魯齋郎》楔子，卷一，頁 468
	搽旦	王臘梅 蕭娥 張氏（李順妻） 撇枝秀 卜兒（柳翠母） 卜兒（杜蕊娘母） 卜兒（顧玉香母）	《燕青博魚》一折，卷二，頁 1425 《酷寒亭》楔子，卷四，頁 2676 《後庭花》一折，卷二，頁 1233 《盆兒鬼》一折，卷九，頁 6320 《度柳翠》楔子，卷四，頁 2372 《金線池》一折，卷一，頁 143 《玉梳記》一折，卷八，頁 5573
	老旦	卜兒（海棠母） 卜兒（張元伯母） 嬷嬷 夫人（裴少俊母） 觀音	《灰闌記》楔子，卷五，頁 3396 《范張雞黍》一折，卷五，頁 3611 《墻頭馬上》二折，卷二，頁 744 《墻頭馬上》一折，卷二，頁 737 《度柳柳》楔子，卷四，頁 2372
	副旦	張三姑（奶母，二折至四折的主唱，一折主唱稱正旦，乃李彥和妻劉氏）	《貨郎旦》二折，卷八，頁 6106
	色旦	宮女（會歌舞）	《陳摶高臥》四折，卷三，頁 1581
末行	正末	駕（唐玄宗） 孛老（薛仁貴之父） 溫嶠 禾倈（村童）	《梧桐雨》楔子，卷二，頁 769 《榮歸故里》楔子，卷五，頁 2941 《玉鏡臺》一折，卷一，頁 200 《黃鶴樓》第二折，卷七，頁 4730
	冲末	張林（海棠兄長） 馬文輔（男主角） 孛老（郭二，郭成父）	《灰闌記》楔子，卷五，頁 3396 《東墻記》楔子，卷二，頁 802 《生金閣》楔子，卷四，頁 2234
	副末	馬員外（正旦海棠之夫） 地方（告知王家兄弟父親被人打死）	《灰闌記》楔子，卷五，頁 3397 《蝴蝶夢》一折，卷一，頁 37
	小末	善才（觀音身邊的童子） 先稱「小末尼」，後又做「小末」（東堂老李茂卿之子） 李春郎（李彥和子）	《度柳翠》楔子，卷四，頁 2372 《東堂老》二折，卷七，頁 4551 《貨郎旦》三折，卷八，頁 6111
	大末 二末 三末	陳良資（陳母三子依排行稱之） 陳良叟 陳良佐	《陳母教子》楔子，卷一，頁 389

	外	趙汝州（男主角） 阮肇（青年） 王員外 炳靈公 孛老（王老漢） 孤（鄭州守李公弼）	《紅梨花》一折，卷五，頁3500 《誤人桃源》一折，卷八，頁5544 《焚兒救母》楔子，卷八，頁5720 《焚兒救母》二折，卷八，頁5727 《蝴蝶夢》楔子，卷一，頁35 《救風塵》四折，卷一，頁134
淨行	淨	邦老（鐵旛竿白正） 孛老（李屠） 孤 嬷嬷 嬷嬷 姑兒（村姑，後作「禾旦」） 卜兒（劉從善妻李氏）	《浮漚記》一折，卷八，頁6130 《鐵拐李岳》三折，卷五，頁3210 《勘頭巾》二折，卷五，頁3112 《竹塢聽琴》二折，卷五，頁3319 《紅梨花》〔註21〕二折，卷五，頁3508 《黃鶴樓》第二折，卷七，頁4729 《老生兒》楔子，卷四，頁2186
	副淨	張驢兒（賽驢醫先出場稱「淨」，後出場的稱「副淨」）	《竇娥冤》一折，卷一，頁265
	丑	道姑（玉清庵劉道姑） 憐兒（後稱梅香，顧玉香的丫頭）	《鴛鴦被》楔子，卷八，頁5790 《玉梳記》一折，卷八，頁5574

另有從不同的角度，就角色的唱不唱來討論「正末」、「正旦」與劇中主要人物或次要人物的關連〔註22〕，說明元雜劇的「正旦」、「正末」是主唱者的角色，但不一定是劇中主角的情形〔註23〕。關於「行當」的分類：末扮男角、旦扮女角、淨扮滑稽、凶惡之人，男、女皆可。這種角色分類的思維模式，郭英德於其文中深入地分析：

> 我認爲，這三大戲曲角色類型正體現了中國古人認識世界的簡化圖式。
>
> 古人認爲，世界是由一組組陰陽關係既相互對立又相互依存推衍而成的，如《周易·繫辭上傳》所謂「一陰一陽謂之道」。其中最基本的一組陰陽關係就是男一女，所以《周易·序卦傳》說：「有天地然後有萬物，有萬物然後有男女，有男女然後有夫婦，有夫婦然

〔註21〕《紅梨花》的嬷嬷是配合演一齣戲扮做王同知的嬷嬷，打斷謝金蓮（假扮王同知之女）和趙汝州二人的夜間私會，要謝金蓮回去。

〔註22〕郭英德，〈元明清戲曲小說的角色〉，頁191～192。該文收入聶石樵主編，《古代文學中人物形象論稿》（北京：北京師範大學，2000年），頁183～233。

〔註23〕如《關大王單刀會》的主角是關公，但第一折的正末扮演的角色是喬公、第二折是司馬徽，第三、四折才是關公（羽）。又如《五候宴》，主角劉夫人只在第四折作收結時主唱，其他一至三折的「正旦」，即主唱者，是李從珂的親身母親王嫂。詳見本文〈附件〉之附表二及附表六表列之主角與正末（旦）。

後有父子，有父子然後有君臣，有君臣然後有上下，有上下然後禮義有所錯。」因此，男－女的組合便不僅構成現實世界的最基本圖式，還構成社會倫理的最基本原型。這就不難明白，爲什麼戲曲中以男性角色－女性角色的組合，即生－旦或末－旦，作爲最基本的構成因素。〔註24〕

戲劇的搬演，模擬自現實人世；世間的各色人物，其基本元素亦即男、女罷了。故而戲曲裡的「行當」，也以「末」行、「旦」行爲基礎；「淨」行是以性格或扮相別立的「行當」，分類標準異於「末」、「旦」。門巋分別角色〔註25〕時說道：

但這主要腳色之生、旦必安排指代爲正面人物。凡劇中下流、醜惡、凶暴之人物皆由淨、丑一類腳色充當。這是將社會眾生概括化、類型化、形象化，出之於戲曲表演的結果。〔註26〕

末（生）與旦除了標誌角色的性別外，亦是劇中的正面人物，淨、丑則演述一些身份低下者、或外表行爲醜惡、或具凶暴性格的角色，這是「行當」——末、旦、淨的一些基本概念。行當與人物在舞台上搭配演出時，正派人物以末、旦行扮演，反派或滑稽人物以淨行扮演；淨行不分人物的性別，以性格爲取決的標準。而一劇之中的角色分配，不一定以主要角色爲「正旦」、「正末」；「正旦」、「正末」是以主唱者而定的。

二、「行當」的認知模式與範疇化

由第一小節「行當的基本概念」的論述顯示：「行當」是戲曲角色的認知模式，是以性別和性格爲主的，在角色分行上，與西方戲劇相較有其殊異之處：

運用角色分行，是中國古典戲曲與西方傳統戲劇迥然不同的民族特徵之一。在西方傳統戲劇中，角色基本上等於劇中人物；而在中國的古典戲曲中，角色既是現實人物與劇中人物之間的中介，也是演員與劇中人物的中介。〔註27〕

〔註24〕郭英德（2000），頁198～199。

〔註25〕門巋認爲「腳色」和「角色」不同，前者是劇本文學創作中人物的分類，後者是在舞台上由演員表演再創造過的劇中人物分類。詳見《戲曲文學：語言托記的綜合藝術》（桂林：廣西師範大學出版社，2000年），頁56。

〔註26〕門巋（2000），頁50。

〔註27〕郭英德（2000），頁195。

據上述引文的說法：角色是現實人物與劇中人物的中介，是從「現實人物－戲曲角色－人物形象」的構成而言，現實人物借助一定的戲曲規程爲中介，凝固成作品中特定的人物形象；而角色也是演員與劇中人物的中介，是就「演員－戲曲角色－人物形象」構造成言，演員借助戲曲角色的規程爲中介，在舞台上塑造出特定的人物形象。故「角色」可就劇作家創作和演員演出，觀其社會性及功能性〔註 28〕。「角色」所區分出的類型人物，可以近似於現實人物，但卻不等於現實人物，可以稱是人物的基本模式，用這個基本模式去認知「現實人物－劇中人物」，並將其範疇化。如圖 3-1-1：

圖 3-1-1：「現實人物－角色－劇中人物」關係

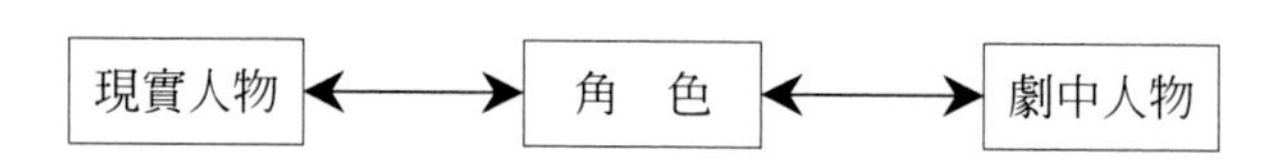

另有學者則認爲中國的戲劇不只在於角色的類型化，就整個中國戲劇而言都是傾向於類型化的，如：

> 中國戲劇美學的規範思維是一種類型化的思維，它習慣於先歸納出一定的類型，進而提升爲某種法式，對戲劇創作和表演起到規範和參照的作用。綜觀中國戲劇美學的諸多法式，雖然其審視角色不同，歸納方法不同，適用範圍不同，涉及到戲劇的主題、題材、人物形象、體裁、語言、宮調、角色、表演等方面，但是有一明顯的共同之處，即基本上都是類型化的。〔註 29〕

這種類型化的思維，是將經驗世界的範疇劃分也用於戲劇上，範疇劃分是認知世界的重要方法和手段，劇作家將他對現實人物的觀察著墨於劇中人物，並以範疇化的方式表現在演員對「行當」的角色扮演上。

雷可夫（Lakoff 1987）的範疇論認爲範疇是開放的且具放射性的，是以成員間所包含的屬性多寡來決定中心成員（典型性成員）或邊緣成員，成員間具等級差異，不是像傳統範疇論那樣成員間具有均一齊平的共性。在雜劇的行當裡純粹以性別分類的「末」與「旦」，成員裡有除了「正末」和「正旦」，

〔註 28〕郭英德認爲角色因其中介性特徵，使它具有既是社會性的亦非社會性的；既是功能性的又非功能性的雙重特徵。（2000 年，頁 186～187）

〔註 29〕姚天放，《中國戲劇美學的文化闡釋》（北京：中國人民大學，1997 年），頁 213～214。

還有依出場的順序和人物的年齡分別出來的其他「行當」之細目。以性格劃分的「淨」角還包含了「丑」角在內。「淨」角扮演的人物有男也有女，都是些有心機或耍寶的人物。

雜劇裡本以性別區分的「旦」角，在其範疇內居然有以性格或扮相劃分的角色「搽旦」。筆者因「搽旦」的特殊性，以它爲論題，分別討論它的「認知模式」和「範疇化」。

（一）「搽旦」的認知模式

在各類的角色中，「搽旦」是跨類存在的——既屬「旦」行，又有「淨」角或「丑」角的性格。如圖 3-1-2：

圖 3-1-2：搽旦的認知模式

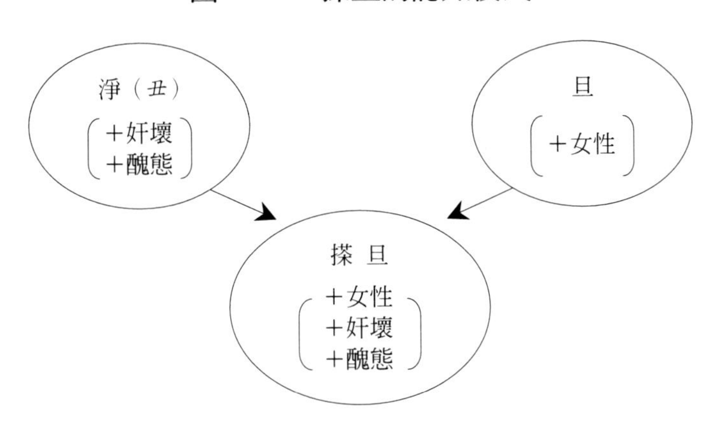

搽旦的特色在於它融會了兩種行當的認知模式；既以「旦」行的性別爲取決標準，又以「淨」行的人物形象爲其範疇。「淨」（丑）因其身份性格之故，它的外型扮相也與「末」、「旦」殊異。筆者下文將檢視自「淨」（丑）「原型」延伸而來的軌跡。分述「搽旦」的「外型扮相」及「身份性格」；其中「外型扮相」又分爲：敷粉登場、出乖賣醜兩個次類，「身份性格」又包含壞心眼、身份低賤兩個次類。

1. 外型扮相

（1）傅粉登場

搽旦在舞台演出時是溥濃粉的，這是它源出於「淨」行的第一個顯證。如李行甫《灰闌記》第一折搽旦扮演馬員外的大渾家上場詩：

我這嘴臉實是欠，人人贊我能嬌艷。只用一盆淨水洗下來，倒也開

得胭脂花粉店。(卷五，頁 3400)

又如《燕青博魚》劇第二折，正末燕青形容搽旦王臘梅時所唱：「你看這鬏髻上扭的出那棘針油，面皮上刮的下那桃花粉」(卷二，頁 1437)；這些都是搽旦傅粉登場的顯證。在末、旦、淨三類行當中，只有淨是傅粉登場的；明・朱權《太和正音譜》針對「淨」行的舞台扮相，曾說過：

付（傅）粉墨者謂之靚，獻笑供諂者也。古謂參軍。

郭英德解釋「靚」即爲「淨」〔註 30〕。淨在演出時是「粉墨」登場的，搽旦的角色性格源出於「淨」，在扮相上也與之近似。如《灰闌記》的趙令史打諢「淨」和「搽旦」嘴臉相似之處，道：「這嘴臉可可是天生一對，地產一雙，都這等花花兒的」(一折，卷五，頁 3400)；由趙令史的敘述，可知「淨」和「搽旦」都是傅粉的花臉角色。「傅粉」是一種符號，傳遞標誌人物的訊息。「淨」和「搽旦」經由「傅粉」而畫上了等同的符號；舞台搬演時透過角色的「傅粉」，觀眾馬上覺知角色的行當，及其可能的性格。有的劇作家會透過劇中人物的口來說「傅粉」的搽旦決非善類，如上文所引燕青（《燕青博魚》）之言：「面皮上刮的下那桃花粉」，就從搽旦王臘梅的「傅粉」看出她不是個好東西，會成爲燕大的禍根。

（2）出乖賣醜

「丑」歸屬於「淨」行，前引廖奔（2004）所言有提及「丑」角者，其言：「丑是一位與淨一樣的花面角色，《南詞敘錄》說他是『以墨粉塗面，其形甚丑』」。由此更可見傅粉的「搽旦」與「淨」的第二個淵源關係；即除了傅粉之外，搽旦的扮相也令人不敢恭維。如《翠紅鄉》劇的韓弘道，看到久別後的小妾春梅（搽旦扮），不感謝她萬苦千辛爲他生下孩兒，竟批評她的體態說道：

我覷了這女艷姿，如此般蠢坌身子，粗奘腰肢，卻生的這般俊秀的孩兒。敢是鴉窩裡出鳳凰，糞堆上產靈芝，這言語信有之。(第四折，卷八，頁 5468)

將苦命的春梅比做「鴉窩」、「糞堆」，但春梅的醜態又合於廖奔先生所引《南詞敘錄》的「其形甚丑」。這種角色類似今之小丑，抹濃妝畫笑臉，以醜態嬉鬧，以討好觀眾，故又近「淨」角的滑稽性格。又如《臨江驛》第二折（卷四，頁 2652）試官趙錢之女（搽旦扮），上場詩云「今朝喜鵲噪，定是姻緣

〔註 30〕見郭英德（2000），頁 198。

到。隨他走個乞兒來，我也只是笑呵呵。」詩中表現搽旦一心想著嫁人，飢不擇食的猴急樣；到了張翠鸞仗勢父親的威權，鎖了她時，她倒唱起曲來了（四折，卷四，頁 2667）。這時的搽旦有利用唱曲來插科打諢，製造喜劇笑果的意味在〔註 31〕。還有一個無辜小閨女，即《桃花女》劇中周公的十三歲小女兒臘梅，她在劇中是插科打諢的小角色，一下子被白虎咬，一下子被噴水救活（三折，卷七，頁 4788～4789），在舞台上呈現時應有其出醜的喜劇效果在。

這些搽旦的性質近於「丑」角，扮演這些小角色，具插科打諢的喜劇效果。

2. 身份性格

（1）壞心眼

搽旦除了「其形甚丑」，以醜姿醜態搞笑外，其如「淨」的凶惡性格的一面——「使壞、耍心機」，也常常出現在元雜劇中。例如《酷寒亭》的搽旦蕭娥：

> （搽旦云）好道兒，他丟了我就去了。我如今借一身重孝穿上，我直哭到他家中。若他是死了，就與他吊孝；若不曾死，我這一去氣死那個丑弟子孩兒！（下）（《酷寒亭》一折，卷四，頁 2679）

心機深沉的蕭娥，故意穿孝服，一來可做人情（若鄭孔目的元配蕭氏眞的死了），替她哭上一場；二來詛咒她死（若元配未死），穿白衣吊孝，有咒她早死之意，好將她氣死。機心狠毒的搽旦，展現了「淨」角凶狠的一面。又如《合同文字》的伯娘（搽旦扮），爲了自己的女兒女婿而起了獨佔家產的壞心眼，騙取前來認親的劉安住的合同文書（三折，卷九，頁 6486～6487）。她一拿到合同文書就進入家門，再出來時裝做從來沒見過劉安住，還對喜見侄兒不由悲從中來的劉天祥潑冷水道：「什麼劉安住？這裡喒子每極多，見咱有些家私，假做劉安住來認俺。她爺娘去時，有合同文書，若有便是眞的，無便是假的。」（三折，卷九，頁 6488）冷酷無情的伯娘，連侄兒劉安住高喊他不要家財，只要傍著祖墳埋葬父母的骨殖就離開，她還打破侄兒的頭，叫丈夫

〔註 31〕郭偉廷提及：「元雜劇每折一部套曲，由主角一人獨唱，除了正末、正旦，其餘腳色皆只說不唱，惟間有例外，即有所謂插曲——獨立於元雜劇嚴謹體制之外，可有可無又突如其來的插入性曲子。由於這些由配角主唱的插曲是出人意料的，故往往帶有胡鬧嬉笑、插科打諢的性質。」見《元雜劇的插科打諢藝術》，第三章第二節〈利用唱曲插科打諢〉（北京：北京社會科學院，2002 年），頁 150。

不要管他說些什麼，拉著丈夫關上家門，不肯置理。包待制騙她劉安住身死時，她第一個反應是「死了，謝天地！」（卷九，頁 6495）歡喜得很，也是個爲了己私，使詐要心機的人。又如《盆兒鬼》劇，跟著丈夫開黑店的搽旦撇枝秀，也與「淨」角的惡人形象相符。

這些搽旦具有「淨」行的負面人物的形象，不是幫著幹殺人劫財的勾當，便是使盡心機謀害他人，具有凶惡的人物性格。

（2）身份低賤

搽旦的角色，有的是身份卑微的小人物，如《老生兒》劇中的搽旦小梅，在劉從善的口中：

> 婆婆，小梅這妮子，他似那借瓮兒釀酒。（卜兒云）如何是借瓮兒釀酒？（正末云）別人家的瓮兒，借將的來家做酒，只等酒熟了時，可把那瓮兒還與他本主去。婆婆，這妮子如今不腹懷有孕也？明日小梅或兒或女得一個，則是你的。那其間將這妮子，要呵不要呵，或是典或是賣也只由的你。（楔子，卷四，頁 2189）

小梅由丫頭變小妾身份低賤，只是劉從善夫婦用來傳宗接代的工具，一旦生下一男半女，都歸大婦（劉從善妻，劇中卜兒）所有，她的下場——或典或賣——去留之間全都由大婦做主。又如《隔江鬥智》劇搽旦扮演的丫頭梅香，也是身份卑微的小丫頭，劇中與正旦扮的小姐孫安多有對話，以梅香的直率無知映襯小姐的委婉聰慧；又如《翠紅鄉》劇韓弘道口中的無辜小妾春梅，身份既卑微，其形又甚醜，也是搽旦所扮。

筆者就元雜劇中的搽旦的身份及性格標籤化。表列如下：

表 3-1-5：元雜劇搽旦身份及性格標籤化

<table>
<tr><th colspan="4">人　　物　　標　　籤</th><th rowspan="2">劇作／出處</th></tr>
<tr><th colspan="2">身份／性格</th><th>角　色</th><th>人　物　行　爲　特　徵</th></tr>
<tr><td rowspan="3">妓女</td><td>未從良者</td><td>王粉蓮</td><td>與開倉粜米的楊金吾和劉小衙內在一起，包待制由她口中得知楊金吾將紫金鍾給了她。</td><td>無名氏《陳州糶米》三折，卷九，頁 6261</td></tr>
<tr><td rowspan="2">從良不良者</td><td>蕭　娥</td><td>從良嫁鄭孔目爲妾，卻氣死大婦，趁鄭孔目上京時，與姦夫往來，且虐待鄭孔目的兒女，害鄭孔目流放。</td><td>楊顯之《酷寒亭》楔子，卷四，頁 2676</td></tr>
<tr><td>撇枝秀</td><td>原非良家，嫁給淨盆罐趙兩口兒開黑店，殺了做雜貨買賣的楊國用，將他燒化做成盆兒。</td><td>無名氏《盆兒鬼》，卷九，頁 6320</td></tr>
</table>

人婦不良		馬員外的大渾家	夫死後與姦夫謀家產，強奪小妾海棠的兒子，買通接生婆及官吏說是自己的兒子。	李行甫《灰闌記》一折，卷五，頁 3400
		李　氏	欲謀小叔產業，唆使小嬸（二旦）趕走懷孕的搽旦春梅，好讓自己的二個兒子（淨扮）獨佔小叔的家產。	高茂卿《翠紅鄉》楔子，卷八，頁 5439
		王臘梅	神奴兒的嬸嬸卻將他勒殺了。	無名氏《神奴兒》一折，卷九，頁 6373
			燕大後娶妻，與楊衙內私通，又逼走燕二。與楊衙內私會被燕青撞見，著燕大來捉奸，逃了奸夫楊衙內，搽旦言語刁鑽地要燕大拿出奸夫來！	李文蔚《燕青博魚》一折，卷二，頁 1425
		楊　氏	騙取姪兒的合同文書，又不認親，在劇中是個私心重使壞心眼的角色。	無名氏《合同文字》楔子，卷九，頁 6475
		郭念兒	孫榮（孔目）後娶妻。與白衙內私通，秘謀私奔。	高文秀《雙獻功》一折，卷二，頁 911
		劉月仙	好酒趙元妻，因想改嫁臧府尹，叫父親劉二公拖趙元去告官，要官休。	高文秀《遇上皇》一折，卷二，頁 943
小妾	無辜受害	小　梅	劉從善（正末）老年無子，納小梅（搽旦）爲妾，有孕。婿張朗（丑）欲謀害小梅，劉從善女（旦兒）暗中救助，小梅脫難生下一子。	武漢臣《老生兒》楔子，卷四，頁 2186
		春　梅	韓弘道的小妾，有孕，正妻張二嫂（二旦），受伯娘（搽旦）搬調，趕走春梅。	高茂卿《翠紅鄉》一折，卷八，頁 5443
	不良小妾	王臘梅	同知大人的二夫人，與大夫人（大旦）的陪嫁小廝王六斤（淨）有染，因大夫人知其奸情，欲害大夫人。	無名氏《村樂堂》一折，卷九，頁 6449
			正旦李千嬌（正旦）的丫頭，被收爲小夫人，與丁都管（淨）私通，因李千嬌知其奸情欲害李千嬌。	無名氏《爭報恩》楔子，卷九，頁 6536
閨女	出醜撒潑	試官之女	她的上場詩是：「今朝喜鵲噪，定是姻緣到。隨他走個乞兒來，我也只是呵呵笑。」而且聽他父親爲她招了女婿，她還問幾個？嫁與崔甸士後，崔甸士元配張翠鸞（正旦）上門，她大罵崔甸士是「精驢禽獸」。最後落得做翠鸞的「梅香」（丫頭）。	楊顯之《臨江驛》二折，卷四，頁 2652
	幼小無辜	臘　梅	周公十三歲幼女，被桃花女施法害死，又施法救活，卻不怪桃花女。	王曄《桃花女》三折，卷七，頁 4788
老婦	間阻虔婆	劉婆婆	是個虔婆。見劉行首發瘋，怪馬丹陽（正末）是妖人做法所致，因指望劉行首養活她，若瘋癲不好，要告馬丹陽。	楊景賢《劉行首》二折，卷七，頁 5358

<table>
<tr><td rowspan="4">老婦</td><td rowspan="2">間阻虔婆</td><td>杜蕊娘之母</td><td>杜蕊娘一心一意要嫁韓輔臣，說她已年紀大了，求母親嫁了她，杜母卻要她鑷去鬢上白髮，還要她賣笑覓錢。</td><td>關漢卿《金線池》一折，卷一，頁 143</td></tr>
<tr><td>顧玉香之母</td><td>顧玉香是個上廳行首，與揚州府秀才荊楚臣作伴，二年金盡被卜兒趕出。</td><td>賈仲明《玉梳記》一折，卷八，頁 5573</td></tr>
<tr><td>老虔婆</td><td>柳翠之母張氏</td><td>和尚勸度柳翠，她因女孩兒正好覓錢，而罵他瘋和尚。柳翠出家後，她幫著柳翠見牛員外，還替他們看門。</td><td>李壽卿《度柳翠》楔子，卷四，頁 2372</td></tr>
<tr><td>無知村婦</td><td>羅梅英的母親</td><td>是個無知的老婦。爲還欠李大戶的四十石糧食，與丈夫羅大戶將女兒另許李大戶。</td><td>石君寶《秋胡戲妻》一折，卷四，頁 2544</td></tr>
<tr><td colspan="2">丫　頭</td><td>梅　香</td><td>小姐孫安上場時領著個梅香（搽旦），梅香與孫安小姐多有對話。</td><td>無名氏《隔江鬥智》一折，卷九，頁 6733</td></tr>
</table>

（二）「搽旦」的範疇化

據羅施（Rosch）等心理學家以及語言學家 Labov 的研究，發現在範疇化中起關鍵性作用的是認知上顯著的「原型」〔註 32〕。範疇中有較具原型性的典型性的成員（即中心性成員），以及非典型成員（即邊緣性成員）。

搽旦的角色中，有〔＋使壞心眼〕、〔＋醜態〕、〔＋身份低賤〕等屬性，而在「搽旦」的範疇中最具典型性的是「從良不良」的這一類角色。所謂「從良不良」者，原是妓女出身，故具有〔＋身份低賤〕的屬性；又傅粉演出故又具〔＋醜態〕的屬性，再者雖脫籍嫁人，卻又爬牆出軌，不但不安於室又使壞害自家夫主，故又具〔＋使壞心眼〕的屬性，如《酷寒亭》、《還牢末》的「搽旦蕭娥」。在這個範疇內，她們的名字被符號化了，以「蕭娥」爲標誌。也同具有這三個屬性的是《盆兒鬼》的撇枝秀，她雖沒紅杏出牆，但卻幫著丈夫開黑店害人。

另一個名字也具符號性的是「王臘梅」，他也是搽旦的標誌。以此爲名的有：《神奴兒》神奴兒的嬸嬸；《燕青博魚》燕大的後娶妻；《村樂堂》、《爭報恩》的二夫人。〔＋使壞心眼〕、〔＋醜態〕是她們的共同屬性，前兩本雜劇的「王臘梅」都是「人婦不良」者；後兩本爲「小妾不良」者。爲雖同爲良家婦女，但都使壞害人。「人婦不良」的狠心嬸嬸害死自己的親侄兒神奴兒；燕大的後娶妻私通楊衙內，姦情揭發，姦夫楊衙內反仗著權勢，以殺人罪將燕

〔註 32〕關於「原型」，羅施（Rosch）等人得出了六點基本結論，詳見本文第一章第三節〈研究方法與實踐〉之「二、Lakoff（1987）的當代範疇論」，頁 22～23。

大下在死囚牢裡，燕大逃獄，她與姦夫一同追殺。「小妾不良」者，比「良婦不良」者更具典型性，多了〔＋身份低賤〕的屬性；她們有的雖自陪嫁丫頭躍身爲小夫人，卻和府裡的僕役有染，因大婦知情，而和姦夫同謀，陷害大婦。「從良不良」者和「小妾不良」者屬於「搽旦」這個角色範疇內的典型性成員。「蕭娥」和「王臘梅」也成爲搽旦的符號性人物。

另一個也以「臘梅」爲名的女子，也是「搽旦」所扮，卻是「搽旦」這個人物範疇的邊緣性人物，她是周公的十三歲女兒（見《桃花女》劇），她只具〔＋醜態〕的屬性。如圖 3-1-3：

圖 3-1-3：「王臘梅」與「臘梅」

<table>
<tr><td>名</td><td colspan="2">「王臘梅」</td></tr>
<tr><td>類型</td><td>良婦不良</td><td>小妾不良</td></tr>
<tr><td rowspan="2">屬性</td><td colspan="2">〔＋醜態〕、〔＋使壞心眼〕</td></tr>
<tr><td>〔－身份低賤〕</td><td>〔＋身份低賤〕</td></tr>
<tr><td>人物</td><td>神奴兒嬸嬸、燕大後娶妻</td><td>李千嬌的陪嫁丫頭、同知大人之二夫人</td></tr>
</table>

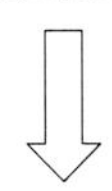

名	「臘梅」
屬性	〔＋醜態〕
人物	周公的小女兒

搽旦「王臘梅」轉成搽旦「臘梅」少了潑辣和凶狠，只具有醜態的屬性在。「小女兒」的身份和他人「妻妾」的身份，以及兩者的年齡的大小，也是周公小女兒「臘梅」和其他「王臘梅」不同的地方。

關於「淨」和「搽旦」在雜劇中的角色配置，「淨」扮男角、「搽旦」扮女角之組合，除了姦夫淫婦（如《酷寒亭》之高成與蕭娥）或奸惡的夫妻檔（如《盆兒鬼》之趙盆罐與撇枝秀夫婦）外，另有富商與虔婆（如《玉梳記》的柳茂英與顧玉香之母）的角色搭配組。元雜劇中「淨」與「搽旦」同時扮演女性角色時，「淨」保有原來的「卜兒」角色，「搽旦」則爲小妾之類的卑微角色，如《老生兒》劇「淨卜兒」、「搽旦小梅」（卷四，頁 2186）；若在性格方面奸狠或有心機的歸屬於劇中「淨」扮的女角時，「搽旦」扮的女角較傾向原來所屬「旦」行的性別屬性，其來自「淨」行的屬性減弱至只具身份的標示——「低賤」（如《老生兒》劇的小梅和《翠紅鄉》劇的春梅，只具有〔＋醜態〕、〔低賤〕的屬性）。

「淨」和「搽旦」都是傅粉的花臉角色，以其分類型態來看，「搽旦」應是後出的角色，角色性格映射自「淨」行，又因其爲女角歸屬於「旦」行，故應屬於跨類的模式。

「搽旦」在認知範疇上，除了「性別」是〔＋女性〕的「旦」行屬性外，其餘的屬性來自「淨」行。「搽旦」的典型性成員（「中心性」成員），乃表3-1-5之「從良不良」者和「小妾不良」者；都具有〔＋使壞心眼〕、〔＋醜態〕、〔＋身份低賤〕等屬性。在這兩類身份性格的類型中，有些人物的人名也成了符號，如「蕭娥」、「王臘梅」。名爲「蕭娥」或「王臘梅」的人物並不一定都具有以上的三個屬性，但只要是以此爲名，便由「搽旦」扮演，這兩個人名成了「搽旦」的標誌，也成了「搽旦」的典型性成員。這是元雜劇亦是中國戲劇的特點之一：將人物以名字符號化（本章第二節將進一步論及「姓名稱呼符號化及其隱喻性意涵」）。

（三）「行當」的認知模式與範疇化

「行當」如本節第一部分所述（「行當」的基本概念）是各類角色（人物）類型化的結果。在認知模式上末、旦是以性別來區隔，男角、女角是其範疇；淨（丑）是以性格與扮相區分，傅粉、滑稽是它主要的區別特徵，具奸壞性格、出乖賣醜或身份低賤者都在它的範疇內。在認知上，套用第一部分引述郭英德的說法：「這三大戲曲角色類型正體現了中國古人認識世界的簡化圖式。」〔註33〕元雜劇的「行當」簡化了角色取樣於現實世界各色人物的性格樣貌。性別、傅粉成了辨識「末／旦」或「淨」（丑）的基本圖式；「淨」（丑）的傅粉表徵了角色及其代表的人物性格和形象，雖然與末或旦採取的是不同的分類標準，但當傅粉與不傅粉相對時——傅粉者的突梯、怪異與不傅粉者的規矩、正常——外型的反常與常態成了人物身份性格的反派、滑稽與正派、端莊的對應。傅粉，在舞台演出時成爲標誌行當的語碼。

通過基本圖式（性別、傅粉）區別「行當」的認知模式，將角色類型範

〔註33〕郭英德（2000），頁198。

疇化；而上文論及的「搽旦」卻融合了基本圖式的區別特徵（性別、傅粉）於一身。「搽旦」的出現混淆了「行當」原本清楚的範疇分類：「淨」行因以性格、扮相爲範疇劃分的取決標準，故可扮男角亦可扮女角；以性別爲範疇劃分的「旦」行中出了「搽旦」這樣的角色，其外型扮相與身份性格源出於「淨」（丑）行，而且在某些雜劇中「搽旦扮卜兒」取代了「淨扮卜兒」的行當與人物的搭配。本不以性別區隔的「淨」（丑），因「搽旦」的出現，女性具醜態、或奸壞性格的角色大多爲「搽旦」扮演，使得「淨」（丑）扮演的角色趨於以男性居多。這是本節於前項特別討論「搽旦」的認知模式與範疇化的原因。

元雜劇的「行當」仍以末、旦、淨爲要，各種特殊身份或年齡的人物以「雜當」或稱「雜色」統稱之，但仍以末、旦、淨將之類型化（如表 3-1-3）。「雜當」中的都子（乞兒）、姑兒（農家女，或稱禾旦）因其外型扮相，以淨行扮演；邦老（土匪）則因其性格之奸壞而以淨扮。「雜當」的其餘角色，如代表年紀老大的婦人家：卜兒（老婦）、嬤嬤（老僕婦）因其劇情及人物性格，可以旦、淨扮演；而年紀大的老翁：孛老、以及身份特殊的官吏：孤，也因其人物性格，末、淨皆可扮之。在這三種行當的範疇中，末、旦扮演的角色特色是年齡的包容度最大，從年紀幼小的小旦、小末到老旦、卜兒或孛老等；淨扮演的角色是據外型扮相身份性格而分的，淨的範疇內囊括的行業眾多，其中店小二、都子這些小人物，雖非奸壞角色，因其身份職業的低賤，進不了末行這類代表正派或莊重的人物範疇內的。有時人物的身份職業也影響了行當的劃分。

人物的類型化是爲了便於識別，如吳瞿安所說是爲了「期勿溷觀場者之目光而已」。元雜劇作家，爲使觀眾明瞭人物的特性，除了行當的分別外，連劇中人物的名字都成了某一類型人物的標籤，行當出場又貼上了標籤，人物的性格、行徑，劇情的發展，是在預期之中的。觀眾在已知的基礎上接受新的戲劇內容，對於將戲曲視爲休閒娛樂的市井小民而言，不用費太大的工夫，即能理解戲劇的意趣，對普遍不識字的大眾而言，是容易瞭解的、便於欣賞的；茶餘飯後的消遣是不需過於傷神的。

將舞台上的角色（劇中人物）貼上標籤，這種符號化的傾向，也是模式化的傾向，不但出現在人名、行當，也出現在蹈襲的上下場詩、程式化的情節中。接著，繼續討論的是「人物的符號性隱喻」。

第二節　雜劇中的符號化與模式化及其隱喻意涵

行當與人物是元雜劇「演述者」身份的轉換。如《灰闌記》的趙令史在第一折的述說：

（淨扮趙令史上，詩云）我做令史只圖醉，只要他人老婆睡。畢竟心中愛著誰，則除臉上花花做一樣。自家姓趙，在這鄭州衙門做個令史。州裡見我有些才幹，送我兩個表德：一個叫趙皮鞋〔註34〕，一個叫做趙哈達。〔註35〕（《灰闌記》一折，卷五，頁3400）

這一段話裡很明顯地看到演述者對「我」這個角色的嘲諷。演述者本為淨的身份，自報家門後則轉換為趙令史。劇作家在其自報家門的嘲謔，可見劇作家對該人物的評述，元雜劇作家把宋元話本「說話人」的「旁言性演述干預」演變為「行當」的演述干預。

上場詩是劇作家對行當的演述干預之一，在詩中或標誌人物類型、或說明人物性格、或藉以嘲諷人物；都是劇作家借「行當」之口對該人物的評述。上場詩的蹈襲是人物類型的標示，用來說明角色的性質；這也是人物的符號性隱喻。

相對於上場詩，下場詩的類型化較少，多半是用來評述人物的心志，或預示劇情發展。特定的上場詩，有特定的人物，有特定的情節發展。而人物的符號性隱喻，是筆者在本節的討論重點。

一、上下場詩的蹈襲及其在人物符號化隱喻運作中的作用

上場詩又稱定場詩，劇中角色人物開場（或出場）所引的詩，有些人物下場時，亦會引一段下場詩作結；元雜劇人物的上下場詩與宋代話本的「以詩起以詩結」結構相近，但雜劇裡的人物不是每一個角色出場都有上場詩，即便有了上場詩也不一定會有下場詩，且出場不引上場詩的，下場有時會引下場詩。

元雜劇人物初出場，通常引一段上場詩後，即自報家門。如上所引《灰闌記》趙令史的例子，前四句詩為其「上場詩」，從「自家」開始即為「自報

〔註34〕《灰闌記》一折〔註7〕：「皮鞋：喻慣常勾引女人或經常到情人家裡串門。」（《全元曲》卷五，頁3410）

〔註35〕《灰闌記》一折〔註8〕：「哈達：『行（hāng）唐』的音轉。意為遇事輕忽怠慢，稀里馬虎。」（《全元曲》卷五，頁3410）

家門」；趙令史的「自報家門」較爲簡略，只報上他的姓氏和身份。有的像《陳摶高臥》劇，年少未做皇帝時的趙匡胤，在上場詩之後就清楚地細說他的名姓與家世背景，如：

> 志量恢弘納百川，遨遊四海結英賢。夜來劍氣冲牛斗，猶是男兒未遇年。自家趙玄朗是也。祖居洛陽夾馬營人氏。父乃洪殷，爲殿前點檢指揮使。（一折，卷三，頁1567）

「上場詩」多半蹈襲前人詩句，有的照單全收，有的增改一、二字，有的依劇情人物需要稍加變化；「下場詩」則多與劇情的發展相關。本文依照劇中人物的類別介紹其常用的上、下場詩。

（一）老　婦

元雜劇中扮演老婦的卜兒角色出場時，常以「當家詩」登場，如：

> 教你當家不當家，及至當家亂如麻。早晨起來（開門）七件事，柴米油鹽醬醋茶。

見《玉壺春》）的李媽媽（老旦扮卜兒）及《劉元首》）的劉媽媽（搽旦扮卜兒）。「當家詩」大多是下階層的老婦（尤其是「虔婆」），爲每日生活操煩的寫照。這是以人物爲繁瑣事物的關心與煩累隱喻人物的身份。

另有「花有重開日」詩，如：

> 花有重開日，人無再少年。休道黃金貴，安樂最值錢。

以此詩出場的有《范張雞黍》的張元伯母（老旦扮卜兒）。也有差不多的內容但不同說法的，如：

> 花有重開日，人無再少年。不須長富貴，安樂是神仙。

這是《竇娥冤》裡蔡婆婆的上場詩，這類詩通常是老婦人出場時所引，「花有重開日」以花爲喻代表說話者的性別是「女性」，「人無再少年」是說話者感慨青春的消逝，標誌的是說話者的「年紀老大」，「不須長富貴，安樂是神仙」是說話者的心態。也有年輕婦人出場時也用此詩，如《鐵拐李岳》的岳壽妻（旦扮李氏）〔註36〕，她引此詩出場著重在突顯世事無常但求安樂。

有的老婦出場，也是沿襲「花有重開日，人無再少年。」爲上場詩的基本型，但有所轉化，即詩中的上半段源自蹈襲基本型，而下半段是因劇情而

〔註36〕岳壽妻以此詩出場，她的重點在後兩句「不須長富貴，安樂是神仙」，因之後的情節安排其夫岳壽忽然壯年病逝，留下她孤兒寡母，原本安逸的生活突遭變故。上場詩的後兩句呈現她現在的安逸生活及冀求日子平安的心態。

轉化的變體。如《麗春堂》（四折，卷三，頁 2121）的四丞相夫人，是以老旦扮演，出場與一般卜兒一樣，先以「花有重開日，人無再少年。」嘆息青春的一去不回；接著感慨丈夫被貶謫，分隔兩地，不知何時團圓：「一從夫主去，皓月幾時圓。」。「以月圓象徵人圓」這樣的上場詩呈現出人物的一般性與殊異性；一般性即人物也是個老婦人，殊異性即劇本中四丞相夫人的不同期待。又如《玉鏡台》中溫嶠的姑娘出場時，將後兩句改爲「生女不生男，門戶憑誰立？」道出溫嶠年老而無子的姑娘，膝下惟有一女的概嘆。

「花有重開日」用在老婦（或婦人）身上，大多的重心不在每日的三餐，她們在生活經濟上較不用費心，感嘆的是青春的一去不回，及企求平安的心態（四丞相夫人和溫嶠姑娘則有不同的心事）。筆者將之表列如下：

表 3-2-1：「花有重開日」詩之蹈襲與轉化

<table>
<tr><th rowspan="2">行當</th><th rowspan="2">角色</th><th rowspan="2">人物</th><th rowspan="2">劇目</th><th colspan="2">上場詩</th><th rowspan="2">身份</th></tr>
<tr><th>基本型</th><th>變體型</th></tr>
<tr><td>老旦</td><td rowspan="2">卜兒</td><td>張伯元母</td><td>《范張雞黍》</td><td>花有重開日，
人無再少年。</td><td>休道黃金貴，
安樂最值錢。</td><td rowspan="2">平民老婦</td></tr>
<tr><td></td><td>蔡婆婆</td><td>《竇娥冤》</td><td>花有重開日，
人無再少年。</td><td>不須長富貴，
安樂是神仙。</td></tr>
<tr><td rowspan="2">老旦</td><td rowspan="2">夫人</td><td>四丞相夫人</td><td>《麗春堂》</td><td>花有重開日，
人無再少年。</td><td>一從夫主去，
皓月幾時圓。</td><td rowspan="2">官夫人</td></tr>
<tr><td>溫嶠姑娘</td><td>《玉鏡台》</td><td>花有重開日，
人無再少年。</td><td>生女不生男，
門戶憑誰立？</td></tr>
</table>

上表所列的四位老婦，除了蔡婆婆未標示行當外，皆是以「老旦」扮演；在角色安排上「卜兒」演的人物身份是平民老婦，她們蹈襲的上場詩雖在文字上略有不同，但在文意上皆以不求金錢但願安樂爲禱。「老旦」扮「夫人」的人物身份都是官夫人，她們蹈襲代表「性別」和「年老」的前兩句詩，而後兩句轉化爲合於她在劇情中的期待和想望的詩句；四丞相夫人盼望夫主早回一家團聚、溫嶠姑娘則擔憂只有一女家門聲望無所憑恃。平民老婦和官夫人雖蹈襲同一首上場詩，但依其人物身份和劇情的不同，各有巧妙不同的改動。

這些老婦在雜劇的同一折以這些詩上場，但下場時卻沒有相應的下場詩，反而是具有同樣身份的卜兒李媽媽（李亞仙之母）在《曲江池》第三折下場時，有如下所引的下場詩：

公然不想覓銅錢，只戀無端惡少年。多敢愛他歌唱好，雙雙攜入卑田院。(《曲江池》三折，卷四，頁 2589)

李媽媽在該劇出場時並未引上場詩，卻在下場時依劇情發展——李亞仙不肯再賣笑求食，自己贖身跟著骯髒落魄的鄭元和離去——唸出這首下場詩下場。

(二) 老　漢

相對於老婦的「花有重開日」詩，劇中的老漢（孛老）出場，通常都用「月過十五光明少，人到中年萬事休。」作爲開場。但有的僅此兩句，如《緋衣夢》中李慶安之父李榮祖。有的是四句詩，這兩個主要的句子有的置於詩的前半段，有的在後半段，如《蝴蝶夢》的王老爹出場時說的：

月過十五光明少，人到中年萬事休。兒孫自有兒孫福，莫爲兒孫作遠憂。

詩中既有教訓的意味，又暗示王老爹爲兒子煩憂不了多久，命數將盡。又如《生金閣》的郭成之父郭二所說的：

急急光陰似水流，等閑白了少年頭。月過十五光明少，人到中年萬事休。

另外有像《遇上皇》中的劉二公的出場詩：

髮若銀絲兩鬢秋，老來腰曲便低頭。月過十五光明少，人到中年萬事休。

這是大部分孛老的出場詩，當「月過十五光明少，人到中年萬事休」置於詩的前半段時有宣示人物年紀身份的意味，置於詩的後半段雖也標誌了人物的身份和年紀，但感嘆年華不再的意味較濃。也有一兩個老旦以此詩爲上場詩的特例，如《王粲登樓》的王粲母（老旦扮卜兒）也用此詩出場，《柳毅傳書》的柳毅母（老旦扮卜兒）雖亦以此詩出場卻轉化了前兩句詩，如：

教子攻書志未酬，桑榆暮景且淹留。月過十五光明少，人到中年萬事休。

以「月過十五光明少」爲出場詩的孛老，通常有以下三種不同的感慨：第一種像王老爹的，「莫爲兒孫作遠憂」，人生幾何？能爲子孫煩惱到何時呢？勸老人家及早放手，讓年輕人自己去承擔；第二種是郭二的，感嘆時光的匆匆易逝；第三種是像劉二公的，人老了態度也不得不謙卑了，也沒什麼好計較的。以老旦扮卜兒的王粲母和郭二有相同的感慨，較爲單純，純爲時光易逝而嘆息；柳毅母則另外加上了對兒子修習儒業未能金榜題名的慨嘆。

《生金閣》的老父郭二不但有感慨盛年不再、標誌身份年紀的上場詩，在下場時亦有與劇情相關，牽掛遠行避災的兒子安危的下場詩，如：

離別苦難禁，平安望寄音。雖無千丈錢，萬里繫人心。

（三）員　外

一些有錢的員外，出場詩，便以嘲諷性的詩自評，如屬於度脫劇的《翫江亭》，牛員外出場時便道：

僧起早，道起早，禮拜三光天未曉。在城多少富豪家，不識明星直到老。

扮演牛員外的「淨」角，是以僧、道的早起禮神佛，對此像牛員外這樣的富豪家，從未早起，到老死都未看過晨星的人；《破窰記》劇劉月娥的父親劉員外也是以此出場的。而這首上場詩更在歷史劇《抱妝盒》中被殿頭官蹈襲且轉化了，如：

君起早，臣起早，來到朝門天未曉。長安多少富豪家，不識明星直到老。

殿頭官以君臣忙於國事，天未曉便上早朝的辛勤，對比長安城的有錢人早睡晚起的安逸生活。

另外像《緋衣夢》的王閨香之父王得富，他的出場詩是：

耕牛無宿料，倉鼠有餘糧。萬事分已定，浮生空自忙。

「冲末」以富貴有命，奉勸人不要汲汲營營於名利追求；《裴度還帶》劇裴度之姨父王員外、《桃花女》劇經商在外的石留住、《翠紅鄉》劇養他人兒的俞循禮俞員外、《貨郎旦》劇被妓女張玉娥拐敗家產前的員外李彥和，都是以此詩出場的。《救風塵》裡有錢的周舍也是以此爲主調，而略有不同，如：

萬事分已定，浮生空自忙。無非花共酒，惱亂我心腸。

周舍以此爲出場詩是具諷刺性的，擺明他以花酒爲樂，平生忙於吃喝嫖賭罷了，根本不務正業。

在下場詩方面，《破窰記》劇的劉員外是以事情的發展不如預期，自責下場，如：

自恨我胡做胡爲，拋繡球招婿聘婦。可可的打著個貧子，禁不的他窮酸餓醋。

這些員外身份的人物，並沒有一致的下場詩。

（四）公　人

「公門好修行」詩，多半是官府中的孔目或把筆司吏等文職人員所用的出場詩，如《酷寒亭》鄭嵩鄭孔目所說的：

> 人道公門不可入，我道公門好修行。若將公直無顛倒，腳底蓮花步步生。

其他像《雙獻功》的孫榮孫孔目及《延安府》的把筆司吏劉彥芳的出場詩，也是此詩，只是將「公直」改做「曲直」，如：

> 人道公門不可入，我道公門好修行。若將曲直無顛倒，腳踏蓮花步步生。

而像官府的差役，出場詩就凶惡了些，如：

> 人執無情棒，懷揣滴泪錢。曉行狼虎路，夜伴死屍眠。

像是《蝴蝶夢》的差役張千、《村樂堂》的牢子（自稱是五衙都首領）、《勘頭巾》的張千、《緋衣夢》的竇鑒，均是以此詩爲出場詩。

（五）莊　家

莊家大戶或是生活不煩愁的莊家老人會用的出場詩是「段段田苗接遠村」這類具農村生活寫照的出場詩，如：

> 段段田苗接遠村，醉來攜手弄兒孫。雖然只得鋤鉋力，托賴天公雨露恩。

> 段段田苗接遠村，太公庄上戲兒孫。雖然只得鋤鉋力，答賀天公雨露恩。

兩者相近，只差個幾個字，一個是《說鱄諸》劇的丹陽縣老人的上場詩，另一個是《五侯宴》裡趙太公的上場詩；另外像《薦福碑》的張浩也用此詩，只是略改了幾字，「雖然」改做「莊農」；他們都將豐年歸功於天公的幫忙。《秋胡戲妻》的莊家大戶李大戶，改了一些，因爲他沒兒沒女，他把「兒孫」改成了「猢猻」，因他的錢財是來自對底下農戶的苛扣，所以後二句也改了，如：

> 段段田苗接遠村，太公庄上弄猢猻。農家只得鋤鉋力，涼酸酒兒喝一盆。

辛勤的農家得不到好處，好處被像他那樣的地主佔盡了。

（六）店小二

元雜劇裡的店小二常用的出場詩，是「買賣歸來汗未消」之詩，如《雙獻功》劇火爐店內賣酒的：

買賣歸來汗未消，上床猶自想來朝。爲甚當家頭先白，一夜起來七八遭。

《生金閣》和《遇上皇》的店小二也以上詩出場，只改了最後一句，如：

買賣歸來汗未消，上床猶自想來朝。爲甚當家頭先白，曉夜思量計萬條。

另一首常見的出場詩是「曲律竿頭」詩，如：

曲律竿頭懸草稕，綠楊影裡撥琵琶。高陽公子休空過，不比尋常賣酒家。

《遇上皇》劇的酒保和《酷寒亭》劇的店小二都是以此出場。

而其他店小二或酒保的出場詩是用來打諢的，說的都是酒不純正摻雜別的材料的話。如《盆兒鬼》劇的店小二說：

別家做酒全是米，我家做酒只靠水。吃的肚裡脹膨脝，雖然不醉也不餧。

《浮漚記》劇的店小二則道：

別家水米和勻攪，我家水多米兒少。若到我家買酒來，雖然不醉也會飽。

「水多米少」，說的是酒的品質偷工減料，又如《岳陽樓》的店小二道：

俺家酒兒清，一貫買兩瓶。灌得肚兒脹，溺得膫兒疼。

酒清似水，也是對酒的品質的玩笑話，《灰闌記》的店小二說的就噁心了些，如：

我家賣酒十分快，乾淨濟楚沒人賽。茅廁邊厢埋酒缸，褲子解來做醡袋。

《王粲登樓》、《升仙夢》的店小二上場詩大致相同，只改了幾個字差別不大，如：

酒店門前三尺布，人來人往圖主顧。好酒做了一百缸，倒有九十九缸似滴醋。

酒做成醋，品質上更是大有問題。這些店小二的上場詩多半是用來打諢的。

店家們的下場詩敘說的大多因遭人在店內鬧事，不但自嘆倒楣且興起關店另謀生計的念頭，如《灰闌記》賣酒的店家道：

> 這粧營生不爽快，常常被人欠酒債。我今放倒望竿關上門，不如去吊水雞也有現錢賣。

又如《雙獻功》劇火爐店賣酒的小二說的：

> 今日造化低，惹場大是非。不如關了店，只去吊水雞。

（七）官　員

官員的上場詩中，出現頻率最多的是以下這一首：

> 龍樓鳳閣九重城，新築沙堤宰相行。我榮我貴君莫羨，十年前是一書生。

以這首詩出場的有：《玉鏡台》的王府尹、《破窰記》的寇準、《薦福碑》的范仲淹、《凍蘇秦》的張儀、《赤壁賦》的秦少游、《陳母教子》的狀元王拱辰、《范張雞黍》的尚書第五倫、《王粲登樓》的蔡邕等。詩的內容以官員本是書生，藉讀書之力改換身份爲主；跟它有相同論調的上場詩有：

> 黃卷青燈一腐儒，九經三史腹中居，學而第一須當記，養子休教不看書。

這是《赤壁賦》劇的參政王安石和《陳母教子》劇的狀元陳良叟所說的；詩的前兩句是大多書生出場時所引的，但後兩句則爲這兩個取得官位的人所說。

同樣強調詩書換取功名的，有：

> 滿腹詩書七步才，綺羅衫袖拂香埃。今生坐享榮華福，不是讀書那裡來！

> 滿腹詩書七步才，綺羅衫袖拂香埃。今生坐享來生福，都是詩書換得來！

> 滿腹詩書七步才，綺羅衫袖拂香埃。今朝坐享逍遙福，不是讀書何處來？

第一首是《墻頭馬上》劇的裴尚書所說的，第二首是《王粲登樓》劇的曹子建說的，第三首是《紅梨花》劇已得官銜的趙汝州所言。另外有：

> 去日剛／曾攜一束書，歸來玉帶掛金魚。文章未必能如此，多是家門積善／慶餘。

它以強調身份的改變提升爲出場詩，是《鴛鴦被》的書生張端卿和《舉案齊眉》的窮書生梁鴻兩人得官後的上場詩。

有關官吏下鄉勸農的上場詩，如：

> 寒蛩秋夜忙催織，戴勝春朝苦勸耕。若道民情官不理，須知蟲鳥爲何鳴。

> 寒蛩秋夜忙催織，戴勝春朝苦勸耕。若道官民無統屬，不知蟲鳥有何情。

> 寒蛩秋夜忙催織，戴勝春朝苦勸耕。人若無心治家國，不知蟲鳥有何情。

這首詩前兩句相同，後兩句意思雷同但用語不同，分別是《謝天香》的錢大尹、《酷寒亭》的李公弼、《紅梨花》的劉公弼的上場詩。

官員誇耀其政績的上場詩有：

> 聲名德化九天聞，長／良夜家家不閉門。雨後有人耕綠野，月明無犬吠荒村。

如《麗春堂》的府尹和《赤壁賦》的賀方回，兩人的上場詩同爲上面這首詩。

有以官員的威勢公正爲主的上場詩，如：

> 咚咚／冬冬衙鼓響，公吏兩邊排。閻王生死簿，東岳攝魂台。

《蝴蝶夢》和《魯齋郎》劇裡的包待制都以此詩出場。另有以「王法條條誅濫官」開頭的上場詩，也是強調官員以執掌刑名的公正自許，如《裴度還帶》韓廷幹的上場詩是：

> 王法條條誅濫官，刑名款款理無端。掌條法正天心順，治國官清民自安。

《勘頭巾》的河南府尹，道：

> 王法條條誅濫官，明刑款款去貪殘。若道權威不在手，只把勢劍金牌試一看。

《救孝子》的王脩然則道：

> 王法條條誅濫官，爲官清正萬民安。民間若有冤情事，請把勢劍金牌仔細看。

這些詩的首句相同，其他三句意義相近，但文句不同。

另以「調和鼎鼐理陰陽」爲上場詩的多半是朝中丞相或重臣，如《梧桐雨》劇的丞相張九齡：

調和鼎鼐理陰陽，位列鵷班坐省堂。四海承平無一事，朝朝曳履侍君王。

《漢宮秋》劇的尙書五鹿充宗爲朝廷重臣也以此詩上場，但劇作家諷刺他空食祿位不能爲帝王分憂，而改了後兩句嘲弄他，如：

調和鼎鼐理陰陽，秉軸持鈞政事堂。只會中書陪伴食，何曾一日爲君王。

年歲稍長的官員或已年老辭官的，出場多以「白髮刁騷兩鬢侵，老來灰盡少年心。」起頭，三四兩句再依各人品格境遇等有所變動：正體，如《鴛鴦被》的府尹和《陳母教子》的寇萊公的上場詩：

白髮刁騷兩鬢侵，老來灰盡少年心。等閑分食天家祿／等閑贏得食天祿，但得身安抵萬金。

《竹塢聽琴》梁公弼與妻子失散，便轉化爲：

白髮刁騷兩鬢侵，老來灰盡少年心。雖然贏得官猶在，爭奈夫人沒處尋。

《舉案齊眉》劇閑居致仕的孟從叔，則改爲：

白髮刁騷兩鬢侵，老來灰盡少年心。不思再請皇家俸，但得身安抵萬金。

還有一些特殊的官員如使命，他的出場有一定的上場詩，如：

雷霆驅號令，星斗煥文章。

《東墻記》、《老君堂》、《升仙夢》都有這樣的使命以此詩出場，《王粲登樓》的使命更以四句詩登場，如：

雷霆驅號令，星斗煥文章。聖主賢臣頌，今朝會一堂。

《蔡順奉母》劇更轉化爲：

雷霆驅號令，傳宣急急行。自離京師地，不覺至門庭。

這是基於使命傳遞訊息之故，才特以「雷霆驅號令」爲其主要的身份表徵。這些官員的下場詩都不相同，在此不一一列舉。

（八）書　生

書生的上場詩免不了與讀書奪取功名有關，其中又以「黃卷青燈一腐儒，九經三史腹中居」爲正體，如《臨江驛》的崔士甸所言：

黃卷青燈一腐儒，九經三史腹中居。他年金榜題名後，方信男兒要讀書。

《剪髮待賓》的陶侃特別強調齊家治國之術，如：

黃卷青燈一腐儒，九經三史腹中居。寸陰當惜休輕放，治國齊家在此書。

《㑳梅香》的白敏中：

黃卷青燈苦業儒，九經三史腹中居。試看金榜標名姓，養子如何不讀書。

他們都以讀書與功名爲主題，又如《倩女離魂》的王文舉雖然只蹈襲了「黃卷青燈一腐儒」句，但也不脫讀書與功名的議題：

黃卷青燈一腐儒，三槐九棘位中居。世人只說文章貴，何事男兒不讀書？

亦有「官員」身份的人物引「黃卷青燈一腐儒，九經三史腹中居」爲上場詩的，因爲官員本身多以儒生仕進，本也是書生藉讀書博取功名，才有顯耀的官位。這是書生和官員們共同擁有的生活經驗——苦讀詩書。

另有像無名氏的《凍蘇秦》劇蘇秦的上場詩：

三尺龍泉萬卷書，老天生我竟何如？山東宰相山西將，彼丈夫兮我丈夫。

同樣的詩句，在關漢卿的《單刀會》劇是官員魯肅的上場詩。

其他書生的上場詩多依其劇情各自不同，除與讀書、功名有關外，亦不乏花酒之思，下場詩的情況與內容也多半如此。

（九）將　領

將領多以金弋戎馬輝煌戰功換取功名的上場詩出場，如：

少年錦帶掛吳鉤，鐵馬西風塞草秋。全憑匣中三尺劍，坐中往往覓封侯。

《虎牢關》的曹操和《摩利支》的徐懋功便以此詩登場。《榮歸故里》、《單鞭奪槊》的徐茂功（徐世勣）也以此詩出場，但有所轉化，如：

少年錦帶紫貂裘，鐵馬西風衰草秋。憑仗手中三尺劍，會看談笑覓封侯。

少年錦帶掛吳鉤，鐵馬西風塞草秋。全仗匣中三尺劍，會看唾手取封侯。

和他們上場詩前兩句相同，但後兩句志向不同的，是《百花亭》的經略官種師道，他一樣一生戎馬，但卻言志在保家國不在功名祿位，如：

少年錦帶佩吳鈎，鐵馬西風塞草秋。一片雄心扶社稷，功名不爲覓封侯。(《百花亭》四折，卷九，頁6789)

以戰功換官位的，還有如《澠池會》白起、呂成：

少年爲將領雄兵，鐵馬金戈定兩京。全憑韜略安秦地，官封護國大將軍。

少年爲將統雄兵，鐵馬金戈不暫停。全憑謀略安天下，官封副帥作元戎。

強調自身武藝與本領的上場詩：「自小曾將武藝習，南征北討慣相持」對將軍的身經百戰能識兵機多有頌讚，如《黃鶴樓》魯肅：

自小曾將武藝習，南征北討慣相持。臨軍望塵知敵數，對壘嗅土識兵機。

《不伏老》杜如晦：

幼小曾將武藝習，南征北討慣相持。臨敵望塵知地勢，對壘塡土識兵機。

《襄陽會》曹仁：

幼小曾將武藝習，南征北討要相持。臨軍望塵知地數，對壘嗅土識兵機。

《虎牢關》韓先：

幼小曾將武藝習，南征北討慣相持。臨軍望塵知敵數，對壘嗅土識兵機。

將詩意加強爲對自身英雄氣慨的褒揚的，如《襄陽會》簡雍：

幼小曾將武藝攻，南征北討顯英雄。臨軍望塵知敵數，四海英雄第一名。

《單鞭奪槊》劇的尉遲恭轉化得更多，如：

幼小曾將武藝攻，鋼鞭烏馬顯英雄。到處爭鋒多得勝，則我萬人無敵尉遲恭。

還有以描繪軍容場面爲上場詩的，以「帥鼓銅鑼一兩敲，轅門裡外列英豪」(雄)爲正體，如《孟良盜骨》岳勝：

帥鼓銅鑼一兩敲，轅門裡外列英豪。三軍報罷平安喏，緊卷旗旛再不搖。

《襄陽會》關羽：

帥鼓銅鑼一兩聲，轅門裡外列英雄。一寸筆尖三尺鐵，同扶社稷保乾坤。

其變體還加入了像店小二這類跑堂角色所用的「買賣歸來汗未消」的句子，如《不伏老》鐵肋金牙：

陣鼓銅鑼一兩敲，轅門裡外列英雄。三軍報道平安否，買賣歸來汗未消。

《博望燒屯》夏侯惇：

陣鼓銅鑼一兩敲，轅門裡外列英雄。三軍報道平安喏，買賣歸來汗未消。

《黃鶴樓》劉封：

帥鼓銅鑼一兩敲，轅門裡外列英豪。三軍報罷平安喏，買賣歸來汗未消。

他們在劇中都不是主將，甚至有的是敵將，加上「買賣歸來汗未消」多少有嘲諷的意味；更有以此詩直接用來打諢的，如《關雲長》劇的張虎：

帥鼓銅鑼一兩敲，轅門裡外賣花糕。烏江不是無船渡，買賣歸來汗未消。

也有對馬上封侯的期許和對儒業進取的挑釁的上場詩，如：

三十男兒鬢未斑，好將英勇展江山。馬前自有封侯劍，何用區區筆硯間？

《虎牢關》的高順、《博望燒屯》的張遼都有這樣的豪氣。

對於大丈夫的期待，是要能隨軍征戰磨練自己，以求在青壯之時，立身揚名，如《關雲長》張飛：

泰山頂山刀磨缺，北海波中馬飲枯。男兒三十不立名，枉作堂堂大丈夫。

《老君堂》蕭銑：

泰山頂上刀磨缺，北海波中馬飲枯。男兒三十身不立，枉作堂堂大丈夫。

《連環計》李肅：

太山頂上刀磨缺，北海波中馬飲枯。男兒三十不遂意，枉做堂堂大丈夫。

歷史劇裡描寫戰爭場面的，主將在點兵差將時，眾位將領逐一引上場詩出場，待眾將齊聚後，又逐一引下場詩下場，敵我雙方均然。上下場詩在這樣的安排之下，儼然是另一種以口舌之能誇耀彼此本領的對峙與相執。

（十）神　仙

神仙的上場詩是以仙家形象爲主，仙人穿的、住的勾勒出大概的輪廓，以及對他們騎鶴而行的景象加以描繪，如《黃粱夢》東華帝君的上場詩：

> 閬苑仙人白錦袍，海山銀闕宴蟠桃。三峰月下鸞聲遠，萬里鳳頭鶴背高。

《老莊周》的太白金星也以此詩，而稍有轉化，如：

> 閬苑仙家白錦袍，海山銀闕宴蟠桃。三峰月底鸞聲遠，萬里鳳頭鶴背高。

《金童玉女》的西王母：

> 閬苑仙家白錦袍，海中銀闕宴蟠桃。三更月下鸞聲遠，萬里鳳頭鶴背高。

另有以對眾生的諭示爲主的上場詩，如《老莊周》的蓬壺仙長、《桃花女》的北斗七星他們的上場詩，如：

> 莫瞞天地莫瞞心，心不瞞人禍不侵。十二時中行好事，災星變作福星臨。

更有特定的神明，以其特有的上場詩出場，如《來生債》的東海龍王：

> 羲皇八卦定乾坤，上帝還須輔弼臣。雲雨風雷唯我用，獨魁水底作龍神。

《柳毅傳書》中的涇河老龍王：

> 羲皇八卦定乾坤，左右還須輔弼臣。死後親承天帝命，獨魁水底作龍神。

這首詩標幟了「龍神」的身份。

在下場詩方面，《柳毅傳書》的涇河老龍王在獨子被殺龍女被救時，引的下場詩，如：

> 何處一迂儒，公然敢寄信。滅我潛龍種，搶去牧羊奴。恨小非君子，無毒不丈夫。終當逞威力，塡滿洞庭湖。

《薦福碑》劇龍神的上場詩與其他的龍神不同，祂在第二折的下場詩是針對無禮的張鎬說的，如：

你虧心折盡平生福，行短天教一世貧。古廟題詩將俺這神靈罵，你本是儒人，我著你今後不如人。

（十一）帝　王

帝王的上場詩幾乎都不相同，但劉備出場時幾乎都用下面這一首詩：

桑蓋層層徹碧霞，織席編履作生涯。有人來問宗和祖，四百年前旺氣家。

《博望燒屯》是說「旺氣家」，《關雲長》劇改作「王氣家」，《襄陽會》劇用「將相家」；關於劉備的宗祖牽涉到他自命承漢胤的號召，故在《黃鶴樓》劇雖不用上面那首上場詩，但他的上場詩也提到了劉備的宗祖與帝王家的關係，如：

駿馬雕鞍紫錦袍，胸襟壓盡五陵豪。有人來問宗和祖，附鳳攀龍是故交。

關於劉備的血統問題成了他的正字標記，也是他上場詩常引的內容。

（十二）佛道人士

道士出場常用的是老子道德經的第一章：

道可道，非常道。名可名，非常名。

《魯齋郎》的道觀觀主、《竹塢聽琴》的老道姑鄭氏、《鴛鴦被》的劉道姑、《望江亭》的白道姑，這些道姑們常以此詩出場。其他的上場詩各自不同，無蹈襲的情形出現，而《勘頭巾》的淫夫——太清觀的王知觀也引此詩，但做了符合他劇中形象的修改，如：

道可道，真強盜。名可名，大天明。

佛教人士的出場詩，有以憐惜生命爲主要內容的詩，如：

積水養魚終不釣，深山放鹿願長生。掃地恐傷螻蟻命，爲惜飛蛾紗罩燈。

《東坡夢》的行者及《度柳翠》、《孟良盜骨》劇的長老，都是以此詩爲上場詩的。

而以佛理爲上場詩的內容的，有《忍字記》的阿難尊者、《竹葉舟》的惠安和尚、《破窰記》的長老等，其詩如下：

明心不把幽／優花拈，見性何須貝葉傳。日出冰消原是水，回光月落不離天。

元雜劇裡出現蹈襲較多的下場詩，大多是在神仙道化之類的度脫劇裡。如：

閻王簿上除生死，仙吏班中列姓名。指開海角天涯路，引的迷人大道行。

這是《黃粱夢》東華帝君欲超脫呂岩時的下場詩。《任風子》馬丹陽爲度任屠也道：

我與他閻王簿上除生死，紫府宮中立姓名。指開海角天涯路，引得迷人大道行。

《鐵拐李岳》呂洞賓度岳壽時亦道此詩。而《金童玉女》劇鐵拐李度金童玉女時，只道詩的後兩句做爲下場詩，如：

直待指開海角天涯路，引得迷人大道行。

「仙吏」較直接以隱喻的方式將人間的官僚體制映射天上神仙的體系；轉化成「紫府」，是以人間「衣紫腰金」的權貴譬喻來比喻仙界，「紫」色在人間的官員服制的色彩中，是高官的衣服主色，故以衣服的顏色轉喻衣服所象徵的權位，以「紫府」做爲仙界的代稱是用轉喻的方式來譬喻；並以名字象徵人的處境，名在生死簿即墮入輪迴受閻王管轄，名在「仙吏班中」或「紫府宮中」就納入跳脫生死的仙界了。因爲度脫劇裡引渡者的下場詩，「指開海角天涯路，引得迷人大道行」是他們的使命和宗旨，故以引路指路的譬喻，突顯他們替人指引方向、帶人自迷途中走出的作用，也蘊涵了「人生是旅途」的隱喻概念，他們替人指引的不只是路徑的方向，更是人生的方向。

宣揚果報觀念，教化意味較濃厚的神道劇，如《薦福碑》劇龍神因怒張鎬的無禮而引的下場詩：

莫瞞天地昧神祇，禍福如同燭影隨。善惡到頭終有報，只爭來早與來遲。

詩中強調善惡終有果報，同樣的觀念但遣辭上有所不同的是《來生債》裡增福神的下場詩，如：

休將奸狡昧神祇，禍福如同逐影隨。善惡到頭終有報，只爭來早與來遲。

（十三）昏　官

元雜劇裡的昏官常用的上場詩是：

官人清似水，外郎白似面。水面打一和，糊涂做一片。

如《遇上皇》臧府尹、《勘頭巾》大尹、《魔合羅》蕭令史等都用此詩上場，它說明了元代的官僚體系：官與吏的合作關係，吏常代官行職權〔註 37〕。昏官對金錢的重視和以官司歛財的方式，也在上場詩中嘲諷性地表露出來，如：

我做官人只愛鈔，再不問他原被告。上司若還刷卷來，廳上打的狗也叫。

《救孝子》劇的推官巩得中即以該詩出場；《魔合羅》劇的河南府縣令也是以相似的詩上場，如：

我做官人單愛鈔，不問原被都只要。若是上司來刷卷，廳上打的雞兒叫。

官與吏的關係和官員收賄之事，成爲昏官上場詩的主要內容。

這些昏官的下場詩也都顯現出只要錢財入袋，不管什麼官司、人命的內容，如《灰闌記》的昏官鄭州太守蘇順（別號蘇模稜）之下場詩：

今後斷事我不嗔，也不管他原告事虛眞。笞杖徒流憑你問，只要得的錢財做兩分分。

不一定是收受賄賂的昏官才會有這種罔顧人命的心態，有時是昏官迎合令史爲求破案急於表現所致，如《救孝子》劇的推官巩得中：

正是一不做二不休，攢就文書做死囚。只等新官來標斬字，那時方信我們兩個有權謀。

這些上下場詩將昏官們的面貌描繪得滑稽可笑。

（十四）無　賴

元雜劇裡有一些無賴，包括了不事生產者、及專以蒙騙拐誘爲能事者，他們的上場詩，是對他們性情品格的標幟。如以拐騙爲長的，及不事生產者，他們的上場詩多爲：

柴又不貴，米又不貴。兩個油嘴，正是一對。

《李逵負荊》劇裡的兩個無賴宋剛（假扮宋江）、魯智恩（假扮魯智深），由宋剛引這首上場詩出場。《破窰記》劇的左尋、右�，以左尋道出：

柴又不貴，米又不貴，兩個傻廝，恰好／正是一對。

《東堂老》柳隆卿、胡子傳兩個損友，登場時亦由柳隆卿道此詩。以柳隆卿爲原型，此詩在蹈襲的轉喻關係上，見圖 3-2-1：

〔註 37〕詳見本文第三節〈插科打諢：跳脫劇情的人生隱喻〉。

圖 3-2-1：「柳隆卿／胡子傳」原型之轉喻

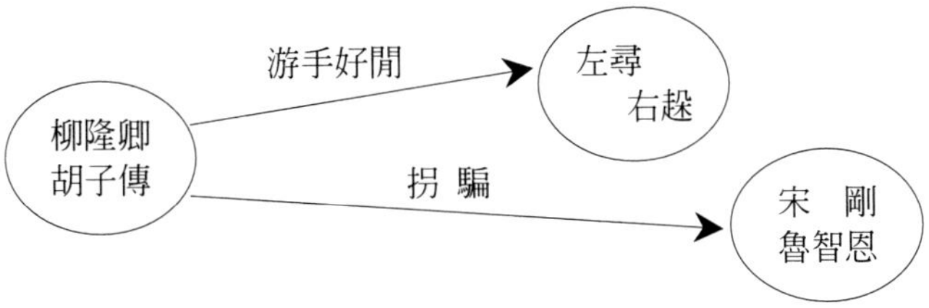

游手好閒
左尋 右趓
柳隆卿 胡子傳
拐 騙
宋 剛 魯智恩

又像敗光家產的不肖子《東堂老》揚州奴和《貨郎旦》裡與妓女共謀人家財的魏邦彥，他們兩人的出場詩相同，如：

> 四肢八脈剛帶俏，五臟六腑卻無才。村入骨頭挑不出／村在骨頭挑不出，俏從胎裡帶將來。

還有《雙獻功》的權貴白衙內也以此詩出場，如：

> 五臟六腑剛是俏，四肢八節卻無才。村入骨頭挑不出，俏從胎裡帶將來。

他們都是自以爲是的閒散人，除了揚州奴外，其他兩人都有謀奪他人性命之心。此詩以白衙內爲原型，在蹈襲詩的轉喻關係如圖 3-2-2：

圖 3-2-2：「白衙內」原型之轉喻

這些無賴所引的上場詩雖然相同，彼此之間的惡劣行徑卻程度不一，以轉喻關係分析，較能清楚看出他們之間的連繫。

（十五）其　他

在這一類裡的下場詩或套用語不是依照角色的身份引用的，而是以人物的心態或屬於「淨」角的奸壞性格者所引用的。筆者述說如下：

1. 依人物的心態而引用的下場詩

有的下場詩不是以人物身份或劇情而分的，而是以人物的心態而言的，如《孟良盜骨》劇五台山興國寺長老的獨善其身：

正是閉門不管窗前月，一任梅花自主張。

長老的下場詩顯示了他的心態。《盆兒鬼》劇的店小二也引此詩下場，《鴛鴦被》劇的小道姑，改動了一兩個字，道：

正是閉門不管窗前月，分付梅花自主張。

《陳摶高臥》劇的鄭恩則將詩句略為改動，但主要意思不變，如：

隨時且做窗前月，付與梅花自主張。

這三首詩，前兩首將己身自外於明月，後一首將己身暫擬作明月，但都有任其自然、袖手旁觀之意。

2. 奸惡「淨」角下場時的套用語

另有壞事做盡的「淨」角，下場時自鳴得意地引用兩句口語詞，如：

憑著我這般好心腸，天也與我半碗飯吃。

《黃鶴樓》劇的劉封，居心不良慫恿義父劉備去赴周瑜之約，想趁機除去劉備，好獨佔蜀國。明明是壞心眼，卻自誇是「好心腸」，劇中多屬於嘲諷作用。又如《浮漚記》的「淨扮邦老」（鐵旛竿白正）殺了王文用，又連夜趕到他家殺了他的父親佔了他的家產、渾家後，下場時亦引這段口語詞，如：

憑著我這一片好心，天也與我半碗飯吃。

《羅李郎》裡的惡僕侯興亦以此下場；《盆兒鬼》劇的惡人盆罐趙也道：

天那！可憐見我盆罐趙這點好心，天也與我半碗兒飯吃。

又如《馮玉蘭》劇，殺了馮家一家大小的屠世雄更在下場詩之前引了這段話：

只我一片好心，天也與我這條兒糖吃。（詩云）要奪夫人做我妻，一家殺的血淋漓。從今翦草除根後，不怕傍人說是非。（同下）

這段口語詞雖不是下場詩，但卻是奸惡的淨角做了壞事囂張得意下場時的套用語，也成了一固定的套式。

二、姓名稱呼的符號性意涵

元雜劇的上場詩將人物依其類型標示出來，各種身份的人有明顯的範疇邊際，較能清楚標列出來，而以其品性為類型的，如「無賴」，它的範疇邊界較模糊，不易看出共性，以轉喻方式分析，則能清楚成員彼此之間的關係。而如劉備角色的上場詩，幾乎有特定的詩或內容來看，人物的符號性隱喻在上場詩的蹈襲下更為明顯。

下場詩雖不多蹈襲，因其與劇情發展息息相關，但亦有如神道劇（包含了度脫劇、警世劇）這類主題相同的雜劇裡，也會出現蹈襲的下場詩，這些詩有的與人物情節相關，有的著重在教化的意義上；或者如「付與梅花自主張」的下場詩，劇中人有相同的心態——各人自掃門前雪，莫管他人瓦上霜。

元雜劇人物的符號性隱喻，除了以上下場詩區隔出人物類型外，還有劇中人物的「名字」，也是一種代碼。姓名的符號性特徵，是元雜劇趨於模式化的例證，有的姓名有相應的情節模式；本小節將姓名稱呼的身份標誌、雜劇主角名和劇目名的轉喻劇情的譬喻等，分述如下：

（一）姓名的身份意涵

1. 奴僕差役

元雜劇的奴僕差役，依其性質多有固定的名字。如衙門差役叫「張千」、員外大戶人家的男僕叫「興兒」、千戶衙內等世襲權貴之家的僕役叫「六兒」、女僕皆稱「梅香」。男僕的姓名和主人的身份關係，如下表：

表 3-2-2：僕役名與主人身份

僕役名	主　人　身　份	雜　　　　劇
張　千	官大人家僕或衙門差役	不勝枚舉，故不列舉
興　兒	官大人、員外或大戶人家	《臨江驛》、《老生兒》、《羅李郎》、《升仙夢》、《蔡順奉母》
六　兒	1. 千戶、衙內等世襲權貴 2. 允文允武的秀才書生	1.《調風月》、《金鳳釵》、《虎頭牌》 2.《百花亭》

「興兒」在雜劇裡對主人的忠心度不一，如《羅李郎》劇，羅李郎之興兒拐騙湯哥定奴謀取主人家產；《升仙夢》柳景陽（員外，柳樹精托生）之興兒與呂洞賓打諢，呂洞賓說：「我從天上來。」興兒就回說：「天上來？掉下來跌破頭。」；《蔡順奉母》之興兒回覆員外的話，還打諢了好一陣，這些雜劇中的興兒較油嘴滑舌。「六兒」出現的次數更少，在《調風月》劇是末角小千戶〔註 38〕的僕從、《虎頭牌》劇是千戶山壽馬的僕從、《金鳳釵》劇則是衙內帶銀匙被殺害的倒楣僕從，而在《百花亭》是允文允武的書生王煥的僕從。

〔註 38〕「千户」（Khubi），據蕭啟慶，《元代史新探》（台北：新文豐出版社，1983 年），頁 158。新言，「千户長不僅是軍官，而且是世襲的封建領主。」

女僕方面，「梅香」是大多數丫環的代稱，大多都未再提名字。少數像《玉梳記》劇的顧玉香出場時，道：

> （正旦引梅香上，云）怜兒，自你姐夫去後，可早半月光景，覺的我這身心不安，況值秋天，好傷感人也呵！（二折，卷八，頁5580）

在此處特別分別：「梅香」指的是身份——婢女，「怜兒」是婢女的名字，而「丑」是她的行當。《傷梅香》劇的裴夫人提到丫環樊素時，說：

> 更有個家生女孩兒，小字樊素，年紀一十七歲，與小姐做伴讀書。……內外的人，沒一個不稱賞他的。因此上都喚他做傷梅香。（楔子，卷六，頁3725）

這裡很明顯地將「梅香」做爲丫環的通稱。

2. 職　業

「賽盧醫」這個稱呼，不但標示了人物的職業，連人物的品行都含括在內；它是庸醫的代表，更是不折手段的狠心角色，如：《竇娥冤》劇的賽盧醫爲逃避債務而想勒殺蔡婆婆；《救孝子》劇的賽盧醫趁行醫之際拐騙官大人家的啞梅香，又脅迫拐帶楊興祖之妻春香；《魔合羅》劇的賽盧醫爲謀奪嫂嫂毒殺堂兄。

另有以乞討爲業的「劉九兒」，是雜劇中的乞丐名；《老生兒》、《忍字記》都出現這樣的人物。

（二）名字代表的性格意涵

有些名字顯示了人物性格，如：

1. 損　友

雜劇中由二淨扮演的「柳隆卿」、「胡子傳」，是損友的代稱；這兩個名字見於秦簡夫的《東堂老》、蕭德祥的《殺狗勸夫》。在這兩本雜劇中，柳隆卿、胡子傳憑著兩人的油嘴滑舌，哄得有錢的子弟揚州奴和孫大都甘願掏心相待；揚州奴爲此散盡家產，孫大爲此冷落手足。《東堂老》劇兩人在第一折上場時說道：

> （柳隆卿云）不養蠶桑不種田，全憑馬扁度流年。（胡子傳云）爲甚侵晨奔到晚，幾個忙忙少我錢。（卷七，頁4540）

「馬扁」即「騙」，這和《殺狗勸夫》劇柳隆卿在楔子說的「不做營生則調嘴」

是一樣的意思，如：

> （柳隆卿云）不做營生則調嘴，拐騙東西若流水。除了孫大這糟頭，再沒第二個人家肯做美。（卷七，頁 4643）

這兩個人對有錢子弟擺出義氣兄弟的模樣，眞遇上了事兩人溜得快撇得乾淨，是元雜劇中損友的代名詞。

2. 狠毒的婦人

元雜劇裡狠毒的婦人身份不一，有的是良家婦女，有的是妓女出身；身份不同，名字卻彰顯了她的性格與作爲。以「蕭娥」爲名的都是妓女出身的不良小妾，如《酷寒亭》、《還牢末》。她們都腳踏兩條船，爲姦夫謀害有婚姻之名的丈夫，甚至虐待前家兒。

「王臘梅」性格與行徑一致，是個狠毒的角色，但出身卻不相同：《爭報恩》、《村樂堂》的「王臘梅」是官大人家的二夫人；《燕青博魚》的「王臘梅」是燕大的續娶妻；《神奴兒》裡的「王臘梅」是神奴兒的嬸嬸。取名「王臘梅」的，都不是妓女出身，只是有的出身較卑微些，如：《爭報恩》劇的「王臘梅」，她是大夫人李千嬌的陪嫁丫頭，後納爲小妾。這些狠毒婦人大多有姦夫共謀，只有《神奴兒》劇的嬸嬸「王臘梅」沒有姦夫共謀，她是爲了侵吞家產而起虎狼之心。

這些狠毒的婦人以名字爲代碼，在上一節中已就其行當分析它的屬性，本節乃就人名的符號性來討論。

3. 執拗老頭

「張懺古」是元雜劇裡常出現性格執拗的莊稼老頭，如《陳州糶米》裡因不滿倉官減斤偷兩賣米給災民，還在米中混了泥土糠皮，因不平執言而被小衙內以敕賜「打死勿論」的紫金鍾打死。以「張懺古」爲名的人物，不但個性執拗，而且言語直率，如《漁樵記》自稱「性子乖劣」的貨郎，替朱買臣向劉家父女誇耀他新官上任的威勢，並且訓斥劉家父女對朱買臣的現實無情。而《盆兒鬼》劇更將「張懺古」屬於鄉下老頭的糊塗卻質樸率眞的性格表現了出來。這些「張懺古」，都有姓名意涵下的性格。

當這些姓名符號出現時，元雜劇的觀眾／讀者馬上判別出角色（人物）的善惡，伴隨這些符號的角色性格與可能的情節發展，都出現在觀眾／讀者的聯想模式中，具整體性。在下一小節更以姓名所包涵的故事情節來做譬喻，映射雜劇人物所處的情節局勢。

三、故事情節的符號化意涵

本小節就元雜劇故事情節的符號化意涵，分別討論：（一）人名代指故事情節——部分代全體的模式應用、（二）以雜劇題目代表故事情節——模式映射。

（一）人名代指故事情節——部分代全體的模式應用

比姓名意涵的身份性格更進一步濃縮的，是以雜劇故事的人名涵蘊情節，於劇中譬喻人物。

在元雜劇裡人名具有代指的符號性意義，可以爲譬喻，如：

> （卜兒云）好波，你個謝天香！（正旦唱）【尾煞】我比那謝天香名字眞，（卜兒云）他可做的柳耆卿麼？（正旦云）你嗓嗑他怎的？（唱）他比那柳耆卿也不斤兩輕。（卜兒云）這都是我大秤稱過的。（《曲江池》三折，卷四，頁 2588）

> 【柳葉兒】也養的恁滿門宅眷，也是我出言在駿馬之前，哎，你個謝天香肯把耆卿戀。我借住臨川縣，敢買斷麗春園，一任金山寺擺滿了販茶船。（《玉壺春》一折，卷八，頁 5622）

《曲江池》寫的是名妓李亞仙和書生鄭元和的故事（即以唐傳奇《李娃傳》改編），鄭元和床頭金盡被趕出門後，又被其父打得半死，李亞仙憐他，在虔婆面前替他說話。虔婆以「謝天香」這個關漢卿筆下才貌雙全又兼具有情有義的名妓來挖苦李亞仙，李亞仙自認情義不讓「謝天香」。「謝天香」這個符號，因雜劇故事的敷演而成爲有情有義的妓女的代稱了。另一本雜劇《玉壺春》書生李玉壺也以「謝天香」所代表的才貌和情義指稱初見面的妓女李素蘭，並以「臨川縣」、「麗春園」這兩個轉喻蘇卿、雙卿愛情故事的地名來舖述這一場書生與妓女的良賤愛情故事。劇中李玉壺又以「李亞仙」、「蘇卿」的重情義比擬李素蘭；「白樂天」、「雙通叔」的才情與落魄處境比做自身。如：

> 【後庭花】感謝你個曲江池李亞仙，肯顧戀這貶江州白樂天，願你個李素蘭常風韻，則這玉壺生永結緣。雙通叔敢開言，著你個蘇卿心願。我雖無那走江湖大本錢，也敢賠家私住幾年。（《玉壺春》一折，卷八，頁 5621～5622）

《紫雲亭》的韓楚蘭將「李亞仙」比擬做自己，將秀才靈春馬比做「鄭元和」，要他發憤著志，勸他不要再過這種賣藝生活。如：

【耍孩兒】早是你不合將堂上雙親躲，你卻待改換你家門小可。這李亞仙苦勸你個鄭元和，再休提那撒板鳴鑼。若還俺娘知咱這暗私奔，到毒似那倒宅計；若還恁爺見你這諸宮調，更狠如那唱挽歌。你脖項上新開鎖，俺娘難道那風雲氣少，恁爺卻甚末兒女情多！（《紫雲亭》三折，卷四，頁2619）

《百花亭》劇賀憐憐贈王煥盤費進取功名，怕他功成名就後一去不回，便以南戲《王魁負桂英》（已亡佚）的故事情節來做譬喻，如：

【浪裡來煞】則今朝別了玉人，多感承謝了盤費。（旦云）解元，你也姓王，那王魁也姓王，則願你休似王魁負了桂英者。（正末做悲科，唱）怎將我王煥比做王魁？我向西延邊上建功爲了宰職，你管取那五花誥夫人名位，則不要你個桂英化做一塊望夫石。（《百花亭》三折，卷九，頁6787～6788）

（二）以雜劇題目代表故事情節——模式映射

元雜劇裡有以雜劇的題目代表故事情節在其他雜劇的劇情中做相關的譬喻。如：

【堯民歌】你本是鄭元和也上酷寒亭（《曲江池》三折，卷四，頁2586）

《曲江池》的李亞仙見鄭元和落魄潦倒說了這一番話。《酷寒亭》是楊顯之的雜劇，全名爲《鄭孔目風雪酷寒亭》，寫孔目鄭嵩娶了妓女蕭娥爲妾，氣死了妻子蕭氏，孔目出差遠行，蕭娥不但與高成有染，還虐待他的兒女，孔目回家殺了淫婦卻逃了姦夫，孔目自首，因無蕭娥通姦的事證，被府尹刺配沙門島。在風雪交加的惡劣天候下來到酷寒亭，姦夫高成本想趁機殺他和一雙兒女，正好孔目先前所救的護橋龍宋彬前來搭救，殺了姦夫高成，同宋彬暫歸山寨等待招安。李亞仙在引用時並未全盤運用，取其局部性：取爲妓女而致窮困潦倒的這一部分，而將妓女蕭娥與姦夫的那部分捨去不用；隱喻也有其局部偏愛性，李亞仙以「酷寒亭」來譬喻鄭元和當前的處境。

另一本《東堂老》劇，東堂老李茂卿勸揚州奴不要輕信損友之言，要好生運用賣房子的錢，以免什麼都沒了，落得叫化街頭。揚州奴不聽，東堂老說：

你回窰去，勿、勿、勿，少不得風雪酷寒亭。（《東堂老》二折，卷

七，頁4555）

「風雪酷寒亭」是以《酷寒亭》劇中鄭孔目不合娶了狠毒的妓女蕭娥而送的離財散家業破的故事，映射揚州奴與損友，勸他不要聽信損友的話，免得像《酷寒亭》的鄭孔目一般家業破散。這裡也是引用《酷寒亭》故事的局部來隱喻揚州奴的處境。

另外在《凍蘇秦》劇，蘇大公罵大媳婦未挽留小兒子蘇秦，著又凍又餓的蘇秦，在大風大雪的天候下被趕出家門，其道：

咥！你可甚楊氏女殺狗勸夫！（《凍蘇秦》二折，卷八，頁5926）

《楊氏女殺狗勸夫》是蕭德祥的雜劇，無名氏的《凍蘇秦》劇蘇大公以該劇的賢良嫂嫂楊氏女用計挽回孫大、孫二的兄弟情誼之事，用來反襯他家的大媳婦不賢惠，不知和睦他們兄弟，讓家庭和樂。

這些以雜劇題目代指劇情故事，並作爲其他雜劇裡的譬喻，是將該劇（如《酷寒亭》）的模式映射在引用的雜劇（如《曲江池》、《東堂老》）情節內；引用時並非將該劇的故事情節全盤映射，而各自取其局部，正合於雷可夫所言「隱喻具有局部偏愛性」的特點。

四、人物符號意涵綜論

從上下場詩蹈襲到姓名劇目的寓意，充分表現了元雜劇將人物符號化的隱喻結構。上場詩依其人物的心態、生活環境與情志，將人物類型化：由「段段田苗接遠村」人物的生活環境來點出他的莊家身份；以「積水養魚終不釣」寫佛門弟子對生命的愛護來表現人物的身份；「買賣歸來汗未消」顯示爲蠅頭小利睡不安穩的店家心態；「三十男兒鬢未斑」更以其豪情壯志點出人物的武將身份。上場詩標記了人物的類型，而以劉備的上場詩定型化來看，更具了標幟人物符號性。

姓名成了某個職務的通稱或身份、性格的表徵，比上下場詩更具符號性質。如：「張千」，「興兒」和「六兒」除了是奴僕的代稱外，更彰顯了主人的身份及社會位階；「梅香」則不具標誌主人身份階級的作用，只是婢女的通稱；「賽盧醫」的稱號，兼指職業及品行，是個庸醫還不說，有時還以惡人姿態出現；「柳隆卿」、「胡子傳」是損人利己的一對狐群狗黨，是損友的代名詞；「蕭娥」和「王臘梅」是狠毒的婦人的代稱，一個是從良不良、另一個是良婦不良，對付她們想除去的人，手段之厲害是她們的共通之處；「劉九兒」則是天生的乞丐命。這些角色在舞台上分別以姓名做爲各種身份性格的標籤，除了行當之外，姓名也隱喻了劇中角色的善惡。

元雜劇還將每一個特定姓名或劇目成了「符號」，在劇中引爲譬喻。如以謝天香、柳耆卿、雙通叔、蘇卿、李亞仙、鄭元和、王魁、桂英等戲曲中的主角名來譬喻自身或情人；名字所代的是其人的才貌情志或遭遇，是將故事主角之名代指了故事情節的轉喻模式。另外。更有以劇目爲譬喻的，也是以劇目代指劇情故事，進行模式映射時並非全部採用，而是取情節故事的某個層面，做局部性的映射。

上下場詩的蹈襲也是一種類型模式，大多有一固定的範疇，書生和官員間有時會有相同的上場詩，像三國的魯肅和未遇時的蘇秦同以「三尺龍泉萬卷書」之詩上場，也是因爲書生若仕進即可成爲官員，官員也是以儒業出身的緣故，兩者的邊際在於做官與不做官；而此詩只是在表露兩人的志向罷了。以情志而論，讀徹萬卷書的官員和書生是可以有相通之處的。

在元雜劇裡一個角色（人物）上場，他的扮相傅不傅粉？性別是男是女？就已透露角色的「行當」，更可以此推究人物的或善或惡。接著而來的上場詩更顯現了他的身份類型，是書生？是商人？是莊稼漢？還是公人？官員？甚至有的標示了人物的年齡或處境。人物的情志、性格以及身份，都會在上場詩裡展現出來。待人物自報家門，交待出身與姓名，名字又是另一種標誌性格、職業的符號。姓名不但是符號隱喻人物的身份性格，姓名也轉喻了故事情節成爲模式可以套用，劇目與故事主角一樣也可以轉喻情節做譬喻，這些都和上下場詩的蹈襲作用具一樣的功效。一層一層的符號隱喻，構築了元雜劇人物的隱喻符號。

第三節　插科打諢：跳脫劇情的人生隱喻

插科打諢，是元雜劇中的喜劇元素；這些科諢，多半以劇中的「淨」行（包含自「淨」的外型與性格衍生出的「搽旦」）演述，嬉鬧的寓意是要觀劇者能跳脫出劇情之外，不要太過陷溺於劇情之中，保持一定的疏離感。誇張的情節，更是讓觀眾易於游離舞台，嬉笑怒罵的表演中，蘊涵深刻的人生隱喻。

元雜劇的「淨」行其範疇有：淨、副淨、丑，這個角色或飾奸邪者，或是以滑稽、嬉笑的方式在舞台上演出（本章第一節已有介紹）。關於角色的源起，蘇國榮以「秦『侏儒』→漢『俳優』→唐『參軍』→宋『副淨』→丑」〔註39〕，爲「丑」角的發展脈絡；他更以先秦的滑稽多辯者爲例，說明這些人物見載於史傳中的事蹟，和在嬉笑幽默的言談外表下，精神世界的崇高處，如其言：

> 在先秦時代，「長不滿七尺，滑稽多辯」的齊人淳于髡，曾以戲語諷諫齊威王「罷長夜之飲」。楚之優孟，「以談笑諷諫」楚王「貴人賤馬」。秦之侏儒「優旃」，用笑語阻止了秦始皇準備從「東至函谷關，西至雍、陳倉」興建「大苑囿」；罷秦二世「欲漆其城」。這些「善爲笑言，然合於大道」的倡優侏儒們，身爲帝王的弄臣，但精神境界卻很高尚，在滑稽的笑語中，充滿了豐富的人民性。因而，司馬遷在《史記·滑稽列傳》的開篇就讚美他們：「天道恢恢，豈不大哉！談言微中，亦可以解紛。」在這兒，倡優的精神世界，已經擺脫了「非常可憐的」帝王的弄臣的從屬地位，儼然以干預國家大事、爲人「解紛」的智者出現在政治舞台上。〔註40〕

蘇國榮說漢代有一些博學之士參與了俳優的行列，如東方朔，使得滑稽藝術有了進一步的發展，但隨著漢王朝對這些人的優渥待遇，使他們的現實性削弱，比不上先秦時期；並且說唐代的參軍戲，宋代的滑稽戲，繼承了先秦時代「談言微中」的現實主義傳統。

現實精神的體現，是這些看似嬉鬧的戲劇性表演的背後，最重要的意義。元雜劇對於社會種種脫序的現象，在舞台上搬演時，或以表情動作或以聲腔語調，加以誇大，製造笑點博取觀眾的笑聲。這些笑點，是來自劇作家對現實社會的觀察；亦即元雜劇來自民間的現實精神表現：其一、嬉笑怒罵：嘲諷現實社會；其二、跳脫劇情：營造冷眼旁觀的疏離效果。

一、嬉笑怒罵：嘲諷現實社會

「插科打諢」以嬉笑怒罵爲其表述的方式，藉諷刺社會各階層的負面性人物或現象以呈現現實社會的世情面貌爲目的。對於其嘲諷對象的討論依階層分述：（一）對官府的諷刺、（二）對販夫走卒的嘲弄，元雜劇以嬉笑怒罵

〔註39〕見蘇國榮，〈丑之藝術特徵和審美形態〉，頁207；收入於專著《中國劇詩美學風格》（台北：丹青圖書公司，1987年），頁205～230。

〔註40〕蘇國榮（1987），頁206。

在戲劇中插科打諢的嘲諷情形——敘說如下：

（一）對官府的諷刺

元雜劇裡淨、丑插科打諢的演出中，有一大宗是對現實官府的諷刺，官吏的形象特徵及其意義，如王廣新所說：

> 劇作家們塑造了這些形形色色的官吏形象，是在我國悠久的文化史上繼承了先秦的俳優、唐代的參軍戲以及宋雜劇的「雜扮」的戲謔、幽默傳統。這些官吏形象，表現出滑稽、笨拙、愚蠢、畸形、虛僞、荒謬的特徵。〔註41〕

對元代的官府的諷刺，表現在對貪官污吏的諷刺及昏官無能令史當家的兩大主軸上。在行當配置上，大多是「淨扮孤、丑扮令史」，「淨」和「丑」照例在舞台上一搭一唱插科打諢，製造喜劇效果。

1. 對貪官污吏的嘲諷

在對貪官污吏的嘲諷中，最典型的兩大模式，就是「向告狀的百姓下跪」和「舒指」、「索賄」這兩大情節模式。

（1）向告狀的百姓下跪

民跪官，是常態，是百姓進官府告狀申冤的標準模式和應有禮節；雜劇演出利用與常態不同的脫序行爲製造喜劇效果。如《竇娥冤》劇，貪官桃杌（淨扮）跪拜告狀的張驢兒，說是他的「衣食父母」：

> （張驢兒拖正旦、卜兒上，云）告狀，告狀！（祗候云）拿過來。（做跪見，孤亦跪科，云）請起。（祗候云）相公，他是來告狀的，怎生跪著他？（孤云）你不知道，但來告狀的，就是我衣食父母。（二折，卷一，頁226～227）

《魔合羅》劇木有這樣的情節，如：

> （孤云）拿過來。（張千云）當面。（孤做跪科）（張千云）相公，他是來告狀的，怎生跪著他？（孤云）你不知道，但來告的，都是衣食父母。（二折，卷五，頁3357）

同樣的官拜民的情節，也出現在鬼魂在地府告判官時，地府的判官接受鬼魂申告，但是情節卻似人間的官府——官吏拜來告狀的，如：

〔註41〕王廣新，〈元雜劇官吏形象的喜劇審美價值〉，《海南師範學報》總第七卷第二十四期（1994年第二期），頁48。

（孛老上，云）老漢王文用的父親，頗奈白正無禮，將我孩兒王文用殺了，又將我推下井裡，又謀了我家媳婦爲妻。老漢死於非命，今日告地曹走一遭去。（見淨做跪科，云）尊神，老漢特來告狀。（淨做跪科，云）老官兒，請起，請起。（孛老云）尊神是地曹判官，老漢是亡魂冤鬼，尊神請起。我是告狀的。（淨云）你原來是告狀的，我錯認了是我的姑夫。你告誰？（《浮漚記》三折，卷八，頁 6145～6146）

雖然判官下跪的理由是錯認孛老爲他的姑夫，但情節模上已與人間的貪官拜民相似。這證實了神鬼的世界是由人世映射的；人以自身所處的世界映射出一個模式相似的鬼神世界。

（2）「舒指」索賄

另一個模式，是在劇情中常出現的「舒指」索賄，這主要是借手勢來表現的。行賄的百姓先「舒三指」，表示「三個銀子」，而外郎貪得無厭地索賄喝道：「那兩個指頭瘸？」，百姓才改「舒五指」。如：

（淨官人云）你來告狀，此乃人命之事，我也不管你們是的不是的，將這廝拿下去打著者！（張千云）理會的。（做拿王員外科）（王員外舒三個指頭科）（外郎云）那兩個指頭瘸？（王員外舒五個指頭科）（外郎云）相公，既是這等，將就他罷。他是原告，不必問他，著他隨衙聽候。（《緋衣夢》二折，卷一，頁 242）

（令史見犯人科，云）這廝我那裡曾見他來？哦！這廝是那賽盧醫。我昨日在他門首，借條板凳也借不出來，今日也來到我這衙門裡。張千，拿下去打著者。（張拿科，李做舒三個指頭科，云）令史，我與你這個。（令史云）你那兩個指頭瘸？（李文道云）哥哥，你整理這粧事。（令史云）我知道，休言語。你告什麼？原告是誰？（李文道云）小人是原告。……（孤云）令史，你來，恰才那人舒著手與你幾個銀子？你對我實說。（令史云）不瞞你說，與了五個銀子。（孤云）你須分兩個與我。（同下）（《魔合羅》二折，卷五，頁 3357～3358）

《魔合羅》劇，「淨」扮「孤」在令史審結後，遇向索賄的令史要求分贓，但卻是「三二」分，自己安份地取了兩個銀子；這在權勢的消長上，掌實權的令史明明地高居在徒有虛名的官之上，有職位而無職能的官，仰仗令史「整理」官司，故而分起贓來，也不敢多要。

官府的蠻橫，除了索賄之外，凡來告狀不分青紅皀白，先打了再問，這樣的粗暴的行徑做出來的威勢，讓一般百姓聞官府色變。《魔合羅》的蕭令史更是借題發揮，著張千拿上門來告狀的李文道，先好打一頓，報復李文道那日不肯借他板凳；公門中人竟然是這等的隨興所至，任意處置上門告狀的小老百姓。

2. 嘲諷昏官無能令史當家

官不理事，吏代其職，在雜劇中更形成了「官」昏昧無能的喜劇形象，如：

> （孤云）他口裡必律不剌說了半日，我不省的一句。張千，與我請外郎來。（張千云）當該何在？（趙令史上，云）自家趙仲先的便是，在這府裡做著個把筆司吏。正在司房裡攢造文書，相公呼喚，須索見咱。（見科）（孤云）哥，定害了你一日酒，肚裡疼了一夜。（做謝科）（令史云）相公你坐著，百姓每看見哩。（《勘頭巾》二折，卷五，頁 3112～3113）

> （搽旦云）小婦人是馬均卿員外的大渾家。（孤做驚起科，云）這等，夫人請起。（祗從云）他是告狀的，相公怎麼請他起來？（孤云）他說是馬員外的大夫人。（祗從云）不是什麼員外，俺們這裡有幾貫錢的人，都稱他做員外，無過是個土財主，沒品職的。……（孤云）這婦人會說話，想是個久慣打官司的，口裡必力不剌說上許多，我一些也不懂得，快去請外郎出來。（祗從云）外郎有請。（趙令史上，云）我趙令史，正在司房裡攢造文書，相公呼喚我，必是有告狀的又斷不下來，請我去幫他哩。（做見科，云）相公，你整理什麼事不下來？（《灰闌記》二折，卷五，頁 3413～3414）

> （孤云）我那裡會整理？你與我請外郎來。（張千云）外郎安在？（丑扮令史上，詩云）官人清似水，外郎白如面。水面打一和，糊塗成一片。小人是蕭令史。正在司房裡攢造文書，只聽一片聲叫我，料著又是官人整理不下什麼詞訟。我去見來。（《魔合羅》二折，卷五，頁 3357）

做官的聽不懂告狀百姓說的詞因，總以百姓「口裡必律（力）不剌」，他聽不懂，而轉向外郎求援。《勘頭巾》劇，「官」對「吏」的態度恭敬，簡直違反世俗常規，弄得外郎提醒「官大人」:「百姓每看見哩」。而《灰闌記》劇，「官」一聽是「員外夫人」，忙起身請馬大夫人起來，還是一旁的祇從解釋給「官」聽。「員外」只是一般土財主的稱呼，並無品職；刻意讓「官」昧於世態，突顯其昏庸無能的喜劇性格。《魔合羅》劇，蕭令史一聽呼喚，馬上知道「官大人」又無法勝任其事，在向他求助了。《救孝子》劇是「昏官＋酷吏」的搭配，做「官」的一聽是人命官司，居然嚇得大叫外郎，還深怕被牽連，一副不諳律令的模樣，如：

> （孤云）外郎，快家去來！他告人命事哩，休累我！（令史云）相公，不妨事，我自有主意。……（令史喝云）噤聲！老弟子說詞因，兩片嘴必溜不剌瀉馬屁眼也似的，俺這令史有七腳八手？你慢慢的說！……（孤云）將我來看。倒好把刀子！總承我罷，好去切梨兒吃。……外郎，這場事多虧了你。叫張千去買一壺燒刀子與你吃咱。（二折，卷四，頁 2297～2301）

在令史問案的過程中，「官大人」老說一些與審案無關的題外話，如把關鍵性的物證，當做一般的刀子，還跟令史要，想用來削梨吃，表現的倒像一個未見世面的莊家漢；又對外郎格外奉承，叫張千買壺酒來犒賞他。這種吏代官行其職權的情形，王廣新說：

> 元蒙貴族統治全國後，初始，他們並不眞正懂得意識形態鬥爭，對儒家學說也不理解，更不知道如何鞏固政權。蒙古統治階級由於歷史、地理、民族、風俗等多種因素制約的結果，文化素養質太差，甚至達到有「省臣無一人通文墨者」的地步。蒙漢語言隔閡，官員無法親自批閱案卷、審理刑獄。加上風俗不同，心態各異，蒙古的粗獷、直率、荒蠻、愚昧的低層文化及心理狀態是無法理解漢人長期受儒學熏陶而養成的含蓄、拘謹、內向的性格的。因之，「蒙古、色目不諳政事」,「物官民事，一無所知」。造成官不理事，吏掌實權，吏職任行官員權力的奇特現象。這種社會生活必然反映在戲曲之中。因此，就形成官員地位顯赫與能力低下而不相稱（不和諧）的美學特徵，出現許多富有諷刺意味的喜劇形象。〔註 42〕

這也是元雜劇中「官」的喜劇形象形成的原因之一。

〔註 42〕王廣新（1994），頁 45。

更具喜劇形象的是《緋衣夢》的「官」還加上了類似雜技的科介，表現他低下的地位，如：

> （外郎云）大人，聽知新官下馬，你慢在。張千，跟著我接新官去。（外郎同張千下）（淨官人云）外郎這廝無禮也，問了一日人命事，我也不知怎麼了了。他又把良老又挾了，又領的張千接新官去了。倘或新官下馬，問我這庄公事，我可怎了！（做打滾叫科，云）天也，兀的不欺負殺我也！他都去了，桌兒也沒人抬。罷、罷、罷，我自家收拾了家去。（頂桌兒云）炒豆兒，量炒米。（下）（二折，卷二，頁 243）

「做打滾叫科」這在舞台表演上應有一定的科介程式，類似今日京劇的身段表演，「頂桌兒」也應是一高難度的雜技，邊頂桌子還邊唸口白「炒豆兒，量炒米」，這種類似兒歌童謠，且與戲劇情節無關的語詞；將觀眾的情緒帶離劇情，欣賞另一種特殊表演。而賓白中「官大人」的落寞感和無助感畢現，外郎與張千去接新官，將他冷落一旁，更令他擔心的是官司的審問是外郎審的，責任卻是他要扛的，萬一新官問起來，他也不知如何應付，情急之下，居然做出失序的事——抬桌收拾，做起僕役的差事。對於「官大人」的窘態，演員是用身段等肢體語言，增添舞台表演時的哄堂效果。〔註 43〕

上文提及淨扮的孤和丑扮的吏，在分贓時的權勢消長，是源於元代官和吏的特殊結構關係，正因如此，「吏」的身份地位為之提升，其與「儒」的身份地位的評比，及與「官」之間的關係，幺書儀分析如下：

> 由於元代官員質量的低下和吏目權力的膨脹，官員和吏目之間原來非常嚴格的上下尊卑關係發生了變化。……元代「吏」的實際地位不僅比傳統的「吏」的地位要高而且比當時的「儒」也更加顯要，這既是元代社會結構變異的一種結果，也反映了由社會結構變異引起的價值觀念的變化。元代的「吏」比傳統的「吏」地位高，首先是因為他們要與官共決政事，或者能代官決定、處理政事，權力劇增。其次是他們都有「入官」的可能。雖然這一前景實現起來路途坎坷，但仍不失具有相當的誘惑力，尤其對那些資質上原本只配作

〔註 43〕曾永義先生認為「戲劇之所以要融入這些雜技成分，無非在使文場、武場兼備，調劑場面的冷熱，以強化娛樂的氣氛。」詳見〈中國古典戲劇特質〉，收入《中國古典文學論文精選叢刊戲劇類》（二）（台北：幼獅文化事業，1980 年初版，1981 年再版），頁 109。

「吏」的庸才來說。元代的「吏」，比當時「儒」地位高，是因爲儒生往往不能直接「入官」，盡管他們可以自視甚高，但其價值卻因得不到制度的保證而難以實現，因而無法取得社會的承認。如果想「入官」，大都儒生都必須先「入吏」，「吏」幾乎成爲從「儒」到「官」的必經之點，在資歷上比「儒」處於優越的地位。〔註44〕

么書儀認爲「吏」與「官」的上下尊卑關係發生了變化，這在上文所引的《勘頭巾》劇，明顯可見；而且「吏」在「入官」的資歷上，比「儒」更優越，這也連帶地提升了「吏」的社會地位。

對於元代官員的評價，《灰闌記》劇在第二折，官員下場前，演員從「淨行」演述者的身份，突然評論起「角色」來了，如：

（孤云）這一樁雖則問成了，我想起來了，我是官人，倒不由我斷，要打要放，都憑著趙令史做起，我是個傻廝那！（詩云）今後斷事我不嗔，也不管他原告事虛眞。笞杖徒流憑你問，只要得錢財做兩分分。（下）（二折，卷五，頁3419）

劇中的「我」是以「淨」行身份而言，評斷著劇中人物，這是陳建森先生所說的劇作家的「代言性干預」，試圖影響觀眾的接受取向；隱於劇本之外的劇作家以「傻廝」來評斷這個糊塗的鄭州太守「蘇模稜」，反襯他上場時的得意自誇，如：

我想近來官府盡有精明的，作威作福，卻也壞了多少人家；似我這蘇模稜，暗暗的不知保全了無數世人，怎麼曉得！（《灰闌記》二折，卷五，頁3412）

他以自己的糊塗自豪，賓白中所說的「暗暗保全的無數世人」，應該是那些拿白銀了卻官事的土豪劣紳；這也是劇作家透過行當（淨）對人物（蘇模稜）進行的諷刺性評價，讓開始自以是的昏官，和第二折末了的「傻廝」畫上了等號。「傻廝」應也是劇作家所處的時代，一般大眾對這些不理事的「官」的評語！

（二）對販夫走卒的嘲弄

元雜劇裡也有借插科打諢來嘲弄社會上的一些小人物，這些來自觀眾身邊的素材，在劇作家的筆下，成了一個個的類型人物，每一種人物類型是

〔註44〕么書儀，〈元雜劇中的「吏」與元代的吏員出職制度〉，頁76～88，收入專著《元人雜劇與元代社會》（北京：北京大學，1997年），詳見該文頁82～83。

他那個階層、行業的表徵。而這些人物出場，有的沒有名姓，有的姓名便是職業和身份的符號。在這些市井小民的身影中，最常見到的就是對醫生的嘲諷。

1. 對庸醫的嘲弄

「懸壺濟世」的醫生應是受人敬重的，但在元雜劇中的醫者皆以淨扮的庸醫形象出現。如：

> （正淨扮太醫上，云）我做太醫最胎孩，深知方脈廣文才。人家請我去看病，著他準備棺材往外抬。自家宋太醫的便是，雙名是了人。若論我在下手段，比眾不同。我祖是醫科，曾受琢磨。我彈的琵琶，善爲高歌。好飲美酒，快�肥鵝。那害病的人請我，我下藥就著他沉痾。活的較少，死者較多。（外呈答云）名不虛傳，得也麼！（《蔡順奉母》二折，卷五，頁 3544）

庸醫「宋了人」諧「送了人」，又自述他一下藥「活的較少，死者較多」，在場外和他打諢的因此說他「名不虛傳」（眞的送了人命）。和「宋了人」一同出現的庸醫叫「胡突蟲」，出場先說盧醫扁鵲都要做他的重孫，好似他的醫術高明，下藥效驗如神，但卻是讓人發昏的效驗如神；接下來才將他的無能畢露：「指上不明，醫經不通」。如：

> （淨扮糊突蟲上，云）我做太醫溫存，醫道中惟我獨尊。若論煎湯下藥，委的是效驗如神。古者有盧醫扁鵲，他則好做我重孫。害病的請我醫治，一貼藥著他發昏。（外呈答云）得也麼，這廝！（糊突蟲云）在下是個太醫，姓胡，雙名是突蟲，小名兒是胡十八，祖傳三輩行醫。若論我學生手段，我指上不明，醫經不通。人家看病，先打三鍾兩碗瓶酒，五個燒餅，吃將下去，就要發瘋。看病不濟，我吃食倒有能。（外呈答云）兩個一對兒，得也麼！……（外呈答云）你是太醫，怎麼又吃別人的藥？（糊突蟲云）我的藥中吃，是我也吃了。（外呈答云）可怎麼不中吃？（糊突蟲云）我若吃了我自家的藥呵，我這早晚死了有兩個時辰也。（外呈答云）你可是盧醫不自醫。得也麼！（太醫云）兄弟，自從俺打官司出來，一向無買賣。（外呈答云）爲什麼打官司來？（太醫云）俺兩個爲醫殺了人來。（外呈答云）兩個一對兒油嘴。得也麼！（《蔡順奉母》二折，卷五，頁 3544～3545）

他和「宋了人」一樣，職業是太醫，但對醫術一竅不通，誇耀在吃喝的本領上；生了病也不敢吃自家的藥，還有醫殺人的官司帶累。庸醫醫死人的情形在元雜劇中多有渲染，如《張天師》劇：

> （淨扮太醫上，云）誰叫太醫？太醫不在家。（張千云）不在家？可往那裡去了？（淨云）太醫兵馬司裡去了。（張千云）敢是去看病那？（淨云）不是看病，醫殺了人，那裡坐牢哩。（《張天師》楔子，卷三，頁 1872）

《碧桃花》也是如此，太醫若醫殺了人，就要到「兵馬司」去坐牢，如：

> （淨扮太醫上，詩云）我做太醫手段高，《難經》《脈訣》盡曾學。整整十年中間，醫不得一個病人好，拚則兵馬司中去坐牢。自家賽盧醫的便是。（《碧桃花》三折，卷九，頁 6809）

在元雜劇裡庸醫最常取的名號竟是「賽盧醫」；「盧醫」指的是神醫扁鵲，「賽盧醫」應是誇讚醫術比扁鵲高超，但事實上卻是個不學無術的庸醫，實不相符的反諷性名號，將舞台上的庸醫人物，其「名」⟷「實」的矛盾性，滑稽化地表現出來。如《張天師》劇在太醫醫殺人的諢話之後，接著打諢道：

> （張千云）咄！太守衙裡請去來。（淨云）請我做什麼？（張千云）有個相公染病，請你看一看。（淨云）你那病人不好幾日了？（張千云）不好七日了。（淨云）我太醫八日不曾出汗哩。（張千云）咄！（淨云）老哥，你著那患子來我看。（張千云）他染病怎麼走得動？（淨云）著他騎驢兒來。（張千云）他騎不得驢兒。（淨云）哦！只抓個杌兒抬將來。（張千云）也抬不將來。（淨云）這等，一發教他好了來。（張千云）好了又要你看什麼？（淨云）既然他來不得，倒抬了我去罷。（淨做拿住張千把脈科，云）一肝，二膽。（張千云）咄！我沒病。（淨云）你沒病，我看著你這嘴臉，有些黃甘甘的。（張千云）不要歪廝纏，衙裡久等著哩。……（淨做見陳世英，拿包袱打科）（陳世英叫云）哎喲！（張千云）他是患子，你怎麼打他？（淨云）醫的醫的。打著他，還知疼痛哩。（淨做拿藥與陳世英吃科，云）你吃這藥。（陳世英云）這藥不好，我不吃。（淨云）這般好藥，你嫌不好，你不吃，我替你吃。（淨吃藥、做戰倒科）（張千做慌科，云）可怎麼了？（做扶淨起身科）（淨做蘇醒科，云）你這裡有紙筆麼？（張千云）要他何用？（淨云）趁我蘇醒著，傳與你這個方兒。

（張千云）哇！油嘴花子，快出去。（打下）（楔子，卷三，頁1872～1873）

太醫醫病反倒打病人，說還知疼痛的情節模式，在《蔡順奉母》劇卜兒生病時也有這樣的模式。《碧桃花》劇更將庸醫的死要錢的無賴行徑展現出來。如：

（太醫云）嬷嬷你放心，小人三代行醫，醫書脈訣，無不通曉，包的你手到病除。我的聲名，傳於四海，誰人及的？我叫做賽盧醫，我不會說謊。……（張道南云）嬷嬷，著這太醫回去罷。（太醫云）你要我回去，可拿出葯錢來送我。（興兒云）相公不曾吃你一片葯，有什麼葯錢來送你？（太醫云）你沒的葯錢，我就死在你這裡。（做死科）（興兒云）你死，我就呼狗來咬你。（太醫做起科，云）這等，你請相公吃我的葯，倒著相公死了罷。（下）（三折，卷九，頁6809～6810）

醫生醫術的拙劣和重視金錢的市儈性格，成了舞台上製造鬧劇的喜劇人物。《魔合羅》，更藉著賣魔合羅的鄉下老頭的無知口吻，狠狠地削了做太醫卻昧著心腸毒殺堂兄的李文道一頓，如：

（高山云）我入城時，曾問人來，那人家門首吊著龜蓋。（正末云）敢是鱉殼？（高山云）直這等鱉殺我也。他那門前又有石船。（正末云）敢是石碾子？（高山云）若是碾著，骨頭都粉碎了。我見裡面坐著個人，那廝是個獸醫。（正末云）敢是個太醫？（高山云）是個獸醫。（正末云）怎生認的他是獸醫？（高山云）既不是獸醫，怎生做出這驢馬的勾當？他叫做什麼賽盧醫。（四折，卷五，頁3372）

「死的醫不活，活的醫死了」〔註45〕是對庸醫的嘲諷，他們罔顧人命的作風，都可用高山的話罵上一頓：「既不是獸醫，怎做出驢馬的勾當？」而這是劇作家認爲他們都以「賽盧（驢）醫」爲名號的原因。「賽盧醫」本身就是個反諷性的符號，具貶義。

2. 對不良僕役的嘲弄

元雜劇中對一些不良的僕役，劇作家也利用行當在舞台上嘲諷一番。如：

〔註45〕見《竇娥冤》第一折賽盧醫的上場詩：「行醫有斟酌，下藥依《本草》。死的醫不活，活的醫死了。」（卷一，頁264）

> （興兒云）……員外，今日早間，奶奶吩咐了我一聲，我打了個料帳，去那街市上，不一時把那應用的按酒果品，都買將來，安排的水陸具備。別的不打緊，我七錢銀子買了一只肥鵝，您孩兒是孝順的心腸，著我自家宰了，退的乾乾淨淨的，煮在鍋裡，煮了兩三個時辰，不想家裡跟馬的小豬兒走將來，把那鍋蓋一揭揭開，那鵝忒楞楞就飛的去了。（外呈答〔註46〕云）謅弟子孩兒！（興兒云）我不敢說謊。我要說謊，是老鼠養的。（外呈答云）得也麼，潑說。（《蔡順奉母》一折，卷五，頁3526～3527）

這種煮熟的肥鵝飛上天去的漫天大謊，他也謅得出來，還和場外的人（後台的劇團成員）一搭一唱。

仗勢欺人的僕役，不但是豪強權貴家有，就連清廉的包待制身邊也有；《生金閣》劇，跟著包待制馬前馬後的僕役張千，居然也如此，一到小酒務館，不由分說，先打了店小二再吩咐他辦事，氣得店小二道：「他也是個驢前馬後的人，怎麼不由分說，便將我飛拳走踢只是打？我且忍著，教他著我的道兒。」（卷七，頁2254）於是店小二在他喝的酒上動了些腳，如：

> （正末云）孩兒也，大風大雪，你兩只腳伴著我這四只馬蹄子走，你先吃這鐘兒酒者。（張千云）相公不吃，與孩兒每吃，孩兒就吃。（做接科）（正末云）孩兒也，你吃下這鐘酒去，可如何？（張千云）您孩兒吃下這鐘酒去，便是旋添綿。（正末云）怎麼是旋添綿？（張千云）孩兒吃下這杯酒去，添了件綿團襖一般。（吃科）（做打店小二科，云）我打你這弟子孩兒。你見我打了你幾下，拿這麼冰也似的冷酒與我吃，把我牙都冰了，吃下去，肚裡就似割得疼的。你還立著哩，快釃熱酒來。（店小二云）我知道。（做背科，云）我如今可釃滾熱的酒與他吃，我盪著弟子孩兒。（張千云）快將熱酒來！（店小二云）酒熱，酒熱。（張千云）相公，天道寒冷，熱熱的酒兒，請滿飲一杯。（正末云）孩兒也，你一路上辛苦似我，這鐘酒也是你吃。（張千云）這鐘酒又著孩兒每吃，謝了相公。（做叩頭，吃酒科，云）哎喲，好熱酒，盪了喉也！（正末云）孩兒吃下這杯酒去，又與你

〔註46〕與「內白」（劇本作「內云」前台演員與後台人員的對話或呼應）有某些共通之處；對於研究科諢來說，「外呈答云」本身必然是一種打諢。詳見郭偉廷（2002），頁145～146。

添了一件綿搭襪麼？（做打店小二科，云）我打你個促掐的弟子孩兒，釃這麼滾湯般熱酒來盪我，把我的嘴唇都盪起料漿泡來。我兒也，你討分曉，我筋都打斷了你的。再釃酒來。（店小二做背科，云）這才出了我的氣。我如今可釃些不冷不熱，兀兀禿禿的酒與他吃。（三折，卷四，頁 2254～2255）

這本劇裡的包待制似乎不知身邊的張千和店小二之間的糾紛，在《陳州糶米》，包待制跟前的張千，不耐跟著包大人一路吃粥，想趁著他身背勢劍，先在前頭要人好酒好肉的款待他，被耳尖的包待制聽了，要賞他一口勢劍。張千受命先進城找楊金吾和小衙內，在接官廳內看到了那兩個人，說起了大話，說會幫小衙內他們，卻不知一旁因扮做莊家漢，被小衙內吊在槐樹上的包待制，聽得一清二楚的，如：

（做看見小衙內、楊金吾科，云）我正要尋他兩個，原來都在這裡吃酒。我過去唬他一唬，吃他幾鐘酒，討些草鞋錢兒。（見科，云）好也！你還在這裡吃酒哩！如今包待制爺要來拿你兩個，有的話都在我肚裡。（小衙內云）哥，你怎生方便，救我一救，我打酒請你。（張千云）你兩個眞傻廝，豈不曉得求灶頭不如求灶尾？（小衙內云）哥說的是。（張千云）你家的事，我滿耳朵兒都打聽著。你則放心，我與你周旋便了。包待制是坐的包待制，我是立的包待制，都在我身上。（正末云）你好個「立的包待制！」張千也！（唱）【牧羊關】這廝馬頭前無多說，今日在驛亭中誇大言。信人生不可無權。哎！則你個祗候王喬詐仙也那得仙。（張千奠酒科，云）我若不救你兩個呵，這酒就是我的命。（做見正末怕科，云）兀的不諕殺我也！（《陳州糶米》三折，卷九，頁 6265）

連官聲好的包待制，都難保手下不出個假借上司名義敲詐的人來，更何況一般的官吏？

3. 對行者的嘲弄

元雜劇中有時爲了調節劇情，不致於過度沉悶，會在劇情有和尚或寺廟出現的情節裡，利用行者（小和尚）的角色加上一些插科打諢。如度脫劇《東坡夢》，當蘇東坡帶著白樂天之後白牡丹去見佛印，想讓佛印犯戒，叫白牡丹勸酒勸肉，佛印開酒不開葷時，丑扮的行者在一旁載歌載舞：

（行者唱、舞科）（唱）心肝肉，那話兒且休題，吃肉揀肥的。自從見了你，一頓一升米。你也不想我，我也不想你。（東坡云）行者，怎麼說？（行者云）這是我師父和師父娘在禪床上吃酒吃肉，小行者帶歌帶舞，日常規矩。（一折，卷三，頁 1903）

在行者的科諢中歌舞夾雜，將舞台場面弄得鬧哄哄的，這裡純粹借丑角來歡樂氣氛，而以較無關輕重的小行者來插科打諢。另一本有關果報的雜劇《裴度還帶》，行者的嬉鬧性格在一出場就展現出來，口念阿彌陀佛應虔誠祝禱，卻接著唸「南無爛蒜吃羊頭」，這是刻意製造的喜劇效果，遇上王員外問起師父，他卻回「去姑子庵裡做滿月去了」，將和尚尼姑一起嘲弄了一番，如：

（長老引淨行者上，云）……行者，門首覷者，看有什麼人來。（淨行者云）阿彌陀佛！阿彌陀佛！南無爛蒜吃羊頭，娑婆娑婆，抹奶抹奶。理會的。（王員外云）……行者，你師父在家麼？（淨行者云）仆之師父不在家。（員外云）那裡去了？（淨行者云）去姑子庵子裡做滿月去了。（員外云）報復去，道我王員外在于門首。（淨行者云）哄你耍子哩！師父，王員外在門首。……（員外云）長老，小人有一事央及長老。我留下這兩個銀子，若裴度來時……（打耳暗語）（長老云）員外放心，都在老僧身上！你吃茶去。（淨行者云）搗蒜炮茶來。（二折，卷一，頁 346）

這樣口沒遮攔地胡說，卻道是：「哄你耍子哩！」，這是淨角對王員外說的，也是對台下觀劇的觀眾說的，意即玩笑話當不得真的，接著老和尚叫王員外吃茶去，行者又說：「搗蒜炮茶來」，「蒜是五味之葷」，吃齋的人也是不碰的，行者又拿來打諢，如：

（淨行者云）看齋！小葱兒鍋燒肝白腸。（二折，卷一，頁 347）

明明是「看齋」，行者又故意唸一道葷食出來，這也是小行者在劇中最常用來打諢的地方。

元雜劇雖有以行者角色來插科打諢，但不單只是為了諷刺和尚；利用小行者的角色來嬉笑一番，以調和劇情氣氛，才是主要的目的。

4. 對游手好閒者的嘲諷

元雜劇裡也有對社會上一些好吃懶做、游手好閒的人的嘲諷，如《東堂老》劇，家財萬貫的揚州奴，向來是茶來伸手、飯來張口的，父親趙國器叫他抬張桌子，嬌生慣養的他竟覺得「偌大沉重」，如：

（趙國器云）揚州奴，抬過卓兒來者。（揚州奴云）下次小的每，掇一張卓兒過來著。(趙國器云) 我使你，你可使別人！(揚州奴云) 我掇，我掇！你這一伙弟子孩兒們，緊關裡叫個使一使，都走得無一個。這老兒若有些好歹，都是我手下賣了的！(做掇卓兒科，云) 哎喲！我長了三十歲，幾曾掇卓兒，偏生的偌大沉重。(楔子，卷七，頁 4537)

這樣誇張的情節，一方面是爲了製造喜感，一方面是突顯揚州奴不慣勞動、不事生產的富家子形象。接著在第一折，兩個損友出場，特意地顯明他們好逸惡勞，及吃穿都在揚州奴身上的無賴行徑。如：

(淨扮柳隆卿、胡子傳上)(柳隆卿詩云) 不養蠶桑不種田，全憑馬扁度流年。(胡子傳詩云) 爲甚侵晨奔到晚，幾個忙忙少我錢。(柳隆卿云) 自家柳隆卿，兄弟胡子傳。我兩個不會做什麼營生買賣，全憑這張嘴抹過日子。在城有一個趙小哥揚州奴，自從和俺兩個拜爲兄弟，他的勾當，都憑我兩個。他無我兩個。茶也不吃，飯也不吃；俺兩個若不是他呵，也都是餓死的。(胡子傳云) 哥，則我老婆的褲子也是他的，哥的網兒也是他的。(柳隆卿云) 哎喲！壞了我的頭也。(胡子傳云) 哥，我們兩個吃穿衣飯，那一件不是他的？我這幾日不曾見他，就弄得我手裡都焦乾了。哥，咱茶房裡尋他去。若尋見他，酒也有，肉也有；吃不了的，還包了家去與我渾家吃哩。(《東堂老》一折，卷七，頁 4540～4541)

這樣的損友，以柳隆卿、胡子傳爲符號，在《殺狗勸夫》劇，也是以這兩個損友的符號人物出場，他們的吃、喝用度皆從他人身上訛取，如：

(二淨扮柳隆卿、胡子傳上)(柳詩云) 不做營生則調嘴，拐騙東西若流水。除了孫大這糟頭，再沒第二個人家肯做美。小子柳隆卿，這個兄弟叫胡子傳。今日是孫員外的生日，俺兩個無錢，去問糟房裡賒得半瓶酒兒，又不滿，俺著上些水，到那裡則推拜，將酒瓶踢倒了。若俺員外叫俺買酒，俺就去賒了來，算下的酒錢，少不的是員外還他。俺兩個落得吃他的酒，使他的錢。(楔子，卷七，頁 4643～4644)

「不做營生則調嘴，拐騙東西若流水。」他們花言巧語哄得有錢的大爺，甘心與他們結交，還供他們花用；柳隆卿在製造友情的假象方面，手段高竿，讓孫大相信他們是他有情有義、肝膽相照的摯友，如：

（柳、胡上，詩云）昨日慶生辰，今朝請上墳。隨他好兄弟，爭似眼前人。今日孫員外請咱兩個上墳，須索去走一遭。（做與孫大遇見科）（孫大云）你兩個兄弟來了也。（做擺祭禮科）（柳、胡云）你的祖宗就是我的祖宗，我們一起拜。（做同拜科）（《殺狗勸夫》楔子，卷七，頁 4646）

他們連祖宗都可以亂認的無恥行爲，孫大卻以爲是彼此之間的情義所致；而這種見錢眼開，連祖宗都亂拜的情節，卻是劇作家對這類「有奶便是娘」的勢利小人的辛辣諷刺。

《蔡順奉母》劇，也因蔡員外家闊綽，惹來了一竿子閒雜人等，來家中吃喝拐騙，其中有二個無賴，王伴哥和白廝賴不請自來，如：

（二淨扮王伴哥、白廝賴上）（王伴哥云）小子一生不受苦，外貌端莊內有福。我吹的龍笛品的簫，打的筋斗擂的鼓。我兩個一生皮臉無羞恥，油嘴之中俺爲祖。人家擺酒未邀賓，我仗著村濁性兒魯。走到人家則管嚷，酒肉裝滿咱肚腹。我這個兄弟，他把駱駝一口咬斷了筋，我在下把那癩象一口咽見了骨。這個兄弟嘴饞起來似餓狼，我在下嘴饞起來如病虎。我繞門踅戶二十年，俺兩個吃個泰山不謝土。（外呈答云）饞弟子孩兒，得也麼！（王伴哥云）自家姓王，雙名是伴哥。這個兄弟姓白，雙名廝賴，又喚著白吃白嚼白嚷。（外呈答云）得也麼！（王伴哥云）他新娶了個媳婦，就喚做白蘿卜兒。（外呈答云）得也麼！……（白廝賴云）我說哥，你少嘴舌罷。量你兄弟，不足賢兄掛齒，哥的那喉舌，何人敢及？古者有隨何、蒯通、蘇秦，雖爲舌辯之士，若是見了哥，也拱手回答，他豈敢開口？量您兄弟拙口鈍腮，眞乃蛆皮而已。我若虛言，哥就是我的孫子。（外呈答云）這廝要便宜，得也麼！（一折，卷五，頁 3528～3529）

這兩個人在劇中無涉重大情節，可有可無，純粹是在場上插科打諢熱鬧場面的小人物，但也將現實世界裡，某些白吃白喝的無賴嘴臉，好好地消遣了一番。

5. 對於土財主慳吝的嘲弄

元雜劇裡對土財主慳吝的嘲弄有一個固定的模式：他們都過度節儉，不捨得吃好一點的東西，在街上看見燒鴨肥羊的十分喜愛，但不捨得買來吃，都刻意地討價還價，趁機用手摸了一把，讓手上沾滿了油，回家慢慢地配飯吃，也都不捨得一頓飯就吮完，儉省地留了一手或一指油，先睡上一覺，留待下一餐再享用，卻被聞香而來的狗舔光了，雜劇中慳吝的土財主皆因此氣病了，終致撒手人寰，如：

> （賈仁云）我兒也，你不知我這病是一口氣上得的。我那一日想燒鴨兒吃，我走到街上，那一個店裡正燒鴨子，油淥淥的。我推買那鴨子，著實的撾了一把，恰好五個指頭撾的全全的。我來到家，我說盛飯來我吃，一碗飯我咂一個指頭，四碗飯咂了四個指頭。我一會瞌睡上來，就在這板凳上，不想睡著了，被個狗舔了我這一個指頭，我著了一口氣，就成了這病。（《看錢奴》三折，頁1293）

> （乞僧云）娘也，我這病你不知道，我當日在解典庫門前，適值那賣燒羊肉的走過。我見了這香噴噴的羊肉，待想一塊兒吃。我問他多少鈔一斤，他道兩貫鈔一斤。我可怎生捨得的那兩貫鈔買吃？我去那羊肉上將兩只手捏了兩把，我推嫌羊瘦，不曾買去了。我卻那兩手肥油，到家裡盛將飯來，我就那一只手上油舔幾口，吃了一碗飯。我一頓吃了五碗飯。吃得飽飽兒了，我便瞌睡去，留著一只手上油，待吃晌午飯，不想我睡了，漏著這只手，卻走將一個狗來，把我這只手上油都吮乾淨了。則那一口氣，就氣成我病。（《崔府君》二折，頁1332）

這兩人都是淨角，兩人都很勤儉：賈仁是個一毛不使的看錢奴，自小孤苦，因替人打墻刨出金錢而致富，但為富不仁，連人家不得已賣兒子的錢也苛扣；乞僧是張善友的大兒子，前生偷了張善友錢，投胎做他兒子是來還債的，不但勤儉地幫張善友打理家產，而且更無日無夜地忙著賺錢，對自己很苛刻，雖然和弟弟福僧分了家，弟弟沒錢，他還是會給弟弟花用，但是卻心痛手上的油被狗吮去而一病不起。「一手指油，配上一碗飯」是雜劇對他倆的儉省用度，描寫時的誇張表現，劇作家以此來取笑土財主慳吝的心態。

不同的是，劇作家鄭廷玉為增強賈仁的看錢奴形象，又添了著養子教人畫喜神不要畫正面，只要畫背面，原因是畫匠開光明，又要討喜錢的情節；還有問養子怎麼發送他？養子說要買好杉木與他做棺材，他卻說後門的喂馬槽即可以發送，養子說他偌大的身子，喂馬槽裝不下，他卻打諢說將身子攔腰剁做兩段，折疊著即可裝得下，還交待不可用自家的斧頭剁，要借別人家的來剁，因怕剁卷了刃，還要花錢修磨一番的情節。這些逗人發笑的諢話，全是用來諷刺慳吝的賈仁的，也將普天之下慳吝的土財主奚落、挖苦了一番。

二、跳脫劇情並營造冷眼旁觀的疏離效果

> 詩者志之所之也，在心爲志，發言爲詩。情動於中而形於言，言之不止足嗟嘆之，嗟嘆之不足故永歌之，永歌之不足，不知手之舞之足之蹈之也。(《詩大序》)

詩大序提及的詩的源起，也可以說是一切文學的源起：「情動於中而形於言」，外物觸及胸中而發抒；「不知手之舞之足之蹈之」是情感渲洩到了一種忘我的境界。中國戲劇源出於民間，代言體的性質，增強道德教化的功能性；劇情中一再有跳脫劇情的科諢出現，它的功用在於使觀眾跳脫劇情，其目的是爲了製造疏離效果，要讓看戲的觀眾保持「中正平和」的心境。戲是戲、我是我，戲劇是爲了教化而存在，不是爲了陷溺在某種忘我的情境中。劇作家在過於悲苦、緊張、恐怖的情境上，都會利用插科打諢，刻意製造疏離效果，讓觀眾驚覺「戲就只是戲」，從原本陷溺的情境中跳脫出來。這些情境及其插科打諢的情形，筆者分述如下：

（一）悲苦情境的跳脫

戲劇情節過於悲苦時，科諢可有效調節氣氛，使觀眾游離出悲悽的情境外，不致太過投入。如：

> （張千云）我小人兩個鼻子孔，一夜不曾閉，並不聽見女鬼訴什麼冤狀，也不曾聽見相公呼喚。(《竇娥冤》四折，卷一，頁 292）

當竇天章一夜無眠，聽著化作鬼魂的女兒訴說冤情，天色將明鬼魂離去，悲淒之情尚縈迴場上；竇天章叫來張千，怪他貪睡，叫了他好幾次都不應，張千卻說「兩個鼻子孔，一夜不曾閉」，化開了之前的悲情，讓觀眾跳脫出來，提醒了觀眾「這是戲」。又如《馮玉蘭》劇，十二歲的孤女馮玉蘭在滿是屍首的江舟上哭泣，遇上了金御史要替她申冤，她將事情始末告知金御史，金御史聽完冤情，吩咐左右將船開往清江浦官廳，要問這樁公事；觀眾還再爲可憐的馮玉蘭悲嘆之際，劇作家借梢公插科打諢，如：

> （梢公云）知道了，慢慢的來，牌子，昨晚那個女孩兒在那裡？（祗候云）在艙裡。你要問他怎的？（梢公云）和老爺說一聲，賞與我做媳婦罷。（祗候云）噤聲！是官宦人家的小姐，如今帶著他要辦理

人命公事哩。你則開了船者！（梢公做使船跌倒科）（三折，卷九，頁 7024）

不明就裡的梢公，想要馮玉蘭做媳婦，被祗候斥喝，梢公做了一個「使船跌倒」的科介，借著肢體動作來取鬧一番，將場面活潑了起來；這是藉插科來跳脫劇情，製造觀眾與劇情的疏離效果。

（二）緊張情境的跳脫

除了悲苦的情境，容易讓觀眾「忘我」而沈溺在劇情中，氣氛緊張的情境也會有相同的戲劇效果。《楚昭公》劇，楚昭公一家：夫婦、父子、兄弟共四人兵敗逃亡，在後有追兵的緊急狀況，急著要擠上一條小船逃命，上場的梢公卻有刻意耍寶的情節，如：

（丑扮梢公上，嘲歌云）月落烏啼霜滿天，江楓漁火對愁眠。也弗只是我梢公，梢婆兩個，倒有五男二女團圓。一個尿出子，六個弗得眠。七個一齊尿出子，艎板底下好撐船。一撐撐到姑蘇城外寒山寺，夜半鐘聲到客船。（三折，卷二，頁 1144）

梢公將張繼的〈楓橋夜柏〉詩，著實地嘲弄了一番，這是耳熟能詳的唐詩，被劇作家割裂開來，插入一些諢話；梢公的諢話，是爲了沖淡觀眾緊張的情緒，讓觀眾舒解心情，也提醒觀眾戲歸戲，不可當眞。另外在《孟良盜骨》劇，忠義的楊令公，死後骨殖被北番韓延壽吊在昊天寺塔尖上，每日輪一百個小軍，一人射三箭，名爲百箭會；讓老令公的陰魂疼痛不止，托夢楊六郎。六郎和孟良前去盜骨，應是性命攸關的緊張時刻，卻出場一個喜劇性的人物：

（丑扮和尚上，詩云）我做和尚無塵垢，一生不會唸經咒。聽的看經便頭疼，常在山下吃狗肉。（三折，卷七，頁 4702～4703）

這個小和尚在性命被孟良等人要脅之際，只好交出楊老令公的骨殖，在孟良問他骨殖全也不全時，還唱了起來：

（和尚云）我原說這骨殖是有件數的，我一件件數與你聽者。（唱）【滾繡球】你爲甚的來便ㄠ呼，只那楊令公骨殖兒有件數，試聽俺從頭兒說與。這便是太陽骨八片頭顱，這便是胸膛骨無腸肚，這便是肩膂骨有皮膚，這便是膝蓋骨帶腿脡全副，這便是脊梁骨和脇肋連屬。俺這裡明明白白都交點，您那裡件件樁樁親接取，便可也留下紙領狀無虛。（三折，卷七，頁 4704）

小和尚一件一件清點骨殖，還要孟良他們寫個領條，好似在賣東西列清單，將喜劇效果帶入，讓楊六郎和孟良深入虎穴盜骨的緊張氣氛，緩和了下來。配角唱曲的打諢方式，在《蝴蝶夢》亦有，王三（石和尚）知道大哥二哥已放走，留下自己償命時，問張千自己將如何死法：

> （張千云）把你盆吊死，三十板高墻丢過去。（王三云）哥哥，你不丢我時，放仔細些，我肚子上有個疖子哩！（張千云）你性命也不保，還管你什麼疖子！（王三唱）【端正好】腹攬五車書（張千云）你怎麼唱起來？（王三云）是曲尾。（唱）都是些禮記和周易。眼睜睜死限相隨，指望待爲官爲相身榮貴，今日個畢罷了名和利。【滾繡球】包待制此問牛的省氣力，俺父親比那教子的少見識，俺秀才比那題橋人無那五陵豪氣。打的遍身家鮮血淋漓，包待制又葫蘆提，令史每妝不知，兩邊廂列著祗候人役，貌堂堂都是一火洒合娘的！隔牢攛彻墻頭去，抵多少平空尋覓上天梯。（帶云）張千，（唱）等我合你奶奶歪屄！（張千隨下）（三折，卷一，頁 58）

王三說是「曲尾」，所以配角開了唱，這也是插科打諢的一種方式；將緊張的劇情添了些趣味。在《望江亭》劇，也是用這種方式舒緩氣氛，但不止一個配角開唱，而是三個反派人物聯合開唱，如：

> （衙内云）張二嫂！張二嫂！那裡去了？（做失驚科，云）李梢，張二嫂怎麼去了？看我那勢劍金牌可在那裡？（張千云）就不見了金牌，還有勢劍共文書哩！（李梢云）連勢劍文書都被他拿去了！（衙内云）似此怎了也！（李梢唱）【馬鞍兒】想著想著跌腳兒叫。（張千唱）想著想著我難熬。（衙内唱）酩子裡愁腸酩子裡焦。（眾合唱）又不敢著傍人知道，則把這好香燒、好香燒，咒的他熱肉兒跳！（衙内云）這廝每扮南戲那！（眾同下）（三折，卷一，頁 191）

套句楊衙內的話，這種不止一個角色開唱的情形，是在「南戲」中才有，不是雜劇的正常結構，而這種反常現象，即是爲了喜劇效果刻意營造的。

（三）恐怖情境的跳脫

元雜劇中有些鬼神報應的情節，在舞台上凝聚著恐怖的氣氛，如《盆兒鬼》〔註 47〕劇，敘說楊國用被人圖財致命，骨燒成灰和上黃泥做成個盆兒，

〔註 47〕《全元曲》卷九，頁 6314～6345。

遇上張懺古請他代為申冤。這本該是一齣悽慘恐佈的凶殺案，但在劇場演出卻有許多戲劇性的笑點，如第三折：一再號稱不怕鬼的張懺古，一路上被魂子捉弄，逗趣處在於觀眾全都知道鬼就在他的身邊，惟獨張懺古不知情，雖然風聲鶴唳弄得他疑神疑鬼，但還是一直為發生的怪異事情找合理的理由去解釋，如聞哭聲以為是「風緊雁行疾」；如魂子打他的嘴讓他差點燒鬍子，他卻怪隔壁王婆婆家的貓，扯了嗓門大罵了一番；睡著了，被鬼拿開了他的羊皮襖，以為是自己蓋上了頭；起來小解，要尿在盆兒裡，魂子掇過移了位，讓他尿在地上，他一逕的追著盆兒要小解，追得盆飛半空中。一直到鬼現身跪在他面前，他才曉得眞個鬧鬼，知道盆兒鬼是跟著他的衣襟進門來的，張懺古罵起了他的門神戶尉。在第三折這樣的鬧劇中，想必是笑翻了台下觀看的觀眾，沖淡了第二折中盆罐趙夫妻殺人劫財，還將人骨灰燒成盆的殘酷行徑在舞台上造成的悚懼，讓觀眾從劇情中抽離，不致太過驚懼。第四折的官司場面，觀眾期待要伸冤的盆兒鬼，能在的法堂上訴冤，但劇情安排張懺古第一次敲盆，盆兒鬼不言不語，害張懺古被趕了出來，盆兒鬼卻說是「我恰才口渴的慌，去尋一鐘兒茶吃」，第二次說是「我害飢，去吃個燒餅兒」的諢話；張懺古不肯第三次為他申冤，他才說是「只被那門神、戶尉擋住」。這曲折的申冤過程，延長了觀眾的期盼，製造了一些緊張的氣氛。喝茶去、吃餅去的諢話，讓劇情緊張的氣氛也和緩了一些，但卻延長了觀眾的期待。而盆兒鬼打諢說的「喝茶」、「吃餅」是台下觀眾看戲時常做的消遣〔註 48〕，他們或者邊看邊吃，或者在劇情較不緊湊時出勾欄外去買了吃；這也是劇作家藉舞台上的演員，幽了台下觀劇的觀眾一默。〔註 49〕

〔註 48〕據曾永義所引清張亨甫《金臺石殘淚記》卷三云：「戲園俱有茶點而無酒饌，故曰：『茶樓』，又稱『茶園』云。」（1980 年，頁 102）又廖奔《中國古代劇場史》言：「除了勾欄棚外，瓦舍裡還有食店、酒店、刻書作坊以及雜品零售，所謂『瓦子中多有貨藥、賣卦、喝故衣、探搏、飲食、剃剪、紙畫、令曲之類』」（《東京夢華錄》卷二）瓦舍裡設有食店，《繁盛錄》有著細的記載。……另外，勾欄內部好像也有賣零嘴的，《嗓淡行院》說勾欄裡「賣薄荷的自腫了咽喉」，薄荷大概是賣給觀眾在觀看演出過程中品味。」（1997 年，頁 52～53）

〔註 49〕這情節在《生金閣》劇包待制著婁青去城隍廟勾沒頭鬼上衙門時也有，他也是在婁青帶他入衙門時，包待制問話卻無人應答，害婁青被怪罪辦事不力，推出了衙門外，婁青到了衙門外，又叫了一聲沒頭鬼，他居然又應聲了，婁青問他剛才那裡去了？那沒頭鬼說他「害飢」，去買「蒸餅」吃，婁青則回他手中還現拿著「饅頭」，叫他快進衙門裡；最後才說有門神、戶尉過不去的打諢模式。

另外有鬼魂至地府告狀的情節，如《浮漚記》；地府判官不但似人間官吏下拜告狀人，而且昏昧無能、膽小怕事，如：

你才說是誰推在井裡？（孛老云）是鐵旛竿白正推我在井裡。（淨云）既是他推你在井裡，可怎麼不打濕了衣裳？（孛老云）濕是濕的，熱身子焐乾了。（淨云）你端死了不曾？（孛老云）我死了。（淨云）既是死了便罷，告他怎的？（孛老云）尊神，你使些神通，拿將他來折對咱。（淨云）憑著我也成不的，你且這裡伺候者。等天曹來呵，你告他，不爭你著我去拿他，我怕他連我也殺了。（孛老云）我不曾見你這等神道。（下）（三折，卷八，頁6146）

地府的判官，居然會怕一個做惡之人，直等得上司來了要去捉拿時，他才仗著人多勢眾，趁機去捉拿。如：

（淨云）上聖不知，我也曾幾番家著鬼力去迷那廝，爭奈他十分凶惡，所以上不敢近他。（正末云）我與你拿去。（唱）……（淨云）上聖去了也，我也跟著趁打伙，捉拿白正跑一遭。（唱）【幺篇】我將這廝琅琅鐵索把那廝肩膀綁，沉點點鐵棍將那廝臂膊搪。打碎天靈共眼眶，踢折蠻腰和腦漿。（做嘴臉科）（鬼力云）怎麼做這嘴臉？（淨唱）把那廝直拿到那酆都那邊著他慢慢的想。（同下）（三折，卷八，頁6149）

這些意料不到的突兀情節，穿插在連續犯下謀財害命的恐怖劇情內，著實疏離了觀眾的恐懼感，減輕了眞實性。這也與一般百姓認爲神鬼無私，能懲凶除惡的常理相悖。神鬼卻具有人性，一樣欺善怕惡，這也是擬人化的應用。

本節先從嘲諷對象及其表述方式的角度觀察，嘲諷對象依社會階層分，有官員與平民兩類；依表述方式分有嬉笑怒罵等。然後又探討劇中插入嘲諷的情境特徵（如：悲苦、緊張、恐怖等）及其目的與效果。

科諢的功能效果，清代李漁喻之爲「人蔘湯」，「養精益神」「使人不倦」〔註50〕，這是就觀眾長時間看戲而言，科諢有提振精神的效果。「插科打諢」是用來製造元雜劇喜劇性效果，讓在劇場中能任意來去的觀眾〔註51〕，願意留下來繼續觀看戲劇的演出。

〔註50〕李漁，《閑情偶寄》，見《中國古典戲曲論著集成》（七），頁61。

〔註51〕據曾永義所說：「因爲我國戲劇起自民間，劇場極爲雜亂，觀眾來去自由，只是爲了娛樂。」（1980年，頁108）

除了提振精神的效用之外，曾永義認為科諢還可以製造疏離效果，如：

> 我國古典戲劇中淨丑的「插科打諢」都可以造成這種疏離的效果，由於觀眾的思想情感被疏離在戲劇之外，因而對於舞台上所表現的種種象徵藝術，自然有餘裕加以品會和欣賞。〔註52〕

曾氏認為製造疏離效果，是為了讓觀眾更能跳脫劇情之外，純粹地欣賞戲劇的表演藝術。其言：

> 至於疏離性，那就是戲劇的目的，不是讓觀眾的感情思想同一，而是讓觀眾游離出來，要他們感到戲就是戲。〔註53〕

疏離性的目的是要讓觀眾確實分別「戲就是戲」，和現實人生是無涉的，將戲劇與觀眾分離，製造兩者之間的情感距離。「戲就是戲」的概念，是為了告訴觀眾，舞台上演出的是戲，戲劇雖然映射人生百態，但不等同於人生，不是眞實的世界；戲可以換幕重來，人生雖如戲，但戲碼不能換。中國的戲劇，時時刻刻提醒觀眾，不要太投入，那是戲不是眞的。如同鏡子照人，鏡子裡的人是你，但不是眞實的你，只是你的投影罷了，你一離開了鏡子，鏡子裡就什麼都沒了；鏡子的投影可以告訴照鏡人外貌的整潔與否，哪裡需要整理，這是鏡子的功用。戲劇的功用就像鏡子一樣，重在提醒觀眾點出缺失之處，因此劇情是以諷諭現實社會百態為主調，內容以勸善懲惡居多；嚴正的批判，不如嬉笑怒罵中的譏刺，在歡愉的氣氛中傳達深刻的意義，藉反面人物的突兀言行，肯定社會的正面理想，這是喜劇的重要精神意義。如鄭傳寅所說：

> 喜劇性的笑是一種審美評價，包含著深刻的社會內容。單純逗人發笑，缺少有價值的社會內容的作品不是眞正的喜劇。〔註54〕

元雜劇中的插科打諢是喜劇效果營造的動力，而插科打諢的內容，也是將社會失序脫軌的現象，藉「淨」行演員滑稽的言行，嘲諷於戲謔之中，讓原本社會地位低下的市井大眾，能有機會對社會地位高於他們的官、吏或土豪劣紳，盡情地嘲弄嬉笑一番，一吐平日所受的怨氣；也是讓觀眾明顯察知戲就是戲，並從中游離出來的，能夠清楚地觀照自己的現實人生，這是插科打諢用來跳脫劇情的人生隱喻。

〔註52〕曾永義（1980），頁108。
〔註53〕曾永義（1980），頁107～108。
〔註54〕鄭傳寅（2003），頁254。

第四節　威權式的判語：團圓結局模式

元雜劇習慣以團圓模式做收結，劇末有會有一個身份地位較高或年齡較長者出來，以威權式的判語，總結局面，收結全劇；或者以「殺羊造酒，做一個慶喜的筵席」來歡喜結束。段庸生亦觀察到這樣的現象，其言：

> 縱觀整個元雜劇作品，多以團圓喜慶完成戲劇衝突。如果我們把這種文學現象作爲主體表現的某種法則，就會發現這種法則與主體觀念存在著聯繫。〔註55〕

他將元雜劇的結局狀況，分述三種團圓的情況：

> 就元雜劇的結局情況看，其團圓主要有以下三種：一是主人公大團圓，這是歷經磨難困苦的結果；二是成仙證果、棄世出塵，這是修煉感悟的結果；三是人物雖死，但魂鬼感夢，善罪昭彰而完結，這是通過感應達到的結局。〔註56〕

他認爲這種結局和元代社會因素是息息相關的。

以團圓模式的收結的雜劇結構，威權式的判語，在雜劇第四折總結全劇時，常常出現，大多以權位較高者或年紀長者做判語收結。判語的形式有「詩云」亦有「詞云」，有的下斷人，甚至表明是代尊上執行任務。判語中常含有深重的教訓意味，將雜劇中該褒揚的、該貶抑的，在此做個公斷，給觀眾一個清楚明白的是非對錯的價值判斷。在這樣的威權性的判語中，包含了兩重意義：一、彰顯上下尊卑之序；二、強力介入的期待。伴隨權威式判語而來的是喜慶的結局，最大的特點是「筵席」的場面。中國人喜歡歡樂的慶賀，「殺羊造酒」有其不吝惜財物，惟願賓主盡歡的豪邁之風。這也是圓滿結局不可少的場面，筆者繼而觀察的是「筵席」的文化意涵。

一、彰顯上下尊卑之序

權威式的判語，讓元雜劇以大團圓的局面收結，在判語內有的有很明顯的倫常教訓在其中。在這些標明上下尊卑之序的判語中，有的是高官代行上命、有的明明是主角掌握整個情勢，卻由主上下斷、有的是以家庭內的尊長者下斷。這些下斷者的身份和判語的內容，強烈地透露了上下尊卑的關係，

〔註55〕段庸生，〈生命自救與元雜劇的藝術法則〉，刊於《重慶師院學報哲社版》，1994年1月，頁41～42。

〔註56〕段庸生（1994），頁41。

讓觀眾很清楚地知道人倫秩序與社會關係的常態結構。

（一）劇中高官代行上命

威權式判語的下斷者，有的不是劇中的主角，但卻是重要人物，如王實甫的《麗春堂》劇，左相徒單克寧在第一、二折奉聖命做押宴官，第四折最後又奉命來賜賞四丞相樂善。四丞相樂善職位在其之下，但左相也敬重他，稱他爲「老丞相」。最後是以左相的「詩云」收結全劇，如：

（左相詩云）在香山作耍難當，聖人怒謫貶他方。念功臣重加宣召，依然的衣錦還鄉。（卷三，頁 2126）

筆者認爲在劇情裡並非如左相所言「念功臣重加宣召」，而是因草寇做亂，聖人才又想到四丞相，要他選幾個舊日部屬去收捕草寇，還有個先決條件：若收伏了草寇，才還他右丞相之職。依照雜劇情節來看，左相的「詩云」是要強調上位者的德澤恩深，上位者是念其昔日功績而重新重用他的。劇中的上位者並未出現，亦即在劇中並無眞實存在，但他卻掌控了劇中主角的命運。在此團圓模式的收結，是爲了「彰顯上下尊卑之序」，歌頌主上的聖德的；一個不存在的上位者依然有能力主導全局，靠的是中介者「左相」。

鄭光祖《老君堂》劇，由「正末」扮的「唐元帥」（李世民）（第三折是由「正末」扮探子）領軍廝殺演述全劇，第四折完結時才由「使命」出現，代上位者傳敕旨，概述全局封賞有功者，其中「明尊卑之序」的用意更爲明顯。另有張國賓《合汗衫》劇末更出現一個從未出場的李府尹，持敕賜勢劍金牌遍行天下來金沙院，教正末張義裝香，一行人望闕跪者聽他下斷，要他們「拜皇恩厚地高天」作結，也明顯地呈現了皇恩浩蕩的訓示意味。

（二）由上位者下斷

更明顯的是李壽卿的《說鱄諸》劇，吳王將浣紗女之母浣婆婆和閭丘亮之子村廝兒找來問當年他們的親人爲伍子胥捨命相救的情形〔註 57〕，並一一封賞。伍子胥本執意要攻伐鄭國，在吳王的勸說下及看在村廝兒扮上才罷兵。

〔註 57〕當時發生的事，只有伍子胥、嬰孩時的羋勝和浣紗女及閭丘亮知道而已，伍子胥就是怕有其他人知道而囑咐他們「殘漿勿漏」，他們爲使伍子胥放心，浣紗女抱石投江、閭丘亮刎頸而亡；這種只有天知地知的事，他們的親人竟然事後都知情，並以此要求伍子胥回報，且顯揚了他們親人的義氣。這種不合理的事，在雜劇中卻合情合理地演述，這是出於劇作家基於圓滿情結的補償心態，要合乎市井小民的公理正義觀。若義士身死而其義行不得彰顯，是不合乎一般大眾的想望的，劇作家也不能允許義行被湮滅之事發生。

最後下斷的角色由吳王來執行，吳王命「一行人都跪下者，聽寡人的命。」並以一段「詞云」做斷語，眾人謝恩後，「正末」扮演的伍子胥唱【隨尾】才完結。明明掌握全局的是伍子胥（伍子胥點頭不伐鄭，吳王才收兵的）。仍要安排由吳王下斷，是劇作家特意標明了上下的尊卑秩序。

吳王下斷後，正末再唱【隨尾】評述全劇，如：

> 【隨尾】一生心事神天表，早將他恩仇報了。越顯得那兩個救忠良甘捨命的世間稀，這一個展英雄能爲國的可也眾中少。（《說鱄諸》四折，卷四，頁 2367）

此時「正末」明顯採用的是陳建森（2001 年，頁 38）所說的元雜劇作家將「說話人」的「旁言性演述干預」演變爲「行當」的演述干預。「正末」角色傳遞了劇作家的觀點，他自演述的伍子胥角色中跳脫，轉換爲「正末」——行當，表達作者的評論，如「早將他恩仇報了」句中的「他」是第三人稱，演述「伍子胥」的「正末」，回過頭來評論「伍子胥」，故用「他」來稱代「伍子胥」。劇作家認爲像浣紗女、閭丘亮那樣爲救忠良而甘願捨性命的人是少之又少，「那兩個」用來代稱他們；「這一個」指的是鱄諸，像他這樣的英雄人物又能報國盡忠的也算是世間少。他們都是難可再得的人物。

（三）以家庭內的長（尊）者主導並下斷

也有世情劇裡沒有出現官府場面、訴訟情節的，就由家中長者或尊者做下斷者，交待全局，如武漢臣的《老生兒》劇，由正末劉從善下斷，其言「您一家人聽老夫說者」並以一段「詞云」作結。劉從善不但以「正末」扮演，他還是劇中的主角，由他這位劇中年高位長的老者來做交待，明的是人倫的尊卑關係。石君寶的《秋胡戲妻》劇，雖屬旦本劇，秋胡是劇裡惟一有官位的人物，且又是羅梅英的夫主，是劇中地位尊高者；無論在劇裡他是多麼地無賴，見色起意，甚至想殺了求歡不成的女子，但劇末還是由他做結。對於和梅英重修舊好，在於結局圓滿模式的要求：「子母完備，夫婦和諧」是人間最大的喜事，於是也「殺羊造酒，做個喜慶的筵席。」由扮演「秋胡」的「正末」以「詞云」概括全劇。這樣的安排，彰顯了家庭中夫婿的角色，「夫乃婦之天」強化了人倫中男尊女卑的角色分配。

二、強力介入的期待

元雜劇在劇末常有權威式的判語終結全文，這種權威式的判語是來自市民的想望，他們也期望有來自上的強勢的外力介入，扭轉不利的局勢。

（一）期待清官能吏的介入

公案劇裡受屈的平民百姓，與現實中的劇作家和觀眾是處於同一位置的，他們以同理心期盼清官能吏爲受冤枉的人從屈曲的處境中解救出來。如：

> 這些結局及其完成方式，與創作主體在元代特定社會中形成的壓抑而又力求解脫的心態是一致的，即團圓結局的法則與創作主體自救心緒的外化一脈相承，正是主體自救獲取解脫促成了元雜劇團圓結局。〔註58〕

劇作家和觀眾的期盼，即段庸生所說的「創作主體自救心緒的外化」，團圓結局正是這種心態下的產物。

如《魔合羅》、《勘頭巾》劇，受屈的都是市井小民，一個是絨線鋪的老闆娘劉玉娘、一個是窮漢王小二。他們的冤枉是遭人誣陷，令史與昏官順勢造就。含冤負屈在待人宰殺之際，卻遇上了能吏張鼎，替他們昭雪冤情。讓好人枉死，是人所不忍見，讓死囚絕處逢生是戲劇高潮的安排，也讓一般百姓的想望在劇中獲得了實現。

《合同文字》、《陳州糶米》、《延安府》、《村樂堂》都是遇上了清官爲受屈者洗冤雪枉。包待制、廉使李圭、令史張本和不具名的府尹，這些人除了清廉爲官外，還要有智慧理清曲直，不怕強權爲民做主。

對於清官能吏的強力介入是百姓們的期盼，這個期盼一旦落空，借助另一種勢力的想望就更爲殷切。

（二）期待非法正義的介入

官府不能斷明的，梁山泊的兄弟們給了受屈者一個清楚明白的交待，動私刑將惡人碎屍萬段，難以成合的夫妻也重修舊好，這樣完滿的結局是靠著強力介入而達成的，這也是市井小民心中的期盼。

> （宋江云）眾兄弟拿住丁都管、王臘梅，將他綁在花標樹上碎屍萬段。您一行人聽我下斷者。（詞云）您結義在患難之先，受苦楚有口難言。鬧法場報恩答義，救千嬌萬古流傳。將賊婦攢箭射死，丁都管梟首山前。趙通判並兒女發回鄉土，四口兒寧家住夫婦團圓。（正

〔註58〕段庸生（1994），頁41。

旦、趙通判、倈兒拜謝科）（正旦唱）【隨尾】謝得你梁山泊上多忠義，救了咱重生在世。若不是您弟兄再三央，怎能夠我夫妻依舊美？（《爭報恩》四折，卷九，頁 6565）

這種強力介入的期盼，大多顯現在水滸劇中。主人翁受冤屈，在公堂上得不到正義，梁山泊的弟兄們，救他們於生死關頭，並不忘將陷害他們的惡人縛押上山，由宋江來決斷，惡人的死法殘酷、死相悽慘。這種非法的力量，是因爲正當的法律——官府衙門，不能讓受屈者得到昭雪。劇作家觀眾們都希望能運用另一種途徑和方法，讓小老百姓得到合理的保障。這只是超離現實的一種大快人心的期盼。

（三）期待鬼神力量的介入

元雜劇裡的公案劇和神道劇有這類對鬼神力量介入的期待。

公案劇裡死後得到報償，是爲了彰顯善惡終有報應的天道觀，如《盆兒鬼》、《生金閣》、《後庭花》、《神奴兒》、《竇娥冤》。神道劇的《崔府君》、《看錢奴》是強調因果輪迴的報應；《浮漚記》、《小張屠》，鬼神的介入讓欺心瞞昧的人受到了報應，好人得到了伸張，如《小張屠》劇「正末」張屠說的：「我想這世間人，打好歹都有報應。俺都拜謝神靈來。」〔註 59〕在結局中把人間不平事藉鬼神之力找到平衡點。

這是借助超現實的鬼神之助的介入，讓沉冤昭雪，作惡的終受報應。

三、喜慶結局

「殺羊造酒，做一個慶喜的筵席」，是大多雜劇的圓滿結局的代表，有可慶賀的事時，「筵席」是不可或缺的歡樂場面的代表。

（一）慶喜的場合——大開筵席之因

可慶賀的原因不外有二：一是「子母完備，夫妻諧和」可喜可賀，當「殺羊造酒」做筵席；鄭元和的父親，因兒子原諒了他，又得了一個賢惠的媳婦，也說是值得「殺羊置酒」做筵席；《風光好》的錢王，因陶穀夫妻會合，也說當「殺羊宰馬」做個慶喜筵席（他的場面比一般的「殺羊置酒」大些，還「宰馬」，非常人所能）。《五侯宴》劇李嗣源作結也因李從珂和其生母重聚「王阿三子母團圓」而說要「則今日敲牛宰馬，做一個慶喜的筵席。」（他更是雄霸

〔註 59〕見《小張屠》四折，卷八，頁 5734。

一方的將領，以「牛」和「馬」將筵席的場面做得更大）

第二個是軍隊之中的慶功宴，如《單鞭奪槊》劇徐茂公叫人「椎翻牛，窨下酒，做個大大的筵宴，等元帥還營，一來賀喜，二來慶功。」。如《蕤丸記》的范仲淹爲犒賞功臣延壽馬「一壁廂歌兒舞女，大吹大擂，慶賞太平筵席，一壁廂慢慢動樂者」。又如《百花亭》經略官種師道言道：

> 如今西涼平定，軍中舊例，合該椎牛饗士，做個慶賞的筵席。這功勞王煥爲首，老夫一來就與他賀加升節使之榮，二來就賀他夫妻重諧之喜。（《百花亭》四折，卷九，頁6972）

這也是個慶功宴，但功能多重，又加上賀升遷與夫妻重諧。

梁山泊好漢的慶功宴是拿住了爲惡的歹徒，梟了他的首級，大快人心，在聚義堂上慶功。

（二）「筵席」的文化意涵

「筵席」因其慶喜之故，有其深繫人心的重要意義，在中國文化上因其歷史事件的援引成爲典故運用於文學之中，使其具有重要的文化意涵。時至今日，大開「筵席」的原因不外乎喜慶（婚嫁升遷）、喪葬、迎神賽會等大事，而以喜慶成分居多。將散聚各地或久未聯繫的親朋故舊，趁著「筵席」聚在一堂，把酒言歡，共沾主人的喜氣。

團聚是筵席最大的意義（筵席的桌子亦以圓形爲主），象徵圓滿歡樂。「圓滿」是抽象的概念，古人在元雜劇裡加入具象的「筵席」活動，更加深戲劇的喜慶效果。

「筵席」活動自古就代表歡樂團聚的場合，如《詩經・小雅・鹿鳴》：

> 呦呦鹿鳴，食野之苹。我有嘉賓，鼓瑟吹笙。吹笙鼓簧，承筐是將。人之好我，示我周行。
>
> 呦呦鹿鳴，食野之蒿。我有嘉賓，德音孔昭。視民之不恌，君子是則是傚。我有旨酒，嘉賓式燕以敖。
>
> 呦呦鹿鳴，食野之芩。我有嘉賓，鼓瑟鼓琴。鼓瑟鼓琴，和樂且湛。我有旨酒，以燕樂嘉賓之心。

歌頌是燕饗歡樂的場面，有嘉賓、有旨酒、有美樂，讓人心情愉悅。在這樣歡愉的筵席之下，唐・李白的〈春夜宴桃李園序〉發抒的是另一種氣氛下的感慨：

> 夫天地者，萬物之逆旅。光陰者，百代之過客。而浮生若夢，爲歡幾何？古人秉燭夜遊，良有以也。況陽春召我以煙景，大塊假我以文章。會桃李之芳園，序天倫之樂事。群季俊秀，皆以惠連；吾人詠歌，獨慚康樂。幽賞未已，高談轉清。開瓊筵以坐花，飛羽觴而醉月。不有佳作，何伸雅懷？如詩不成，罰依金谷酒數。

時光匆匆，在虛浮若夢的人生，要把握時機及時行樂。良景美景，兄弟聚會，筵席豐盛，月下開懷暢飲。對李白而言，此時此景若無詩作，枉費良辰美景當前。李白認爲在筵席的歡樂氣氛下最能要搭配是吟詩這樣的雅事。

《詩經・鹿鳴》和李白的〈春日宴桃李園序〉所描繪的是筵席歡聚的一面。筵席的歡樂，很容易讓人想到散筵後的淒清，俗語說「天下無不散的筵席」指的就是好景不常，筵席散後終須面臨別離的痛苦。這句俗語呈現了「人生是一場筵席」的隱喻觀念，將開筵團聚親友與散筵親友分別之必然映射至人生聚散之必然，這是中國人賦予筵席的文化意涵。「做一個慶喜筵席」是必有因由的，聚會可能是爲歡慶升遷、夫妻聚合、凱旋而歸……，因有其目的性的一面，歷史上有名的「鴻門宴」、「呂太后的筵席」〔註 60〕，成爲常被人用來譬喻「宴無好宴」的典故，這是假借歡樂的筵席，做個人爲除殺異己，與筵席本有之團聚目的相違：項羽鴻門設宴宴請劉邦是爲了殺他、呂太后宴劉肥也是爲了毒殺他。「筵席」的美好寓意，被惡行取代了。「宴無好宴」的概念，也是「筵席」的另一種文化意涵。

在元雜劇劇末用來收結團圓的「筵席」是取其美好歡樂的文化意涵，而將「筵席」可能代表的負面情緒、負面目的略去不談。將「筵席」的文化意涵譬喻「圓滿」結局，是將抽象的「圓滿」的概念，用「筵席」的實體經驗——歡樂團聚的感受譬喻性地顯現出來。「殺羊造酒，做一個慶喜的筵席」用這樣的語詞，將大團圓的氣氛渲染得更爲熱鬧。關於「筵席」的文化意涵的隱喻延伸圖，見圖 3-4-1。

在「筵席」的認知模式之下，有團聚、歡慶的場面和氣氛，大開筵席必

〔註 60〕「呂太后，指漢高祖之妻呂雉，爲人剛毅狠毒，曾宴請齊悼惠王劉肥，並在酒中下毒，試圖毒殺劉肥。又曾宴請群臣，並以軍法勸酒。見《史記・卷九・呂太后本紀》及《史記・卷五十二・齊悼惠王世家》後指寓有陰謀的筵席。明・徐畛《殺狗記・第十三齣》:「唬得我，一雙箸，拿不住，放不得。一口飯，吞不進，吐不出。嫂賜食，一似呂太后的筵席。」引自「教育部重編國語辭典修訂本」。

是慶賀某一件可喜可賀之事，張羅了滿桌的酒菜和親友齊聚一堂。在元雜劇裡「殺羊造酒」是一般官大人或有錢人家的排場，宰殺的牲畜除了羊，還有牛、馬，「敲牛宰馬」是特盛大隆重的慶賀。酒是筵席中不可缺少的，有酒有肉是筵席必備的要件。象徵歡樂的「筵席」，慶團圓、賀戰功是它在雜劇內的主要目的。因「筵席」團聚歡慶的氣氛將抽象的「圓滿」實體化，而雜劇的結尾呈現歡聚的場面，讓雜劇觀眾能以自身對「筵席」的感受和經驗，感染劇中的歡樂氣氛，如圖 3-4-1 所示：「筵席」因其是歡樂的團聚場合隱喻「圓滿」。在劇作家、觀眾或讀者的經驗裡開筵都有其目的，不管是慶人家夫婦、子母團圓或恭賀戰功，「筵席」是有其目的性。以象徵歡樂團聚的「筵席」爲誘餌，假「筵席」美好的寓意，騙來意欲殺害的人，在歷史有載於《史記》之中的「鴻門宴」和「呂太后的筵席」是就開筵的目的性分別以開筵的地名和開筵的人作隱喻，流傳至今「鴻門宴」和「呂太后的筵席」，這兩個來自文化經驗的隱喻，寓意著「宴無好宴」。「筵席」有把酒言歡的部分，也有散筵後杯盤狼藉或人去樓空的部分；這些也是來自人們的生活經驗的感受：同一個空間，在大宴賓客之時觥籌交錯、笑語喧嘩好不熱鬧，散筵後，頓時庭院冷落，親朋離去，不知何時能有機緣再見？面對散筵後的淒清而有「天下無不散的筵席」之慨，它是就筵席的程序，有開始終有結束的部分轉喻之。人們由「開筵－筵散」的必然性，聯想到人的相聚與離別，以及再歡暢的樂事都有終結的一天。

圖 3-4-1：「筵席」的文化意涵的隱喻延伸圖

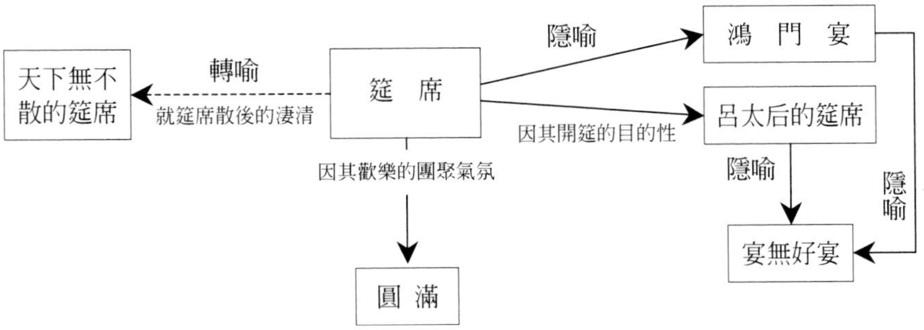

天下無不散的筵席
轉喻
就筵席散後的淒清
筵　席
隱喻
鴻　門　宴
因其開筵的目的性
呂太后的筵席
因其歡樂的團聚氣氛
隱喻
隱喻
宴無好宴
圓　滿

程麻認爲「大團圓」心理是中國人的心理偏失，其言：

> 中國人的「大團圓」心理，卻是縱于「情」而昧于「理」……。雖然它們符合人之「常情」，但由于不很順于「理」，實際上是難以成

章的。〔註61〕

在情理的調和上，他認爲中國人過度縱「情」，而這種偏失是源於對「圓滿」的崇拜。筆者以元雜劇來觀察其「圓滿模式」的收結，在某些旦本劇中如《爭報恩》、《村樂堂》等是有這樣「縱于『情』而昧于『理』」的情形出現——筆者將在本文第五章第五節「圓滿要求下的變形」中討論之——但大多的發展都是合於「情理」的期待。就市井小民而言「圓滿」是一種基於現實的不協調而產生的想望，並非一種「崇拜」。

「權威式的判語」是元雜劇主要的「團圓模式」，這種「權威式的判語」一則是來自劇作家單方面地爲「明上下尊卑之序」的教化意義而寫作的，自「上」而來斷語，釐清該有的賞罰報應，有功有過的一一清點，更別忘了恩澤自上來，要眾人望闕謝恩（或謝其他長上的清斷）；另一則是來自「創作主體」（劇作家＋觀眾）的共同意念，希望有一自外來的強大助力，幫助劇中人物平反冤屈，這個助力可能是清官能吏，也可能是非法正義，更可能是冥冥之中的鬼神力量。

救贖者來自清官能吏的，多半是「公案劇」的主軸，清官能吏使受冤屈的無辜百姓，得到昭雪。毋論受屈的是未亡人劉玉娘（《魔合羅》卷五）或者是鄙陋窮廝王小二（《勘頭巾》卷五），只要有清官能吏出現，他們都有得救的希望；就連已化爲鬼魂的翠鸞女和屈死的李順（《後庭花》卷二）也都能在清官的神斷下，得到安息。來自非法正義的救贖者，則多是「水滸劇」；打家劫舍，和官府作對的盜匪，在官昏吏貪的世局下，竟成了無助百姓的救星，如妻子遭權豪勢要蔡衙內搶奪的秀才劉慶甫，不往官府遞狀，卻上梁山去哀告（《黃花峪》卷九）。來自鬼神的力量的救贖，則出現在宣揚果報的神道劇居多〔註 62〕：如焚兒救母的張屠，神道換將他的孩兒無事並命鬼急腳李能送孩兒還家（《小張屠》卷八），及做惡的鐵旛竿白正終被鬼神索命（《浮漚記》卷八）；它們彰顯善惡果報的觀念，亦合乎觀眾對鬼神介入的期待。介入在雜劇裡的救贖者，讓善良、委屈、弱勢、無辜的一群小人物，在面對不公不義或生活的壓迫時，得到支援。這些眾生群相在現實人生裡不一定會得到這樣的幫助，這些小人物（無辜者）甚至可能無法得到救援而屈死（死後也不一

〔註61〕程廉，《中國心理偏失：圓滿崇拜》（1999），頁 27。

〔註62〕「公案劇」是以替鬼魂申冤的情節爲主，來自鬼神助力者不多：歷史劇如《破符堅》（卷二）中蔣神顯靈助謝玄大破符堅，則是少數特例。

定會平反）。在雜劇裡，透過劇作家對現實人生的關懷及悲憫，讓取材自現實人生的小人物轉化為劇中的人物，讓劇中人物所代表的「角色」在觀眾面前得到外來的強大助力，改變他們的處境，合乎觀眾的期待，具有平衡觀眾心理的作用。

「權威式的判語」中有時會加上「做一個慶喜的筵席」，或為父子（或子母）團圓、或為夫妻會和、或為軍功、或為惡人得報；不是「殺羊造酒」就是「敲牛宰馬」大肆地慶賀一番。歡樂的筵席是為了呼應「圓滿」的局面的，「筵席」的歡樂，是從古至今人們所能領受的，「筵席」的文化意涵除了歡樂的一面，還有如俗語所說「天下無不散的筵席」，從「筵席」中親友故舊共聚的歡樂，想到另一面：「筵席」散後人去席殘的傷感。在元雜劇作家將之納入圓滿結局的代表（譬喻）時，就隱去了「筵席」令人傷感的那一面，而以歡聚一堂的意涵映射至「圓滿」的大結局中。

第五節　小　結

戲曲的本質是民間大眾的娛樂藝術，雜劇也是起於民間的，是以商業傳播的方式發展的，它的蓬勃是以社會經濟的繁榮為前提的。劇作家與戲班為得到觀眾的共鳴，劇情是必須深入社會生活才能得到廣大群眾的眷顧。劇作家在創作上就是寫古人古事，也必須以元代的社會背景為基礎，和觀眾才有共知前提。

「行當」標誌人物的性別、性格以及正派與否，它讓每一個上場的角色，清楚地被觀眾辨識（行當與人物的討論，詳見本章第一節），如吳瞿安之說，目的是不要混淆了觀眾的視聽，要讓觀眾確知人物的善惡。「行當」的劃分是以最基礎的二元思維進行的，先就「行當」性別之二元對立劃分「末」、「旦」，即角色性別之男、女，再就性格扮相的正派、不正派分別「末／旦」與「淨」（丑），大致上區分出世俗之男、女，及人物之正、邪。因此，「行當」的作用是一種符號標幟，屬於正派人物的「末」、「旦」並未像「淨」（丑）般傅粉演出，傅粉又是對「行當」的類別標示的符號。但是角色人物的類型化，還是有難以分類的情形出現，因而出現像「搽旦」這類跨類的角色。「搽旦」在有的雜劇裡替代了「淨」扮卜兒，扮演老虔婆或是一般老婦的角色。有的雜劇將「搽旦」與「淨」扮演的女角，在年齡層上作出區分：「淨」扮老婦，「搽旦」則扮演年紀較輕的小妾。人物的符號性不只表現在「行當」，上下場詩和姓名又是另一種認識角色人物的類型化符碼。

「上場詩」（見本章第二節之「一、上下場詩的蹈襲及其人物符號意涵」的討論）對大多沒有高深學問的市民百姓而言，具有「點題」人物的效果，讓人物出場，就已知其身份、大概年紀，有時也點出他的性格和生活的樣態。上場詩的內容以一般百姓所能瞭解的關於劇中角色的相關生活經驗入手，更有助於觀眾掌握劇情、理解劇情。有時演述者利用上場詩透過「行當」與「人物」的轉換，在劇中替劇作家進行「代言性演述干預」〔註63〕。如無名氏《盆兒鬼》第二折（卷九，頁6325）：

> （淨同搽旦〔註64〕上，詩云）爲人本分作經營，淡飯粗茶心自寧。平生莫做虧心事，半夜敲門不吃驚。自家盆罐趙的便是。自從殺了那楊國用，雖然得他好幾十兩銀子，這兩日連夢顛倒，我在床上睡，可被他拖我到地上；我在地上睡，又被他抬我到床上，好生傍擾不過。

「淨」是行當，扮演的人物是「盆罐趙」，上場詩的教訓意味，是劇作家借行當之口述說的，用來評論劇中人物「盆罐趙」的「這兩日連夢顛倒」，當淨說完上場詩便以「自家」一詞轉換爲劇中人物。據此，上場詩具有點題人物、傳遞作家意向之多重傳訊作用。「下場詩」多半是用來交待劇情或預示可能的發展。讓觀眾易於進入劇情瞭解劇情，是爲了爭取觀眾的認同，若是戲班演得不夠好，或劇情讓觀眾一時之間難以明瞭，都會影響到觀眾下一次前來看戲的意願。況且同業競爭大，劇作家在創作時襲用一些上場詩，或者加以轉換，方便寫作雜劇的速度，演員在搬演時也容易依人物類型設定角色與發揮。這是「劇作家－觀眾－演員」彼此都能受惠的方式。

姓名的符號性意涵（詳述於本章第二節之「二、姓名稱呼符號化及其隱喻性意涵」）代表了人物的身份或性格，在身份上多爲社會地位不高的販夫走卒，如「張千／興兒／六兒」、「梅香」、「賽盧醫」、「劉九兒」，劇中行當亦多以淨、丑扮演；在性格上意謂著具特殊性格的人物，如代表損友的「柳隆卿」、「胡子傳」，以「淨」扮演，又如以「搽旦」扮演狠毒婦人的「蕭娥」、「王臘

〔註63〕詳見陳建森，〈元雜劇「演述者」身份的轉換與「代言性演述干預」〉（2001），頁38～45。

〔註64〕爲旦行下的次類，爲旦、末兩種行當的特質，筆者於上文「二、『行當』的認知模式與範疇化」中進一步論述「搽旦」。

梅」，另有以「正末」扮演個性執拗的莊稼老頭「張懒古」。元雜劇人物的符號隱喻呈現了中國戲劇的類型化思維，就劇作家而言各種符號的隱喻省去了詳述人物情性的文句，以人物的符號代碼：行當、姓名或上場詩即可呈現一典型人物；就觀眾而言，欣賞戲劇不用費心推測人物的善惡、是非，行當、姓名或上場詩，清清楚楚標記了角色身份與性格，易於瞭解，很容易察知人物的善惡是非。戲劇的欣賞對市井小民而言首重在娛樂性；戲劇演出對劇作家而言，除了娛樂，要傳達些什麼、說些什麼的教化意義和娛樂性是同樣重要的。爲了能在輕鬆的情境之下進行，人物的範疇化是很重要的。範疇建立了，說故事的基模也建立了，演述的劇情才易於讓平民大眾理解，戲曲的娛樂性和教化性功能才能兼具。元雜劇人物的符號隱喻是基於戲曲文學平民化的根本需求。

元雜劇的表演形式最突出的是戲劇裡的插科打諢（相關論述見於本章第三節）。插科打諢慣以嬉笑怒罵的方式表現，其目的在於嘲諷現實社會，功用在於使觀眾能跳脫劇情；舞台上的插科打諢將沈迷於戲劇情節之中的觀眾引回現實保持清醒，讓觀眾產生「距離感」，製造觀眾與劇情之間的疏離性。岔出主題的演出有時是爲了舒緩氣氛，如《竇娥冤》裡的張千說他兩個鼻孔一夜不曾閉之語，調節了原本悲苦的情節氣氛。有時也爲劇情製造了懸疑效果、延長觀眾的期待，如《盆兒鬼》、《生金閣》裡的鬼在見包待制申訴冤情之前與張懒古、婁青的一段打諢，讓台下的觀眾更期待劇情的發展與結果。插科打諢除了製造一些效果（笑點）讓觀眾抽離出劇情外，其背後深刻的目的在寓意「戲就是戲」的務實態度。

元雜劇劇末常用「權威式判語」（見本章第四節的討論）目的在使劇情「圓滿」收結，雜劇作家和觀眾期盼自上或自外的助力，爲劇中人物達成「圓滿」，補償他們（劇作家和觀眾）在現實社會中的缺憾，故以來自「上」的斷語——權威式判語總結全劇。而在權威式的判語之後常伴隨著團聚眾人的「筵席」出現。「筵席」具有增添喜慶歡樂氣氛的作用，雜劇結尾「做一個慶喜的筵席」的話語一出，毋需眞的大擺宴席，就已在觀眾／讀者的腦海中，以其自身的生活經驗，營造出歡聚的場景，爲劇中人物的團聚和樂有較具體、形象化的描繪——「圓滿」呈現並洋溢在觀眾／讀者的心目之間。

第四章　末本雜劇：人物範疇、敘事模式與譬喻運作

元雜劇的末與旦兩個行當在舞台上是男女角色的性別標籤，依著演出的需要，末又細分爲外末、沖末、大末、小末等；旦又可分爲旦兒、大旦、二旦或貼旦。劇中主唱的稱「正旦」或「正末」。由「正旦」主唱的劇目，稱爲「旦本雜劇」，「正末」主唱的則稱作「末本雜劇」。主唱的角色屬末行或屬旦行，決定觀眾切入事件的角度——觀看劇情的視點〔註1〕。本文第四章、第五章分別由「末本」雜劇和「旦本」雜劇觀看劇作家的幾個隱喻模式。

元雜劇的末本劇依其故事題材分類有：歷史、公案、神道、仕隱、世情、婚戀六類（見第一章第二節）。筆者根據這六大類觀察其人物範疇、敘事模式與譬喻運作，取其題材類型中較爲突顯的議題做爲討論的對象。末本劇最大宗的題材類型是歷史劇，歷史劇中又以描寫「英雄」事蹟居多，本章第一節即以歷史劇中對「英雄」的述寫，討論「英雄」範疇及其敘事模式。在末本劇的公案類中包公案是最膾炙人口的，筆者探討包公案中對公理與正義的描述或期盼時，對照世情類中的水滸劇——梁山泊好漢們對公理、正義的渴求，發現這一官一盜雖行事的立足點不同，但在宣揚、維護公義上是一致的，本章第二節將兩者並舉，討論伸張正義的兩個模式：水滸劇與包公案。仕與隱一直在文人心中矛盾糾結著，本章第三節討論末本劇的仕隱類，論述「仕隱」主題的人物範疇、敘事模式與隱喻映射。末本劇的神道類在度脫劇中表現出

〔註1〕「視點」一詞是繪畫用語，指畫作的角度和焦點，筆者用以指稱看待事情的立場。

共同的角色類型：「引渡者－被渡者」，其中引渡者之性別與威權明顯地掌控著被渡者的一切，本章第四節針對度脫劇中的這種強勢現象，討論度脫劇中的「嚴父模式」隱喻。

第一節　「英雄」範疇及其敘事模式

元雜劇關於「英雄」事蹟演述、「英雄」人物的描繪的，大多是一些出現戰爭場面的歷史劇〔註2〕。筆者就「英雄」範疇及其敘事模式，分別敘述「英雄」範疇的原型及其變體、插入第三者的敘事觀點和情節蹈襲；並利用「原型理論」分析劇裡「英雄」的條件。

維根斯坦發現了傳統範疇論以共性界定的不足，他提出了像「遊戲」這樣的範疇是無法以共性去界定的，遊戲的範疇他以「家族相似性」之說取代共性〔註3〕。「維根斯坦主張之重點是範疇疆界可以人爲設限，也可以擴張」〔註4〕。雷可夫的範疇論（Lakoff 1987）即以此爲認知模式的原型理論之重要議題之一。「原型理論」的範疇即是一個開放性而非封閉性的空間。對於雜劇裡「英雄」的範疇劃分，劇作家以筆墨渲染時應有自身對這個範疇的認知模式，筆者即以劇中論定的「英雄」人物，就他們分別擁有的各項屬性，來看「英雄」的條件。

在「英雄」的典型人物的揀選上，筆者以關羽爲典型人物，做爲「原型效應」的認知參照點。以各個「英雄」人物所擁有的屬性多寡觀照孰爲較具中心性的成員？誰又屬邊緣性的成員？

〔註2〕水滸劇的英雄們是一般所謂的綠林好漢，與歷史劇爲國爲民在兩軍陣前廝殺的歷史英雄們的理想與目標不同：水滸好漢們彰顯的是個「義」字，而歷史英雄除了求的是個「忠」字外，更有留芳青史的宏大志向，他們的格局與生命的廣度大於那些講究兄弟、情義的好漢們。因此在討論「英雄」範疇時，筆者排除了水滸劇的好漢們而以歷史劇的英雄們爲主要的對象。

〔註3〕「有些遊戲僅具娛樂性（如投環套玫瑰花）不具競爭性——沒有輸贏——而其他的遊戲則有。有些遊戲是碰運氣，像押賭注的有些遊戲，每擲一次骰子就有一次輸贏。其他如下棋，則靠技巧，還有一種用兩副牌玩的設陷阱遊戲，運氣與技巧缺一不可。儘管沒有一個所有遊戲共有的特徵集合，但是遊戲範疇是由維根斯坦所謂的『家族相似性』（family resemblances）聯合而成的。家族成員彼此之間可有各種各樣相像：構造、臉部特徵、頭髮眼睛的顏色、性情氣質及其也。但並不需要每一家族成員都有共有的特性集合。」Lakoff（1987），周師譯稿。

〔註4〕Lakoff（1987），周師譯稿。

一、「英雄」範疇的原型及其家族成員

關羽的「英雄」形象，古今推崇，以其爲「英雄」人物的「原型」，作爲「英雄」人物的認知參照點，是最優的首選。筆者自關羽始，一一列舉「英雄」範疇的原型及其家族成員，以元雜劇對他們的形象描繪詳述之，且據他們所具有的英雄條件以範疇屬性區分，並各列小表註記之。英雄人物以劇中主要褒揚敘寫的重要角色爲主，其他次要角色或非雜劇主要敘寫的對象列入「其他英雄人物」於論文後面的附錄中述說之；英雄人物的排列以出現在雜劇中的多寡排列之，有多本雜劇敘寫的英雄人物排列在前，若次數相同，則以時代先後序列之。

(一)「英雄」的原型——關羽

關羽是雜劇裡描繪最多的英雄人物，筆者先介紹他在《單刀會》裡的形象，再以描繪桃園三兄弟的雜劇分別討論劉、關、張並兼論諸葛亮的形象。

1.《單刀會》裡的關羽形象

英雄人物形象，最鮮明的莫過於《單刀會》的關羽；但關羽的英雄形象是借他人之口襯托而出的。一本四折的劇本中，第一、第二折全是他人主唱，用他人口吻來寫關羽的英雄風範，第三折關羽才正式上場，這樣的情節安排，據前人之說具加強人物的藝術感染力，如：

> 單刀會全劇在結構上看似簡單而近湊合的布置，就是要集中表現關羽的形象。……第一折借吳國老喬公來寫，第二折借山林高士司馬徽來寫，喬和司馬二人都是作者有意的捏合，意在借兩個在朝在野有代表性的人物先說出關羽的威風氣魄，儘管關羽尚未登場，……用旁人對關羽的反應以來加強人物的藝術感染力。析論單刀會的英雄形象，若只側重後二折，忽略前兩折，那便會失掉全劇結構的完整意義。〔註5〕

關羽被公認爲「英雄」的原型（或稱典型性人物），他忠義與勇猛的形象，透過旁人的述說更有說服力。第一折東吳的老臣喬公勸準備設宴催討荊州的魯肅說：

> （云）你若和他廝殺呵，（唱）你則索多披上幾副甲，剩穿上幾層

〔註5〕陳志憲，〈〈單刀會〉中的英雄形象〉，收錄於《四川大學學報》，1958年第二期，頁68～74。

> 袍。便有百萬軍，當不住他不剌剌千里追風騎；你便有千員將，閃不過明明偃月三停刀。（《單刀會》一折，卷一，頁 71）

看來是長他人志氣滅自己威風的喬公，細說關羽的英雄事蹟，強調關羽的勇猛。而眾多事蹟中屬曹丞相想拉攏他百般禮遇不改其志的氣節，和他千里送嫂不越禮的坦蕩胸懷最爲人稱道，劇作家以喬公之口大快人心地敘說一遍，如：

> 【尾聲】曹丞相將送路酒手中擎，餞行禮盤中托，沒亂殺侄兒和嫂嫂。曹孟德心多能做小，關雲長善與人。早來到灞陵橋，險諕殺許褚、張遼；他勒著追風騎，輕輪動偃月刀。曹操有千般計較，則落的一場談笑。（云）關雲長道：「丞相勿罪！某不下馬了也。」（唱）他把那刀尖兒斜挑錦征袍。（下）（《單刀會》一折，卷一，頁 73）

二折的道士司馬徽更以場面難堪，甚至可能遭受到池魚之殃爲由，不願至會中做陪客，他勸魯肅最好打消設宴害關羽的念頭，以免惹禍上身。而第四折裡明知是陷阱的關羽卻面不改色，展現其英雄豪氣說：「大丈夫心別，我覷這單刀會似賽村社。」（四折，卷一，頁 88）把他人設計他的千軍萬馬視做迎神賽會一般平常。筵席間魯肅誇他仁、義、禮、智兼備，獨因兄長玄德公失信，而使他缺信，魯肅說：

> 想君侯文武全才，通練兵書，習《春秋》、《左傳》，濟拔顛危，匡扶社稷，可不謂之仁乎？待玄德如骨肉，覷曹操若仇讎，可不謂之義乎？辭曹歸漢，棄印封金，可不之禮乎？坐服于禁，水淹七軍，可不之智乎？且將軍仁義禮智俱足，惜乎止少個「信」字，欠缺未完。再若得全個「信」字，無出君侯之右也。（正末云）我怎生失信？（魯肅云）非將軍失信，皆因令兄玄德公失信。（四折，卷一，頁 89）

關羽一聲威叱，東吳人馬還在震懾中未醒，關平已領兵接關羽安然而返，臨行還不忘對魯肅重申他的氣節：「說與你兩件事先生記者：百忙裡趁不了老兄心，急且裡倒不了俺漢家節。」（四折，卷一，頁 92）強調關羽對蜀漢的赤膽忠心，文句之間亦展現了關羽的不凡氣概與懾人威勢，令人不得不對關羽有「真英豪」之讚嘆！

2. 桃園兄弟相互映照的關羽形象

以桃園三兄弟劉備、關羽、張飛的故事敷衍成的元雜劇有：《襄陽會》、《虎牢關》、《黃鶴樓》、《關雲長》、《博望燒屯》和《隔江鬥智》。

《襄陽會》劇寫劉備求賢過程，並對軍師徐庶有較多的描繪，對關羽、張飛兄弟亦有稱述處。以荊州牧劉表的長子劉琦讚賞劉備說他「寬仁厚德」（一折，卷二，頁 982），又以軍師徐庶的口稱讚張飛的武功：「全憑著這先鋒翼德，端的他武藝爲魁。」（三折，卷二，頁 1000）又以讚嘆的口吻說關羽：「呀哎，你個雲長英勇有誰及！」（三折，卷二，頁 1000）並稱讚關羽「恰便是英雄的楚霸王」（四折，卷二，頁 1004）。

其他像《虎牢關》是由扮演張飛的角色主唱，主要是描繪三兄弟的勇猛事蹟；《虎牢關》曹操慧眼識英雄，說劉、關、張三兄弟是英豪，如：「呂布威鎮虎牢，關張劉備顯英豪。三人竭力行忠孝〔註 6〕，方顯忠良輔聖朝。」（一折，卷六，頁 3870）推薦他們去見孫堅應戰呂布，可惜孫堅不識英雄，瞧不起兄弟三人的出身，因張飛言語無狀要斬殺他，還好曹操趕到救下張飛，也勸孫堅讓三兄弟上陣廝殺。張飛自稱爲「英雄」與二位兄長同去應呂布的挑戰：

> 說與那交遼王呂奉先，正撞見英雄張翼德。跨下這匹豹月烏，不剌剌便蕩番赤兔追風騎，則我這丈八矛咭叮生扛折那廝方天畫杆戟。（同劉末、關末下）（《虎牢關》三折，卷六，頁 3892）

曹操盛讚其兄弟：「款縱烏騅豹月犇，長槍闊劍定江山。劉備關張施勇躍，三人喊殺虎牢關。」（三折，卷六，頁 3892）袁紹元帥亦因其顯赫戰功誇耀他們三人說：「（袁紹云）據玄德公聲播寰區，名傳海宇，德勝英傑，才超俊士，況其二兄弟相扶如猛虎添翼。」（四折，卷六，頁 3896）《虎牢關》主要是寫劉、關、張三兄弟的英勇擊退呂布，以「勇烈剛強」來稱讚關羽。

《黃鶴樓》寫到趙雲和張飛，二人的角色分別在一、四折主唱；《關雲長》是旦本雜劇，是以劉備夫人甘夫人的角度切入，見其磊落的英雄氣概，在劉備、張飛誤會關羽，對關羽降曹不諒解之際，甘夫人替他的忠義做見證：

> （正旦云）玄德公息怒，聽妾身說一遍咱。（唱）【殿前歡】若不是這漢雲長，則爲俺這家屬不得已可便詐投降。（劉末云）他受他封官

〔註 6〕據曹操的說法：三人當具〔＋忠誠〕、〔＋孝〕之屬性。曹操此言是對劉備力挽衰敗的漢家江山、維護祖宗基業的稱許；劉、關、張三人既結義，則爲異姓兄弟，三人合力欲興漢室，是行忠孝的表現。但筆者認爲〔＋孝〕的屬性是針對劉備而言，而對關、張而言那是出於忠、義而爲的，故〔＋孝〕不列入關、張二人的英雄屬性之中；劉備興漢室是爲其家業先祖，可爲行大孝，故不具有忠誠的屬性。

來。（正旦唱）壽亭侯官職無心望，甚的他快樂的這心腸。（云）那一日與曹操飲酒，聽的說主公與小叔叔在此，收拾便行。（唱）他封金印出許都，（帶云）曹操趕至灞陵橋，三計要拿雲長，二叔叔致怒。（唱）嶮誂殺那曹丞相，錦征袍便斜挑在他刀尖上。（帶云）若不是二叔叔，俺三房頭家小，都落在曹營。（唱）怎能夠那兄弟每完聚，也不能夠今日得這還鄉。（《關雲長》四折，卷八，頁 5873）

劉備瞭解事情的始末及在關羽斬殺蔡陽之後，於劇末推崇關雲長，道：

想兄弟你爲俺三房頭家小，您不得已而降曹操。你身雖居重職，你不改其志，此爲仁也；你不遠千里而來，被張飛與某百般發忿，兄弟你口不出怨恨之語，此爲義也；你棄印封金，辭曹歸漢，此爲禮也；不一時立斬蔡陽，此爲智也；你曾與曹操言定三事，聽的某在此，你領將家小前，不忘桃園結義之心，此爲信也。據兄弟你仁義禮智信俱全，則今日敲牛宰馬，做個慶喜的筵席。（《關雲長》四折，卷八，頁 5876）

劉備稱讚關羽仁義禮智信俱全。《博望燒屯》也寫劉備求賢，三顧茅廬請出諸葛亮，劇中描繪三兄弟的形象，比較起來著墨較多的人物是較有鮮活性格的張飛。《隔江鬥智》劇孫安小姐說關、張兩人「虎將神威」（二折，卷九，頁 6744）；而劉備，孫安小姐說他有「帝王儀表」是「赤帝眞苗裔」，而所謂的「帝王儀表」是「目能顧耳、兩手過膝」（二折，卷九，頁 6745）。三人皆是曹操口中的英豪，但劉備的帝王儀表勝過他的英雄氣概；關張二人勇猛具虎將神威。

據上述，筆者將關羽、劉備、張飛所具備的英雄條件以屬性來分別，以「＋」代表具有該屬性，以「－」代表不具有；他們具有的英雄屬性，如表 4-1-1：

表 4-1-1：關羽、劉備、張飛的英雄屬性

英雄／屬性	仁	義	禮	智	信	勇	忠	武藝	孝
1.關　羽	＋	＋	＋	＋	＋	＋	＋	＋	－
2.劉　備	＋	＋	＋	＋	－	＋	－	＋	＋
3.張　飛	－	＋	－	－	－	＋	＋	＋	－

劉備具有「英雄」的範疇屬性接近原型關羽，爲「英雄」家族成員之中心性成員，而張飛具有的範疇性較少，比劉備較不具中心性，較爲接近邊緣性成員。

（二）「英雄」範疇的家族成員

如上所述，討論元雜劇的「英雄」範疇，以關羽爲認知參照點；範疇內的家族成員具有的範疇屬性愈多愈接近原型，爲該範疇內的中心性成員（如劉備），反之，則爲邊緣性成員（如張飛）。在這些家族成員的排序上，筆者以元雜劇中描寫較多的排列在前，如尉遲恭有關漢卿的《單鞭奪槊》、尙仲賢的《三奪槊》、楊梓的《不伏老》和無名氏的《小尉遲》，共四本雜劇述寫其英雄形象，故列於首位；三國故事中足智多謀的諸葛亮，無名氏的末本劇《博望燒屯》和無名氏的旦本劇《隔江鬥智》皆以他爲主角，另朱凱的《黃鶴樓》劇中諸葛亮雖爲配角，但劇作家亦力寫其神機妙算，因此將諸葛亮排列於第二；張國賓《榮歸故里》、無名氏《摩利支》寫的是英雄薛仁貴，故列於第三；其餘的英雄人物，有單本雜劇專述的，筆者按年代先後序列之，而於描寫這些英雄人物時，同本雜劇裡一併提及的英雄亦列入該位英雄的標目之內討論之（關於英雄成員參見附表三）。

1. 尉遲恭

關於尉遲恭，在雜劇中有較多面向的描繪，不但對年輕時尉遲恭的英勇有精彩的描述，連老年的尉遲將也有。在尉遲恭的事蹟中，比較特別的是其老年時，突然出現了親生子，且以兒子穿戴父親的行頭映射「虎父無犬子」的傳承，且小尉遲的出現，也是爲了突顯尉遲恭的老當益壯與耿耿忠心。因而筆者在此分述「尉遲恭的英雄形象」與「父子英雄」。

（1）尉遲恭的英雄形象

關漢卿的《單鞭奪槊》劇、尙仲賢的《三奪槊》劇和楊梓的《不伏老》劇都寫唐朝開國功臣尉遲恭。《單鞭奪槊》寫尉遲將軍初降唐時，因元吉挾怨報復誣其謀反，唐元帥命兩人比試定眞假，後唐元帥被單雄信追殺，尉遲恭單鞭奪槊凱旋而回；《三奪槊》劇因建成、元吉妒怨秦王李世民，欲與之爭位，卻憚忌他手下大將尉遲恭，故而誣陷尉遲恭有反叛之心，劉文靜爲尉遲辯解論說他的戰功及勇救小秦王的事蹟，後元吉要與尉遲比試被尉遲打死；《不伏老》劇是寫老年將軍壯心猶在，帶兵出征仍能奏凱而歸。

《單鞭奪槊》劇，唐元帥李世民讚他「英雄慷慨」、「堪定那社稷」、「文武雙全將相才」（一折，卷一，頁 505）。《三奪槊》劇，劉文靜細說尉遲恭的勞苦功高，其言：

> 【金盞兒】那敬德自歸了唐，到咱行，把六十四處煙塵蕩。殺得敵軍膽喪，馬到處不能當。苦相持一萬陣，惡戰討九千場。全憑著竹節鞭，生并了些草頭王。（《三奪槊》一折，卷四，頁 2430）

並描繪出當日小秦王被單雄信追殺的驚險畫面，如：

> 【金盞兒】元帥卻是那些兒慌，那些兒忙，（帶云）忙不忙，元帥也記得。（唱）把一領錦征袍扯裸得沒頭當。單雄信先地趕上，手捻著綠沈槍，槍尖兒看看地著脊背、著脊背透過胸膛。那時若不是胡敬德，（帶云）陛下聖鑒，誰搭救小秦王？（《三奪槊》一折，卷四，頁 2431）

劉文靜說當時若不是尉遲恭搭救，小秦王恐怕早已命喪單雄信的槍下了，也將尉遲恭的勇猛展現了出來。

《不伏老》劇，老尉遲被李道宗的無禮所惱，氣得打落李道宗的兩顆門牙，房玄齡要將他問斬，他對徐茂公感慨太平盛世武官不如文官的悲哀，並敘說他爲國家的驅馳和忠心，如：

> 【寄生草】太平時文勝似武，事急也武勝似文。我也曾苦相持、惡戰討，扶持的國家安、天下定、今日狼煙淨，生熬的劍鋒缺、鞭節曲、槍尖鈍。我只待要一心兒分破帝王憂，軍師，只我這兩條眉鎖江山恨。（《不伏老》一折，卷六，頁 4028）

當徐茂公識破他裝病時，他無奈地接下了領兵出征的使命。徐茂公刻意說他老了，只怕近不得敵人，當下尉遲恭連唱二曲不伏老，如：

> 【幺篇】我老只老呵，老了咱些年。老只老呵，老不了我腦中武藝。老只老呵，老不了我龍韜虎略，老只老呵，老不了我妙策神機。老只老呵，老不了我一片忠心貫日。老只老呵，尚兀自萬夫難敵！（徐）老將軍，你便索要去，只怕你老了，去不得。（尉）俺老只老，止不過添了些雪鬢霜髭。老只老，又不曾駝腰曲背。
>
> 【尾聲】老只老呵，只我這水磨鞭不曾長出些白髭須，量這廝何須咱費力。你看這廝，明日帶埃心裡，綽見我那些鐵幞頭，紅抹額，烏油甲，皀羅袍，他便跳下馬受繩縛，著這廝卷了旗，卸了甲，收

了軍，拱手兒降俺這大唐國！（《不伏老》四折，卷六，頁 4040）

這是徐茂公的激將法，激得老尉遲慷慨前往。

俗語說：「時勢造英雄」，「英雄」也是靠局勢來彰顯他的，如《單鞭奪槊》劇讓「單雄信」出現，和尉遲恭對陣廝殺，一吐尉遲恭被冤枉的鬱氣，而陷害他的小人反在情急時不但派不上用場，還失了平日的威風，像元吉身邊的段志賢一般，落荒而逃。《不伏老》受貶職田莊閑居的老尉遲，若不是高麗國興兵下戰書單挑尉遲恭，再加上昔日大將病的病、死的死，他可能會終老在職田莊，不再有復職爲官的一天。

（2）父子英雄

尉遲恭這樣的英雄，不但年輕時叱吒風雲，連老了也能虎虎生風上陣殺敵，元雜劇還有《小尉遲》彰顯他虎父無犬子的英雄風範——父是英雄兒好漢。小尉遲被敵人劉季眞抱養大，要他領軍攻大唐，單挑尉遲恭。養爺宇文慶在小尉遲出征之前將眞相告訴他，讓他穿上了生父的行頭，他問養爺自己比父親如何？養爺道：

（正末云）好將軍也！（唱）分明是活脫下一個單鞭奪槊的尉遲恭。（《小尉遲》一折，卷九，頁 6683）

想要認祖歸宗的小尉遲，機警地不動聲色，接下劉季眞的將令領軍攻打大唐。不知情的老尉遲虎老雄心在，陣前遇上敵人的單挑，毫不退縮，徐茂公以爲他年紀老邁，去應戰一個年輕小子，恐他不濟。老尉遲道：

【快活三】雖然我六旬過血氣衰，我猶敢把三五石家硬弓拉開。便小覷的我心長髮短漸斑白，我可也怎肯伏年高邁？（《小尉遲》二折，卷九，頁 6687～6688）

【鮑老兒】我老則老殺場上有些氣概，豈不聞虎瘦雄心在？（茂公云）則怕你近不的他麼？（正末唱）若是我不得勝之時怎的來？則怕羞見俺那唐十宰。料他衣絕祿盡，時乖運拙，月值年災。托賴著君王洪福，千秋萬歲，神保天差。（《小尉遲》二折，卷九，頁 6688）

縱然如此，忠心的老尉遲還是遭到徐茂公的懷疑，疑他有反叛之心，因他陣前與敵方小將交頭接耳不知說了些什麼。不管他如何解釋那是他失敗多年的兒子，徐茂公兀自不信。尉遲恭老是被人冤枉，年輕時受建成元吉的誣陷，臨老了還受多年老友的懷疑。這正是劇作家的用意，要顯現出他的忠心不二！

就算遭人懷疑也不因此拂袖而去。小尉遲擒拿敵人劉季眞，帶著本部人馬來歸降，才證明了老將軍的清白。劇作家藉小尉遲寫尉遲恭，他們父子的英雄範疇屬性如表 4-1-2：

表 4-1-2：尉遲恭父子的英雄屬性

英雄／屬性	仁	義	禮	智	信	勇	忠	武藝	孝
4.尉遲恭	－	＋	－	－	＋	＋	＋	＋	－
5.小尉遲	－	－	－	＋	－	＋	－	＋	＋

尉遲恭是「英雄」範疇的中心性成員，具有五個範疇屬性；小尉遲是爲襯托尉遲恭的次要英雄。在描述小尉遲的情節中：他隱藏身世見機行事，可見其智；他的無人能敵單挑尉遲恭，足見其勇猛及武藝；他擒拿劉季眞率軍降唐證明父親的清白，又爲父親添上戰功，可謂盡孝，故具有「英雄」範疇屬性之智、勇、武藝及孝，與尉遲恭相較是「英雄」範疇內較邊緣性的成員。

2. 諸葛亮

《博望燒屯》主唱的角色是扮演諸葛亮者（正末扮諸葛亮），而桃園三兄弟中以張飛爲最主要的配角人物，借他的粗率無禮寫諸葛亮的智謀沈穩及贏得軍心的情形。《隔江鬥智》透過旦角孫安小姐的眼光看三國的英雄人物，對諸葛亮著墨較多，如：

> 【普天樂】我則見玳筵前，擺列著英雄輩。一個個精神抖擻，一個個禮度委蛇。那軍師有冠世才，堪可稱龍德。覷他這道貌非常仙家氣，穩稱了星履霞衣。待道他是齊管仲多習些戰策，待道他是周呂望大減些年紀，待道他是漢張良還廣有神機。（《隔江鬥智》二折，卷九，頁 6744）

她讚美軍師諸葛亮的智謀又可比管仲、呂望和張良。此外，諸葛亮的神機妙算更見於《黃鶴樓》劇叫關平送寒衣予劉備其中暗藏錦囊妙計。諸葛亮的英雄範疇屬性只見其二，爲家族成員內的邊緣性成員，其英雄屬性表列如下：

表 4-1-3：諸葛亮的英雄屬性

英雄／屬性	仁	義	禮	智	信	勇	忠	武藝	孝
6.諸葛亮	－	－	－	＋	－	－	＋	－	－

3. 薛仁貴

張國賓《榮歸故里》、無名氏《摩利支》都是寫農家出身的薛仁貴不愛做莊稼事，每天舞刀弄槍。一日遇朝廷貼黃榜招募義軍，揭榜從軍，被張士貴混賴了功勞，後眞相大白加官封賞，衣錦榮歸。故事內容都差不多，但在細節上《摩利支》還將薛仁貴的出現演述成天命所致，他是唐太宗的應夢將軍——白袍小將。《榮歸故里》著重於他十年未還家，父母思念的殷切，以第三折的伴哥來轉述。

《榮歸故里》劇，只有第三折的伴哥對他的武藝做了很好的描述，如：

> 【迓鼓兒】他、他、他從小裡，他、他、他不務老實，便把那槍兒棒兒強溫習，偏不肯拽钁扶犁。常只是抛了農器演武藝，就壓著那一班一輩。與他副弓箭能射，與他匹劣馬能騎，更使著一條方天畫戟。（《榮歸故里》三折，卷五，頁 2959～2960）

《摩利支》劇則藉第二折的張士貴反襯薛仁貴的孔武有力，他將張士貴拉不開的鎮庫銅胎鐵靶寶雕弓，不但拉了開，還拉斷了。又在第三折藉探子之口描述薛仁貴神勇：

> 【鬼三台】他又不曾言名諱，不使甚別兵器，他使一條方天畫杆戟。身穿著白袍白甲，頭戴素銀盔，猛見了恰便似西方神下世。這一個合扇刀望著腦蓋上劈，那一個方天戟不離了軟脇裡刺。這一個恨不的揣揣扯碎了黃旛，那一個恨不的支支的頓斷豹尾。（《摩利支》三折，卷八，頁 6222～6223）

又說：

> 【聖藥王】摩利支命運低，那將軍分福催，則他這英雄虎將世間稀。這一個颼颼的刀去劈，那一個著著的箭發疾，玷玎璫相對在半空裡，足律律迸一萬道火光飛。（《摩利支》三折，卷八，頁 6223）

薛仁貴的英雄特質，據《榮歸故里》劇有好武藝且具威儀，在英國公的讚辭裡他還做到了忠孝雙全；《摩利支》劇則加了天生的神力的勇猛。其「英雄」範疇屬性如表 4-1-4：

表 4-1-4：薛仁貴的英雄屬性

英雄／屬性	仁	義	禮	智	信	勇	忠	武藝	孝
7.薛仁貴	－	－	－	－	－	＋	＋	＋	＋

4. 藺相如、廉頗

高文秀《澠池會》劇，主要描寫的是文臣藺相如，他身入虎穴卻能完璧歸趙，被秦昭公譽為英雄：如：

> 堪恨趙國大夫相如，智過呂望，謀若孫吳，全璧還國，救主無失，眞乃七國之中英雄傑士也。相如謀略勝孫吳，澠池會上要相圖，休言白起千般勇，天下相如眞丈夫。(《澠池會》三折，卷二，頁 1607)

劇中趙國的另一個英雄人物廉頗將軍是用來襯托藺相如的忠誠與智慧，為了國家藺相如忍下了廉頗的無禮。廉頗是劇中的配角，他本就為趙國立下許多汗馬功勞，其忠誠是無庸置疑的，他的知過能改，負荊請罪，又是「知恥近乎勇」的勇者表現。

他兩人的英雄特質分別是：藺相如的智謀、忠誠和廉頗的忠誠、英勇。如表 4-1-5：

表 4-1-5：藺相如、廉頗的英雄屬性

英雄／屬性	仁	義	禮	智	信	勇	忠	武藝	孝
8.藺相如	−	−	−	＋	−	−	＋	−	−
9.廉　頗	−	−	−	−	−	＋	＋	＋	−

以智謀被譽為英雄的藺相如比起武藝高強的武將廉頗，雖然是「英雄」家族成員裡的邊緣性成員，但劇作家卻以他為主角，突出智謀的優勢在於不費一兵一卒便能定國安邦。

5. 伍子胥、鱄諸

李壽卿《說鱄諸》劇裡有兩位英雄人物，一個是「報恩仇快平生」的伍子胥，另一個是為朋友兩肋插刀鱄諸；以伍子胥為主要述寫的英雄人物，為劇中的主角，鱄諸是劇中的次要人物，為配角。

（1）伍子胥的「報恩仇快平生」

以報父兄之仇為一生職志的伍子胥，活著的意義在替死的人還報。吳王的斷詞說：

> 丹陽市生計托吹蕭，說鱄諸共吐虹霓氣。……報恩仇從此快平生，堪留作千古英雄記。(《說鱄諸》四折，卷四，頁 2367)

劇作家李壽卿對英雄的看法是要恩怨分明。當年威風得意的三保大將軍、樊城太守，憤恨自己的彪炳戰功，居然救不了父兄與滿門家屬，如：

【油葫蘆】想秦國雄兵似虎狼，在臨潼筵會上，（帶云）當此一日，若不是我伍員呵，（唱）怕不那十七邦公子盡遭誅。（羋建云）將軍有如此大功，費無忌奸賊，反來害你一家，好是無禮也。（正末唱）怎聽他費無忌說不盡瞞天謊，著伍子胥救不得全家喪。也枉了俺竭忠貞輔一人，掃烽煙定八方。倒不如他無仁無義無謙讓，白落的父子擅朝綱。（《說鱄諸》一折，卷四，頁 2338）

這份恩仇的還報銘記於心，十八年的積壓才終得一一償報。連鄭國的子產都知道「那子胥是個一飯不忘，片言必報的人」〔註 7〕，才利用他這個性格特質，貼上告示要獎賞能勸阻伍子胥不伐鄭國的人。

「報恩仇」耗費了十八年的青壯歲月，「快平生」這「平生」之長度能再有十八年嗎？羋勝口中的「老相國」應也英雄遲暮了吧？伍子胥強烈的憤恨可以不受歲月的消磨，他採取了最不厚道的鞭屍來報還。中國人常說「死者爲大」，不管他生前做過了什麼？也隨著人的入土而作結；伍子胥卻恨楚平王不能等他領兵來將他千刀萬剮，報還他一家無辜屈死的慘烈。他崛開平王的墳墓，以鞭屍來洩恨。

（2）為朋友兩肋插刀的鱄諸

《說鱄諸》劇寫的是伍子胥英雄故事，但劇中第三折對鱄諸卻用細膩筆法寫他的英雄氣概。從「鱄諸」的路見不平拔刀相助開始寫起，寫他的英雄相惜：

兀的一簇人爲什麼這等吵鬧？我分開這人是看咱。（做見正末科，云）好一條大漢，可怎生被這一伙人欺侮他？咄！這廝每休得無禮。（做打眾人科）（《說鱄諸》三折，卷四，頁 2352）

他力大解伍子胥之圍。伍子胥爲得鱄諸助力，曲意結交，先拜他一拜：

（正末背科，云）若得此人助我一臂之力，愁甚冤仇不報！則除這般。正是踏破鐵鞋無覓處，得來全不費功夫。大哥，你肯和咱做一個朋友麼？（做拜科）（鱄諸做回避科，云）君子，請起，請起！（正末唱）【迎仙客】哥哥請受禮，莫疑惑，久聞名在先可惜不認得。（鱄諸云）量小人有何德能，敢勞君子相顧。（正末唱）哥哥你便恕生面，你兄弟可少拜識。（鱄諸云）是我和你從不曾相識，你可怎生拜我做弟兄？敢問君子姓甚名誰？（正末唱）你問我姓甚名誰？（鱄諸云）

〔註 7〕《說鱄諸》四折，卷四，頁 2361。

未知君子多大年紀？（正末云）你兄弟拜德不拜壽，（唱）可不道四海皆兄弟。（《說鱄諸》三折，卷四，頁2354）

後伍子胥報上姓名，為鱄諸素來景仰的英雄人物。伍子胥講述他訪賢過程，並提到捨命救他的浣紗女和漁翁閭丘亮——「只為一時意氣」當仁不避的兩個賢士，說得鱄諸氣血沸騰，當下跟伍子胥說：

（鱄諸云）將軍不知，俺這裡也有賢士哩。（正末云）誰是賢士？（鱄諸云）則我便是賢士。（正末云）既然你是賢士，你敢同我破楚去麼？（鱄諸云）我敢去。將軍若不棄呵，我情願與你同報楚仇，萬死不避。（《說鱄諸》三折，卷四，頁2356）

「平生性子懆暴」的鱄諸，為正義感驅使，也願為伍子胥賣命向楚國討個公道。他對渾家所說的話，正是他會願意追隨伍子胥之原因：

他有父兄之仇未報，說我這丹陽縣無有賢士。我百歲死有何遲，三歲死有何早，則怕死而無名。我欲要與他同去破楚，你的意下如何？（《說鱄諸》三折，卷四，頁2356）

怎奈妻子田氏不允，又拿出他母親的衣服拄杖，要代母教訓他。孝順的鱄諸只好跟伍子胥反悔，伍子胥要他「則將八拜禮還席」。鱄諸對妻子說：

大嫂，你豈不聞父母在，不許友以死，今我母親不在了，我如今為個好友捨死報仇，豈為不孝？大嫂，我意已決，好也要去，歹也要去。（《說鱄諸》三折，卷四，頁2357）

妻子見他堅意要去，說：「既做了賢士，怎還做得孝子？」為讓鱄諸放心前去，取劍自刎。第四折大敗楚國，羋勝稱讚他們：

（羋勝云）若不是老相國雄才大略，和鱄諸敢勇當先，豈有今日！（鱄諸云）小將因人成事，何足道哉！（《說鱄諸》四折，卷四，頁2363）

他口中的老相國就是伍子胥，羋勝是當年伍子胥逃離楚國時手中懷抱著的嬰孩。鱄諸的性格懆暴，其英雄特質有孝義當先、見義勇為，而他說自己「因人成事，何足道哉！」的謙讓，功成不居，是鱄諸的另一個特性。

伍子胥的英雄形象在第一折裡提到的較多，其他折就其逃難、報仇細寫他遇到的賢士。伍子胥的英雄形象是以勇猛「力舉千斤之鼎」、「一飯不忘，片言必報」為主；據其臨潼會上的表現應亦具有勇猛的特質，為父兄報仇十八年不改其志應具孝的範疇屬性，又據他多次在費無忌的追殺下死裡逃生，應亦具有智謀。鱄諸、伍子胥的英雄屬性如表4-1-6：

表 4-1-6：鱄諸、伍子胥的英雄屬性

英雄／屬性	仁	義	禮	智	信	勇	忠	武藝	孝
10.伍子胥	－	－	－	＋	－	＋	－	＋	＋
11.鱄　諸	－	＋	－	－	－	＋	－	＋	＋

李壽卿在描寫這兩位英雄時，鱄諸雖爲配角在第三折才出場，但就劇作家對他倆情義的描繪而言，其英雄形象鮮明地勝過主角伍子胥。

（六）英　布

《氣英布》劇，英布被隨何設計不得不棄楚投漢，卻受漢王濯足相見之屈辱，一時氣憤欲自刎。隨何稱其英雄蓋世，必受人重用，何不建立功業取王侯？卻做自盡的勾當，是匹夫匹婦之諒（二折，卷四，頁 2490）。

漢王先以濯足挫英布的銳氣，後又曲意懷柔，英布被吹捧得渾身飄飄然，轉怒爲喜，以爲漢王濯足相見不是故意的，禮賢下士才是漢王眞實本色。因此銜命上陣對敵時，英布盡心又賣力。第四折探子述說英布臨陣廝殺的英雄氣概，道：

> 【四門子】俺英布正是他的英雄處，見槍來早輕輕的放過去。兩員將各自尋門路，整彪軀輪巨毒。虛裡著實，實裡著虛，廝過瞞各自依法度。虛裡著實，實裡著虛，則聽的連天喊舉。（《氣英布》四折，卷四，頁 2501）

英布所表現的英雄特質爲「英勇」及「武藝高超」。其英雄屬性見表 4-1-7：

表 4-1-7：英布的英雄屬性

英雄／屬性	仁	義	禮	智	信	勇	忠	武藝	孝
12.英　布	－	－	－	－	－	＋	－	＋	－

在「英雄」的家族成員中，算是較邊緣性的成員。

（七）程咬金、秦叔寶

程咬金是大唐的開國名將之一，鄭光祖《老君堂》劇提到了他追趕李世民，刀劈老君廟的威風，跟他同侍魏王的謀臣及將領裡，還有魏徵、徐懋功、秦叔寶等人，他卻一心隨侍魏王，是魏王手下最後降唐的將領。雖然《老君堂》劇將之列爲主角（劇目全名爲《程咬金斧劈老君堂》），但劇中只有對他做了面貌的描繪，如他一上場的開場詩。

> 髮黑髭黃眼似金，搊搜容貌賽天蓬。手中持定宣花斧，不怕英雄百萬兵。某姓程，雙名咬金，字知節，祖貫東阿縣人也。某幼習韜略之書，隨侍魏王，保守金墉。（《老君堂》一折，卷六，頁3903）

李世民被他追殺時，形容他：「那將軍銀盔鳳翅逞威顏」（一折，卷六，頁3906）。《老君堂》劇除了那場追殺李世民的情節外，沒有再對程咬金作任何描述，只有在第四折最後，眾人慶功時，李靖縛拿住降唐的程咬金，因他曾捉拿過李世民，而交付李世民發落。李世民展現他帝王的恢宏氣度，不計前嫌，並當眾宣布：

> 軍師眾大人聽者：爲人臣者當以盡忠報國。程咬金追某至老君堂，此人當時盡忠於魏王，未識某矣。今來投唐，某肯念其前仇？豈不聞桀犬吠堯，非堯不仁，皆各認其主。某今將程咬金將軍舉入朝中，必當重用。我親釋其縛也。（《老君堂》四折，卷六，頁3921）

不但原諒了昔日捉拿自己的程咬金，也教旗下將領敬佩程咬金的忠貞，提高了他本是降臣的地位。

與程咬金同爲魏王臣下，卻選不同路子的秦叔寶，在劇中不單是個武夫而已，他還有智謀具慧眼：先是以鐧架住了程咬金的宣花斧，阻止程咬金殺李世民，只是執縛李世民去見魏王；又勸得魏徵、徐懋功兩人願改詔書，放李世民、劉文靜回去。因提議改動文字「不」爲「本」的是魏徵，將改詔救秦王的功勞歸給魏徵。投唐後與李世民、段志玄一同領兵南征蕭銑。在戰爭場面上對他的描繪，有他鐧打蕭虎的威風，如探子對李靖所報：

> 【出隊子】六員將雄如虎豹，逞英雄秦叔寶，皮楞鐵鐧將難逃，蕭虎登時該命夭。（云）俺段志玄，（唱）劍斬蕭彪陣上倒。（《老君堂》三折，卷六，頁3917）

秦叔寶的識時務和程咬金的忠誠在世局未定的大時代中，都是可以允許的。楔子和第三折描寫廝殺的場面，點出的英雄人物除了秦叔寶和段志玄，還有唐元帥李世民，在探子的敘述中，「惡狠狠的蕭銑」和「呷呷笑」的秦王，對比之下，秦王那氣閒若定，舉重若輕的姿態，在氣勢上就贏了一大截。在這場大廝殺中的最大功臣，探子給了秦王，他說：「俺秦王謹奉尊君詔，是、是、是平蕭銑定唐朝。」（三折，卷六，頁3918）但是就全劇而言，主要論及的英雄是程咬金、秦叔寶。

程咬金和秦叔寶兩人，在英雄特質上：程咬金有唐元帥說的「為人臣者當以盡忠報國」（忠）及「威顏」；秦叔寶有智謀及識英雄的慧眼（智）。他二人的英雄屬性如表4-1-8：

表4-1-8：程咬金、秦叔寶的英雄屬性

英雄／屬性	仁	義	禮	智	信	勇	忠	武藝	孝
13.程咬金	－	－	－	－	－	＋	＋	＋	－
14.秦叔寶	－	－	－	＋	－	＋	－	＋	－

雖然這二人具有的「英雄」範疇屬性一樣多，但是劇作家鄭光祖對於主要角色程咬金的著墨不若配角秦叔寶多。

（九）李存孝

無名氏的《存孝打虎》劇，寫安敬思由牧羊子成為李克用的義子李存孝，全靠他的天生蠻力，劇中也加了夢得虎將的情節。

我方探子對李存孝在沙場上的戰況報導，形容他的威勢與神武：

> 【刮地風】則見張歸霸軍前猛叫起，咱兩個比武高低。李存孝怒從心上起，呀，可早變了容儀，倒豎神眉。踏寶鐙滴滴撲跳上烏騅，吼風雷吐虹霓，一怒千斤力。拚性命，廝對敵，手拿定兩柄檛槌。（《存孝打虎》四折，卷九，頁6910）

我方探子將李存孝使敵將害怕膽戰心驚、跪地求饒的模樣，生動地用鍾馗捉小鬼來形容：

> 【古水仙子】趕來到灞河裡，見一只舡來有似飛。搖櫓的水手又心忙，把柁的梢公膽碎，恨不的兩下裡納降旗。一齊的馬前忙跪膝，告爹爹委實敵不的，來、來、來似小鬼見鍾馗。（《存孝打虎》四折，卷九，頁6910）

在劇中，李存孝的英雄特質以千斤力及威儀氣勢為主，英雄屬性如表4-1-9：

表4-1-9：李存孝的英雄屬性

英雄／屬性	仁	義	禮	智	信	勇	忠	武藝	孝
15.李存孝	－	－	－	－	－	＋	－	＋	－

（十）狄　青

無名氏《衣襖車》劇，狄青一上場說自己有萬夫不當之勇，並藉范仲淹之語：「奉聖人命，知你驍勇過人，武藝精熟，加你爲押衣襖扛車大使，上西延邊賞賜三軍。」寫他的「驍勇」和「武藝精熟」，又藉老將軍王環因他英雄肯賒他披掛兵器的情節來寫他的「英雄」氣概，如：

【寄生草】咱兩個才相見，心意投。英雄只說英雄手，他賢良只說賢良口。則俺這英雄志氣衝牛斗。他若是相持廝殺統戈矛，端的是強中更有強中手。（《衣襖車》一折，卷八，頁6182）

至第二折，又藉第三者劉慶來描述狄青的英勇，如：

【牧羊關】史牙恰排軍校，狄將軍武藝高。紅抹額火焰風飄。鞍上將如北海的蛟龍，坐下馬似南山獸繞。狄將軍施英勇，史牙恰顯粗豪。史牙恰束手才爭鬥，狄將軍去他頂門上，搕叉的則一刀。（《衣襖車》二折，卷八，頁6189）

第三折改由探子來轉述狄青的神勇。第四折又以范仲淹下斷作結，稱讚狄青「英雄」：「則因你敢勇爭先，憑謀略收捕賊兵。眞梁棟世之虎將，據英雄天下馳名。」（四折，卷八，頁6199）

狄青的英雄特質是具萬夫不當之勇（驍勇過人）、武藝精熟、有謀略、忠心；還有替劉慶付酒錢的義氣。其英雄屬性如表4-1-10：

表4-1-10：狄青的英雄屬性

英雄／屬性	仁	義	禮	智	信	勇	忠	武藝	孝
16.狄　青	－	＋	－	＋	－	＋	＋	＋	－

狄青具有五項「英雄」的範疇屬性，屬範疇內中心性成員之一。

（十一）延壽馬

無名氏的《蕤丸記》劇，第一折正末唐介向八府宰相們保舉延壽馬，說道：

此人驍勇，膽略過人，善能騎射，先帝手中，待罪在雲中歇馬，他手下有十萬精兵。若得延壽馬來，覷草寇一鼓而下，有何難哉！……此人寸鐵在手，有萬夫不當之勇。（唱）【寄生草】他端的能征戰，有膽量。他覷那三層鹿角如平蕩，你看那七重圍子直冲撞，他去那

千軍隊裡尋賊將。……（《蕤丸記》一折，卷九，頁 6833）

延壽馬的英雄特質，據唐介所說有驍勇、膽略過人、善騎射。英雄屬性如表 4-1-11：

表 4-1-11：延壽馬的英雄屬性

英雄／屬性	仁	義	禮	智	信	勇	忠	武藝	孝
17.延壽馬	−	−	−	−	−	＋	−	＋	−

（十二）孟良、楊和尚

朱凱《孟良盜骨》劇，主角孟良性懆暴，楊景與眾將商量救父親、弟弟的骨殖大事時，特意要小軍將孟良擋在外，孟良知情後，果與楊景前往。在危急之際他要楊景抱骨殖先行，自己斷後，抵擋追兵。

劇中另一個英雄人物是第四折的楊和尚，他也是楊家兄弟，知情後，幫助弟弟騙番將入三門，赤手空拳打死番將爲父親、弟弟報仇。

孟良的英雄特質是忠誠、義氣與勇猛；楊和尚的英雄特質是除勇猛外並有智謀、忠誠和孝。他們的英雄屬性如表 4-1-12：

表 4-1-12：孟良、楊和尚的英雄屬性

英雄／屬性	仁	義	禮	智	信	勇	忠	武藝	孝
18.孟　良	−	＋	−	−	−	＋	＋	＋	−
19.楊和尚	−	＋	−	＋	−	＋	＋	＋	＋

（十三）其他英雄人物

同是描繪英雄人物的雜劇，有的是突顯「英雄」人物的智謀或忠誠的，例如：孫臏、豫讓、王允〔註 8〕；有的雖然寫「英雄」的將才，但只在其中一、兩折顯現，重點擺在他的帝業的，如趙匡胤。也有的「英雄」人物雖然神勇善戰，但他並非劇中主角人物，如：呂布；或者有的劇中只有一折是由這「英雄」人物主唱的，如：趙雲。這些「英雄」，因爲篇幅之故，筆者算在

〔註 8〕以智謀排列於上文中的諸葛亮、藺相如，乃因描寫諸葛亮的雜劇在兩本以上，而藺相如又在劇中直接被譽爲「英雄」及「眞丈夫」，故兩人雖以智謀爲主卻列於上文詳述之。

「其他英雄人物」之列，詳述於〈附件〉之附錄二。這些人物的屬性，如表 4-1-13：

表 4-1-13：其他英雄人物的屬性

英雄／屬性	仁	義	禮	智	信	勇	忠	武藝	孝
20.伊　尹	－	－	－	＋	－	－	－	－	－
21.孫　臏	－	－	－	＋	－	－	－	－	－
22.豫　讓	－	＋		＋	－	＋	＋	－	－
23.韓　厥	－	＋	－	－	＋	－	－	－	－
24.公孫杵臼	－	＋	－	－	＋	－	－	－	－
25.程　嬰	－	＋	－	＋	－	－	＋	－	－
26.鍾離春*	－	－	－	＋	－	＋	－	＋	－
27.張　良	－	－	－	＋	－	－	＋	－	＋
28.韓　信	－	－	－	＋	－	－	－	＋	－
29.王　允	－	－	－	＋	－	－	＋	－	－
30.呂　布	－	－	－	－	－	＋	－	＋	－
31.趙　雲	－	＋	－	＋	－	－	＋	＋	－
32.徐　庶	－	＋	－	＋	－	－	－	－	＋
33.謝　玄	－	－	－	＋	－	＋	－	＋	－
34.趙匡胤	－	＋	－	＋	－	＋	－	＋	－
35.四丞相樂善	－	－	－	－	－	－	－	＋	－

註「*」者，表旦本雜劇。

上表的謝玄出現於李文蔚的《破符堅》雖然具有英雄膽識，但不是雜劇主要的意旨所在，故列之於「其他英雄人物」；王實甫《麗春堂》四丞相樂善雖是劇中主角，但該劇卻重在寫四丞相在升貶之間的調適，故而在英雄人物的分別上亦列為「其他英雄人物」中。張良與韓信重在寫二人的發跡過程，故亦列之於此。〔註 9〕

〔註 9〕韓信與四丞相的事蹟並未列於附錄，韓信故事描述於第二小節「插入第三者敘事觀點」，四丞相則於第三小節「情節蹈襲」中詳述之。

按照傳統理論，範疇內的成員沒有任何成員具有特殊地位，因爲他們認爲用以定義範疇的特徵是該範疇中所有成員共有的。如果用傳統理論的說法，去界定「英雄」這一範疇，在此範疇「英雄」內的成員都應有一共性，使他們歸在這個範疇之內。如以「勇猛」爲共性，那以智謀完璧歸趙被秦昭公譽爲「英雄」的藺相如，就不當在「英雄」的範疇內；如以「智謀」爲共性，那懆暴衝動的張飛，也無法列之爲「英雄」；如以「忠誠」爲共性，那麼暗助李世民逃離的秦叔寶、棄楚投漢的英布都不能列入「英雄」的範疇內；若以「信義」爲共性，認賊做父的呂布、忠心謀國的王允就會被摒除在「英雄」的門檻外。傳統理論對範疇內成員必須具有共性的要求，在實際的範疇劃分上，有明顯的不足之處。

故羅施提出「原型效應」的研究，證明範疇成員之間存在著不對稱現象（即前所言之等級差異），範疇中存在著不對稱結構〔註10〕之說，取代傳統理論的不切實。

本論文以「原型理論」來討論「英雄」這個範疇。在英雄範疇之內的成員，擁有一些屬性（或稱條件），使他們歸屬在這個範疇之內；有的具有的屬性多、有的屬性少，依其屬性的多寡，使他們各自成爲中心地位或邊緣地帶的成員。按照「原型理論」：一個範疇中最具代表性的成員被稱作是「原型」成員。範疇內的成員是呈現等級差異的，「原型」成員是屬範疇內中心地位的核心成員，亦爲該範疇的「典型」、「範式」；有的成員是範疇內邊緣地帶的非中心成員。雷可夫（Lakoff 1987）說：

> 最具範疇代表性的成員爲原型成員。範疇結構在理性活動中起作用，而「原型」起著認知參照點（cognitive reference points）的作用，並建立起推理的基礎。〔註11〕

筆者先擇取其「原型」即「典型」成員做爲範疇的認知參照點，來推論其他成員。在「英雄」範疇內，最具代表性的成員，又稱「原型」成員或者「典型」成員的，是以其忠義形象享受人間香火祭祀的「關公」——關羽。

關羽爲「英雄」的典範，他具有仁、義、禮、智、信等德性，又兼具了忠誠、勇猛及武藝高強的特色，筆者以其爲核心，分別其他「英雄」成員的屬性，詳見表 4-1-14：

〔註10〕Lakoff（1987），周譯稿第二章，頁 52；梁譯本，頁 54。
〔註11〕Lakoff（1987），周譯稿第二章，頁 53；梁譯本，頁 56。

表 4-1-14：英雄成員的屬性

屬性 英雄	原型核心屬性			延伸屬性			邊緣屬性		
	武藝	智	勇	忠	義	孝	信	仁	禮
1.關　羽	＋	＋	＋	＋	＋	－	＋	＋	＋
2.劉　備	＋	＋	＋	－	＋	＋	－	＋	＋
3.楊和尚	＋	＋	＋	＋	＋	＋	－	－	－
4.狄　青	＋	＋	＋	＋	＋	－	－	－	－
5.尉遲恭	＋	－	＋	＋	＋	－	＋	－	－
6.小尉遲	＋	＋	＋	－	－	＋	－	－	－
7.伍子胥	＋	＋	＋	－	－	＋	－	－	－
8.趙匡胤	＋	＋	＋	－	＋	－	－	－	－
9.趙　雲	＋	＋	－	＋	＋	－	－	－	－
10.薛仁貴	＋	－	＋	＋	－	＋	－	－	－
11.孟　良	＋	－	＋	＋	＋	－	－	－	－
12.張　飛	＋	－	＋	＋	＋	－	－	－	－
13.鱄　諸	＋	－	＋	－	＋	＋	－	－	－
14.豫　讓	－	＋	＋	＋	＋	－	－	－	－
15.謝　玄	＋	＋	＋	－	－	－	－	－	－
16.徐　庶	－	＋	－	－	＋	＋	－	－	－
17.鍾離春*	＋	＋	＋	－	－	－	－	－	－
18.秦叔寶	＋	＋	＋	－	－	－	－	－	－
19.廉　頗	＋	－	＋	＋	－	－	－	－	－
20.程　嬰	－	＋	－	＋	＋	－	－	－	－
21.張　良	－	＋	－	＋	－	＋	－	－	－
22.韓　信	＋	＋	－	－	－	－	－	－	－
23.英　布	＋	－	＋	－	－	－	－	－	－
24.呂　布	＋	－	＋	－	－	－	－	－	－
25.李存孝	＋	－	＋	－	－	－	－	－	－

26.程咬金	+	−	−	+	−	−	−	−	−
27.延壽馬	+	−	+	−	−	−	−	−	−
28.諸葛亮	−	+	−	+	−	−	−	−	−
29.王　允	−	+	−	+	−	−	−	−	−
30.藺相如	−	+	−	+	−	−	−	−	−
31.韓　厥	−	−	−	−	+	−	+	−	−
32.公孫杵臼	−	−	−	−	+	−	+	−	−
33.四丞相樂善	+	−	−	−	−	−	−	−	−
34.伊　尹	−	+	−	−	−	−	−	−	−
35.孫　臏	−	+	−	−	−	−	−	−	−

註「*」者，表旦本雜劇。

如上表所列：「武藝」、「智」與「勇」依序爲絕大多數的「英雄」屬性，這三項我們稱之爲「原型核心屬性」，在這三項屬性中，排名第一的是「武藝」，其次是「智」、「勇」等；居其次的是「忠」、「義」、「孝」，我們列爲「延伸屬性」；「信」、「仁」、「禮」都是特殊的屬性，較少人擁有我們便列爲「邊緣屬性」。具備三項「原型核心屬性」的有：劉備、楊和尚、狄青、伍子胥、小尉遲、趙匡胤、謝玄、秦叔寶，還有旦本劇的女英雄鍾離春〔註 12〕；兼具「武藝」與「智」的有韓信。大部分的英雄兼具有「勇」與「武藝」，如尉遲恭、薛仁貴、孟良、張飛、鱄諸、廉頗、英布、呂布、李存孝、延壽馬。擁有「智謀」之屬性的藺相如，就處於「英雄」的邊緣地帶，因其具「忠誠」的屬性，使其又得以列之於「英雄」。在英雄的各種屬性中，「勇」其實是大部分建立功業或在戰場廝殺的英雄們所應具備的，本文的屬性「勇」是以文本中對該角色人物有特別描繪其「勇」的文句才列入該人物的屬性中（如趙雲在《襄陽會》劇並未就其「勇」作特別的描述，故不列入其範疇屬性之中）。「禮」更是關羽的專利，是劉備在《關雲長》劇中對他「棄印封金，辭曹歸漢」的讚美詞。「孝」的屬性，關羽原型未涵蓋，《圯橋進履》劇將「忠」、「孝」並列，劇中太白金星要張良說一遍如何盡忠孝，正末張良唱【青哥兒】曲說明了「爲臣子行忠孝」（一折，卷二，頁 1377）的道理，太白金星聽後讚許張良

〔註 12〕因其爲旦本劇之英雄人物，故只在此列出，於前文「壹、英雄人物」中並未詳加介紹。

有「忠孝之心」；《榮歸故里》劇薛仁貴對其父述說：

> 父親在上，孩兒聞古稱大孝，須是立身揚名，榮耀父母。若是晨昏奉養，問安視膳，乃人子末節，不足爲孝。今當國家用人之際，要得掃除夷虜，肅靖邊疆。憑著您孩兒學成武藝，智勇雙全，若在兩陣之間，怕不馬到成功？但博得一官半職，回來改換家門，也與父母倒添些光彩。？（《榮歸故里》楔子，卷五，頁 2942）

他的「大孝」是「立身揚名，榮顯父母」；《摩利支》劇徐懋功在代聖人封賞時亦稱讚薛仁貴「忠孝雙全」；《襄陽會》的徐庶、《伍員吹簫》的鱄諸也都是具有「孝」屬性的英雄人物。「孝」雖是關羽原型未涵蓋的屬性，但卻是不少「英雄」人物共有的屬性之一，所以也列在表格之中。

關於「英雄」屬性（或稱之爲「條件」），本文以符號〔　〕表屬性，符號＋表具有，依擁有該屬性的成員的多寡排名如下：

1. 〔＋武藝〕
2. 〔＋智〕〔＋勇〕
3. 〔＋忠〕
4. 〔＋義〕
5. 〔＋孝〕
6. 〔＋信〕
7. 〔＋仁〕〔＋禮〕

關羽在這些屬性裡除了不具備〔－孝〕外其餘皆備，爲英雄之「原型」成員。而「孝」是其他英雄人物裡被稱揚的重要屬性之一，具備〔＋孝〕的英雄人物有：劉備、楊和尚、薛仁貴、小尉遲、伍子胥、鱄諸、徐庶、張良。

筆者以關羽爲「原型」的認知參照點，來評比諸家英雄好漢，結果最接近典型性的人物是劉備具有七項範疇屬性、楊和尚具有六項範疇屬性；狄青、尉遲恭具有五項屬性，但在三項原型核心屬性裡，尉遲恭少了「智」故其英雄屬性略遜於狄青；其次是具有四項屬性的伍子胥、小尉遲、趙匡胤、趙雲、孟良、張飛、鱄諸、豫讓。筆者以符號「＞」序列英雄範疇成員的屬性程度，在符號「＞」之前的成員較其後的成員接近中心性（即「典型性」）；反之，在符號「＞」之後的成員，其接近中心性的程度遞減。以上所論眾英雄可依序列如下：關羽＞楊和尚＞狄青＞尉遲恭＞伍子胥、小尉遲、趙匡胤＞趙雲、薛仁貴〔註 13〕＞孟良、張飛、鱄諸＞豫讓。至於邊緣性成員，在英雄的眾多屬性中，伊尹和孫臏只具有〔＋智〕一項，故爲最具邊緣性的成員。

上文的序列是以眾多英雄擁有最多的三項原型核心屬性爲依據（據表 4-1-14）。一般以「關羽」爲原型對「英雄」的認知，大多以〔＋忠〕、〔＋義〕、〔＋武藝〕爲其重要的屬性。筆者以「英雄」的家族成員們是否具有這三者屬性？以及具備其他英雄範疇屬性的多寡？來排序成員中心性程度的大小，依序遞減。筆者將他們序列如：楊和尚＞狄青、尉遲恭＞趙雲、孟良、張飛。

二、插入第三者敘事觀點

在描述英雄的雜劇裡最常用的敘事方式，是改換敘事者的身份，以其他非主角的、不相關的人物，藉描繪戰爭的場面，述說英雄的神勇。最常用的人物是戰場上替前後方傳遞重要戰情的「探子」（地位應等同今日的通訊兵），「探子的敘事觀點」主要是以第三者的敘事觀點描述兩軍陣前廝殺的情狀，分爲「我方探子」和「敵方探子」；其次是「伴哥」，是以農莊生活對比戰爭情狀，還有「其他第三者」在雜劇各有不同的作用。

（一）插入「探子」觀點的敘事模式

雜劇的敘事觀點中，有以他者觀局的敘述法，通常四折劇，正末扮演的角色本爲故事的主角或關係人，但在描述戰爭場面敘說將軍威猛時，會改由不相關的「探子」角色報軍情，改以他者觀局的敘述法。插入「探子」的敘事觀點，在情節上有固定的程序模式及目的，並且大多出現在雜劇的第三折或第四折，這是探子特有的敘事模式。本文就「我方探子」和「敵方探子」兩種不同立場的探子之敘事角度切入，先分別探討其情報模式，在此基礎上再進一步分析比較二者的敘事觀點、情節模式及宮調的聯套模式運用的基調與變體。

1. 我方「探子」

「探子」是由勝利的這一方（漢／唐軍）所派出的，稱之爲我方「探子」，屬我方「探子」來報輝煌戰果的元雜劇有：《單鞭奪槊》、《氣英布》、《老君堂》、

〔註 13〕趙雲和薛仁貴雖具有四項屬性，但兩人在三項原型核心屬性中各缺少了一項（趙缺少「勇」、薛缺少「智」），故排於伍子胥等三項皆具有的英雄人物之後。

《存孝打虎》。

（1）情節略說

①《單鞭奪槊》劇

第四折，探子向徐茂公報告尉遲恭的英勇戰事。

先是徐茂公等待差去的探子來報戰況。「探子」一上場便道「一場好廝殺也呵！」開口便唱【黃鐘・醉花陰】，然後「（見科，云）報、報、報！」徐茂公便說：

> 好探子，他從那陣上來，你只看他喜氣旺色，那輸贏勝敗早已知了也！（詩云）我則見雉尾金環結束雄，腰間斜插寶雕弓。兩腳能行千里路，一身常伴五更風。金字旗拿畫桿赤，長蛇槍拂絳纓紅。兩軍相當分勝敗，盡在來人啓口中。兀那探子，單雄信與唐元帥怎生交鋒？你喘息定了，慢慢的說一遍咱。（探子唱）（《單鞭奪槊》四折，卷一，頁 521～522）

②《氣英布》劇

第四折探子向張良等人報告戰情。該劇的正末本是英布，第三折改為探子，探子報完下場後換正末英布上場作結。

漢王等人上場，漢王和張良關心著前方的戰事，兩人道：

> 孤家用軍師之計，著英布往救彭越，共擊項王去了。好幾日還不見捷音到來，使我好生懸望。（張良云）貧道已曾差能行快走夜不收往軍前打探去了，著他一見輸贏，便來飛報。適才一陣信風過，貧道袖傳一課，敢有喜信來也。（《氣英布》四折，卷四，頁 2499）

在一旁等待的還有隨何和樊噲，隨何打包票會贏、樊噲潑他冷水，兩人一冷一熱展現等待戰情的兩種心情，在這樣緊張熱鬧的氣氛下探子上場：

> （正末扮探子執旗打搶背上，云）這一場好廝殺也呵！

唱了一曲【黃鐘・醉花陰】，然後「（做人見科，云）報！報！報！喏。」派出探子的張良道：

> 好探子也！他從陣面上來，則見他那喜色旺氣，一張弓彎秋月，兩枝箭插寒星。肩擔一幅泥金令字旗，頭戴八角紅纓桶子帽。九重圍裡往來，直似攛梭；列隊營中上下，渾如走馬。殺氣騰騰蔽遠空，一聲傳語似金鐘。兩家賭戰分成敗，只在來人啓口中。探子，你把兩軍陣上那家勝，那家輸，喘息定了，慢慢的說一遍咱。（正末唱）

（《氣英布》四折，卷四，頁 2500）

探子報了戰況，最後唱了【尾聲】，張良又說：

俺這壁勝了也，那壁敗了也。探子，賞你三壜酒，一肩羊，十日不打差。（探子叩頭謝科，下）（《氣英布》四折，卷四，頁 2502）

探子下場後，正末改爲英布上場，雜劇中未交待，只寫作：「（正末引卒子跚馬兒上，唱）」以漢王封賞，英布同隨何謝恩，正末唱【水仙子】作結。

③《老君堂》劇

第三折探子向李靖報告戰況。（劇中正末本是秦王）

先是李靖上場說他「使的一個報喜的探子去了，這早晚敢待來也。」，「探子」一上場便道「一場好廝殺也呵！」開口便唱【黃鐘・醉花陰】然後「（做見科，云）報、報、報！（唱）說這遭。」李靖便說：

好探子也！從那陣面上來，看他那喜色旺氣！錦襖偏宜錦戰裙，金環雙對襯滲青巾。陣前察探軍情事，專聽來人仔細陳。俺唐兵與蕭銑兩家對住陣，怎生相持廝殺來，你喘息定，慢慢的說一遍。（正末唱）（《老君堂》三折，卷六，頁 3916）

報完軍情戰況，李靖對探子說「俺唐元帥平定了江南。探子，無甚事，自回本營中去。」探子唱了【尾聲】下場，李靖再說幾句下場詩亦下，第三折完。

④《存孝打虎》劇

第四折探子向李克用報告存孝的英勇戰績。（劇中正末本是李存孝）李克用上場說：

今有李存孝孩兒與黃巢交戰去了，未知輸贏勝敗，差了一個能行快走的探子去了，這早晚敢待來也。（《存孝打虎》四折，卷九，頁 6909）

探子一上場便說：「一場好廝殺也呵！（唱）【黃鐘・醉花陰】」並接著唱：

【喜遷鶯】火速的上階基，一徑的搶先隊，（云）報、報、報，喏。（唱）來報喜。（李克用云）好探子也，從那陣面上來，喜色旺氣。一張弓彎秋月，兩枝箭插寒星，三尺劍掛小貂裘，四方報喜問探子。五花營中來往有如攛梭，六隊軍中上下有如蛟龍，七尺軀肩擔令字旗，八角紅纓桶子帽，久久等待許多時，實實數說軍情事。（探子唱）（《存孝打虎》四折，卷九，頁 6909）

探子報完軍情，李克用歡喜地賞賜並唱出下文，全劇至此完結：

好探子也！與你兩只羊、兩瓶酒、十個免帖，回本營去。（探子唱）【尾】到不得底，千尋浪頭裡。看時節顯出些頭盔，我則見屍堪斷灞陵橋下水。（《存孝打虎》四折，卷九，頁 6911）

全劇至此完結。

（2）情節組合模式

情節架構大攻相同，只有《老君堂》出現在第三折，其他雜劇都是在第四折。探子與差派他的軍師或主將的互動關係如圖 4-1-1，其共同的情節組合模式如圖 4-1-2。

因探子所報是戰局的勝敗結果，他是已知者，要將消息轉述給焦急等待答案的未知者，是訊息的傳遞工具。像《氣英布》劇張良所言：「兩家賭戰分成敗，只在來人啓口中。」答案在探子的口中，遠遠的雖還未到軍師面前（還未開口），軍師或主師都先看到他的「喜色旺氣」。言語之外的某些表徵（符號、手勢、表情、某些肢體動作……等）也能傳遞訊息，這裡強調的是探子的臉色。

（3）聯套模式

在以探子敘事的雜劇中，除了情節有固定的程序模式外，連曲目的安排，即宮調套式的聯套都有固定的模式，如表 4-1-15：

表 4-1-15：我方探子之聯套模式

曲目／劇名	《單鞭奪槊》	《氣英布》	《老君堂》	《存孝打虎》
1.【黃鐘・醉花陰】	+	+	+	+
2.【喜遷鶯】	+	+	+	+
3.【出隊子】	+	+	+	+
4.【刮地風】	+	+	+	+
5.【四門子】	+	+	+	+
6.【古水仙子】	+	+	+	+
7.【寨兒令】	–	–	–	+
8.【尾聲】／【煞尾】／【尾】	【煞尾】	【尾聲】〔註 14〕	【尾聲】	【尾】

註：以「＋」表示該劇有此曲，以「－」表無。

〔註 14〕《氣英布》第四折前半場正末是探子時的曲目是如表格上的編排，但探子下場，換正末英布上場時又唱了【側磚兒】、【竹枝兒】、【水仙子】三曲才收場。

圖 4-1-1：軍師／主將和探子的關係

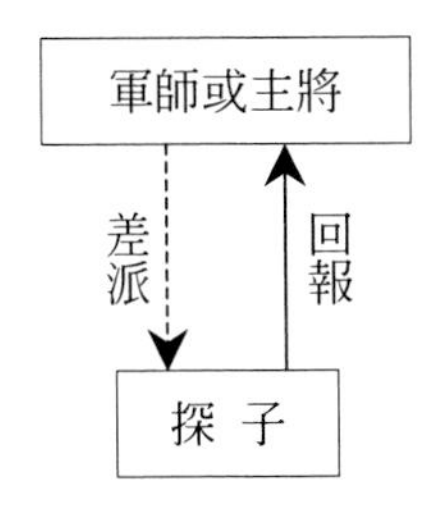

圖 4-1-2：情節組合模式

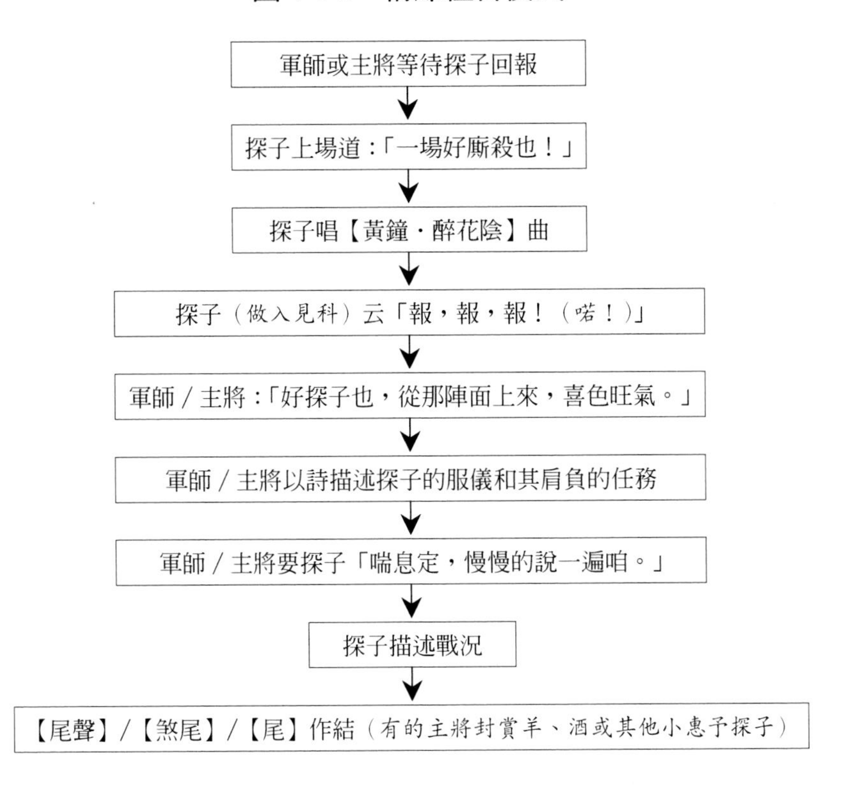

將曲牌聯成套式叫做「聯套」，而「聯套」又必須依其宮調按一定規律組成套式；這一定的規律據鄭騫《北曲套式彙錄詳解》所言是依據各曲音樂性，其言：

> 北曲聯套規律甚嚴，無論雜劇、散曲、前朝、後期，守規者居多，變異者佔少數。此蓋由於聯套所根據者爲音樂，牌調之組織搭配、位置先後，無一不與樂歌之高下疾徐有關，自不能遠離成規而以意

爲之。〔註 15〕

盧元駿之《曲學》也提到北曲散套聯套必注意到曲牌之間的疾徐緩快的銜接，寫成雜劇的套收也當如此，只是各曲牌間的疾徐緩快的性質，已無法窺見，因此只有依照前人聯套的成規去寫作便可中律了〔註 16〕。前人聯套的成規，許子漢將之整理，上表（表 4-1-15）的聯套模式，在黃鐘套式中，他稱之爲「A 曲段」，以「A－x」形式組套爲「探子出關目」之情節〔註 17〕，其言：

> A 曲段之六支曲牌即用於探子回報戰果，每支曲牌中間又多由聽報之另一角色夾入一段頗爲整齊之韻白。可以想見其表演場面爲一唱一說，且探子同時在台上有相應之科汎動作，表現戰爭之行動狀況。（許小漢，1998 年，頁 158）

依許子漢之說，這種聯套模式適合邊說唱邊做科介，筆者亦認爲在這種聯套模式之下的舞台表演，應是肢體動作與說唱藝術均分的場面。

2. 敵方「探子」

敵方「探子」，是以發動侵略的彼方派出的探子，回報其主將戰局情勢爲主軸的敘事觀點，但此時的「探子」亦屬戰局中敗陣的一方，卻對戰情的描繪與我方「探子」無異，而且對與之敵對的我方將領有明顯的崇敬。在情節架構上，敵方「探子」出現在第三折，自雜劇一、二折的正常敘述中轉出至第三者的敘事觀點後，必須在第四折轉回原本的敘事角度，才能首尾相應地爲全劇作結。

（1）情節略說

插入敵方「探子」以第三者的敘事觀點描述的雜劇，有《摩利支》和《衣襖車》兩本，都出現在雜劇的第三折。

①《摩利支》劇

第三折正末扮探子向高麗大將報告薛仁貴的神勇（劇中正末角色本是薛仁貴）。

高麗將上場便說：「使的個報喜的探子去了也。這早晚敢待來也。」「探

〔註 15〕引自該書〈序例〉中「乙、結論」「七」所言（1973），頁 4。

〔註 16〕詳見盧元駿，《曲學》（1980），頁 224。

〔註 17〕A 表示表格內之六曲連用，x 表尾曲。見許子漢，《元雜劇聯套研究——以關目排場爲論述基礎》（1998），頁 156。

子」一上場便道「一場好廝殺也呵！」開口便唱【越調．鬥鵪鶉】然後唱【紫花序】「（見科，云）報、報、報，喏！」高麗將一見便說：

好探子也。他從那陣面上來，我則見喜色旺氣。一張弓彎秋月，兩枝箭插寒星。三尺劍掛小貂裘，四方報急問探子。五花營內，來往有似攛梭。六隊軍卒，上下有如交頸。七尺軀肩擔著令字旗，戴一頂八角紅纓桶子帽。久久等待你許多時，實實的細說你那軍情事。探子，你喘息定，慢慢的說一遍。（正末唱）（《摩利支》三折，卷八，頁 6221～6222）

敘述完，高麗將說：

摩利支輸了也，白袍小將贏了也。天命有感用機謀，展土開疆立帝都。遼兵正中連珠箭，聖明天子百靈扶。探子，無甚事，自回營中去。（正末唱）【尾聲】高麗家休占那中原地，年年進金珠寶貝。十萬里錦繡江山，願陛下永坐定蟠龍亢金椅！（下）（《摩利支》三折，卷八，頁 6223）

高麗將還說要回去收拾方物與大唐進奉，走一遭去。最後又說「饒你深山共深處，到頭都屬帝王家。」下場去了。

②《衣襖車》劇

第三折敵方探子向北番大將軍李滾報狄青與咎雄、史牙恰的廝殺。（正末是王環／劉慶）

北番大將軍李滾派探子去探看軍情，「使的個報喜探子去了。這早晚敢待來也。」探子一上場便說：「一場好廝殺也呵！」唱【商調．集賢賓】後，「（正末見科，云）報，報，報，喏！（唱）寰中第一。」李滾便說：

好探子也。從那陣面上來，你看那喜氣旺色。探子來的意如何，穿花度柳疾如梭。中軍帳內低低問，兩下軍兵那處多？史牙恰怎生與狄青廝殺來？探子，你喘息定，慢慢的說一遍。（正末云）將軍，聽我慢慢的說一遍咱。（李滾云）我聽你慢慢的說一遍。（正末唱）（《衣襖車》三折，卷八，頁 6192）

李滾一聽說箭射死了咎雄，刀劈了史牙恰，就說不敢再調遣番兵，則索投降納貢。又說了：「便好道饒你深山共深處，到頭都屬帝王家。探子，你且回本營中去。」（三折，卷八，頁 6195）探子唱了【尾聲】後下場。李滾交待要收拾寶貝進貢，說了下場詩也下場了。

（2）情節的程序模式

不具名的高麗大將和北番大將李滾都差派了探子去察看軍情，探子的「喜氣旺色」在此卻不代表陣面的輸贏，而是興奮見到一場「好廝殺」。雖以敵方探子描繪，但將軍的神勇不受減損，反而從敵方的敬意與驚恐中增添將軍的威風，因劇作家是以「我方」立場寫「敵方」的。是以「天朝」的本位主義寫高麗和北番。

探子敘事的情節模式與「我方探子」一樣，但劇末聞知戰敗後的情節是彼此最大的不同處。敵方敗將：高麗大將和北番大將都說了「饒你深山共深處，到頭都屬帝王家。」這樣以漢人爲主的認份話，他們都說不敢再調兵遣將了，準備投降納貢。

這兩本以敵方探子爲敘事觀點的雜劇裡，《摩利支》天命的觀念很濃厚，不但劇首以天子夢白袍小將做起，天賜神將必定北遼；劇尾又以高麗將說「聖明天子百靈扶」的話來認命進貢。正末扮的敵方探子，竟以我方口吻教訓高麗兵將：「高麗家休占那中原地，年年進金珠寶貝。十萬里錦繡江山，願階下永坐定蟠龍亢金椅！」（三折，卷八，頁 6223）

以敵方探子的程序模式而言，重點在最後與我方探子不同的「天命說」，敘事觀點的叉出，是爲了以敵方角度力證我方的政權的合理性和絕對性——天命的依歸。

（3）聯套模式

敵方探子的聯套模式不但不同於我方探子，而且彼此之間亦不相同。

①《摩利支》劇

第三折的曲目安排：【越調·鬥鵪鶉】／【紫花兒序】／【寨兒令】／【幺篇】／【鬼三台】／【禿廝兒】／【聖藥王】／【尾聲】

②《衣襖車》劇

第三折曲目的安排：【商調·集賢賓】／【後庭花】／【雙雁兒】／【醋葫蘆】／【醋葫蘆】／【醋葫蘆】／【醋葫蘆】／【醋葫蘆】／【醋葫蘆】／【尾聲】

曲目中運用了六個【醋葫蘆】。許子漢先生認爲【醋葫蘆】是較鬆緩的曲調，且適用於劇情反覆進行之形態，較無情節之轉變〔註 18〕，精采緊湊的曲

〔註 18〕許子漢於《元雜劇聯研究·第六章商調》中言其規律「（1）首曲必用集賢賓，

調已在之前被敵方探子先用來總括戰況了。

敵方探子的敘事觀點在情節模式上與我方探子大致無二，但在聯套模式卻大不相同；意即在情節模式上看不出敵方的哀樂，但在宮調的選用及聯套模式上可以看出敗陣者的不同感受和情緒。據盧元駿的歸納性說法，我方探子選用的黃鐘調是適合寫歡樂的題材的；而敵方探子選用的越調是適合詼諧題材的、商調是屬於悲哀的題材的〔註 19〕。據此戰勝者的歡樂以及失敗者的自嘲與悲傷是可以曲調的選用顯見的。

以其套曲的韻腳來看，屬於敵方探子的皆押齊微韻。我方探子則雖皆採黃鐘套式之「A－x」組套，但各劇押的韻腳皆不相同：《單鞭奪槊》劇押先天韻、《氣英布》劇押魚模韻（後面正末英布上場的曲押江陽韻）、《老君堂》劇押蕭豪韻、《存孝打虎》則押齊微韻。以用韻來看：聯套模式不同的敵方探子，選用了相同聲情的韻腳（齊微韻）；我方探子的聯套相同，押韻卻各自不同，而比其他劇多了【塞兒令】曲的《存孝打虎》劇卻選用了與敵方探子相同的韻腳。曲詞之間應有相互的聲情關係，同選齊微韻的敵方探子，曲調上應有如〔i〕音般細密纏綿之處。而《存孝打虎》劇多出的【塞兒令】以及黃鐘調，是否也具有振奮氣勢的效果？讓齊微韻的音響效果不致減損了勝利者的歡樂氣氛？筆者將角色及音韻效果〔註 20〕如表 4-1-16：

表 4-1-16：角色／韻腳音韻特色／宮調

中原音韻〔註 21〕	音調特色	宮調	宮調特色	角　　色	雜劇名／角色特性
齊微 [i] [ui]	細微級〔註 22〕合口音	商調	悲哀題材	敵方探子	《衣襖車》
		越調	詼諧題材	敵方探子	《摩利支》

次曲多用逍遙樂。(2) 醋葫蘆可以多用，至多有用至十支者……」(1998 年，頁 141)，並言：「B 曲段之醋葫蘆若反覆使用多支時，多半劇情亦爲一反覆進行之形態」(1998 年，頁 145) 又說：「如〈衣襖車〉第三折，先用 E 曲段於 A 曲段之後，由探子總述戰況，再用六支醋葫蘆分別細述戰況之過程。此例 E 曲段 B 曲段之間就無情節之轉變，而只是 E 曲段於一開始先以較緊湊之描述來敘述戰況，再用 B 曲段以較鬆緩之方式細述過程。」(1998 年，頁 147)

〔註 19〕詳見盧元駿（1980），頁 224。

〔註 20〕語音的響度比較，由大到小依序是「a>ε>u>i」，詳見何大安，《聲韻學中的觀念與方法》，頁 57。

〔註 21〕據寧繼福，《中原音韻表稿》（吉林：吉林文史，1985 年）擬音。

〔註 22〕韻律聲情的分級鼻音收尾的陽聲韻屬響亮級：元音收尾或無尾韻的屬陰聲韻。

齊微 [ei]	陰聲韻	黃鐘	歡樂題材	我方探子	《存孝打虎》
魚模 [u] [iu]	細微級 圓　唇 合口音 陰聲韻	黃鐘		我方探子	《氣英布》
江陽 [aŋ] [iaŋ] [uaŋ]	響亮級 開口度大 舌根音 陽聲韻	黃鐘		英　布	《氣英布》 英布在探子敘述完戰情後，以勝利者的姿態上場。
蕭豪 [au] [iau]	先開後合 陰聲韻	黃鐘		我方探子	《老君堂》
先天 [iɛn] [iuɛn]	開口度小 陽聲韻	黃鐘		我方探子	《單鞭奪槊》

（二）插入「伴哥」觀點的敘事模式

插入第三者敘事觀點中，插入「伴哥」的兩本雜劇，有類同的情形發生；敘事者「伴哥」出現在《榮歸故里》及《黃鶴樓》，都是爲了要與將軍所象徵的寓意作對比的，但兩劇對比的用意不同。「伴哥」分別於雜劇的二、三折插入，插入的目的與前面的探子不同。

1.《榮歸故里》

《榮歸故里》劇中第三折正末扮演「伴哥」（其他折的正末扮演的是孛老薛大伯）。本劇的女角是「丑扮禾旦」，她一出場先唱了【雙調・豆葉黃】隨後「伴哥」出場唱【中呂・粉蝶兒】介紹寒食節令的情形。寒食節令，是祭祖上墳的重要日子。先前在第二折薛仁貴的夢中，薛大伯因莊裡喜筵，新婦要拜他，被新人家的親戚們——在薛大伯而言是後生的小輩們，阻攔並且還奚落說：「你休拜那老的，他則一個孩兒投軍去了十年，未知死活。你拜了他呵，可著誰還咱家的禮？」（二折，卷五，頁 2954）說得薛大伯老淚縱橫。顯現了子嗣對中國人的重要性，甚至影響了一個人在鄉里間的社會地位。倚閭盼子歸來，應是無數個征人的父母的辛酸故事，帝國輝煌戰功的背後是無數個家庭的破碎換報來的。劇情安排薛仁貴在寒食節令趕回鄉，及時趕上祭祖正好榮顯家門，也使得薛大伯夫婦在鄉人面前得以揚眉吐氣，最具有宣揚忠孝的目的性的。

劇中藉「伴哥」寫薛仁貴的將軍威儀，如：

【堯民歌】呀！莫不是半空中降下雪神祇？（薛仁貴云）兀那莊家，

你住者。（正末唱）他叫一聲吼若春雷。（薛仁貴云）你休慌，我要問你句話哩。（正末唱）諕的我心兒膽兒急獐拘豬的自昏迷，手兒腳兒滴羞篤速的似呆痴。禁也波持，身軀怎移動？我可便不待酒佯妝醉。（《榮歸故里》三折，卷五，頁 2958）

沒見過世面的鄉下小子以爲眼前的白袍將軍是天上的「雪神祇」，將軍氣勢威嚴、聲如春雷，嚇得「伴哥」手腳發顫抖個不停，也不知如何是好。當「伴哥」得知眼前的威武大將軍竟是幼時玩伴時，在心境上對將軍抱持著仰望欽羨的態度。如：

哎！你看他馬兒上簪簪的勢，早忘和俺掏鵪鴣爭攀古樹，摸蝦蟆混入淤泥。（《榮歸故里》三折，卷五，頁 2960）

「伴哥」與薛仁貴對照的寓意，可從薛仁貴在此折的下場詩爲輔，進一步瞭解作家的用意，如：

遼左回來荷主恩，黃金百兩酒千尊。歸家手奉雙親壽，可比農莊勝幾分。（《榮歸故里》三折，卷五，頁 2961）

劇作家認爲像薛仁貴這樣：「朝爲田舍郎，暮登天子堂」是良好的典範。據此，「伴哥」的插入，具有將農莊生活與戰爭情況對比的寓意，是以男兒出鄉關立志四方爲嘉許的，讓薛驢哥的兒時玩伴和大將軍薛仁貴做一個比較，如果薛仁貴未投軍，聽父命謹守農莊本份，他就只是「薛驢哥」，另一個「伴哥」。而今，他改頭換面，由薛驢哥改爲薛仁貴，更如徐茂功第四折中所言「降丹詔全家封贈，改門閭榮耀非常。」

2.《黃鶴樓》

《黃鶴樓》劇第二折分得較細，以「正末」的行當，扮演角色「禾倈」即劇中的人物「伴哥」（劇中正末扮演的角色各折不同，一折扮趙雲、三折扮姜維、四折扮張飛）。本劇的女角是「淨扮姑兒」劇中於後皆稱「禾旦」（淨扮禾旦扮演劇中的人物「姑兒」），她先上場唱了二曲：【豆葉黃】、【禾詞】後說：

我要看些田禾去，那小廝每說，兀那禾田裡有狼。我是個女孩兒，怎麼不怕那狼虎？我不免叫伴哥兒，同走一遭去。伴哥兒，行動些兒。（正末扮禾倈上，云）伴姑兒，你等我一等波。（唱）

劇中「伴哥」出場唱【正宮・端正好】說要去看田苗，還說要走直道不要走荒野徑道。「伴哥」對田莊道路的說明，正好和下文關平問去黃鶴樓的路作了呼應。

關平騎馬兒上場，自敘奉命送暖衣，遇著三叉路不知哪一條往江東去。禾旦叫伴哥兒向官人答應答應，伴哥以莊家的眼光看關平：

【倘秀才】那匹馬緊不緊疾不疾蕩紅塵一道，風吹起脖項上絳毛纓一似火燎。他斜拽起那團花那一領錦戰袍，端的是人英勇，馬咆哮。（《黃鶴樓》二折，卷七，頁4731）

《黃鶴樓》劇的「伴哥」不但神態自若地和將軍應答，且對關平述說農家的樂事，有勸他回歸田園之意，如：

【尾聲】俺這裡風調雨順民安樂，百姓每鼓腹謳歌賀聖朝。則這一帶青山堪畫描，四野田疇景物好。倒大來無是無非，（關平云）多生受你，慢慢的去。（唱）可兀的快活到老。（下）（《黃鶴樓》二折，卷七，頁4732）

《黃鶴樓》的「伴哥」，將農莊生活清閑安樂比戰爭情況的爾虞我詐。送暖衣的關平是傳遞諸葛亮計謀的使者（關平本身並不知情，在鬥智的三角關係「諸葛亮－周瑜－劉備」中，他只是個傳遞訊息的工具）。莊家的快活在伴哥和村姑的口中娓娓道來，類似「漁父」姿態的伴哥為關平描述莊家生活，他們的和樂對照著黃鶴樓上用心計較的兩個人——周瑜和劉備。第二折舒緩的步調、安逸的情境和第三折緊繃凝重的氣氛、笑裡藏刀的機鋒相對；劉備命在旦夕之間，忧惕不安的心態對比無是無非快活到老的莊戶。在劇中劇作家是欣羨田園的逍遙自在的。

《榮歸故里》、《黃鶴樓》這兩本雜劇雖都用了「伴哥」以他者敘事，寓意卻大不相同，對人生追求的目標劇作家們各有不同的期盼。

（三）其他第三者

雜劇裡插入的「其他第三者」是出現在第四折的收場人物，他們改換前幾折扮演的角色，扮演「其他第三者」。他們同樣都在標明「成王敗寇」的雜劇裡宣揚命定之說，但在各劇中各以其不同的作用收結全劇。

1.《追韓信》

《追韓信》的呂馬童。（劇中其他幾折正末扮演的是韓信）（卷六）呂馬童是在第四折裡突然出現的角色，他以悼念霸王為結，其言：

【正宮・端正好】再休誇桀紂起刀兵，漫說吳越相吞併，也不似這一場虎鬥龍爭。方信圖王霸業從天命，成敗皆前定。（《追韓信》四

折，卷六，頁 3964）

惋惜霸王的蓋世英雄氣，拔山舉鼎。呂馬童將他的失敗歸之於天命，早已注定好的成王敗寇。雜劇的前三折寫韓信的發跡過程，和他的機謀善戰，最後一折卻用呂馬童來緬懷霸王，「道寡稱君事不成，創業開基命不存。」插入的第三者呂馬童，說的不只是霸王，也在說一些不知天命，一心稱王的人。

2.《風雲會》

《風雲會》丞相趙普用來諭示四國宣揚天朝的威風。《風雲會》劇正末扮演的人物分配：楔子裡正末是扮演石守信，一至三折正末扮演的是趙匡胤，至第四折則是丞相趙普。

趙普是趙匡胤的丞相，在第三折時說以半部論語佐其平治天下，此時正末扮演的是趙匡胤。第四折改以趙普爲正末，用來稱述趙匡胤的功業，面對四國降王的拜服，他唱著：

> 【折桂令】則見他曲躬躬拜舞丹墀，似這等納土稱臣，實指望蔭子封妻。（四王云）臣等愚昧，不能守土安民，今荷洪恩，實同再造，願聞其說。（普唱）你道是願聽綸音，願聞聖諭，有甚誰知？你等爲驕奢破國，吾皇以勤儉開基。這的是天數輪回，造物盈虧。眞龍出蛟蜃潛藏，大風起雲霧齊飛。（《風雲會》四折，卷七，頁 4923～4924）

趙普以天數命定盛讚「吾皇」，要降王習禮儀朝拜天子，以龍虎相隨譬喻聖主賢臣，又說當初起義時，君臣都曾夢龍虎風雲會，一再將趙匡胤的陳橋兵變天命化、合理化。由趙普來強調帝位的命定說，及趙匡胤是眞龍出等事，比由趙匡胤自己說更具說服力，且趙匡胤此時是天朝皇帝由他來訓示四國降王有失身份，以同屬臣下的趙普來諭示，更有貶抑降王的用意。

呂馬童和趙普，一個哀悼失敗者，另一個教諭失敗者，他們都屬開基帝主的臣下，對爭奪天下的另一方採取不同的態度：一個同情、另一個貶抑。相同都是強調命定的重要性：呂馬童憐霸王並非不是「英雄」，只是天數中早已定，成王者不是他；趙普對那些降王明諭風起雲散、龍出蛟潛的道理，這是天數輪迴，要他們認分習君臣禮儀拜天子。

三、英雄故事情節蹈襲

以描述「英雄」爲主要內容的元雜劇，在英雄形象的描摹上有一些常常出現的情節複踏，如：戰功被人強佔、一箭射死敵將、比射定功績等，另有像沙場老將宴上痛毆無禮後生的情節模式。本文論述如下：

（一）戰功被人強佔

戰功被人強佔，是英雄劇中較常出現的情節模式，以此爲情節的雜劇有：《榮歸故里》、《摩利支》、《衣襖車》、《蕤丸記》。筆者就其情節敘述之：

《榮歸故里》劇，張士貴混賴了薛仁貴的戰功，有監軍杜如晦做證，但張士貴還嘴硬說是他的功勞。後來眞相大白，令張士貴貶爲庶民作莊農，薛仁貴封爲天下兵馬大元帥。

《摩利支》軍師徐懋功已聽知薛仁貴三箭定天山、殺退遼兵，張士貴還以爲無人知道，先一步回營向軍師誇耀戰功。徐懋功怒斥將之打爲庶民，永不敘用。

《衣襖車》四折，把劉慶推下山澗，將著兩顆人頭要佔戰功的黃軫，大言不慚地搶了狄青的戰功。等狄青來時，因衣襖車是他倚酒慢公丟失的，要被推出去斬，他怎麼說范仲淹也不信。還好，命大未死的劉慶前來做證，黃軫混賴戰功被推斬殺壞了，狄青加爲總都大帥。

《蕤丸記》第四折，延壽馬大破虜寇，范仲淹奉聖命正値五月端午蕤賓節令，御園中犒勞三軍，設太平筵會，一方面慶賀蕤賓節令，都要打球射柳。范仲淹論功行賞，葛監軍說自己一鎖喉箭射死了耶律萬戶，范仲淹說有飛報是延壽馬的戰功，但葛監軍還死賴說是自己的戰功。范仲淹著兩人射柳打球，若射著柳打著球門的，功勞就是他的；若射不著柳，打不著球門的便是賴人功次，要先斬後奏。延壽馬射中柳打中球門，范仲淹摘了葛監軍的牌印，罷了監軍一職貶爲庶人。

（二）一箭射死敵將

一箭射死敵將，是強調將軍的神勇，不但力大無窮且有百步穿楊好武藝。如《蕤丸記》、《衣襖車》。

《蕤丸記》第三折，延壽馬一箭射死耶律萬戶。如：

> 【聖藥王】我將這猿臂舉，驟征駝撞滿懷。把鋼刀舉起覷個明白。他可便難措手，忙架解。四下厢軍兵滿野暗伏埋，著去！則一箭生射下那廝戰鞍來。（做射死耶律萬户科）（李信云）將軍是好武藝也，一箭射死耶律萬户！（《蕤丸記》三折，卷九，頁 6846～6847）

《衣襖車》第二折狄青一箭射死昝雄。如：

> （狄青做拿箭科）（正末唱）【哭皇天】他款把雕弓�，我頓斷金縷絛，紫金鈚搭上弦，捻轉鳳翎稍。（正末搬臂膊科）（狄青云）你為何搬我？（正末唱）我為甚搬住他這臂膊？射中呵無話說，射不中咱有災殃。你若是耽的下、耽的下便發箭凿。（狄青云）我這箭發無不中，中無不倒，倒無不死也。（正末唱）你那箭發無不中，中無不倒！（狄青云）兀那番官。（昝雄回頭科）（狄青射箭科，云）著去。（昝雄中箭科）（下）（《衣襖車》二折，卷八，頁6187）

在這千鈞一髮的場面，都有目擊者在旁見證將軍的武藝。《蕤丸記》主唱的正末扮演的是主角延壽馬，李信在旁誇讚他一箭射死敵首的威猛。《衣襖車》本就以旁敘為主，正末扮演的是狄青身邊的劉慶，因不知狄青的力道與神準，無知地搬住他的臂膊，更說明一箭射死敵將，不是常人所能，劉慶是常人，他以常理判斷狄青的能力，才會阻止他。這個細節更突顯了狄青超人的威勇。

（三）比射定功績

比射定功績，多半是搭配出現在有人混賴戰功的情節裡。如：《榮歸故里》、《蕤丸記》。

《榮歸故里》劇，張士貴混賴了薛仁貴的戰功，有監軍杜如晦做證，但張士貴還嘴硬說是他的功勞。軍師徐茂功著兩人比射箭，他在紅心垜子上安一文金錢，每人射三箭，射中者衣紫腰金，不中者罷官卸職。結果薛仁貴三箭皆中，張士貴一箭也無；薛仁貴加官封賞，張士貴打為庶民，要他做個莊農。

《蕤丸記》不但比射柳還比打中球門。為了分辨功勞是誰立的，范仲淹著兩人射柳打球，若射著柳打著球門的，功勞就是他的；若射不著柳，打不著球門的便是賴人功次，他要先斬後奏。延壽馬射中柳打中球門，范仲淹摘了葛監軍的牌印，罷了監軍一職貶為庶人。

（四）沙場老將宴上痛毆無禮後生的情節模式

《不伏老》與《麗春園》都有沙場老將痛揍無禮後生的情節出現，如表4-1-17：

表 4-1-17：《不伏老》與《麗春園》雷同情節比較

情節元素共性	《不伏老》	《麗春堂》
沙場老將	尉遲恭	四丞相樂善
無禮後輩	李道宗	李圭
重臣主持	房玄齡／徐茂功	徒丹克寧
宴會情形	論功行賞，眾老將推讓謙辭	射柳會：射中者錦袍玉帶爲獎 香山宴：李圭與四丞相賭寶物
導火線：後輩衝撞前輩	李道宗走來毫不謙讓，逕自喝酒簪花	李圭不服輸了寶物，一時賭氣，與四丞相賭輸者抹黑臉，四丞相輸，李圭要抹他黑臉，四丞相不悅
爆破點：老將激怒教訓	打落李的兩顆門牙	打落李兩顆門牙
後果：老將被貶	被貶職田莊閑居	被貶濟南歇馬
賦閒村居	莊家生活，豁達忘機	溪邊釣魚飲酒
轉捩點：戰亂需要老將平復	高麗國下戰書，單挑尉遲恭	草寇作亂、聖人思想起他的功績
出征立功（補過）	不伏老掛帥出征	出征補過，若勝官復原職。四丞相欣然前往
皇恩復職	復鄂國公一職，加官封賞	官復原職，眾官於麗春園慶賀。李圭負荊請罪

《不伏老》和《麗春園》在劇情的敷陳上都有雷同的情節，貶居江湖的遭遇，讓兩個痛毆無禮後生的老將，有了退隱的念頭。如《麗春園》三折，四丞相拿著漁竿飲酒看山說自己好是快活也還說「似這等樂以忘憂，胡必歸歟？」（三折，卷三，頁 2116～2117）。《不伏老》的老尉遲對老妻說：

> 【紫花兒序】若不是老相公傾心兒鬧，恰便似韓元帥伏劍而亡，我便是子房公拂袖而歸。奶奶，我如今與伴哥每肥草雞兒，冲糯酒兒，在這職田莊受用，可不強似爲官？每日閑伴漁樵每閑話，到豁達似文武班齊，落魄忘機。誰待要爲是非，我向這急流中湧退。我如今罷職閑居，若是那鐵肋金牙索戰，我看他怎生和他相持。(《不伏老》三折，卷六，頁 4035）

話中有著豁達忘機的灑脫。但四丞相一接詔書，立馬迎戰；老尉遲受徐茂功的激將之法，連連唱了好幾個「老只老呵，老不了……」，引發其不服老的壯心。

他們都是有血氣的忠貞之士，遇上國有急難時，私人恩怨早就忘置一旁，那些個怨懟在閑居之中早已釋懷。

第二節　伸張正義的兩個模式：水滸劇與包公案

在元雜劇中尋求公理正義，有兩個方式，但卻是非常極端的兩個方式。這兩個方式就是朱東潤所說的：

> 在雜劇裡對付權豪勢要，雜劇作家指示我們的途徑，只有兩條路，正如李文蔚〈燕青博魚〉第一折，燕青唱：『我不向梁山泊裡東路，我則拖你去開封府的南衙。』梁山泊和開封府是兩條路。〔註 23〕

這兩個代表公理正義得以伸張的地方，一個是以包公案爲中心的——「開封府」；另一個是以水滸故事梁山好漢爲中心的——「梁山泊」〔註 24〕。「開封府」是在明處，屬於官家的刑法大堂，審斷案件，毋枉毋縱，讓百姓得以安居。「梁山泊」是匪寇聚集的地方，但那些匪寇被稱之爲「好漢」，他們是在公理正義不得伸張的年代，一群被貪官污吏逼上梁山的無辜者，爲尋求公理正義，他們自己執法，自己審判；在雜劇故事中，「梁山泊」是另一個開在暗處的「開封府」，如水滸劇《黃花峪》裡，受屈的秀才劉慶甫，眞的聽宋江手下第十七個頭領病關索楊雄的提議，往梁山泊去告奪妻妾爲的蔡衙內：

> （劉慶甫上，云）小生劉慶甫是也。被蔡衙內將我渾家奪將去了，上梁山告宋江太保去。可早來到也。休放冷箭。（小僂儸云）你是那裡來的？（慶甫云）小生是個秀才，敬來告狀。（小僂儸云）喏！山下有個秀才來告狀。……（見科）（宋江云）秀才，你那裡人氏？姓甚名誰？你有什麼負屈的事？你說一遍。（《黃花峪》二折，卷九，頁 6575）

宋江的口吻一派是升廳坐堂的官僚態勢。水滸劇中的審判者由官吏變爲匪寇，這種顚倒的現象，也代表了時局的顚覆——做官的如匪如寇，荼毒百姓；

〔註 23〕朱東潤，〈元雜劇及其時代〉（續），原載於《國文月刊》第七十七、七十八期（1949 年 3、4 月），現輯錄於《宋元明清戲曲研究論叢》第一集（1979），頁 104～110。

〔註 24〕李逸津等著，《國外中典古典戲曲研究》（南京：江蘇教育出版社，1999 年），頁 214。提及社會正義的主題研究時，也談到：「按照國外學者的一般看法，中國戲曲的社會正義主題至少包括兩類作品，即公案劇和水滸劇。」本文於公案劇只精擇「包公案」來討論。

做匪盜的如父如母，體恤民生。

元雜劇裡的公案劇有十八本〔註 25〕，其中「包公案」有十本，去掉旦本「包公案」三本，末本一共有七本。包拯的開封府成了公理正義的標幟，它讓平民百姓們遇上豪強權貴時有了依恃的後盾。「水滸故事」有六本〔註 26〕，去掉旦本《爭報恩三虎下山》，則有五本。水滸傳中的英雄好漢們聚集的梁山泊成了另一個公理正義的標幟，當百姓有冤不能伸時，以暴制暴，具正義感的草莽英雄們，替百姓誅殺濫官污吏，使不義者得到懲戒。朱東潤先生所引的「開封府」和「梁山泊」，即是一種轉喻關係，他是以機關或地名代稱人物的轉喻，這種轉喻更是把某種具體的人物化身為抽象的事物的表徵，如「包拯」和「梁山好漢們」——「公理正義」的執行者〔註 27〕成為「公理正義」的化身——這也是一種「轉喻」。

一、「梁山泊」與「開封府」——人性與神性相互映照

水滸劇的故事中，強調人的群體作用，即人的力量是受到肯定的，人與人的連結是靠義：義之所在，志同道合則稱兄道弟；違背義理，翻然形同陌路。如《李逵負荊》，宋江、魯智深遭人假冒，做起掠奪民女這等不義之事，李逵義憤填膺，要究兩人罪責。對水滸故事而言，公平正義是他的基本精神，也是他們濟弱除暴的人道精神的表徵。

《全元曲》的水滸故事有：

高文秀《黑旋風雙獻功》（簡稱《雙獻功》）
李文蔚《同樂院燕青博魚》（簡稱《燕青博魚》）
康進之《梁山泊李逵負荊》（簡稱《李逵負荊》）
無名氏《魯智深喜賞黃花峪》（簡稱《黃花峪》）
《都孔目風雨還牢末》（簡稱《還牢末》）
《爭報恩三虎下山》*〔註 28〕（簡稱《爭報恩》）

包公案在《全元曲》中共十本，其中有三本為旦本雜劇。如：

關漢卿《包待制智斬魯齋郎》（簡稱《魯齋郎》）

〔註 25〕詳見附表四之「一、包公案劇目」。
〔註 26〕詳見附表四之「二、水滸故事劇目」。
〔註 27〕水滸劇比較特別，先有一個或兩三個路見不平者介入事件之中，但最後的決斷者是宋江。詳見附表說明。
〔註 28〕「*」者，表旦本雜劇。

《包待制三勘蝴蝶夢》＊（簡稱《蝴蝶夢》）
鄭廷玉《包待制智勘後庭花》（簡稱《後庭花》）
武漢臣《包待制智賺生金閣》（簡稱《生金閣》）
李行甫《包待制智賺灰闌記》＊（簡稱《灰闌記》）
無名氏《包待制陳州糶米》（簡稱《陳州糶米》）
《玎玎璫璫盆兒鬼》（簡稱《盆兒鬼》）
《神奴兒大鬧開封府》（簡稱《開封府》）
《包龍圖智賺合同文字》（簡稱《合同文字》）
《王月英元夜留鞋記》＊（簡稱《留鞋記》）

日審陽夜審陰的神話性質，誇大了執法者的能力，在官僚充斥，不公不義的現實世界，執法者要能稟公理辦事又能屹立於官場，真要具有些不同於常人的能力。神性的添加、鬼神的伸冤，出現在包公劇中，增加執法者的神能。如：

（正末云）望大人停嗔息怒，暫罷狼虎之威，聽老漢慢慢的訴說一遍咱。（詞云）小人開年八十多年紀，聽我一一從頭說至尾。去時昏昏慘慘日猶高，回來陰陰沉沉天道黑。點盞半明半暗壁上燈，本待穩穩安安睡個美。忽聽哽哽咽咽哭聲微，著我受怕擔驚重坐起。問他是神是鬼是妖精，他道盆兒便是咱身體。因此替他叫屈到衙門，上告待制老爺聽端的。人人說你白日斷陽間，到得晚時又把陰司理。也曾三勘王家蝴蝶夢，也曾獨糶陳州老倉米。也曾智賺灰闌年少兒，也曾詐斬齋郎衙內職。也曾斷開雙賦後庭花，也曾追還兩紙合同筆。只要吩咐那懺懺懆懆狠門神，休擋住咱玎玎璫璫盆兒鬼。（《盆兒鬼》四折，卷九，頁 6341）

《盆兒鬼》借張懺古之口，道出包公白日斷陽間，晚時理陰司的神性，並將多起包公斷過的知名案子，件件數來，增添包公斷案和神的超人能力。

筆者分別就人性與神性的宣揚，來看水滸劇和包公案的隱喻系統。

（一）人性的宣揚——「梁山泊」的情義網絡

「自救救人」是梁山泊好漢在貪官昏吏的時局下聚義的目的。宋江號令手下:「遇官軍須當殺退，若經商便將拿住」（《燕青博魚》楔子，卷二，頁 1424），他們的行徑與一般盜匪無異，搶奪商旅、打擊官兵。在清平時代，是人人可誅滅的匪寇，但在時局不靖，官逼民反的世局裡，卻是反抗無能官僚的正義之師。

爲非做歹的楊衙內（《燕青博魚》）、白衙內（《雙獻功》）、蔡衙內（《黃花峪》）、趙令史（《還牢末》）等人，都是官僚體系的成員之一，卻是水滸劇中的惡勢力。梁山好漢們結合兄弟之力去除暴，集眾人的力量去對付不公不義，不求天命不求神明，是一種人的精神力量的張顯。而這種對抗強權勢要的抗暴力量，來自於「四海之內皆兄弟」的豪情義氣。

> （正末云）兀那秀才，你到前面，無事便罷，若有事呵，你上梁山來告俺哥，我與你做主。（慶甫云）謝了哥哥，小生到梁山上告誰？（正末云）【尾聲】你告俺哥哥宋公明，（慶甫云）他是哥哥的誰？（正末云）他是我親兄長。（慶甫云）哥哥姓甚名誰？（正末唱）則我是病關索一身姓楊。（《黃花峪》一折，卷九，頁6574～6573）

兄弟情義是梁山泊好漢們所重視的，如上文所引，病關索楊雄將結義的兄長宋公明，說成「親兄長」。可見在梁山好漢的心中，兄弟之間雖非血源之親，情義卻可比親兄弟。又如：

> （正末云）兄弟，拜義如親，禮輕義重，笑納爲幸。（《還牢末》一折，卷九，頁6919）

《還牢末》的李榮祖（李孔目）救了李逵，與他結義並送他金釵做路費時對李逵說的一番話，其言「拜義如親」，更可看出水滸劇的英雄好漢們對待結義兄弟，是與親兄弟相等的。《燕青博魚》中燕大因妻子王臘梅與兄弟燕二不和，鬧得燕二離家不歸，卻在同樂院見身手了得的燕青，義認了兄弟帶回家住下。燕二也因救治了燕青的眼疾，與燕青結拜，而稱呼起從未謀面的宋江爲「宋江哥哥」，並且上梁山投奔宋江去了。他們的結義關係與思考邏輯如圖4-2-1：

圖 4-2-1：宋江、燕青、燕二的結義關係圖

宋江＋燕青	＝	燕青＋燕二	＝	宋江＋燕二

這種兄弟的結交方式的認知概念爲：因燕青與宋江是結義兄弟，而燕青與燕二亦是八拜之交，故宋江與燕二也是結義兄弟。用數學代式表示，即：「∵A＋B＝B＋C　∴＝A＋C」在水滸故事中，人際關係是用這樣的認知方式去拓展的：你的兄弟等於我的兄弟，我的兄弟的兄弟等於我的兄弟，因爲等於我

的兄弟所以也等於你的兄弟；同理，你的兄弟的兄弟因爲等於你的兄弟，所以你的兄弟的兄弟也等於我的兄弟。這樣一個鎖鏈模式的人際關係，充斥在水滸故事的情節中，形成一個龐大的人際脈絡，而每一個節點的連結，不是靠血親關係，而是憑藉著每個人胸中的「義」氣。

「有恩必報」也是水滸劇想強調的義氣，梁山好漢們如燕青，在虎落平陽時，被楊衙內多次欺凌，幸遇燕二燕大兄弟先後救援他，燕青也依次與二人結義，並在燕大有難時帶著燕大逃離牢獄，且一路上救護燕大。李孔目救下了打死平人化名李得的李逵，在李孔目有難時李逵一心報恩，雖是阮小五招安了劉唐、史進，三人共救李孔目回梁山，在回梁山路上才遇上想攔路打劫，好積存銀兩救李孔目的李逵。李孔目雖非李逵所救，但終是一體的梁山兄弟所爲。

「替天行道」是梁山泊好漢們從匪寇變爲公理正義的代表的主要關鍵，如《李逵負荊》：

> （宋江詩云）澗水潺潺繞寨門，野花斜插滲青巾，杏黃旗上七個字，替天行道救生民。（《李逵負荊》一折，卷五，頁 3243）

梁山泊的旗幟上寫的就是「替天行道救生民」，也代表這一群人聚義山林的目的所在。又如《黃花峪》宋江所言：

> （宋江沖上，云）拿住蔡衙内也，與我拿出去，殺壞了者。您一行人聽我下斷：則爲你蔡衙内倚勢挾權，李幼奴守志心堅。強奪了良人婦女，壞風俗不怕青天。雖落草替天行道，明罪犯斬首街前。黑旋風拔刀相助，劉慶甫夫婦團圓。（《黃花峪》四折，卷九，頁 6588）

受屈的書生劉慶甫並未與梁山泊的兄弟們結義，但梁山泊好漢們秉持「替天行道」之義理而行，遇豪強勢要逼害良民，他們便會挺身而出替天執法。正如吳宏一主編的《明清小說》所說：

> 更重要的是，康進之的《李逵負荊》中宋江已提到『替天行道救生民』，梁山英雄再不是《宣和遺事》中的巨寇，而是堂堂的正義之師了。〔註 29〕

《明清小說》書中主要訴說的是雜劇對《水滸傳》一書的影響，但也顯示了在雜劇中，「梁山泊」已因「替天行道救生民」之號召，成爲公理正義的代名詞。

〔註 29〕吳宏一主編，《明清小說》（台北：黎明文化，1996 年），頁 36。

「梁山泊」——水滸劇所呈現的公理正義的追尋是來自人的力量，由「個人」至「眾人」之力，以暴制暴，用武力對付不義之人，使蒙屈受害的良善得以伸張。

（二）神性的增添——「開封府」的祈思

另一個公平正義的「開封府」，主要的角色不比「梁山泊」是一群好漢們，「開封府」只有一個包待制鎮守。包待制的個人力量因之而被強化了，他的斷案手法主要是靠理據，但有時是借助一場夢的指引，讓他找到正確的方向解開謎面而釐清案情，他斷案如神，也使他在民間的傳說中增添了神性。「開封府」使含冤者得以清白，受冤的人與鬼魂俱可向「開封府」訴冤。在冤死的鬼魂的哀告下，陽間的審判者，也兼任了陰司執法者，爲枉死者申冤報屈。而這項工作更使他的肉眼能見旁人見不到的鬼魂。如：

（包待制云）那廳階下一個屈死的冤鬼，別人不見，惟老夫便見。兀那鬼魂，你有甚麼冤枉事，你備細說來，老夫與你做主。（《盆兒鬼》四折，卷九，頁 6342）

（正末詩云）老夫心下自裁劃，你將金錢銀紙快安排。邪魔外道當攔住，只把那屈死的冤魂放過來。（唱）【折桂令】囑咐那開封府户尉門神，擋住他那外道邪魔，放過他這屈死冤魂。（何正云）我燒了紙，一陣好大風也。（放魂子進門科）（正末云）別人不見，惟有老夫便見。（唱）見一陣旋風兒打個盤渦，足律律繞定階痕。（云）兀那鬼魂，有什麼銜冤負屈的事，你說，我與你做主咱。（《開封府》四折，卷九，頁 6401）

（魂子上科，做轉科）（正末云）呸！好大風也。別人不見，老夫便見。我馬頭前這個鬼魂，想就是老人們所說的沒頭的鬼了。兀那鬼魂，你有什麼負屈銜冤的事，你且回城隍廟中去，到晚間我與你做主。速退！（魂子趋下）（《生金閣》三折，卷四，頁 2257）

「別人不見，老夫便見」，是在審理鬼魂申冤的案子之時，包待制所言。他不但能看見冤魂，還能聽見他們的言語。這種特殊的能力，不是每個執法者都能擁有的。這種能力讓包待制聲名大噪，這種神性的增添，其實是來自民間的祈思，希望能有這麼一個使無辜者雪冤、枉死者得到伸張的好官。

水滸劇中只有受冤者而無枉死者，受冤銜屈的受到梁山泊好漢們的幫助，得到了伸張；包公案中才有屈死的鬼魂，為自己的枉死和親人的受屈鳴冤的情節。「梁山泊」和「開封府」雖是公理正義的兩極化，但他們各自所象徵的是人性與神性的宣揚。「梁山泊」靠的是情義網絡——人與人之間的助力，來對抗強暴與不義之人與事；「開封府」是包待制一人擔綱，肩挑起審冤理枉的重任，其一人之睿智明哲的判斷力，對小老百姓來說是不夠的，添加了神性使不可能變可能，使包待制得以以一人之力，對抗權勢與強暴。

二、嫉惡如仇的正義化身「李逵」

在六本水滸劇中，《爭報恩》是旦本劇，其他五本末本雜劇除了《燕青博魚》外，都出現「山兒李逵」即「黑旋風」的角色〔註30〕。李逵的性格行事，成了公平正義的化身——「嫉惡如仇」是其性格的最大特點。筆者從「嫉惡如仇」的角度，觀察「李逵」這個人物的認知原型。

敢勇爭先是李逵性格的第一表徵，每當宋江詢問底下兄弟誰願前往時，李逵總是第一個跳出來（見《雙獻功》、《黃花峪》）。但山兒李逵除了敢勇爭先外，性格的魯莽也是特點，在《雙獻功》裡，他應聲要做孫孔目的護臂，宋江怕他莽撞，在路上與人起爭執，要他下山「常忍事饒人」。交待了好一場，還是不放心，聽吳學究的建議，派人隨後接應他。如：

> （吳學究云）李山兒與孫孔目去了也，恐怕有失，還該差神行太保戴宗尾著他去，打探消息，我們方好接應他。（《雙獻功》一折，卷二，頁917）

同樣地，在《黃花峪》李逵下山至水南寨打探，宋江也是要他「忍事饒人」，也還是派人魯智深去接應他。

除了李逵的性格在各本雜劇中，描繪大致相同外，他的相貌裝扮，也有定式。如：

> （宋江云）雖然更了名，改了姓，你這般茜紅巾，腥衲襖，干紅褡膊，腿綳護膝，八答麻鞋，恰便似那煙薰的子路，墨染的金剛。休道是白日裡，夜晚間揣摸著你呵，也不是個好人。（《雙獻功》一折，卷二，頁916）

> （宋江云）兄弟，你去不的。（正末云）哥，你兄弟怎生去不的？（宋江云）看你那茜紅巾、紅衲襖、干紅褡膊、服綳護膝，八答鞋，你

〔註30〕詳見附表四之「三、水滸故事的關鍵人物」。

便似那煙薰的子路，墨灑的金剛，休道是白日裡，夜晚間撲著你，也不是恰好的人。你可怎生打扮了去？（《黃山峪》二折，卷九，頁6578～6579）

「煙薰的子路、墨染（灑）的金剛」是他魁梧黝黑的體格與面貌的具體描寫，「茜紅巾、紅納襖、千紅褡膊、腿绷護膝、八荅鞋」是他一身的服飾裝扮。他的相貌醜惡，不但女子見了驚怕，連男子見了也嚇壞了。如：

（正末見旦兒科，云）嫂嫂休怪，恕生面少拜識。（搽旦云）呸！臉兒恰似個賊。（《雙獻功》楔子，卷二，頁919）

（孫孔目驚科，云）是人也那鬼也？（宋江云）兄弟休驚莫怕，則他是第十三個頭領，山兒李逵。這人相貌雖惡，心是善的。（《雙獻功》一折，卷二，頁913）

（劉慶甫上）（做見正末科，云）哥哥，他是人也是鬼也？（宋江云）兀那秀才，你不要怕，他是十三太保山兒李逵。你將那上項事對山兒說，他便與你做主。（《黃花峪》二折，卷九，頁6578）

「面惡心善」成了李逵的另一標記。「性烈如火，直似弓箭」是宋江對他性情的譬喻。李逵的烈火性與重情義的特性，在《黃花峪》中劇作家，更將其自比爲桃園三結義的張飛。如：

【梁州】……（宋江云）學究哥，山兒李逵來了也。此人性烈如火，直似弓弦，等他來時，左使機關，看他說什麼。……（正末做見宋江科，云）宋江哥，學究哥，喏；眾兄弟每，喏。（宋江云）兄弟也，咱兄弟每都不義了也。（正末云）哥，怎生不義了也？（宋江云）我喚著你，怎生來遲？（正末唱）咱雖不結義桃園內，（云）俺哥哥做學幾個古人。（宋江云）你做學那幾個人？（正末唱）俺仿學那關、張和劉備。（宋江云）你可似誰？（正末唱）您兄弟一似個張飛。（《黃花峪》二折，卷九，頁6576）

李逵的性格塑造，由此可知，是以「張飛」爲原型。「張飛」在三國故事中是個有勇無謀的莽夫，但也是重情重義的漢子。急性躁暴、性烈如火也是他的特點。在《博望燒屯》劇中，看劉備與關雲長二人連番去請個山野村夫，說諸葛亮的才能，只不過是徐庶要從他們這裡脫身，而誇大出來的，其言：

（張飛云）二位哥哥，昔日徐庶是脫身之計。量那村夫，省得什麼？三年三訪，費了工夫。憑著您兄弟坐下馬，手中槍，萬夫不當之勇，覷那曹操，掌上觀紋。不要請去。既哥哥要去，您兄弟不去。（劉末云）兄弟也，將在謀而不在勇。也有用著你那躁暴處，也有用不著你那躁暴處，則依著你兩個哥哥者。（《博望燒屯》一折，卷八，頁5737）

請諸葛亮下山幫忙，張飛不懂「禮賢」那一套，只知用蠻力，如：

（張飛云）二位哥，今番第三遭，這村夫若下山去呵，我和他佛眼相看，若不下山去呵，我不道的饒了他哩！（關末云）兄弟，你這等躁暴，俺求賢用士哩。（劉末云）兄弟，你不得躁暴，休誤了大事！（《博望燒屯》一折，卷八，頁5738）

張飛口口聲聲地叫諸葛亮「村夫」，且威脅著要放火燒了他的臥龍崗，如：

（張飛做見正末喝科，云）喂！來來來，兀那村夫，俺兩個哥哥鞠躬相請，你堅意推託。依著我呵，你與我拿槍牽馬，我也不要！你驅馳俺兩個哥哥。兀那村夫，你聽者：則這張飛性情強，我忙捻丈八槍，你若不隨哥哥去，將火來我燒了你這臥龍崗！若不是俺兩個哥哥在此，我則一槍搠殺你個村夫！你無道理，無廉恥，無上下，失尊卑也。……（張飛云）兀那村夫，你相可是如何？（正末唱）你顯出那五霸諸侯氣力。（張飛云）不則你說，都是這般道，張飛有五霸諸侯之分。（正末唱）他不住的叫天吼地，（張飛云）誰不知我是莽張飛也！（《博望燒屯》一折，卷八，頁5741）

這樣描述一個七嘴八舌叫囂不已且張牙舞爪的張飛，爲的是強調他的莽撞性格，恰如他劇中所言：「誰不知我是莽張飛」。這樣的莽撞性格和李逵一個樣兒，李逵的莽撞讓宋江一再叮嚀他「忍事饒人」。

李逵與張飛的相似處，也出現在以項上人頭做賭注的情節上，如《博望燒屯》中，諸葛亮和張飛的賭注：

（正末〔註31〕云）你說，你若拿將夏侯惇來，休說夏侯惇，就是殘軍敗將，拿將一個來，我也就當作夏侯惇，貧道就輸與你這軍師牌印。你若拿不將來，你可輸些什麼？（張飛云）你放心，我睜著一雙大眼，我拿不住那夏侯惇呵，我擺一席請你。（正末云）要配上我軍師牌印者。（張飛云）罷，我輸一顆牛頭。（正末云）也配不上。（張飛云）恁的呵，罷、罷、罷，我也賭著我這一顆六陽會首。則不我

〔註31〕「正末」扮諸葛亮。

的賭者，連我二位哥的頭也賭著。(正末云) 張飛，你要與貧道賭頭爭印，軍令司立了軍令狀者。(《博望燒屯》二折，卷八，頁 5752)

在一番討價還價之中，張飛以腦袋做賭注，並立下了軍立狀。同樣的事，也發生在李逵身上，只是下賭注的另一方是梁山泊的老大哥宋江，在劇中也寫下文書（或立軍令狀），賭注也是腦袋。如：

(宋江云) 山兒，你要寫文書最好，只是你輸著什麼？(正末〔註 32〕云) 哥也，您兄弟這一去，保護得哥哥無是無非還家來。若我有些失錯呵，我情願輸三兩銀子。(宋江云) 這個少哩。(正末云) 哦，我再做個東道，請你那一班落保的都吃一個爛醉何如？(宋江云) 也還少哩。(正末云) 罷、罷、罷，我情願輸了這六陽魁首。(《雙獻功》一折，卷二，頁 914)

(宋江云) 山兒，我今日和你打個賭賽：若是我搶將他女孩兒來，輸我這六場會首；若不是我，你輸些什麼？(正末云) 哥，你與我賭頭？罷，您兄弟擺一席酒。(宋江云) 擺一席酒？倒好了你，須要配得上我的。(正末云) 罷、罷、罷！哥，倘若不是你，我情願納這顆牛頭〔註 33〕。(宋江云) 既如此，立下軍狀，學究兄弟收著。(《李逵負荊》二折，卷五，頁 3252)

張飛與李逵下賭注的情節相似處，如圖 4-2-2：

圖 4-2-2：張飛與李逵的賭注情節

張　　飛		李　　逵
和軍師諸葛亮賭腦袋立軍令狀	⟺	和老大哥宋江賭腦袋寫下文書（立軍狀）

在《雙獻功》和《李逵負荊》，如上文所引，都有相同的情節。不管在雜劇創作上，李逵或張飛這兩個人物是誰承襲誰？可知的是在雜劇劇作家的創作上，是將李逵與張飛看成是同質性的人物，以一致的筆法寫這兩個英雄人物。李逵則由此更明確地看出，是以三國故事中的張飛為原型。但雜劇中的張飛性格卻不若李逵來得鮮明，李逵在《雙獻功》中扮莊家呆漢混進牢獄去

〔註 32〕「正末」扮李逵。

〔註 33〕因其綽號「鐵牛」，故自稱為「牛頭」。

看望孫孔目，在《黃花峪》中扮起貨郎兒去探水南寨接近李幼奴，這些情節使他的面目與形象更清楚，更多樣化。張飛性格在雜劇中，缺少這樣多面向的變化。

嫉惡如仇的李逵，在《李逵負荊》裡以爲宋江、魯智深行不義之事，回到梁山，衝動性格的他，拿起斧頭就想砍了具有梁山精神象徵的杏黃旗。如：

> 【滾繡球】……（正末唱）原來個梁山泊有天無日，（做拔斧斫旗科，唱）就恨不斫倒這一面黃旗。（《李逵負荊》二折，卷五，頁3251）

杏黃旗上有「替天行道救生民」七個字，但眼下李逵誤以爲宋江搶奪民女滿堂嬌，做了逆天不義之事，違背旗上寫的那七個字，故李逵見到旗子就要砍，並諷刺梁山泊「有天無日」。故而對不義之事的撻伐，李逵是嫉惡如仇的，且對事不對人，誰行不義，李逵就不放過誰。「急公好義，嫉惡如仇」是李逵路見不平，救助無辜的動力，也是不幸百姓的想望。在梁山泊好漢中，李逵成爲見義勇爲的代表。

三、「智」的運用——對公平正義的定義

包公劇中智取是多齣雜劇展演的焦點，如：《包待制智賺生金閣》、《包待制智賺灰闌記》、《包待制智賺合同文字》、《包待制智斬魯齋郎》、《包待制陳州糶米》、《包待制智勘後庭花》。其中，多次「賺」的運用，關係到包公劇對公平正義的看法，如：《魯齋郎》的設局殺不義者、《陳州糶米》的改裝私訪、《後庭花》的勘破詞意；這些雜劇也都展現了包待制不同面向的機智。

（一）設計「賺」不義者

《魯齋郎》、《生金閣》、《合同文字》、《灰闌記》中，包待制爲了懲罰不義者，在「智」的運用上，「賺」是常用的手法，略施小計以達到公平正義的目地。在雜劇標目上明說是「智賺」的這四本雜劇，就可看出包待制辦案時的巧思。《生金閣》中包待制假意與龐衙內「一家一計」，騙取了生金閣做物證，又讓龐衙內心甘情願地畫了押。如：

> （正末云）衙內，老夫難得見此寶物，怎生借與我老妻一看，可不好那？（衙內云）老宰輔將的看去，咱則是一家一計。【沽美酒】略使些小見識，智賺出殺人賊，這場事天教還報你。我可便有言語敢題，並不要你還席。……（正末云）兀那婦人，你告誰？（旦兒云）

我告龐衙內。（正末云）衙內，他告你哩。（衙內云）咱則是一家一計。（正末云）衙內，那婦人說你強要了他生金閣兒，是也不是？（衙內云）恰才那個閣兒便是。（正末云）說你強要爲妻，又將他男兒郭成殺壞了，是也不是？（衙內云）是我逗他耍來。（正末云）又將嬤嬤推在井中身死，是也不是？（衙內云）也是，也是。（正末云）婁青，將紙墨筆硯來，著衙內畫個字者。（婁青云）理會的。爺依著畫個字，左右一家一計。（衙內云）是我來，是我來，我左右和老包是一家一計。（正末做努嘴科，云）婁青與我拿下去。（婁青做拿科，云）爺請出席來，左右一家一計。（衙內云）老兒，你敢怎麼？（正末云）婁青，將枷來，將龐衙內下在死囚牢裡去。（《生金閣》四折，卷四，頁2267）

《合同文字》中狠心的伯娘爲獨佔家產，騙取了姪兒的合同文書，卻矢口否認，說從未見過合同文書，還打破了姪兒劉安住的頭。路過的包待制受理了這案件，見劉安住爲伯姪情誼不忍杖打伯父，他與張千打耳暗，讓張千報劉安住死於頭部外傷：

（張千又報，云）劉安住太陽穴被他物所傷，現有青紫痕可驗，是個破傷風的病症，死了也。（搽旦云）死了，謝天地！（包待制云）怎麼了這樁事？如今倒做了人命，事越重了也。兀那婆子，你與劉安住關親麼？（搽旦云）俺不親。（包待制云）你若是親呵，你是大他是小，休道死了一個劉安住，便死了十個，則是誤殺子孫不償命〔註34〕，則罰些銅納贖；若是不親呵，道不的殺人償命，欠債還錢。他是各白世人，你不認他罷了，卻拿著甚些器仗打破他的頭，做了破傷風身死？律上說：歐打平人，因而致死者抵命。張千拿枷來，枷了這婆子，替劉安住償命去。（《合同文字》四折，卷九，頁6496）

爲家產抵死不認劉安住的伯娘，聽到他死了，歡喜得很，但包待制說她吃上了人命官司，據《元史，刑法志四》之記載：「諸父有故毆其子女，邂逅致死者，免罪。」她與劉安住非親屬關係，不認他是姪兒也就罷了，卻只爲冒認親戚就打死了一個毫不相干的人，包待制威嚇她說殺人是要償命的。她嚇得

〔註34〕《元史・刑法志四》：「諸父有故毆其子女，邂逅至死者，免罪。」見《大元通制條格・附錄》，頁437。

當庭翻了供：

> （搽旦慌科，云）大人，假若有些關係，可饒的麼？（包待制云）是親便不償命。（搽旦云）這等，他須是俺親侄兒哩。（包待制云）兀那婆子，劉安住活時你說不是，劉安住死了，可就說是。這官府倒由的你那？既說是親侄兒，有什麼顯證（搽旦云）大人，現有合同文書在此。（包待制詞云）這小廝本說的丁一確二，這婆子生扭做差三錯四。我用的個小小機關，早賺出合同文字。兀那婆子，合同文書有一樣兩張，只這一張，怎做的合同文字？（搽旦云）大人，這裡還有一張。（《合同文字》四折，卷九，頁6496）

楊氏爲脫罪，拿出了先前私藏劉安住的那份合同文書及自家留存的那一份，證實她與劉安住的親屬關係，包待制成功地「智賺」了「合同文字」，釐清了這場迷濛不清的官司。同樣地，遇上說起謊來還振振有詞的惡人，讓案情撲朔迷離的還有《灰闌記》〔註35〕。馬員外的大渾家爲了與姦夫趙令史在一起，先毒殺了馬員外賴給小妾張海棠；而後，爲了謀佔家產又強說張海棠之子是自己親生的，還買通了收生的老娘和一夥街坊鄰舍替她作僞證。這樣的瞞天大謊，使張海棠有冤難訴。幸得包待制明察秋毫，想案情古怪，那有爲姦情謀殺丈夫的小妾，無實指的姦夫，又搶正妻之子的道理，於是要覆勘此案。包待制下令：

> （包待制云）張千，取石灰來，在階下畫個闌兒。著這孩兒在闌內，著他兩個婦人拽這孩兒出灰闌外。若是他親養的孩兒，便拽得出來；不是他親養的孩兒，便拽不出來。（《灰闌記》四折，卷五，頁3431）

心疼孩兒的張海棠幾次被包待制責打，說她不用一些氣力，兩次三番都讓孩兒給大渾家洩了去。但張海棠訴說道：

> （正旦云）望爺爺息雷霆之怒，罷虎狼之威。妾身自嫁馬員外，生下這孩兒，十月懷胎，三年乳哺，咽苦吐甜，煨乾避濕，不知受了多少辛苦，方才抬舉的他五歲。不爭爲這孩兒，兩家硬奪，中間必有損傷。孩兒幼小，倘或扭折他胳膊，爺爺就打死婦人，也不敢用力拽他出這灰闌外來，只望爺爺可憐見咱！（《灰闌記》四折，卷五，

〔註35〕《灰闌記》是旦本雜劇，本不該在此討論，但它與《合同文字》在運用智謀上有異曲同工之妙。

頁 3431～3432）

張海棠說的正是包待制的用意，「親者原來則是親」，只有親生母親才會憐惜孩子，包待制以灰闌辨出了人心。這也是「智賺」的成功處，讓處在上風的大渾家鬆懈了戒心，以爲將孩兒拽出灰闌外，就贏了這場官司。她將孩子視爲物品（取得馬員外家產的憑證），眼中只見利益，在認知上，她與張海棠是以不同的態度對待小孩的。

在這幾場官司中，《生金閣》、《合同文字》、《灰闌記》的謀略，是正面的，依審察案情、誘導供詞的技巧來說，他的手段是正當的，充分表現出他隨機應變的智慧。

（二）以不義制不義

在這些以智謀設下騙局的雜劇中，最大的騙局，就是「智斬」魯齋郎。包待制玩弄文字遊戲，將「魯齋郎」寫作「魚齊即」，讓聖人判了「斬」字，等魯齋郎正了法，聖上再問起時，將之前的「魚齊即」各添上些筆劃成了「魯齋郎」，讓聖上不得不順水推舟，說他「合該斬首」，如：

> 想魯齋郎惡極罪大，老夫在聖人面前奏過：有一人乃是「魚齊即」，苦害良民，強奪人家妻女，犯法百端。聖人大怒，即便判了「斬」字，將此人押赴市曹，明正典刑。得到次日，宣魯齋郎，老夫回奏道：「他做了違條犯法的事，昨已斬了。」聖人大驚道：「他有甚罪斬了？」老夫奏道：「他一生擄掠百姓，強奪人家妻女，是御筆親判『斬』字，殺壞了也。」聖人不信，「將文書來我看。」豈知「魚齊即」三字，「魚」字下邊添個「日」字，「齊」字下邊添個「小」字，「即」字上邊添一點。聖人見了，道：「苦害良民，犯人魯齋郎，合該斬首。」被老夫智斬了魯齋郎，與民除害。（《魯齋郎》四折，卷一，頁 489）

這樣設的局，成了「與民除害」的事，大快人心。《魯齋郎》牽涉到的是欺君的問題，雖然添了些筆劃，找不到包待制欺君的明證，但事關欺心與否的問題。就「懲罰不義」這個大前題下，連欺君之事也是被允許的，可見公平正義只在「開封府」；出了「開封府」就是至高的皇帝，也會因一己之私，違背公平正義。因此，包待制才不得不以此下策，以不義懲罰不義者。

還有如《陳州糶米》包待制也充分展現了他的機智：先是范仲淹學士請他去陳州，一來糶米，一來勘斷是否有官吏擾民。他堅意不肯，待劉衙內勸說時，他卻一口答應，說是看到劉衙內的面皮上，走這一遭，並謝他保奏，讓劉衙內爲家裡兩個小的——兒子劉得中、女婿楊金吾急得發愁，范學士替劉衙內要了赦書「則赦活的不赦死的」。接著，包待制微服入城，正遇上妓女王粉蓮從驢上摔下來，又跑了驢子，包待制見她不像個良人家的婦女，替她籠住驢子，想打聽些消息。王粉蓮把包待制當成莊家老兒，在閒談之際，王粉蓮說出有兩個京師來的倉官與她往來，甚至還說楊金吾送她個紫金鍾，還得意地帶包待制回家去看；這兩點都可看出包待制的機智。

包待制微服私訪有了斬獲，抓來了王粉蓮並取出了紫金鍾，紫金鍾是御賜的，楊金吾卻送與他人，包待制先斬殺了他，再傳喚小衙內。在對小衙內的處理上，就看不出包待制的智慧了，只見到一個怒目金剛，爲不義之事居然不顧律法，教小懺古拿小衙內用來打死他父親的紫金鍾打死小衙內。事後，拿下殺人的小懺古〔註 36〕，恰好遇上拿著赦書想救兒子和女婿的劉衙內。因赦書上寫著「則赦活的不赦死的」，活的是打死小衙內的小懺古，因此又赦免了小懺古的死罪，讓受屈者得到了報償。如：

> （外扮劉衙內賫赦書慌上，詩云）心忙來路遠，事急出家門。小官劉衙內是也。我聖人根前說過，告一紙赦書，則赦活的不赦死的，星夜到陳州救我兩個孩兒。左右，留人者，有赦書在此，則赦活的，不赦死的。（正末云）張千，死了的是誰？（張千云）死了的是楊金吾、小衙內。（正末云）活的是誰？（張千云）是小懺古。（劉衙內云）呸！恰好赦別人也。（正末云）張千，放了小懺古者。（《陳州糶米》四折，卷九，頁 6269～6270）

但是所謂的公平正義，卻是殘酷的一報還一報，讓小懺古同樣以紫金鍾打死小衙內，且在公堂之上，眾目睽睽之下進行。執法者公然允許尋私仇的殺戮，這也是以不義懲罰不義，卻合於雜劇作家及觀眾對公平正義的理解，如其言：

> 今日個從公勘問，遣小懺手報親仇才見無私王法，留傳與萬古千秋。（《陳州糶米》四折，卷九，頁 6270）

「手報親仇」對雜劇觀眾的認知而言才是「無私王法」，公平正義簡化爲一命

〔註 36〕見《全元曲》卷九〔註 6〕，頁 6270 所引：「《元史・刑法志四》：『諸部民毆死官長、主謀及下手者皆處死。』劇中劉得中乃朝廷委派的官員，故包公下此命令。」見《大元通制條格・附錄》，頁 435。

抵一命的野蠻行徑，手刃仇人居然才是王法的彰顯。這與梁山泊好漢的「路見不平，拔刀相助」的作風本質上是一致的。原來經不經由「王法」不重要，只要殺了惡人，便是「公理」的伸張了。

包待制智謀的運用，尚有隱藏於劇末的「詞云」內，如劇情裡關於范學士替劉衙內求赦書一事，到了劇末才由包拯之口巧妙地提及：「范學士豈容奸蠹，奏君王不赦亡囚。」筆者一開始對范仲淹居然替不義之人求赦書的不解，至此才有個明白的交待，則赦書刻意曖昧不明，很容易聯想成是包拯和范仲淹兩人心照不宣的謀略。因此，在「智」的運用上，有顯而易見的智謀，也有隱於劇末的暗招。

「梁山泊」和「開封府」這兩個伸張正義的所在，在雜劇中有巧妙的寓意在其中。「梁山泊」重在人性的宣揚，以鎖鏈模式的人際關係連結成它的情義網路，「義」是重要的連結點。好漢們聚義在「梁山泊」，「替天行道救生民」的責無旁貸，使「梁山泊」成爲公理正義的代名詞。「開封府」是一個清官獨撐場面、加挽狂瀾，在昏濁的塵世，爲中下階層的無辜百姓，對抗整個龐大的官僚體系。非「常人」能做到，因此包待制的「神化」是必然的思維發展，神性的增添，使包待制得以行非常人之事，包待制所在的「開封府」因此也成爲公理正義的代名詞。

第三節　「仕隱」主題：人物範疇、敘事模式與隱喻映射

一般探討元代文人常以元世廢科舉來論儒生的社會地位並以謝枋得「八娼九儒十丐」之說言其受壓抑和歧視。其實經過成吉思汗的重臣耶律楚材的努力爭取，元太宗時期已設立了「儒戶」，雖未特別突出士人的地位，但與佛、道居同等的地位，王明蓀《元代的士人與政治》中討論到文人的地位問題，其言：

> 以儒家思想爲主流的士人在蒙古意識中應該是什麼身分與地位？大概在初期視同編民，要到「儒户」設立後才算有具體的地位，而設立的原意在於保障及禮遇士人，並非設計來壓制與歧視。……以元代户計制度來看，士人所屬「儒户」只是其龐雜户計之一而已，至少在已知的八十餘種户計單位中，在原則上並沒有特出的地位，只

> 是在民族階級與職業分工之下的一種……但「儒户」也絕不是淪落到「九儒十丐」的地位，相反地，不僅屬賤民的娼、丐絕不能與之相比外，即使一般的民户，以及軍、匠、站等户也不如「儒户」所受的待遇，大致相當於僧、道等宗教團體類似的待遇，至少是屬中等階級，甚至可擠於上層階級中。若與其他各代相比，元代士人差在入仕方面質的機會，以及社會上所受敬重等二者爲最顯著。〔註37〕

文人到了元代，失去往日的光環，不再是四民之首，社會地位與仕途都受很大的衝擊。身處於這種局勢的文人，不是屈於吏進，便是縱情於山水遊歷，再不就是從事雜劇寫作。儒家思想成了儒教，與佛、道三教鼎立，既不突出也不受貶抑。仁宗時恢復科舉（1314）〔註38〕，文人入仕雖多了晉身之階，謀求官位的機會增加了，但品秩不高。

本節以「仕宦模式」討論這些文人的理想與抱負；另有以隱逸姿態出現的文人，則納入「隱逸模式」討論之。

一、仕宦模式

社會地位和仕進之路的改變，對歷來處上風備受尊崇的文人階級來說，是一件難以忍受的事，元雜劇作家將之反映在作品中，如胡金望所言：

> 總之，元雜劇中所反映的文人心態具有鮮明的時代特徵。首先無論是否定功名，宣揚隱逸入道，還是圖取功名以改變落魄命運，都表現出極端的個人主義。前者離開客體，張揚主體自不必説，即使是後者，也決不像前代文人熱衷功名是爲了報效朝廷，幹一番利國利民的大事業，然後青史留名，而是純粹從個人利益出發，通過功名來提高自己社會地位，免受世人歧視和冷遇，因而帶有濃厚的世俗化特點。可見，兩種文人心態，雖然形式不一，但殊途同歸，都是爲了張揚自我。其次，這種個人主義具有社會批判性。因爲社會對他們不公平，不僅沒有給他們應有的地位讓其發揮作用，反而予以壓迫和歧視。所以，他們即使是從個人角度對社會表示怨憤和控訴，

〔註37〕王明蓀，《元代的士人與政治》（台北：台灣學生書局，1992年），頁199～200。

〔註38〕書中並引《元詩選》編著顧嗣立的話，提及元代恢復科舉制度對其研究漢學有極大的激勵作用。詳見《蒙元史新研》（台北：允晨文化，1994年），頁226。

都具有一定的社會批判意義。〔註 39〕

對於自我的表現與提升，是元雜劇裡反映元代文人心態的一大特點。元雜劇的「仕宦模式」，本節以「一無所有，惟以文章傲人」、「時運不濟，終獲他人舉薦」及「宦海升沈」三個小節來討論。

（一）一無所有，惟以文章傲人

以仕進博取地位與他人的敬重的有《破窰記》、《舉案齊眉》、《凍蘇秦》、《王粲登樓》、《漁樵記》、《裴度還帶》等劇；其情節模式相同，都是貧困出身的落魄書生，遭親友冷眼相待，受激發後得他人資助求取功名，一舉成名後榮歸故里，不屑接待昔日親友，後資助者跳出來說明盤費來自親友，才知親友們明貶暗助激勵他仕進的一番苦心，於是和親友復合如初，然後了結此一公案。如表 4-3-1：

表 4-3-1：落魄書生與資助者（明／暗）的關係

情節元素／雜劇名	主角	資助者	
	落魄書生	明貶暗助的親友（關係）	親友託付的顯性資助者
《凍蘇秦》	蘇　秦	張儀（八拜之交）	陳用（張儀僕從）
《王粲登樓》	王　粲	蔡邕（世伯兼未來岳丈）	曹子建
《裴度還帶》	裴　度	王彥實員外（姨丈）	白馬寺長老
《漁樵記》	朱買臣	劉二公（岳丈）	王安道（朱之義兄）
《舉案齊眉》＊	梁　鴻	孟從叔（岳丈）	嬤嬤（孟家老僕）
《破窰記》＊	呂蒙正	劉員外（岳丈）	寇準（呂之好友）

註：「＊」者，表旦本雜劇。

想證明自己的能力和才華是這一類文人的特點，做官是爲了自身的實踐，而非爲國爲民的偉大情結所驅使。如：《凍蘇秦》所言：

自到趙國游說，一舉成名，爲某文安社稷，武定干戈，著我歷說韓魏燕齊楚五國。如今官封六國都元帥，衣錦還鄉。誰想我蘇秦有這一日也呵！（《凍蘇秦》四折，卷八，頁 5938）

〔註 39〕胡金望，〈元雜劇中所反映的文人心態特徵〉，見載於《安慶師範學院學報》，1994 年第一期，頁 29。

蘇秦的揚名身顧，是爲自身的價値與才能的肯定；一切是「我」的顯露、發揮。

掿筆爲生受親友歧視，以齋飯度日的裴度和呂蒙正，表現的是文人高度自尊與自卑。《漁樵記》的朱買臣受妻子、岳丈的輕蔑，據第四折朱買臣的義兄王安道說的：「他備著那一口氣，一舉及第。」（四折，卷九，頁 6438）爲爭一口氣，這些文人奮發上進，終致功名。

這類模式對文人的「傲」氣有誇張化的描寫，如《王粲登樓》第一折寫蔡邕評他見翰林學士曹子建只唱個偌而不下拜的矜驕傲慢；第二折寫荊王手下蒯越、蔡瑁拜而不應，荊王以其才勝德而不加重用；第三折以使命傳宣命時，他不慌不忙的接應，連他失意時與他作伴的友人許達他也不作別就逕自離去，寫他的傲慢。文人的傲氣加上自身的才華，使他們揚眉吐氣。

這一類模式的文人到最後和暗助他的親友都會有一來一往的一段對話，一個說「則被你瞞殺我也」，另一個答「則被你傲殺我也」〔註 40〕。這樣的情節複蹈在這一類的仕宦模式之中。

（二）時運不濟，終獲他人舉薦

有一類文人仕宦的模式，是受到他人的舉薦。馬致遠《薦福碑》的張鎬受八拜之交的范仲淹舉薦，獻上萬言策而爲官。《趙禮讓肥》將自身界定爲「窮儒」〔註 41〕，時運不濟，遇上漢世中衰，與哥哥帶著母親隨處趁熟。受他一家德行感召的山大王馬武應武舉，屢立戰功受朝廷重用，舉薦趙禮爲官。《蔡順奉母》劇之蔡順，家境富裕，但亦受延岑之舉薦爲官。旦本劇《剪髮待賓》的陶侃也是受范逵之舉薦而被聖人加爲頭名狀元的。

這些文人以本身的才能，加以時運亨通，受人舉薦而終致官位。在神道觀念瀰漫的《薦福碑》劇，主角張鎬就在第四折對范仲淹說，他認爲做不做官發不發跡是時運問題，運通自有發跡之時；故他能做官，也不是范仲淹的舉薦之功，亦不是本身的文章之力，而是時運至之必然結果。連關漢卿也藉著《玉鏡台》中的老丈夫溫嶠道出做官是由命不由人的看法，如：

〔註 40〕如《裴度還帶》第四折，眞相大白，裴度請姨夫姨姨坐，並言：「則被你瞞殺我也，姨夫！」而王員外言道：「則被你傲殺我也，侄兒！」（卷一，頁 381～382）

〔註 41〕《趙禮讓肥》一折，趙禮說「如今有那等官員財主每，朝朝飲宴，夜夜歡娛，他每那裡知道俺這窮儒每苦楚也！」（卷七，頁 4576）

那得志不得志的，都也由命不由人，非可勉強。(《玉鏡台》一折，卷一，頁 201)

(三) 宦海升沈

有一類的文人在宦海中升沈，元雜劇作家寫其情志與悲苦的際遇，筆者以「貶謫者的情志」及「清名高譽的代價」述寫之。

1. 貶謫者的情志

貶謫者多屬在朝中受重視位高權重者，一旦犯罪或受讒，貶至僻遠之地。王實甫《麗春堂》的四丞相藉著山水滌洗悲憤〔註 42〕，其道：

【小桃紅】水聲山色兩模糊，閑看雲來去，則我怨結愁腸對誰訴！自躊躇，想這場煩惱都也由咱取。感今懷古，舊榮新辱，都裝入酒葫蘆。(《麗春堂》三折，卷三，頁 2117)

對「今」、「古」的感懷，對過去的「榮」耀、今日受貶的屈「辱」，這些愁緒煩惱是抽象情思，他將之裝入「酒葫蘆」中，亦即以抽象的情思爲容器內的液體——「酒」，而這液體是要喝下肚的，煩惱愁腸又回到了主體——「我」的身上，難怪他「怨結愁腸」。

四丞相在第三折拿漁竿在垂釣，擺出隱者姿態，唱道：

【紫花兒序】也不學劉伶荷鍤，也不學屈子投江，且做個范蠡歸湖。繞一灘紅蓼，過兩岸青蒲。漁夫，將我這小小船兒棹將過去，驚起那幾行鷗鷺。似這等樂以忘憂，胡必歸歟？(《麗春堂》三折，卷三，頁 2116～2117)

山水的麻痺忘憂，只是暫時的。所幸他不用遇上世態炎涼的冷眼，當地的府尹是他舊部屬，還攜美女酒饌爲他追歡作樂、消憂解愁。

王伯成《貶夜郎》劇，李白一出場就表現名利不在我心的氣魄，如：

甘心致仕，自願歸休，頤養浩氣，澆灌吟懷，不求名，不求利，雖不一箪食一瓢飲，我比顏回隱迹只爭個無深巷。嘆人生碌碌，羨塵世蒼蒼。(《貶夜郎》一折，卷五，頁 3071)

他也認分於貶謫生活，如：

【沉醉東風】恰離了天子金鑾殿前，又來到儂家鸚鵡洲邊。自休官，

〔註 42〕本章第一節第三部份：英雄故事情節蹈襲對四丞相被貶的前因後果交代甚詳，讀者可自行參看。

從遭貶，早遞流了水地三千。待教我蓑笠綸竿守自然，我比姜太公多來近遠。(《貶夜郎》四折，卷五，頁 3084)

還演述他水底撈月墜溺而死，描繪酒仙逸事重於貶謫之情。

費唐臣《貶黃州》第一折，寫蘇軾諫王安石之變法被貶謫，其言：

……見王安石變亂成法，臣上萬言書諫諍，今日反受謫貶，兀的不屈死忠臣義士呵！（唱）【那吒令】我立一身紀綱，守簞瓢陋巷；顯一身氣象，步金馬玉堂；上一封諫章，入天羅地網。錦繡腸，江湖量，都分付水國江鄉。【鵲踏枝】萬言策上君王，一騎馬度衡陽。索離了三島蓬萊，直走遍九曲滄浪。學不的李太白逍遙在醉鄉，參破了韓昌黎多貶潮陽。(《貶黃州》一折，卷五，頁 3275)

並援引古人道：

【幺篇】臣折麼流儋耳，臣折麼貶夜郎。一個因書賈誼長沙放，一個因詩杜甫江邊葬，一個因文李白波心喪。臣覷屈原千載汨羅江，便是禹門三月桃花浪。(《貶黃州》一折，卷五，頁 3276)

【煞尾】從教臣子一身貶，留得高名萬古傳。但使歌低酒淺，臥雨眠煙，席天幕地，一任長安路兒遠。(《貶黃州》二折，卷五，頁 3283)

劇作家以蘇軾之口道出身雖貶抑而清名永留的文人心態。但是眞實面對貶謫生活的文人是要付出代價的。

2. 清名高譽的代價

元雜劇對文人清高外表下所面臨的現實問題有較深刻的描繪與關注，對文人實際生活的苦痛有細膩的描寫：《貶黃州》第二折表述蘇軾風雪趕路的淒苦「瘦蹇顛僕，小童寒戰」〔註 43〕；第三折妻餒子饑的困境，如：

（俫云）這早晚還沒得早飯吃，兀的不餓殺我也！（末云）渾家，孩兒害飢哩，甑中還有米也沒有？（旦云）從昨日沒了米了。(末云)既沒了米，我出去對付些錢米來。(旦云) 你平生志氣昂昂，不肯屈於人，來到這裡，舉眼無親，你那裡對付去？你說錯了也。(末唱)【鬼三台】怕不待閑爭氣，赤緊的難存濟。我則索折腰爲米，更怕甚心急馬行遲！你只是婆娘家見識。陶元亮見此不見彼，公孫弘救

〔註 43〕見《貶黃州》二折（卷五，頁 3280）末蘇軾之言：「今日下著這等一天風雪，瘦蹇顛僕，小童寒戰，怎生奈何？想忠臣義士，好難處世也呵！」其中「想忠臣義士，好難處世」之語，應是劇作家藉「末」角所道出的同情之語。

> 寬不救急。便做他志若元龍，赤緊的才過子美。【紫花兒序】本待昂昂而已，特地遠遠而來，怎教怏怏而回！世無君子，你家有賢妻，休提。拚著個撥盡寒爐一夜灰，但得些糲食粗衣，免得冬暖號寒，年稔啼飢。(《貶黃州》三折，卷五，頁 3288)

黃州楊太守爲報王安石提攜之恩，苛扣蘇軾的薪水存心讓他凍餓死，蘇軾爲老妻幼子忍受屈辱，求謁太守被趕出公門。劇作家將「清高」文人在現實生活中所付出的代價，清楚細緻地刻劃。

當皇帝宣召回京，向以「白眼」待他的楊太守自稱「才力短淺，數年以來，多有欠恭之罪」(楔子，卷五，頁 3293)，與向來善待蘇軾致仕閑居的馬正卿一同前來送行，人情的冷暖，使正末蘇軾不禁感慨道：

> (正末披秉上，云）下官蘇軾，自被讒譖，遠貶遐荒，誰想得復見天日。我想升沈榮辱，好無定呵。(唱)【雙調．新水令】一身流落楚江濱，少年心等閑灰盡。愛君非愛己，憂道不憂貧。富貴浮雲，眞堪笑又堪恨。(《貶黃州》四折，卷五，頁 3294)

另一本《赤壁賦》則重寫蘇軾文人狂傲的性情，一樣是遭貶，他是爲戲弄王安石的夫人，而被王安石奏知聖上貶至黃州。劇情中對大風雪必須趕路也做了「冷凍皮膚，寒侵肌肉。」的描繪，劇中解子勸蘇軾雪住了明日再行，蘇軾則道出了身不由己的無奈——「也是我官差不自由。」但在黃州的處境只寫刺史的無禮，數次推故不見的輕覷人。第三折重在描寫他寄情山水寫下千古名篇赤壁賦之事，第四折朝廷爲替欲雍立碑文，又著他星夜回朝復還舊識。而黃州刺史將著一壺酒親到他宅上遞酒送行，蘇軾教訓他，道：「你算的個人面逐高低，降尊臨卑。往常時得相逢是夢裡，今日百事休題？」(四折，卷八，頁 6076）劇作家藉蘇軾之口教訓了勢利小人。但該劇重在批判勢利小人，對現實面妻餒子饑的描寫不如《貶黃州》細膩。

二、隱逸模式

元雜劇的隱逸模式中，隱逸者多在山林修道、隴畝躬耕、垂釣江邊等身體形式上學隱遁，隱逸者的心態又分爲「儒家之隱」、「道家之隱」及其他。如下：

（一）儒家之隱

儒家之隱在態度上是「天下有道則現，無道則隱。」(《論語．泰伯》）如王明蓀所言：「隱與仕在儒家思想中都受到讚揚，基本上是不對立的，……但在出處之際就會受到批評，往往還有極相反的爭論。」（王明蓀，1992 年，頁 286）儒家關切的是出與處之間的取捨問題。以下將以徐庶與諸葛亮爲例進行論述。

1. 徐　庶

高文秀《襄陽會》第二折，對於仕隱之間取捨，徐庶本只想修行辦道侍養老母，但在老母和趙雲的勸說下出仕，其言：

> 【仙呂・賞花時】我本待要養性修眞避世塵，今日個厚禮卑辭征聘緊。我則待奉甘旨侍萱親，（趙雲云）師父此一去，俺主公必然重用師父也。（正末唱）誰羨您高官極品？（卜兒云）孩兒也，用心者。（正末云）母親，你放心也。（唱）你看我扶社稷可兀的立乾坤。（同下）（《襄陽會》楔子，卷二，頁 994）

徐庶之母爲的是劉備的寬仁厚德，及其漢室宗親的身份，願兒子如趙雲所說「看漢室之面，救蒼生之急」（楔子，卷二，頁 994），而勸徐庶盡心竭力，扶助劉備。

2. 諸葛亮

《博望燒屯》的諸葛亮被劉備稱爲仙長，在襄陽城西，即隆中臥龍岡耕鋤隴畝。在元雜劇他雖以道家裝扮出現，但他卻具儒者的胸襟。他的志向遠大，耕隆中，只是未覓可棲息的良木，其言：

> 【混江龍】有朝一日，我出茅廬指點世人迷。憑著我劍揮星斗，我志逐風雷。聖明君穩坐九重龍鳳闕，顯出那大將軍八面虎狼威。（《博望燒屯》一折，卷八，頁 5738）

雖然諸葛亮面對劉備時說道：

> 【油葫蘆】我則待學巢由洗是非，我一心待習道德。我可便喜登呂望的釣魚磯，誰待要蝸牛角上爭名利？誰待要蜘蛛網內求官位？（劉末云）師父隱迹於此，不知主何意也？（正末）我但穿些布草衣，但吃些粗糲食。我則待日高三丈我便朦頭睡，一任教烏兔走東西。（《博望燒屯》一折，卷八，頁 5740）

但終究因其才華之不能自棄，和劉備的喜氣旺色及知遇之恩而出仕。

（二）道家之隱

道家之隱的隱者不管世局有道或無道，爲修眞性而隱循，元雜劇的代表人物是隱居西華山的陳摶和垂釣七里灘的嚴光。

1. 陳　摶

馬致遠的《西華山陳摶高臥》（簡稱《陳摶高臥》）劇，潛心修道的陳摶比較他對功名利祿和自己隱居的閑適生活的看法，道：

> 【金盞兒】投至我石枕上夢魂清，布袍底白雲生。但睡呵一年半載沒乾淨，則看您朝台暮省干功名。我睡呵黑甜甜倒身如酒醉，忽嘍嘍酣睡似雷鳴；誰理會的五更朝馬動，三更曉雞聲。（《陳摶高臥》一折，卷三，頁 1570～1571）

他因識得天機，知有眞命治世，一點凡心動，下山在汴梁竹橋邊賣卦，如他所言是「爲與人間結福緣」。果遇上眞命天子，當趙匡胤以日後登基必拜請陳摶下山時，陳摶忙說道：

> 【賺煞】治世聖人生，指日乾坤定。（趙云）天下果有平定之時，那時節拜請先生下山，共享太平之福。（正末唱）何須把山野陳摶拜請。（指鄭科，唱）若久後休忘了這青眼相看舊弟兄，不索重酬勞賣卦先生。從今後罷刀兵，四海澄清，且放閑人看太平。我又不似出師的孔明，休官的陶令，則待學那釣魚台下老嚴陵。（並下）（《陳摶高臥》一折，卷三，頁 1571）

而賣卦之舉，日後果替他惹了腥臊。太平天子相請下山、汝南王以色誘之；歸根結底是他輕易下山，自惹風波。但他依舊「推開名利關，摘脫英雄網，高打起南山吊窗。」（四折，卷三，頁 1585）回山修道去。

2. 嚴子陵

宮天挺的另一本雜劇《嚴子陵垂釣七里灘》（簡稱《七里灘》）劇，嚴子陵是以垂釣模式出場的，他認爲功名不過是一場虛幻罷了，如：

> 【禿廝兒】您有那榮辱襴袍靴笏，不如俺無拘束新酒活魚，青山綠水開畫圖。玉帶上掛金魚，都是囂虛。【聖藥王】我在這水國居，樂有餘。你問我棄高官不做待閒居？重呵止不過請些俸祿，輕呵但抹著滅了九族。不用一封天子召賢書，回去也不是護身符。（《七里灘》二折，卷五，頁 3594）

在朝爲官的好處是有高薪可拿，但壞處是君威難測，稍有差池就連帶了九族。嚴光認爲最高明的方法就像他仍舊不改布衣，逍遙山水之間，如：

> （詩曰）漢家公卿笑子陵，子陵還笑漢公卿。一竿七里灘頭竹，釣

出千秋萬古名。雲山蒼蒼，江水泱泱，貧道之風，山高水長。主人宣命我兩次三回，我不肯去，則做那布衣之交。（《七里灘》三折，卷五，頁3595）

劇作家還跳脫出嚴光的角色，稱讚他的隱居不仕，也讓他名留千古。藉嚴光之口，述說了福禍相依，成敗相隨的道理：

【離亭宴煞】九經三史文書冊，壓著一千場國破山河改，富貴榮華，草介塵埃。唱道祿重官高，衛些禍害，鳳閣龍樓，包著成敗。您那裡是舜殿堯階，嚴光呵則是跳出了十萬丈風波是非海。（《七里灘》四折，卷五，頁3601）

將官場比做「十萬丈風波是非海」，並自其中「跳出」，是屬於容器隱喻。由內而外的離去，是以「跳」這樣有高度的動作來顯示「官場」容器的深度。而「跳」亦強調斷然決絕地突兀性的離開，不像「走」是慢慢的離開淡出；在心態上是必須當機立斷的，去留之間是對立的。

道家之隱重在個人的全眞修性上，「帝力於我何有之」，故而世之治與亂應是不動於心的，君王的有道無道也沒多大的影響，更別提知遇不知遇了。像《七里灘》嚴光就曾爲漢光武帝的多次相請而稱他是「好至聖至明的皇帝！能紹前業謂之光，克除禍亂謂之武。」（第三折，卷五，頁3595）而以朋友之禮去賀他。這樣的禮賢下士，仍使嚴光無動於心。《陳摶高臥》的陳摶，對富貴功祿，也無動於心，雖因一時的糊塗下山，但也留名於世。

（三）其　他

另有不屬於儒家之隱與道家之隱的，仕隱在於外在的情勢與文人內在心境的改變。如宮天挺的《范張雞黍》劇中的范巨卿，早年與生死之交張劭（元伯）談論對舉薦出仕之事曾言：

每日家奉萱親，笑引兒孫，便是羲皇以上人。（張元伯云）哥哥，若有人舉薦我呵，去也不去？（正末唱）便有那送皇宣叩門，聘玄纁訪問，且則可俺柴扉高枕臥白雲。（《范張雞黍》一折，卷五，頁3614）

范巨卿勸張劭（元伯）要隱遁避世。但元伯死後，經吏部尚書第五倫前後多次訪聘，他最後應召時，唱道：

【鬥鵪鶉】人道我暮景桑榆，合有些崢嶸氣象，可正是樂極悲生，今日個泰來否往。（第五倫云）爲你在此築壘墳墻，栽松種柏，百日有餘，小官奏知聖人，特來宣命。(正末唱) 壘築了這五六板墳墻，奏與帝王。又不曾學傅說作楫爲霖，誤陛下眠思夢想。(《范張雞黍》四折，卷五，頁 3636)

當他受宣命擺開頭踏前行時，看到了昔日的同堂故友孔仲山做馬前虞侯，便跟尚書說孔仲山文章勝他十倍，又被人賴了萬言長策。尚書第五倫亦著孔仲山受宣詔，范巨卿趕忙教故友換了朝章拜受，道：

【十二月】忙換了麻衣布裳，便穿上束帶朝章。拜受了玄纁一箱，跪聽了丹詔十行。(第五倫云) 孔仲山，你望闕謝了聖人的恩者。(正末唱) 面朝著東都洛陽，三舞頓首誠惶。(《范張雞黍》四折，卷五，頁 3637)

這樣的言行與他之前給張元伯「隱遁避世」的建議大不相同，讓人誤解他二三其德。范巨卿改變態度出仕是爲顯揚補償已故好友張元伯並爲其安養老母幼子：

……今日個浮丘，有朝得志，我將你恁時改葬。【紅繡鞋】我若是爲宰爲卿爲相，(帶云) 元伯也，(唱) 我與你立石人石虎石羊。撇下個九歲子四旬妻八十娘，另巍巍分一宅小院，高聳聳蓋一座萱堂，我情願奉晨昏親侍養。(《范張雞黍》四折，卷五，頁 3635)

當尚書第五倫問起張劭的才能德行比他如何時，他唱道：「臣比那張劭無名望，張劭德重如曾、顏、閔、冉，才高似賈、馬、班、楊。」(四折，卷五，頁 3638) 范巨卿的仕隱之間，顯現的是范張二人的深厚情誼。

三、仕隱思維表述的譬喻意涵

仕隱的譬喻意涵，本節以三個小單元來討論。第一個小單元以「仕路」討論隱喻概念「人生是旅行」在元雜劇中的運用；第二個小單元以隱喻概念「官場是容器」，分別「仕宦」與「隱逸」思想下的不同觀點；最後一個小單元以「高臥」，隱喻的身體經驗來說明其譬喻意涵。

(一)「仕路」——人生是旅行的隱喻概念

「仕路」或「仕途」爲「人生是旅行」下層隱喻，它將人生生死來去的過程視爲是一場旅行。旅途之中有時會遇上抉擇的時刻：要進行什麼樣的旅行，就選擇哪一類的路徑。將仕宦比做「道路」，構築在「人生是旅行」的結構隱喻之下層。

旅行的概念結構，旅行包括了：起點－終點、目的、所經由的路徑等；「旅行界定路徑，旅行路徑是一個平面」。〔註 44〕

「仕路」是人生旅行諸多道路之一，在這條路徑上是以做官為旅行的目的，踏上這趟旅行之前，所需的準備是修習儒業，通過行前的測試（科舉）之後，才能上路。起點是做官而終點應是享盡富貴尊榮之後的致仕閑居。這趟旅行的行前測試及通過考核的官位的分發是在首都「長安」進行的（至少唐代是如此，後世的國都雖不在長安，但也以此為代稱）。故又將「仕路」稱為「長安道」或「長安路」。登上「仕路」伴隨而來的權利富貴，讓人有了另一番聯想。

「富貴浮雲」是一般人將「浮雲」的虛幻不定、高不可及的自然經驗映射在對「富貴」的瞭解——都是不可捉摸的，由天不由人；由「浮雲」、「流水」感慨功名官位飄忽無定的虛空。在仕隱的譬喻概念裡，也有由「青雲」的高高在上聯想到「仕路」的高不可攀而延伸出：「青雲路」、「雲路」等隱喻。其中又有「平步青霄」、「平步上雲衢」等將旅行和容器隱喻複合在一起的譬喻：「進入－容器」。

（二）官場是容器隱喻

對於仕宦，除了是旅途的路徑隱喻外，還有容器隱喻。就容器隱喻而言，具仕宦思想的人和具隱逸思想的人，他們對容器空間有不同的見解，進入／步出容器空間的動作及其方向性也呈現了他們的好惡。筆者分析這兩類的差異性如下：

1. 仕宦思想的容器隱喻

具有仕宦思想的文人，一心在功名上，對於隱喻概念官場是容器在譬喻運作上著重於容器內液體的狀況的表述以及往容器內移動的方向性的突顯，筆者分述如下：

（1）容器內液體的狀況

《麗春堂》的左相徒單克寧對於「仕路」的看法是：

> 變化者浮雲，無定者流水，君看仕路間，升浮亦如此。（《麗春堂》三折，卷三，頁 2116）

以「浮雲」之變化、「流水」之不定，比擬仕宦的虛幻、變動。「升浮」是將

〔註 44〕Lakoff & Johnson（1980），周師譯（2006），頁 161。

宦場的內部結構比做容器內液體的詞彙編碼，做官的人好像在容器空間內隨著液體載浮載沈。跟《麗春園》有相近看法的，還有《貶黃州》的「升沈榮辱」（四折，卷五，頁3294）一詞，它也將官宦視爲容器，在容器內，液體隨時上升下沈。

官場還有「居廊廟」（《裴度還帶》四折，卷一，頁377）、「立廟堂」（《貶黃州》一折，卷五，頁3276）的容器隱喻（具有深度的空間）；人如果做了官，就處在容器空間之內，「居」、「立」是他們的狀態。「初登仕版」（《貶黃州》一折，卷五，頁3274），是把做官的人畫了一個版圖納入，也是容器隱喻，但是平面式的空間，進入這塊版圖就是取得了官位。

（2）往容器內移動的方向性

「登仕版」，以「登」的動作來描述，是採由「下」至「上」的移動方向進入的。「青霄步」（《薦福碑》一折，卷三，頁1538），「青霄」也是在上的空間，且具虛幻性，「步」入這個空間之中，雖沒明示方向性，但以人爲參照點，「青霄」是在上位的，人要「步」入，也應是由「下」往「上」走的。所以有時在這個結構隱喻之中，會出現具有整體組合關係〔註45〕的工具隱喻——「上天梯」。把文章當作成名的工具，如「五言詩作上天梯」（《薦福碑》一折，卷三，頁1538）、「七步才爲及第策，五言詩作上天梯」（《金鳳釵》一折，卷二，頁1204）等詞句。

2. 隱逸思想映照下的容器隱喻

具隱逸思想的人並不一定全是隱逸者，這些文人有時是遭逢貶謫才會頓生隱逸之心。這些人也將官場比做了容器，還特別強調了出容器的動作性與方向性，並且對官場給予負面的評價。筆者說明如下：

（1）從容器內出來的動作意涵

具隱逸思想的人，從官場這樣的容器內出來，通常形容「出」容器的動作是用「跳」這個詞。如：「跳出龍門外」（《七里灘》四折，卷五，頁3600）、「跳出龍潭虎窟。」（《麗春堂》三折，卷三，頁2116）、「跳出是非場」（《貶

〔註45〕周世箴譯提及Lakoff & Johnson（1980）對「整體相合」（coherence）和「整體呼應」（consistency）特別加以區隔，認爲作者有其自成一格的界定。「整體呼應」較偏重同一整體中之部分與部分之間是否相互呼應，可以合成同一意象；「整體相合」偏重在同一整體中部分與部分的相合，不能合成同一意象，但所受的限制相同，互相相合。見周譯（2006），頁62～63，〈中譯導讀〉。

黃州》一折，卷五，頁 3277）、「跳出了十萬丈風波是非海」（《七里灘》四折，卷五，頁 3601）。由內而外的離去，是以「跳」這樣有高度的動作來顯示「官場」容器的深度。「跳」的方向性，多半是由「上」自「下」，在速度上相較往容器內移動的「走」更加快速了許多。「跳」亦強調斷然決絕地突兀性的離開，不像「走」是慢慢的離開淡出。在心態上隱逸者的「跳」是必須當機立斷的，去留之間是對立的；貶謫者的「跳」必須負擔自高處落下的可能傷害。

（2）對官場的負面隱喻

對具隱逸思想的人來說（包括隱逸者和貶謫者），官場也是個容器，但所用的容器譬喻，多是負面的，如「官場是是非場／海」「官場是羅網」「官場是龍潭虎窟」。

①「官場是是非場／海」

《貶黃州》的蘇軾被貶，其言：「要過水雲鄉，跳出是非場」之語，將紛擾爭奪的官場文化，以負面的「是非場」來譬喻之。《七里灘》也有相同的看法，他以「十萬丈風波是非海」譬喻，「風波」還有上下起伏之意，加強了「是非海」的意象，也與「宦海升浮」的概念具有整體相合性〔註 46〕。「是非場」則是一固定的容器空間，不若「是非海」般深沈不穩定。

②「官場是羅網」

《七里灘》和《陳摶高臥》都將仕宦視爲羅網，如：「盡乾坤一片青羅網，咱人逃出不等高張」（《七里灘》一折，卷五，頁 3590）、「推開名利關，摘脫英雄網。」（《陳摶高臥》四折，卷三，頁 1585）。《七里灘》的嚴光說自己不等羅網張開（自高處落下），便早已先逃離了。這句話有個很有意思的地方，其言「盡乾坤一片青羅網」，而能逃出覆蓋「乾坤」的羅網的人，必不在乾坤之內，言下之意他早是「方外」〔註 47〕之人，才能不被網住。要擺脫君王的招聘，要不做「世俗人」，如果是「世俗人」就逃不出「羅網」，這個譬喻有勸人出家做方外、化外不受政府管轄的「出家人」。

《陳摶高臥》對名利的「推開」和「摘脫」正同他在戲劇中陷入的情境一樣，他雖出家，但不留心誤入「名利關」、「英雄網」，但他能自發自覺地「推開」、「摘離」他所處的困境。

〔註 46〕「整體相合性」（coherence），見 Lakoff & Johnson（1980），周譯（2006），頁 62～63〈中譯導讀〉。

〔註 47〕「方外」，指僧或道士。而此處以空間而言，應指不受帝王管轄的場域。

這兩位在劇中爲道士的隱逸者，前者高明地看透先自其中超離不致陷溺（網未罩下即逃離）；後者雖誤蹈其中，也能不爲所動地脫困（網已罩下冷靜摘除）。他們都將仕宦視作「羅網」，是拘束限制人的容器空間。

③「官場是龍潭虎窟」

《麗春堂》劇因官場的你爭我奪，將之譬喻作「龍潭虎窟」。「龍」、「虎」都是厲害可怕人物的比擬，「潭」、「窟」是他們的巢穴。官場是這樣一個險惡的容器空間。這是四丞相被李圭所害而貶官後，對官場的觀感。

（三）「高臥」——隱逸的身體經驗

睡覺是呈現休息的狀態，人在睡眠之中可以讓白天的疲憊得到放鬆、抒解。基於這樣的身體經驗，將睡眠平躺的身體姿勢「臥」轉喻睡眠，又將「臥」所代表狀況之一——人的休息狀態，隱喻在人生仕途上的休息，即「隱」的狀態。隱逸者「隱」的人生態度以「臥」的身體姿勢來隱喻〔註48〕：「臣便似玉仙高臥仙人掌」（《貶夜郎》一折，卷五，頁 3072）、「掩柴扉高枕臥白雲」（《范張雞黍》一折，卷五，頁 3614）、「臥白雲商嶺頭」（《范張雞黍》三折，卷五，頁 3631）、「高枕清風睡殺人」（《陳摶高臥》二折，卷三，頁 1574）、「山上高眠夢寐稀」（《陳摶高臥》三折，卷三，頁 1580）。不管是「臥」還「枕」都轉喻睡眠，而睡眠的狀態又隱喻著隱居的閑適。在「臥」或「枕」的動作之前都加上了副語「高」作爲修飾。「高」是具「上」和「深度」的修飾語。「高」的位置，對旁人來說，是要往上仰望位於「高」處的人；對隱逸者來說，他是由上往下看的，他看的對象在低處。如《陳摶高臥》對趙匡胤的宣召，其言：「下雲台，來朝會」（三折，卷三，頁 1577）；他自高處下來（西華山的地理位置在高處），拜會人間帝王。

這些隱逸者身處的高處，不但是地理位置的高處，也是心理位置的高處。「人到無求品自高」，他們對人世的功名無所冀求，故在心理位置上亦可處於高處，看低處（官場）的人爲名利廝殺。

「高臥」、「高枕」或「高眠」都隱喻著隱居的人生狀態，「高」是對於這些隱逸著的正面評價，隱喻中以地理位置高度來象徵心理位置的高度，人們對隱逸者是給予正面肯定的。

〔註48〕諸葛亮稱「臥龍先生」，「臥」有隱之意，「龍」有翻雲覆雨一飛衝天的潛能，「臥龍」呈現的是龍的休止狀態，也寓意了奮飛青天的可能性。取這樣的名號，更見其大志，不可能永居田畝，奮不奮飛是伺機而動的。

四、仕隱劇透露的訊息

元雜劇對於仕隱的討論，透露了幾個劇作家想要表達的訊息，如下：

（一）吏不如儒的主調

元初無科舉，儒的仕進問題受到了拘限，《來生債》的李孝先就因爲「習儒不遂，去而爲賈」，《老生兒》劇的引孫也打算棄儒從商，跟伯父借本錢，劇作家透過伯父劉從善，勸引孫讀書好，並將習儒的好處告訴引孫，如：

> （引孫云）您孩兒一徑的來問伯伯、伯娘借些本錢做些買賣。（正末云）引孫孩兒也，則不如讀書好。（引孫云）伯伯，則不如做買賣。（正末云）引孫孩兒也，則不如讀書好。（引孫云）伯伯，則不如做買賣好。（正末唱）【滾繡球】我道那讀書的志氣豪，爲商的度量小，則這是各人的所好。你便苦志爭似那勤學，爲商的小錢番做大錢，讀書的把白衣換做紫袍。則這的將來量較，可不做官的比那做客的妝麼。有一日功名成就人爭羨，（云）頭上打一輪皂蓋，馬前列兩行朱衣。（唱）抵多少買賣歸來汗未消，便見的個低高。（《老生兒》二折，卷四，頁 2204）

劉從善是稟持著傳統的標準看儒生，但世道人心不同，儒生的社會地位不如吏是事實，但抱持傳統看法的劇作家以半生做把筆司吏的岳壽之口，勸兒子福童爲吏不如耕田來的實在，他說道：「我死之後，你若長大，休做吏典，只務農業是本等。」（《鐵拐李岳》二折，卷五，頁 3205）連《救孝子》劇的楊母也對想做令史的兒子楊謝祖說道：「哎！你個兒也波那，休學這令史咱。」這是劇作家藉楊母表達自己的價值判斷：劇作家對儒生的看法仍是高過於吏的，這是傳統的價值觀，對於儒仕進的評價高過於從吏入官。在元代之前，官、吏是兩條不同的道路，吏甚至被明文禁止不得參加進士考試；到了元代科舉未立，儒生多以吏進。吏的社會地位在元代有了顯著的提升，但終究是受人驅使的把筆司吏，故而在傳統觀念的知識份子眼中，還是「沉抑下僚」的。〔註 49〕

（二）儒生終有顯達之時

元代儒生的困窘是事實，元雜劇裡有不少爲儒生打氣的話語出現，如《破

〔註 49〕詳見幺書儀，〈元雜劇中的「吏」與元代的吏員出職制度〉，收入《元人雜劇與元代社會》（1997），頁 76～88。

窰記》寇準言：「聽我下斷：世間人休把儒相棄，守寒窗終有崢嶸日。不信到老受貧窮，須有個龍虎風雲會。」（四折，卷三，頁 2151）習儒的人不會永遠受貧，是仕宦模式的主要論調。如《漁樵記》朱買臣與大官的問答：

（正末云）大人，自古以來，不只是小生一個，多少前賢，曾受窘來。（孤云）你看此人貧則貧，攀今覽古，像個有學的。我就問你，前賢有那幾個受窘來？你試說一遍，小官拱聽。（正末云）大人不嫌絮煩，聽小生慢慢的說一遍咱。（唱）【後庭花】想當日傅說曾板築，（孤云）傅說板築，殷高宗封爲太宰。還再有誰？（正末云）更有那倪寬可便曾抱鋤。（孤云）倪寬是我武帝時御史大夫。還再有誰？（正末唱）有一個甯戚曾歌牛角，（孤云）甯戚叩角而歌，齊桓公舉爲上卿。還再有誰？（正末唱）有一個韓侯他曾去釣魚。（孤云）韓侯就是那三齊王韓信，果然曾釣魚來。可再有誰？（正末唱）有一個秦白起是軍卒，（孤云）那白起是秦將，起於卒伍之中，再呢？（正末唱）有一個凍蘇秦田無半畝。（孤云）蘇秦後來並相六國，可怎麼凍的他死？再呢？（正末唱）有一個公孫弘曾牧豬，（孤云）那公孫弘也是我漢朝的宰相，曾牧豬於東海。再呢？（正末唱）有一個灌將軍曾販屨。（孤云）那灌嬰我只知他販繒，卻不知他販屨。（正末唱）朱買臣一略數，請相公聽拜覆。【青哥兒】哎，我這裡叮嚀、叮嚀分訴，這都是始貧、始貧終富。（帶云）且休說別的，則這一個古人，堪做小生比喻。（孤云）可是那個古人？（正末唱）則說那姜子牙正與區區可比如。他也曾朝歌市裡爲屠，蟠溪水上爲漁，直捱到滿頭霜雪八旬餘，才得把文王遇。（《漁樵記》一折，卷九，頁 6409～6410）

劇中朱買臣列舉了多位始困終亨的前人，爲自己的窮困預設了顯達的未來。

元雜劇裡對於窮儒的未發跡，有著另外一種道德意義的解釋。《漁樵記》第三折劇作家藉賣貨郎張㦬古之口跟玉天仙和劉二公的對話，說道：

（旦兒云）他每日家偎妻靠婦，四十九歲，全不把功名爲念。我生逼的他求官去，我是歹意來？（張唱）你道他過四旬，還不肯把那功名求進，（云）老的也，你記的俺莊東頭王學究說的那一句書麼？（劉二公云）是那一句書？（張唱）他則是個君子人可便固窮守分。（《漁樵記》三折，卷九，頁 6433）

據張慚古之言：不得仕進，未能發跡變泰的文人，是「固窮守分」的德行表現；劇作家爲天下所有失意的讀書人找到了贏回自尊的理由。

（三）失意文人現實生活的描繪

元雜劇作家重的是將失意文人生活的現實面如實呈現，在廟堂文人眼中詩情畫意的漁樵生涯，標幟清高的隱逸人物，雜劇裡將現實的殘酷面描繪出來，如《漁樵記》第一折風雪天中，朱買臣和結義兄弟楊孝先凍的手都僵了，打不了柴，一起去尋江邊捕魚爲生的結義大哥王安道。天寒地凍三人喝了酒各自還家，朱買臣看王安道雪中撐船，道：

> 【寄生草】見哥哥把那魚船纜，凍的我手怎舒？（王安道云）兄弟，好大雪也。（正末唱）正値著揚風攪雪可便難停住。你待要收綸罷釣還家去，哎，哥也，只怕你披蓑頂笠迷歸路。似這等戰欽欽有口不能言，（帶云）看了哥哥和兄弟這個模樣呵，（唱）還説甚這晚來江上堪圖處？（《漁樵記》一折，卷九，頁 6408）

劇作家對文人嚮往的漁樵生活，以「還説甚這晚來江上堪圖處」寫出了它艱苦的現實面。又在第四折，朱買臣回到故鄉，回想他從前漁樵相伴的生活是這樣的心情：

> 【雙調・新水令】往常我紬衫粗布襖煞曾穿，今日個紫羅襴恕咱生面。對著這煙波漁父圖〔註 50〕，還想起風雪酒家天。見了些靄靄雲煙，我則索映著堤邊聳定雙肩，尚兀自打寒戰。（《漁樵記》四折，卷九，頁 6439）

文人畫家筆下詩情畫意的「煙波漁父圖」，在現實中卻是漁家苦不堪言的生活，寒天凍地的爲討口飯吃，不得不忍受酷寒咬牙撐下的生計。朱買臣回想從前的種種，還會心存餘悸地寒意上身打起冷顫。這是雜劇以寫實手法具體呈現出失意文人的落魄生活。

（四）對失衡的君臣關係的批判

元雜劇裡對於君臣關係的探討，比較具有深刻意涵的是狄君厚《介子推》劇。介子推（或作介之推）：「春秋時晉國隱士。從晉文公出亡，歷經各國十九年。返國後，文公賜祿不及，而介之推亦不求功名，與母隱於綿山，

〔註 50〕《漁樵記》一折〔註 27〕言其如明代孫承賓的《漁家》詩所説的：「畫家不解漁家苦，猶作寒江釣雪圖。」（卷九，頁 6412）

文公屢次尋求不得，焚山以求之，竟不出而焚死。」〔註 51〕據史實看來晉文公賜祿不及是一時的疏失，但他知過能改，屢次尋求介子推，也算得是有情有義的明君。元雜劇《介子推》在角度攝取上，側重在對失衡的君臣關係的批判，劇中的介子推也算是個儒家之隱者，他忠心爲國，功勞被人淡忘，而攜老母隱退山林。他盡心做臣子所該做的，不願邀功討賞，太過執著於清名，卻落得與老母燒死在山中。第四折出場的正末，扮演的是個無知無識的山野樵夫，他對晉文公說有個老宰相（指介之推）共個老婆婆（介之推之母）燒死了，晉文公問他爲何能自大火中逃生，他說的話是劇作家欲表達的諷刺，其道：

> 【小桃紅】小人向虎狼裡過了三旬，每日負力擔柴薪，交俺稚子山妻得安遁。（駕云了）（正末唱）我不知你笑那深山玉堂臣，他向那濃煙烈焰裡成灰燼。（駕云了）（正末唱）爲甚俺這樵夫得脫身？無是他皇天有信，從來不負俺這苦辛人。（《介子推》四折，卷五，頁 3460）

「皇天」是天道，天道無私是向不辜負勤奮踏實的好人的；言下之意，「帝王」——人道有私，常不分賢愚清濁，屈殺了忠臣義士。劇作家藉樵夫之口，把晉文公所象徵的古今帝王罵了一頓，如：

> 【收尾】不爭你個晉文公烈火把功臣盡，枉惹得萬萬載朝廷議論。常想趙盾捧車輪，也不似你個當今帝王狠。（《介子推》四折，卷五，頁 3462）

「枉惹得萬萬載朝廷議論」是身後事，爲劇作家所知的歷史及其評議；「當今帝王狠」是樵夫角色所扮演的晉文公之世（亦或劇作家有直指其世之寓意），劇作家藉角色之口，玩著時空前後跳脫的遊戲。

在元雜劇的仕隱模式裡，不但表達了對儒生地位的同情與尊崇，更有對仕途多舛的感慨，還有著對帝王君權的批判。

第四節　度脫劇中的「嚴父模式」隱喻

《全元曲》的道釋劇（又稱神仙道化類）〔註 52〕有三十一本，「道釋劇」

〔註 51〕引述自「教育部重編國語辭典修訂本」網站。
〔註 52〕羅錦堂，《錦堂論曲》（台北：聯經出版社，1979 年），〈論元人雜劇之分類〉

的內容有宣揚教義及輪迴報應之說；有佛道替人消災解厄，了斷孽緣的；其中更有以度脫出家爲主要內容的雜劇，筆者襲用「度脫劇」〔註 53〕一名。根據青木正兒《元人雜劇序說》，把「神仙道化」類分爲「度脫劇」和「謫仙投胎劇」兩類〔註 54〕。不管是有仙緣的凡人經神仙向其說法，使其開悟，度化成仙的「超凡入聖型」；或者是本爲仙人，或因思凡或因犯錯而被貶謫下界，降生爲人，經神仙勸說開導，使其醒悟前身，回歸本元的「謫仙返本型」〔註 55〕。這兩種模式都有引渡者的角色，助其「歷劫——超脫」。另有一種鬼、物或精怪，因有機緣，先經神仙開示，去其鬼、物、精怪之形軀，投化爲人，在人間經歷俗務，再由神仙本人或指定的代理人，爲其引渡開悟的「物精得道型」，其中，亦有引渡者的助益，這都屬於本節所謂的「度脫劇」的範疇。

本節先依「度脫劇」被渡者的三個類型，分別介紹被渡者，特別著重在「宿命」的介紹。「度脫劇」中引渡者和被渡者，完全是失衡的兩端：引渡者站在「全知」觀點，罩在被渡者的上方，被渡者無所逃於天地間，甚至被引渡者侵入夢境之中，以幻象神力達到引渡被渡者的目的。如容世誠所言：

> ……所以，被渡者被含有強烈父親形象、代表了命運天數的度人者所控制，在這情況下，個性、個人意念、個人力量被淹沒，顯得全無意義。被渡者所以能悟道，並非因爲個人的掙扎和力量，反而只是度人者計畫的一項必然產品。……因此，度脫的情節過程才被重視；反之，對被渡者的心理刻畫，就相對下受到忽視，顯得薄弱。這些文學現象，都與劇中所包含的宿命意識有著不可分離的關係。

將雜劇分爲八類，「度脫劇」屬其中之「道釋劇」；朱權《太和正音譜》分十二科，其名爲「神仙道化」。

〔註 53〕「度者超度，脫者解脫，謂超度解脫生與死的苦厄」據趙幼民〈元雜劇中的度脫劇〉上（《文學評論》第五集，台北：書評書目，1978 年）之解釋，見該文頁 153，其對「度脫劇」的定義爲：「專指仙佛度人成仙成佛，以解脫人世間苦痛的雜劇，而所說的人，都是與佛道有緣的人。」詳見頁 155。

〔註 54〕其言：「一種是神仙向凡人說法，使他解脫，引導他入仙道；一種是原來本爲神仙，因犯罪而降生人間，既至悟道以後，又回歸仙界。我私意把前者稱爲度脫劇，把後者稱爲謫仙投胎劇。」青木正兒，《元人雜劇序說》，編入《元曲研究》（乙編）（台北：里仁書局，1984 年），頁 25。

〔註 55〕「超凡入聖型」、「謫仙返本型」套用容世誠所說的，是度脫劇裡兩種不同的模式。詳見容世誠，〈度脫劇的原型分析〉，《戲曲人類學初探：儀式、劇場與社群》（台北：麥田出版，1997 年），頁 230。

> 這可能亦是中國傳統社會父權高張的表現。(容世誠,1997 年,頁 255～256)

因之,本節第二個論題,即依此「宿命觀」來看引渡者的性別隱喻——「嚴父模式」。

一、被渡者類型區隔

「度脫劇」在《全元曲》中有十七本〔註 56〕,其中二本爲「旦本雜劇」,其餘皆爲「末本雜劇」。在這十七本「度脫劇」中,被渡者的類型,筆者分別爲:「超凡入聖型」、「謫仙返本型」、「物精得道型」。

(一)「超凡入聖型」的被渡者

「超凡入聖型」的被渡者是凡人,但並非如儒家所言「人皆可爲堯舜」的一般人、普通人,而是具有「神仙之分」的,亦即命定的特定「人」。如:

> (沖末扮東華帝君上,詩云)……貧道東華帝君是也,掌管群仙籍錄。因赴天齋回來,見下方一道青氣,上徹九霄。原來是河南府有一人,乃是呂岩,有神仙之分。可差正陽子點化此人,早歸正道。(《邯鄲道省悟黃粱夢》一折,卷三,頁 1627)

> 貧道昨宵看見青氣衝天,下照終南山甘河鎮,有一人任屠,此人有半仙之分。因而稟過祖師,前去點化他。(《馬丹陽三度任風子》一折,卷三,頁 1654)

> (外扮呂洞賓上,云)……貧道不是凡人,乃上八洞神仙呂洞賓是也。因爲下方鄭州奉寧郡有一神仙出世,乃是岳壽,做著個六案都孔目。此人有神仙之分,只恐迷卻正道。貧道奉吾師法旨,差來度脫他……(《呂洞賓度鐵拐李岳》第一折,卷五,頁 3189)

> (正末扮呂洞賓提籃上,云)……今奉吾師法旨,爲世間有一人陳季卿,餘杭人氏,有神仙之分,教我來度脫他。貧道按落雲頭,見一道青氣,此人正在終南山,不免到青龍寺走一遭去也呵。(《陳季卿誤上竹葉舟》一折,卷六,頁 4052)

> (沖末扮太白星官引青衣童子上,云)吾乃上界太白金星是也。奉

〔註 56〕詳見〈附件〉之附表五。

上帝敕命，遣臨下界，糾察人間善惡。……又見天台縣劉晨、阮肇，此二人素有仙風道骨，向因晉室衰頹，奸讒竊柄，甘分山林之下，修眞煉藥，以度春秋。……但可惜那劉、阮二人塵緣未斷，終有思歸之心，那時節我再度他，未爲晚也。……（《劉晨阮肇誤入桃源》一折，卷八，頁 5544）

（沖末扮鍾離上，詩云）……貧道覆姓鍾離，名權，字雲房，道號正陽子。因赴天齋已回，覷見下方一道青氣衝於九霄。貧道觀看多時，見洛陽梁園棚內有一伶人，姓許名堅，樂名藍采和，此人有半仙之分。貧道直至下方梁園棚內引度此人。(《漢鍾離度脫藍采和》一折，卷九，頁 6607）

在這些引文中，特定的「人」，多半是具有「神仙之分」（或謂「半仙之分」、稱其有「仙風道骨」）；而且這些人隱在人群，雖甚平庸，但自身蘊藏的靈氣——「青氣」，會上徹雲霄。神仙透過望氣，感知他們的存在。這些命定的人，無論其出身的高低，憑藉引渡者的開示，都能悟道超脫。他們之中，有的是儒生、有的是屠夫、有的是伶人；有的做著採藥的工作、有的是六案都孔目。形形色色、不分智愚，只要有仙緣，透露著濃厚的宿命觀，畢竟成仙——正如「古詩十九首」〈生年不滿百〉一詩所言：「仙人王子喬，難可與等期」——求仙得道，是不可強求的機緣。此即容世誠所言，「度脫劇」有濃厚的宿命色彩之故。被渡者屬於這一類型的「度脫劇」，在《全元曲》中有：

馬致遠《邯鄲道省悟黃粱夢》（簡稱《黃粱夢》）
　　　《馬丹陽三度任風子》（簡稱《任風子》）
岳伯川《呂洞賓度鐵拐李岳》（簡稱《鐵拐李岳》）
無名氏《漢鍾離度脫藍采和》（簡稱《藍采和》）
吳昌齡《花間四友東坡夢》（簡稱《東坡夢》）
范　康《陳季卿誤上竹葉舟》（簡稱《竹葉舟》）
王子一《劉晨阮肇誤入桃源》（簡稱《誤入桃源》）

《東坡夢》在這些雜劇中較不同，雖爲也有開悟過程，也有像引渡者般的導師在掌舵，指引迷途的東坡居士。但開悟後並非成仙，而是皈依佛法：「從今懺悔，情願拜爲佛家弟子。」（四折，卷三，頁 1924）

容世誠〈度脫劇的原型分析〉中說：

所謂『度脫』基本上是一種宗教行動，從宗教典籍裡的故事和教理演化而來。在這一宗教背景下，有兩點值得注意：(1)度脫劇有濃厚的宿命色彩；(2)度人者，即啓悟導師的角色，顯得十分主動和活躍，而度人者如何度脫被渡者，就往往是度脫劇的主要內容。（1997 年，頁 255）

趙幼民〈元雜劇中的度脫劇〉（1978 年，頁 156～157）一文，並未將此劇列入「度脫劇」中，但筆者認爲「歷劫——開悟——超脫」是「度脫劇」的典型模式，這樣的模式亦在此劇的開悟歷程中，只是「開悟」後的「超脫」並非像其他「度脫劇」的結果一樣，終至得道成仙，而是皈依佛法做佛弟子罷了。在《東坡夢》的情節中，「花間四友」——梅、竹、桃、柳，奉佛印（引渡者）之命，化爲四個女子在東坡的「南柯夢」中迷障他。「廬山松神」見情況不對，於是介入夢中，驅離了「四友」。東坡驚醒南柯夢，正遇上行者說「但有那銅頭鐵額，釘嘴木舌，不能了達者，都到法座上問禪。」（四折，卷三，頁 1920）東坡先遣白牡丹問禪，不料白牡丹開悟削髮出家，不服氣的東坡，又再次挑釁問禪，佛印不答。「四友」上場，依序問禪，佛印一個個答覆，話中都隱射昨晚東坡與「四友」的幽會。東坡再問禪，才被點化，願爲佛家弟子。東坡的歷劫，是和「四友」的綺麗春夢及法座問禪；臣服佛法，是本劇的超脫處。和其他「度脫劇」的成仙得道，大異其趣，但就形制而言，仍是屬「度脫劇」。

（二）「謫仙返本型」的被渡者

有的「度脫劇」中的被渡者，原本是神仙，因犯錯而貶謫爲人，歷劫後遣仙人度脫，使其仍歸本元，此類爲「謫仙返本型」的被渡者。其基本模式爲「犯錯→歷劫（點悟）→回歸」，屬這類被渡者的雜劇劇目有：

鄭廷玉《布袋和尚忍字記》（簡稱《忍字記》）

李壽卿《月明和尚度柳翠》（簡稱《度柳翠》）

史九散人《老莊周一枕蝴蝶夢》（簡稱《老莊周》）

無名氏《鐵拐李度金童玉女》（簡稱《金童玉女》）

無名氏《瘸李岳詩酒翫江亭》（簡稱《翫江亭》）

李好古《沙門島張生煮海》（簡稱《張生煮海》）

《忍字記》的劉均佐，前世是天上的第十三尊羅漢，因不聽佛祖講經說法而被貶謫投胎托化爲人。如：

（沖末扮阿難上，詩云）……貧僧乃阿難尊者是也。我佛在靈山會上，聚眾漢講經說法。有上方貪狼星，乃是第十三尊羅漢，不聽我佛講說法，起一思凡之心。本要罰往酆都受罪，我佛發大慈悲，罪往下方汴梁劉氏門中，投胎托化爲人，乃劉均佐是也。(《忍字記》楔子，卷二，頁 1169)

《度柳翠》中被貶謫的是觀音淨瓶中的楊柳〔註 57〕，罪行是「偶污微塵」，被投胎托化爲人，命運是身處社會下階層的妓女。如：

且說我那淨瓶內楊柳枝葉上，偶污微塵，罰往人世，打一遭輪迴，在杭州抱鑒營積妓墻下，化作風塵匪妓，名爲柳翠。(《度柳翠》楔子，卷四，頁 2372)

《老莊周》的莊周，原爲天上大羅神仙，在玉帝面前見金童玉女執幢旛寶蓋，不覺失笑。這個失態的表現就是他被謫降的罪行，貶生人間，名爲莊周。如：

（沖末扮蓬壺仙長上，云）……小聖乃蓬壺仙長是也。今有太白金星傳玉帝敕命，爲因大羅神仙升玉京上清南華至德眞君，在玉帝前見金童玉女，執幢旛寶蓋，不覺失笑。玉帝怪怒，貶大羅神仙下方莊氏門中爲男，名爲莊周，游學將至杭州。(《老莊周》第一折，卷四，頁 2876)

《金童玉女》、《翫江亭》、《張生煮海》三劇中，被貶謫的神仙，都是天上的金童玉女，罪名都是思凡。前二劇，降生爲夫婦，夫婦同受度化，復歸本位。後一劇，則重在兩人的情愛追尋，等婚事說成，引渡者出現，細說前緣，而重登仙籍。如：

（老旦扮王母引外鐵拐李上）（王母詩云）……子童乃九靈大妙金母是也。爲因蟠桃會上，金童玉女一念思凡，罰往下方，投胎托化，配爲夫婦。他如今業緣滿足。鐵拐李，你直須到人間，引度他歸仙界，不可遲也。(《金童玉女》一折，卷八，頁 5649)

（沖末扮東華仙領八仙同仙童上）（東華云）……貧道乃東華紫府少陽帝君是也。……貧道因赴天齋以回，爲西池王母殿下金童、玉女有一念思凡，本當罰往酆都受罪，上帝好生之德，著此二人往下方鄚州托化爲人。金童乃牛璘，玉女是趙江梅。(《翫江亭》一折，卷

〔註 57〕因其爲仙家之物，且具「犯錯→歷劫（點悟）→回歸」的「謫仙返本型」的模式，故筆者將之列入「謫仙返本」而非「物精得道型」。

九，頁6942）

（外扮東華仙上，詩云）……爲因瑤池會上，金童玉女有思凡之心，罰往下方投胎脫化。金童者，在下方潮洲張家，托生爲男子身，深通儒教，作一秀士。玉女於東海龍神處，生爲女子。待他兩個償了宿債，貧道然後點化他還歸正道。（《張生煮海》一折，卷五，頁2906）

《張生煮海》還有一個很有意思的概念——金童降生爲人，爲男子作儒生；玉女卻爲東海龍女——劇中扮東華仙的角色說：「玉女於東海龍神處」，意思是玉女托生在東海龍神家爲龍神之女。既然龍神是「神」，龍神之女也應是「神」，哪來的「復歸本位」之說？但就雜劇的思維而言，自然山川的神祇，似乎位階低於這些居仙山名洞的大仙，或天庭內的神仙。降生「東海龍神處」對犯錯的上仙「玉女」而言，是貶謫、是罰責。

（三）「物精得道型」的被渡者

「度脫劇」中最麻煩的是「物精得道型」的被渡者，欲求仙，必先棄其本形，托化爲人身，再得引渡者點化才得悟道成仙。劇中常言：「土木形骸，未得人身，難成仙道」。這一類被渡者，在《全元曲》中有：

馬致遠《呂洞賓三醉岳陽樓》（簡稱《岳陽樓》）
谷子敬《呂洞賓三度城南柳》（簡稱《城南柳》）
賈仲明《呂洞賓桃柳升仙夢》（簡稱《升仙夢》）
楊景賢《馬丹陽度脫劉行首》（簡稱《劉行首》）

前三本的被渡者不是柳梅二精便是柳桃二精，皆爲植物精怪，後一本是鬼魅。他們都棄其本形（本命），托生爲人。還有一個被渡者也是「物精得道型」的，但比較特殊，是動物精怪，即無氏著所著《龍濟山野猿聽經》（簡稱《野猿聽經》）《野猿聽經》裡的野猿，不像前面的度脫者，必須投胎轉化人身，才能經點化成仙。牠是以野猿之肉身，變化人形，以人形之姿坐化得道的。此劇也不在趙幼民〈元雜劇中的度脫劇〉一文中〔註58〕，但野猿入禪寺聽經的過

〔註58〕趙幼民先生認爲「一切有關藉佛理自行悟道、出家、改過向善、宣揚佛法宏大之類的雜劇，都不屬於度脫劇。」（1978年，頁156）若據趙氏此說，反觀之：受人點化而悟道的應屬「度脫劇」。《野猿聽經》在結構上、情節上，都應符合「度脫劇」之範疇，只是非典型性的中心成員，屬於範疇邊緣的模糊地帶。

程，也不是順遂的，牠也經過了一些磨難：第一次化成人形，扮作樵夫接近禪師、第二次以原形到經堂遭山神驅離、第三次又化人形扮秀士借住禪寺。如下文禪師所述：

> （禪師云）此人非是峽山中袁遜，他乃是野猿所化。他先化做一個樵夫，托名侯玄，來訪貧僧，貧僧未曾說破他。前日此猿又來經堂作戲，貧僧與他一個景頭。今日化臨此處，我觀此猿善根將熟，我來日升堂以罷，此人必悟宗風，證果朝元而去。行者，便說與眾僧，道我來日在佛殿內升堂說法，就請袁秀才前至法座聽講。（《野猿聽經》三折，卷九，頁6985）

時機成熟，禪師升堂說法，野猿了悟坐化，升西方極樂世界（未明言成仙）。野猿的得道也具有「歷劫——開悟——超脫」的模式，故筆者也將此劇列入「度脫劇」之列。在西天接引的阿羅漢，是以稱呼牠的人名肯定牠，如：

> （聖僧羅漢上）貧僧乃西天阿羅漢是也。今日廬陵郡龍濟山中，一個千載玄猿，常與修公禪師聽經聞法，了然大悟，就於野塘秋水漫、花塢夕陽遲寺中坐化，正果歸空。貧僧在此等候他，這早晚敢待來也……（聖僧云）袁舜夫，你來了也。（正末云）你徒弟來了也……（聖僧云）袁生，此間已是西方極樂世界。只因你一心向善，問道修眞，致有今日。（《野猿聽經》四折，卷九，頁6992～6993）

動物也必須以「人形」才能得道升天，阿羅漢以野猿的「人名」稱呼牠時，已將「牠」視為「他」，肯定「他」的「一念眞心」。

「物精得道型」的被渡者也必須有仙緣，如：

> （正末呂洞賓提墨籃上，云）貧道在蟠桃會上飲宴，忽見下方一道青氣，上徹雲霄，此下必有神仙出現。貧道視之，卻在岳州岳陽郡。不免按落雲頭，扮作一個賣墨的先生。（《岳陽樓》一折，卷三，頁1599）

> （正末呂洞賓上，云）昔日師父曾說，這岳州城南一株柳樹，生數百餘年，有仙風道骨，教我度脫他……。（《城南柳》楔子，卷七，頁4989）

> （沖末扮南極星引群星、青衣童子上，云）……吾乃南極老人長眉仙是也。居南極之位，東華之上，西靈之境，北眞之府。共壽算於無窮，掌管一切群仙道德眞人。今朝玉帝，因見兩道青氣下照汴京

梁園館聚香亭畔，有桃柳二株，已經年久，有道骨仙風，恐其迷卻仙道，可以差神仙點化。(《升仙夢》第一折，卷八，頁 5598～5599)

這些植物（或爲精怪）都具有「仙緣」，不是「仙風道骨」就是「青氣」照射〔註 59〕。「度脫劇」裡屬「物精得道型」的被渡者中最關鍵的角色是「柳」，如：《岳陽樓》的柳、梅；《城南柳》、《升仙夢》柳、桃。「柳」在「度脫劇」中成爲最具「神仙之分」的植物〔註 60〕，並且精怪之身時就以男身處之，投胎爲人又托生爲男子。〔註 61〕

《岳陽樓》和《升仙夢》的植物精怪們，都是由「精→人→仙」。必先捨棄「土木形骸」的生命體，投胎轉化爲「人」。如：

（云）老柳，你跟我出家去來。(柳云) 既領師父教訓，情願跟師父出家。但我土木形骸，未得人身，怎生成的仙道？（正末云）你說也是。土木之物，未得人身，難成仙道。兀那老柳，你聽者，你往下方岳陽樓下賣茶的郭家爲男身，名爲郭馬兒；著那梅花精往賀家托生爲女身，著你二人成其夫婦。三十年後，我再來度脫你。《岳陽樓》一折，卷三，頁 1604

（南極云）呂洞賓下方點化，度脫那桃柳二株。必然先教他爲人，後方能教他成仙。若見了酒色財氣，那其間返本眞方入仙籍。俺仙家道德爲先，桃柳有宿世之緣。有一日功成行滿，都引入大羅青天。(《升仙夢》第一折，卷八，頁 5598～5599)

《城南柳》中的柳樹，被呂洞賓發現有「仙風道骨」時，連精怪都不是，只是萬物之一的植物。開悟的歷程更多了一道，如：「物→精→人→仙」

（正末扮呂洞賓上，云）昔日師父曾說，這岳州城南一株柳樹，生數百餘年，有仙風道骨，教我度脫他……我這籃裡有王母賜的蟠桃一顆，將來下酒。(飲酒啖桃科，云) 咱凭欄看這柳樹，果有仙風道

〔註 59〕「青氣」投射的方向不一，有自下往上照射的，例如：「忽見下方一道青氣，上徹雲霄」(《岳陽樓》一折，卷三，頁 1599）也有自上往下照射的，例如：「因見兩道青氣下照汴京梁園館聚香亭畔」(《升仙夢》第一折，卷八，頁 5598～5599)

〔註 60〕據趙幼民先生說：「在佛教的觀念中，楊柳的使用，本即含有去邪，爲人祝福健康、敬禮之意。」(1978 年，頁 171)

〔註 61〕耐人尋味的是：本爲仙物的「淨瓶柳」，卻不幸托生爲女身（如《度柳翠》），可能因其罪名是「偶污微塵」，讓祂下世墮爲「匪妓」是要祂從「不淨之身」開始「超脫→回歸」仙道吧！

骨。爭奈他土木之物，如何做得神仙？必然成精之後，方可成人；成人之後，方可成道。我恰才吃的這顆桃，本是仙種。我將桃核抛於東墻之下，長成之後，教他和這柳樹俱成花月之妖，結爲夫婦。那其間再來度脫他，也未遲哩。（《城南柳》楔子，卷七，頁 4989）

《劉行首》的被渡者，非物非樹，而是一鬼魅。她雖不像前面的柳、桃（梅）般有「仙風道骨」或「青氣」顯照，她卻是個非常堅定執著的女子，不但「五世爲童女身」，並且有自覺地想跳脫生死輪迴。如：

（旦扮鬼仙上，云）妾身是唐明皇時管玉斝夫人，五世爲童女身，不曾破色欲之戒，惡世間生死，不如做鬼仙快活，在此山角下三百餘年也。（《劉行首》折一，卷七，頁 5355）

她雖不具仙骨，卻有「慧根」。劇中雖未明言她的「神仙之分」，但第一折正末王重陽開場時說的話，卻明示了能不能成仙是命中注定的觀點：「我想做神仙的，皆是宿緣先世，非同容易也。」（一折，卷七，頁 5354）言下之意，劇情稍後出現的鬼仙玉斝夫人，也是能得道成仙的有緣人。她必須經由「鬼→人→仙」的開悟歷程。如：

（旦云）師父，弟子何方去也？（正末云）你往汴梁劉家托生，當來爲劉行首二十年，還了五世宿債。教你二十年之後，遇三個丫髻馬眞人度脫你，你便回頭者。休迷卻正道。（《劉行首》折一，卷七，頁 5356）

「度脫劇」的被渡者，無論是上述的哪一種類型，都是出自於「宿命」觀。被渡者的開悟過程，是劇情的主要內容，而且被渡者的開悟，不是自身的省悟，而是透過「他者」（引渡者）的助力，使其悟道超脫。「超凡入聖型」、「謫仙返本型」、「物精得道型」都具有這個重要的關鍵性人物——引渡者。〔註 62〕

二、引渡者的性別隱喻——「嚴父模式」

「引渡者」是分辨雜劇類型是否爲「度脫劇」的關鍵人物，雜劇的角色

〔註 62〕又稱「度人者」，筆者用「引渡」是強化了「登彼岸」的隱喻概念：「彼岸」是樂土，虛構的理想世界；而與之相對的「此岸」是苦難眾生所處的現世。既有「岸」必有「河」相隔，渡河過岸，助人離「酒色財氣，人我是非」。「渡」必藉助工具——舟楫，故而「渡」，有其工具意在其中。「度人者」在助人開脫悟道的過程，展現的是他的工具性意義。因此筆者擇用「引渡者」一詞，替代意象較單一的「度人者」。

若少了「引渡者」就不能算是「度脫劇」。雜劇中的「引渡者」多是以男性角色出現，正如前文所引容世誠的話：「被渡者被含有強烈父親形象、代表了命運天數的度人者所控制」。而這個「父親形象」是代表「父權」社會思想的「嚴父模式」。

我們用「父系社會」一詞在解釋我們的社會體系時，就已將家庭的概念延伸出去，用在更廣的人際脈絡中。從父、母在家庭的地位改變，映射至人群社會的男女性別的權力變化。由父親爲尊、男性爲大的社會價值觀，將看待人倫事務的詮釋權交由男性主導，女性只是人類性別的第二性〔註 63〕，有些語言中更明顯地顯示這樣的差別：無標的指男性、有標的指女性〔註 64〕。由男性爲主導的社會觀又稱爲「父權思想」，即以家庭中「父親」角色的權威性映射至社會組織中以男性爲切入角度的思維模式。在此現象中，女性是沈默的、被壓抑的一方。

認知語言學家雷可夫在《道德政治：自由派和保守派如何思考？》一書中（以下簡稱 Lakoff 2002）〔註 65〕，將現今美國社會的兩派思維模式：保守派和自由派，用兩種家庭模式來譬喻：嚴父模式（Strict Father Model）／關愛父母模式（Nurturant parent Model）。〔註 66〕

Lakoff 2002 此文是在分析美國社會的思維模式，美國是個開放、民主的社會，因其自由之風，自然存在著自由／放縱、保守／權威這兩種思維形式。「嚴父模式」應是父系／父權下的產物。在中國傳統的父系／父權社會下，「嚴父模式」是獨專一面的威權視點與思維模式。中國的政治體系在民國以前，

〔註 63〕西蒙・波娃（Beauvoir Simone de）著《第二性》說明女性的處境。

〔註 64〕如英文中「man」既指人類（概括兩性）也指男性；「woman」則爲標記語，特指女性，不能用來指人類。

〔註 65〕Moral Politics: How liberals and conservatives think, 2002 2nd ed. 1996 The University of Chicago press。1996 年爲初版，2002 年爲修訂版；本文以 2002 年版爲主。

〔註 66〕陳璦婷 2004 年 2 月 27 日於周世箴師「隱喻與思維」課，主講「Lakoff 1996 的《道德政治》」其言：此書建立在國家是一個家庭，政府是父母，百姓是子女的隱喻思維之上。Lakoff 在該書的開頭指出，現今的美國社會在看待事務上，有保守與自由兩種觀點。如果將保守主義、自由主義兩種觀點置放他的隱喻思維之下，就成爲「嚴父模式」（Strict Father model of the family），與「關愛父母模式」（Nurturant parent model of the family）。他從這兩種模式分析保守主義、自由主義如何思考「社會政策與徵稅」（Social programs）、「犯罪與死刑」（Crime and the Death penalty）、「調節開發與環境保護」（Regulation and the Environment）等問題。

帝王專制是一貫的政統、忠君嚴父是一貫的道統。在威權掌控於男性的年代裡，「嚴父模式」是以家庭映射至中國社會的唯一可能存在思維形式。而以「家庭」爲來源域映射至目標域——「社會」的思維模式，也是立基於人的身體經驗的一個概念隱喻，是古今中外共通的一個概念隱喻。本節不涉及「關愛父母模式」，而以下面的篇幅介紹 Lakoff 2002「嚴父模式」。

（一）Lakoff 1996/2002 的嚴父模式（Strict Father Model）〔註 67〕

Lakoff 1996/2002 所揭示的「嚴父模式」是其道德概念體系之一，它有下列幾個論題：

1. 世界觀

「嚴父模式」取自這樣的世界觀：生活不容易，世界是危險的。正如 Olive North 所說的：「世界是一個危險的地方。」（Lakoff 2002，頁 65）

2. 父親的角色扮演

承接「世界觀」所談的危險性，家庭是個人在危險世界的避風港；也是培育個人能面對險惡世界的大本營。在家庭中，父親的角色扮演是很重要的。首先，他必須使孩子了解競爭中成功才能存活；其次，他有支持和保護家庭的重責大任，也因此他有權主導家庭事務。最後，他還要教導孩子，樹立嚴格的行爲規範。

3. 賞罰是道德的

因爲對世界的角度攝取認爲「生活不容易，世界是危險的」，所以在「嚴父模式」之下，把生活視爲一場求生存的奮鬥：在競爭中獲勝 / 成功才能存活。在生活秩序中，服從是很重要的，服從使孩子學會自我鍛鍊，服從才會成功。賞善罰惡是道德的，競爭形成道德 / 唯才主義（meritocracy）世界；階級是道德的。

4.「嚴父道德系統」（Strict Father Morality）

（1）「道德的力量」（Moral strength）

伴隨「嚴父模式」出現了「嚴父道德系統」。道德的力量是「嚴父道德」的核心（Lakoff 2002，頁 71）。這是一個包含了許多概念的複雜隱喻，這些概

〔註 67〕以下論述取自 Lakoff 2002，頁 65～107（第二部分道德概念體系：第五章「嚴父模式」）並參考陳瑷婷 2004 年 2 月 27 日「隱喻與思維」課堂講稿（周世箴認知隱喻系列課程之一：「隱喻與思維」）。

念包括了：

Being Good Is Being Upright.（好是向上。）

Being Bad Is Being Low.（壞是向下。）

Doing Evil Is Falling.（邪惡是墮落。）

Evil Is a Force (either internal or external).（邪惡是一種內在或外在的力量。）

Moral Is Strength.（道德是力量。）

道德的力量是一組道德域、身體域之間的對應。勇氣是對抗外在邪惡勢力的一種道德力量；內在的邪惡勢力，只能靠人的自制力去對抗。道德力量的譬喻有一個重要的一連串的內涵是：世界是善惡二分的世界；善惡對抗，必須無情地交戰，面對邪惡去戰勝邪惡並保持善念的，必須是道德堅強的人；人可以經由自我管教、自我約束成爲道德的力量；道德意志薄弱的人不能戰勝邪惡，最終將犯下邪行；因此道德意志的薄弱是不道德的一種表象；自我放縱（拒絕積極參與自我約束）和缺乏自制力（缺乏自我管教）都是不道德的表象〔註 68〕。據此，強烈的道德觀（善惡勢不兩立的局面），促使「道德力量」建構了禁欲主義（嚴格的自我要求）。

（2）道德權威（moral authority）與父母權威（parental authority）

父母的權威（又稱親權）是所有道德權威的普遍形式。談論親權與道德的權威的隱喻概念，有以下各項：社會是一個家庭，道德權威是父母威權；威權人物是父母；道德權威的對象是小孩；人的道德行爲表現在對權威的服從；人在權威之下的道德行爲是建立在執行的標準上。〔註 69〕

「嚴父模式」可依此類推，表現在社會上的各種結構關係中，如：運動比賽、生意場、法律的執行、軍隊及宗教。本節借用「嚴父模式」剖析元雜劇「度脫劇」中的引渡者角色。

（二）引渡者的「嚴父模式」

「度脫劇」的引渡者向以男性形象出現，對未開悟的後生擔任啓蒙導師的角色，帶領被渡者至「彼岸」，跳脫生死輪迴之苦，斷卻酒色財氣、人我是非。這種父權意識下，強烈明顯的性別優勢，擴及到以人的社會結構爲基礎

〔註 68〕以上係筆者據 Lakoff 2002，頁 73 意譯。

〔註 69〕以上係筆者據 Lakoff 2002，頁 77 意譯。

投射而成的神仙世界上；「引渡者」以優勢的第一性姿態出現，被渡者大多是男性，但也也有少數女性。這些少數女性，除「金童玉女」中的玉女與金童常做人間夫妻的模樣出現在文本中（《張生煮海》的龍女瓊蓮是以閨中佳人形態出現，雖非人身，卻與命定的金童張生仍能結爲夫妻）外，《度柳翠》的柳翠、《劉行首》的劉倩嬌，她們的身份卻是卑微的妓女。這樣的安排，只因柳翠的前身是觀音瓶中淨柳卻「不淨」（偶污微塵）；劉倩嬌的前身是鬼物，卻太過堅貞自守，「五世爲童女身」（王重陽說這是她欠下的五世宿債），過於「淨」的結果。「不淨←→淨」都讓這兩種物類（或者可稱「人」）托生爲女身，且命定好走上「上廳行首」一途。該「淨」卻「不淨」的楊柳，蒙塵受罰，投生女子，且爲「風塵中人」，以「不淨」之身來滌洗心靈，超脫塵世之外，坐化回本位。《劉行首》的安排，讓觀劇的大眾知道，原來男歡女愛、男婚女嫁是天經地義的，是倫常的一部份，反常理而行，潔身不嫁，也是不合於社會規範的。因此，鬼仙想要得道，王重陽要她先投身爲人還了「宿債」，屆時再找馬丹陽來度化她。筆者以爲：父權意識下的劇作家創造出的玉斝夫人，具有強烈的「女性」意識與自覺，她意識到自己的性別，迷戀自身的完美，不願污濁於另一性別的擾亂，獨自在北邙山下修行，且因惡生死輪迴而成爲鬼仙。但畢竟是處在父權意識下的思維模式，男性的劇作家賦予女性角色的玉斝夫人，強烈的女性自覺，但終究是以父權網罩整個局勢的。劇作家將王重陽這樣權威的父親角色搬出來，曉喻鬼仙要得「正道」，是要回歸倫常關係，即女子以父以夫以子爲尊的「三從」社會中，回到自己該歸屬的本位，在本位上修行，才有得道成仙的可能。因鬼仙執著於「五世童女之身」的結果，她必須先清償她在人世所欠下的業債，才能解脫得道，因此才會托生爲上廳行首，在濁塵中翻滾歷練，再自塵污中超脫。鬼仙聽命於王重陽的安排，是她對父權意識的妥協，畢竟得道升天的「天府」，也是人的世界的投射——依然是父權主宰下的神仙世界。要得到仙界的認同，自當要臣服於父權意識，不然終究是飄零的鬼仙，在天地間遊蕩。

「宿命」論在「度脫劇」中決定了得道成仙的可能，除了「超凡入聖型」的被渡者，是在機緣之下，見其顯露的仙氣，知有神仙之分，而爲引渡者度化外，其他如「謫仙返本型」、「物精得道型」大多在托生之前，即已命定他的出身與職業；無論如何，這些被渡者所遭遇到的一切都是「宿命」，「命定」地走上引渡者爲他盤算好了的人生及歷程，而這些「天命」也是來自於父系體系的神仙世界。被渡者具備了雷可夫（Lakoff）「嚴父模式」理論下教導出來的孩子，對父親權威絕對服從的特性。被渡者以仰角上看這個帶他入門的「師父」、引渡者則俯瞰那個迷卻正道的「弟子」。這「上－下」的神人關係，是「師生」關係，也是「父子」關係；「師生」關係建立在修仙悟道的歷鍊上，精神生命的延續是引渡者和被渡者之間的父子關係。〔註 70〕

1.「嚴父」角色的扮演

引渡者的性別，清一色是男性，他們掌握了被渡者，也掌控了整個劇情。Lakoff 1996/2002 所揭示的「嚴父模式」與元雜劇的度脫劇中，引渡者的心態和行爲隱合，「度脫」是另一個生命形態的再生。凡人，或者是其精神生命經由夢覺而再生，脫胎化骨變成了另一個人；或者是其藉由肉體生命的死亡，而精神生命得以超升成仙〔註 71〕。「度脫劇」的故事結構，蘊含「度脫即再生」的隱喻概念，引渡者是促其再生的「父親」角色。上文所引關於 Lakoff 1996/2002 所揭示的「嚴父模式」世界觀，筆者以「引渡者的身體經驗」來觀照；以「循循善誘」、「價値判斷——正道思想」看引渡者如何在劇中扮演父親角色；「賞罰是道德的——惡境頭的懲戒」說明在「嚴父模式」的教育中的賞罰是道德的概念；「親權的彰顯」說明道德權威即父母權威，在雜劇中父母威權（親權）如何被彰顯。在親權主導下，周遭的人如何配合及服膺父母的威權。

（1）引渡者的身體經驗

引渡者多半自身也曾被度脫，以其過來人的心態看待被渡者。「被度——度人」是本爲凡人的仙長受命或自發地去渡人的模式，引渡者大多爲道教人物，且多爲傳說中的八仙人物。這些人物，如：

①呂洞賓

爲出現次數最多的引渡者，爲八仙人物之一，元雜劇：《岳陽樓》、《鐵拐李岳》、《城南柳》、《升仙夢》、《竹葉舟》都以其爲引渡者。他的成仙歷程，見述於《黃粱夢》，但在他擔任引渡者角色的雜劇中，也會自述其得道境遇。

〔註 70〕中興中文系思想史師王淮先生課堂上常說的一句話：「師生，是精神生命的父子關係。」銘記於心。

〔註 71〕前者如《邯鄲夢》中的呂岩、《翫江亭》的趙江梅（夢中方死、夢醒方生）；後者如《野猿聽經》的野猿、《度柳翠》的柳翠（兩人坐化升仙）、《任風子》的任屠（被索命的俫兒殺害）。

如：

（正末呂洞賓提墨籃上，云）貧道姓呂名岩字洞賓，道號純陽子。先爲唐朝儒士，後遇鍾離師父點化，得成仙道。貧道在蟠桃會上飲宴，忽見下方一道青氣，上徹雲霄，此下必有神仙出現。貧道視之，卻在岳州岳陽郡。不免按落雲頭，扮作一個賣墨的先生。（《岳陽樓》一折，卷三，頁1599）

（正末扮呂洞賓上，云）貧道姓呂名岩字洞賓，道號純陽子。隱於終南山，遇鍾離師父，授以長生之術，得道成仙。昔日師父曾說，這岳州城南一株柳樹，生數百餘年，有仙風道骨，教我度脫他，如今來到這岳州地面，不免扮做一個貨墨先生，去訪問咱。（《城南柳》楔子，卷七，頁4989）

（扮洞賓上，云）髮短髯長本自然，半爲羅漢半仙。胸中自有吾夫子，到底三家總一天。貧道姓呂，名岩，字洞賓，道號純陽子，乃唐朝進士出身。上國觀光，到於中條山王化店，遇著鍾離師父，傳金丹大道，遂得長生不死之方。想俺神仙，吞霞服日投至到此，也非同容易。（《升仙夢》第一折，卷八，頁5598）

（正末扮呂洞賓提籃上，云）……我姓呂名岩，字洞賓，道號純陽子是也。因應舉不第，道經邯鄲，得遇正陽子師父，點化黃粱一夢，遂成仙道。今奉吾師法旨，爲世間有一人陳季卿，餘杭人氏，有神仙之分，教我來度脫他。（《竹葉舟》一折，卷六，頁4052）

《岳陽樓》中呂洞賓度柳、梅二精，是出自自己的觀察而主動去度化；《鐵拐李岳》、《城南柳》、《竹葉舟》等劇他是受師命而去渡人；《升仙夢》則受命於南極仙翁而去引渡柳、桃精。

②**鍾離權**

八仙之一，據《黃粱夢》所載，他是八仙呂洞賓的引渡者，助其超脫成仙，以唐人傳奇爲底本敷衍成戲曲；他還引渡了另一個八仙成員《藍采和》裡的許堅，即八仙裡提籃踏歌的藍采和。

（正末上，云）貧道複姓鍾離，名權，字雲房，道號正陽子，京兆咸陽人也。自幼習得文武雙全，在漢朝曾拜征西大元帥。後棄家屬，隱道終南山，遇東華眞人，授以正道，髮爲雙髻，賜號太極眞人，常遺頌於世。(頌云）生我之門死我户，幾個惺惺幾個悟。夜來鐵漢自尋思，長生不死由人做。今奉帝君法旨，教貧道下方度脱呂岩。來到這邯鄲道黃化店，見紫氣衝天，當必在此。(《黃粱夢》一折，卷三，頁 1628）

③馬丹陽

爲王重陽之徒，在《劉行首》劇中奉師父法旨，度化鬼仙投胎的劉倩嬌（劉行首）。在《任風子》裡，他見有半仙之分的任屠，稟過師父後才去點化他，並於開場時，自述成道經歷。如：

（沖末扮馬丹陽上，詩云）……貧道祖居寧海，萊陽人也。俗姓馬名從義，乃伏波將軍馬援之後……家傳秘行，世積陰功。初蒙祖師點化，不得正道，將我魂魄攝歸陰府，受鞭笞之苦。見祖師來救，化爲天尊，令貧道似夢非夢，方覺死生之可懼也。(《任風子》第一折，卷三，頁 1654）

《劉行首》劇，引渡者本爲王重陽，他路過北邙山觀有妖精鬼魅，而在松蔭內休息，果遇鬼仙玉斝夫人求他度脫。王重陽著玉斝夫人托生爲女子，還五世宿債，教他二十年後遇三個丫髻馬眞人度脫時，便回頭，算來是王重陽開的路，而弟子馬丹陽成了引渡者。開場時，王重陽也自述其成道的因緣。如：

（正末扮王重陽上，云）貧道姓王名嚞，道號重陽眞人。未成道時，在登州甘河鎮開著座酒店，人則喚我做王三舍。有正陽祖師純陽眞人，他化做二道人披著毡來俺店中飲酒。貧道幼年慕道，不要他的酒錢。似此三年，道心不退。……遂棄卻家業，跟他學道，傳得長生不死之訣，成其大道。……（《劉行首》一折，卷七，頁 5353）

④鐵拐李

也是八仙之一，雜劇中專度謫仙返本型的被渡者，《金童玉女》、《翫江亭》二劇中引渡者都是鐵拐李，被渡者都是金童玉女。他的得道經過在雜劇《鐵拐李岳》中演述過，在擔任引渡者角色的雜劇中，並未再次提及。

這些本是凡人成仙的引渡者，依其自身的悟道體驗，認爲凡人只有修道成仙才能超脫世界的苦厄。「長生不死」、「跳脫輪迴」是他們修道的動機，也是他們認爲最好的模式：能依此修行，是走正道；逆此而行，貪戀人世富貴名利，是迷失方向（迷卻正道）。迷失的人，難以自我醒悟，需要有人指引或棒喝，使迷失者清醒。這是他們承襲自他們的父親——引渡者的世界觀，而他們本身也只是「嚴父模式」下複製出來的另一個「嚴父」。〔註 72〕

有的引渡者是天上仙人，如太白金星（在《老莊周》中奉玉帝敕旨引渡莊周；《誤入桃源》因奉上帝敕旨糾察人間善惡，而主動度劉、阮二人）、彌勒佛（化布袋和尚）、第十六尊羅漢月明尊者（月明和尚）。他們雖未有被度脫的身體經驗，但也是嚴父模式下的威權體系，他們的世界觀和價值判斷與「超凡入聖型」的仙長們，同出一轍。

引渡者依循「嚴父模式」，將自身經驗教授下一代，按照「師→徒→師→徒」這樣的進程延續下去，「被渡——渡人」是他們精神生命的傳承方式。人倫宗族是以「父——子」血脈相承、世代交替；而神仙世界也如宗族世代般，是以師生關係承接天命、道業相授。

（2）循循善誘

引渡者，站在啓蒙的立場，先對被渡者加以勸說，喻以生死之道。如呂洞賓在《城南柳》中對桃柳精曉喻青春易逝、人世短暫之理。如：

> （云）感你兩個好意，我雖醉，有句話與你兩個說。想人生青春易過，白髮難饒。你兩個年紀小小的，則管裡被這酒色財氣迷著，不肯修行，還要等什麼？（唱）【白鶴子】年光彈指過，世事轉頭空。則管苦戀兩枝春，可怎生不悟三生夢。（《城南柳》二折，卷七，頁4998）

《老莊周》裡，太白金星化爲失意老人勸莊周修行，述說酒、色、財、氣之無用。如：

> （末扮太白金星上，云）……（末變艱難相貌，見科）（生云）老人家，飲一杯酒者。……（末向生云）莊先生，看你趁這等標致身軀，眉眼動蕩，修行去罷。（生云）老人家，你若富貴，無這話說，如今窮了，有這異端之心。你自修行去。（末云）若先生功夫到了，便是神仙。似這等貪戀花酒，有什麼好處？【哪吒令】你戀著酒呵，多敗少成；你戀著色呵，色即是空；你戀著財呵，那財中隱凶。都只因氣送了人，到底成何用？誰知你有眼無瞳！（生云）你道門中有

〔註 72〕如王重陽受正陽祖師引渡，又度脱了馬丹陽（見《劉行首》所述）；鍾離權受東華眞人引渡而又度脱呂洞賓、藍采和（見《黃粱夢》、《藍采和》）。其中呂洞賓又成爲元雜劇中最活躍的引渡者。

什麼好處？我什麼有眼無瞳？（末唱）【鵲踏枝】說起俺道門中，不與你世俗同。你愛的是雪月風花，我愛的是惰懶偎慵。四件事無毛大蟲，再休與酒色財氣相逢。（生云）你這老人家，我與你酒，全不吃，都澆奠在地下。我與你不相識，你出去外邊立著。（末出外科）（《老莊周》一折，卷四，頁2879～2880）

《劉行首》裡的鬼仙托生爲劉行首，馬丹陽在劇中一再點化他前生之事，劉倩嬌卻一直無法醒悟前生事。如：

【倘秀才】恰離了數萬丈雲埋華岳，（云）稽首，（唱）又撞著了二十載還魂的故交。（旦云）這先生好喬也。我二十一歲，可怎生是你二十年前的故交？你莫不見鬼來？（正末云）可知是見鬼哩，誰道是見人來？……【滾繡球】……（正末唱）你如今東不知南不知，你北不著西不著，（旦云）休誤了我官身。（正末云）你道誤了你官身呵。（唱）早忘了你在先軀殼。（旦云）休誤了我慶重陽。（正末唱）你若是有俺那重陽呵，你便得逍遙。（《劉行首》二折，卷七，頁5359～5360）

「二十載還魂的故交」、「見鬼」、「在先軀殼」等語，一再暗示劉倩嬌她的鬼仙前身；「重陽」點出師父王重陽之名，盼喚醒她的記憶。這樣的循循善誘，仍無法使被渡的劉倩嬌醒悟。

遇上刁嘴滑舌的被渡者，引渡者也不免要費一番唇舌。如《度柳翠》聰敏的柳翠和月明和尚機鋒相對。如：

（正末云）柳翠，無量阿僧祇劫，與大千沙界輪迴，一切般若波羅蜜心，向不二法門變化。一條大路上天堂，則爲你心邪行不得。（旦兒云）師父，你是什麼和尚？（正末云）我是月明和尚。（旦兒云）你便是月明和尚，夜來八月十五日你不出來，今日八月十六日你可出來，正是月過十五還依舊。（正末云）這小鬼頭倒說的有個來去。（唱）【隔尾】你道是月過十五也索還依舊，哎，柳也，誰似你飛盡香綿未肯休？直等的絮滿官街，那其間有誰救？……（正末云）柳翠也，你待怎生？（旦兒云）月也，你待如何？（正末云）我著你發心修行，出離生死。（旦兒云）本無生死，何求出離？（正末云）絕了業障本是空，離了終須還宿債。（旦兒云）如何得了絕？（正末云）凡情滅盡，自然本性圓明。（唱）【幺篇】只要你凡情滅盡原無

垢，剗的道枝葉蕭條漸到秋。（《度柳翠》二折，卷四，頁 2383～2384）

在兩人的唇舌交鋒中，月明和尚儘可能地勸說柳翠出家修道。

《忍字記》裡布袋和尚向守財奴劉均佐要齋飯，趁機在他手上寫下「忍」字，作爲牽引修行的開端，也是劉均佐歷練的開始。如：

（布袋云）劉均佐，你若齋我一齋呵，我傳與你大乘佛法。（正末云）如何是大乘佛法？（布袋云）……將你手來，我傳與你大乘佛法。（正末云）我與你手。（布袋做寫科，云）劉均佐，則這個便是大乘佛法。（正末做看科，云）我倒好笑！（唱）我只見刃字分明把一個心字挑，（布袋云）這忍字是你隨身寶。（《忍字記》一折，卷二，頁 1177）

《野猿聽經》的修公禪師見野猿善根將熟，特爲野猿升堂說法，野猿更把握良機向禪師問禪機。如：

（云）師父，恁徒弟問求一個話頭。（禪師云）無色無相萬法空，體自如來般若同。若把諸緣都放下，俱在毗盧頂上峰。（正末云）徒弟省了也。我是個萬種嘍囉林大郎，千般伎倆木巢南。從今踏破三生路，有甚禪機更要參！（唱）【沉醉東風】妙理俄然便顯，心如五葉清清，將他這色相來靈光現。似一潭秋水澄淵，體自如如不用言，便是如來教典。（云）無去亦無來，水花五葉開。塵緣都放下，位正寶蓮台。（做坐化科，行者云）師父，看袁秀才坐化歸空去了也。（《野猿聽經》四折，卷九，頁 6992）

引渡者對被渡者——或是自發性地去度脫一個有仙緣的人、或是承受上命去度化一謫仙——都是竭盡心力地去進行苦口婆心的勸喻。循循善誘，是引渡者採取的第一個策略，也藉此先在被渡者心中種下善因，激烈的懲戒性的手段，是遇迷途者的另一個必要策略。

（3）價值判斷——「正道」思想

「度脫劇」有一套善惡的價值判斷，即劇中常提到的「正道」。對佛道人物而言，「正道」與經世濟民無關，跳脫紅塵俗世的酒色財氣和人我是非，拋卻名利，修道出家才是「正道」。如《任風子》中的譬喻概念：「生是來，死是去、修道出家是走人生的『正道』」，見引文：

（正末云）師父，我來時一條路，如今三條路，不知往那條路去？

（丹陽云）你來處來，去處去，休迷了正道。（正末云）是、是、是，來處來，去處來。（做尋思科，云）父母生我，是來處來；我若死了，便是去處去。他著我休迷正道，這先生敢教我跟他出家？罷、罷、罷，稽首，任屠情願跟師父出家。（《任風子》二折，卷三，頁 1661）

「人生是旅途」是更上層的隱喻概念，在這個隱喻概念下，「走正道」——選擇對的路走，是讓旅行安全順利的方式。在「度脫劇」中也以走「正道」修行出家爲善，貪戀富貴名利爲惡。這樣的價值判斷是引渡者要傳遞給被渡者的世界觀。

2. 賞罰是道德的——「惡境頭」的懲戒

當引渡者費盡唇舌，諄諄告誡乃無法說動或喚醒被渡者時，懲戒成爲下一步必然的嚴厲手段。度脫劇中的引渡者們稱之爲「惡境頭」。如：

（鍾云）今日我來度脫藍采和，那廝愚眉肉眼，不識貧道。你鎖了勾欄門，貧道更行不出去？疾！開了門者。此人若不見了惡境頭，怎肯出家？（《藍采和》一折，卷九，頁 6611）

或稱「境頭」、「景頭」、「境界」，如：

（正旦做睡科）（牛員外云）你睡著了也。疾！大睡一覺，著他見一個境頭。趙江梅，你母親喚你哩。（《翫江亭》四折，卷九，頁 6967）

（禪師云）此猿雖有善緣，未居人類，難以超升。此猿恐怕他扯碎了經文，毀壞了佛像，我著他見個景頭，必然大悟也。（《野猿聽經》二折，卷九，頁 6978）

（列御寇引張子房、葛仙翁執愚鼓、簡板上，詩云）……貧道列御寇的便是。因爲純陽子要度陳季卿，央貧道和張子房、葛仙翁三人勸他入道，只他塵心太重，一時不得回頭，那純陽子顯其法力，另做一個境界，與他看見，必然省悟了也。（《竹葉舟》四折，卷六，頁 4073）

這些「境頭」、「景頭」或「境界」雖然沒有加上「惡」字，但內容上卻都不是好的事情；這些「境頭」大多透過夢境呈現，如廖藤葉所說：

元代的度脫劇戲曲，有一定的度脫程序可以追尋，夢境的處理手法，常是在一度二度皆無法成功時，爲度者所施，被渡者在夢中經

歷了惡境頭，而此惡境頭常是生死攸關，使被渡者驚嚇之餘因此夢醒而醒悟，進而出家修道成仙成佛。〔註 73〕

這些夢境常出現生死攸關的內容，令被渡者驚醒，夢中的驚覺也是人生的醒悟，有「人生如夢」之隱喻概念，而夢中的夢是惡境頭，人生的夢也是惡境頭。差別在夢中的夢是引渡者施於被渡者的一種懲戒，希冀被渡者能驚醒；人生的覺醒是藉由夢中的驚覺而甦醒的。又說：

看度脫劇藉由入夢的情節，見了惡境頭，而惡境頭往往又是面臨著攸關生死的關鍵，是『死亡』的符號。……由死亡至再生，就是脫除了平凡人類的身份，而名列仙班，則再生之前的困厄與死亡，確實是走向再生的一條路徑，只是有時度脫情節是藉由夢境中的困厄來傳達此項訊息。（廖藤葉，2000 年，頁 258～259）

「死亡——再生」是度脫劇中的脫化關鍵，正如鍾離權要度化藍采和時所說：「我著他閻王簿上除生死，紫府宮中立姓名。」〔註 74〕閻王簿上掌記的是凡人的生死，一但跳脫了生死，就成仙人，仙人無生死，姓名當不能與凡夫俗子同列在閻王的生死簿，而寫入了仙府名單之中。

有的惡境頭不是夢境，而是仙人們合演的一齣戲，作用和夢境一樣，用來嚇唬被渡者的，如：

（孤扮官人上，云）貧道呂洞賓是也。奉鍾離師父法旨，著妝做州官，因此處有個伶倫，姓許名堅，樂名藍采和，有神仙之分，度脫不省。因他誤了官身，我著人拘喚去了。左右，拿過藍采和來者！（《藍采和》二折，卷九，頁 6615）

藍采和因誤官身要杖四十，鍾離現身問他是否肯跟他出家，才要伸援手，藍采和求他救命，願跟化出家。鍾離向扮作官人的呂洞賓要弟子，呂洞賓即刻放人。

有些引渡者對被渡者要求嚴苛，「惡境頭」不止一個，有時是一連串的磨難，如雜劇《任風子》。馬丹陽要點化任屠，任屠爲屠戶，馬丹陽刻意教化甘河鎮一地百姓皆茹素，屠戶們的生計受到打擊，想任屠必來殺他，再趁機點

〔註 73〕廖藤葉，《中國夢戲研究》，第六章〈中國夢戲與宗教度脫、公案和趣味〉（台北：學思出版社，2000 年），頁 298～299。

〔註 74〕《藍采和》一折，卷九，頁 6607。《竹葉舟》二折，卷六，頁 4060。呂洞賓要度脫陳季卿時也說過同樣的話：「與他閻王殿上除生死，仙吏班中列姓名」。

化任屠。他專待任屠上門，其言：

> （馬丹陽上，云）貧道馬丹陽。離了仙鄉，來此終南縣甘河鎮，化一草俺居住，不勾半年，將此一方的人，都化的吃了齋素。果然任屠殺生太眾，性如烈火。如今要殺貧道，或白晝而來，或黑夜而至，可用俺神通秘法點化此人。俗說：「能化一羅刹，莫度十乜斜。」我教他眼前見些惡境頭，然後點化此人。（《任風子》二折，卷三，頁1659）

任屠提刀去殺馬丹陽，馬丹陽早暇整以待，要任屠與他快性，結果任屠刀一砍下，馬丹陽有神子護佑反殺任屠，任屠嚇得要回家去，結果不辨路徑，後來情願跟隨馬丹陽出家，但這才是任屠修道的第一步而已；隨後還有更大的試鍊等著他。先是以十年的菜園修行磨他的性；其中妻攜子求他回家，他休妻摔子決意出家；十年期滿，馬丹陽又以「六賊」索金銀、猿、馬；被摔死的孩兒魂魄前來索命，這些惡境頭來試鍊他。這些都不是以夢境出現，而是現實中的魔障。任屠被殺，了卻凡人性命，引渡者出現，言他功成行滿，攝赴蓬萊仙島，得道成仙，「死亡」成了超脫的關鍵。

3.「親權」的彰顯

引渡者在度脫被渡者時，有一強大的支援系統。如果獨自一人可以主控的，即一人完成度脫大業；如果一人無法完成，需要他人協助時，這個支援系統就開始運作了。引渡者的威權是不可言喻的，他高高在上，掌控世局，以全知的視界，與助他渡人的神仙們，同聲同氣，像一張威權的羅網，認爲在正道的前提下，引渡者的威權——「嚴父模式」之親權，是最具道德力量而應得彰顯的。如前文引過的《藍采和》，鍾離請呂洞賓假扮官人，說藍采和延誤官身，要杖四十，被鍾離救下，而省悟出家，這些是藍采和的「惡境頭」，卻也是鍾離與呂洞賓合演的一戲。

另外有助引渡者成事的不是一個人，而是一群人，如《老莊周》中，主要的引渡者是太白金星，他上受天帝之命來引渡本爲大羅神仙的莊周，先遣下蓬壺仙長和風、花、雪、月四個仙女來舖路：

> （沖末扮蓬壺仙長上，云）……小聖乃蓬壺仙長是也。今有太白金星傳玉帝敕命，爲因大羅神仙升玉京上清南華至德眞君，在玉帝前見金童玉女，執幢旛寶蓋，不覺失笑。玉帝怪怒，貶大羅神仙下方莊氏門中爲男，名爲莊周，游學將至杭州。此人深愛花酒，恐他迷

> 失正道，差小聖領著風、花、雪、月四仙女，先到杭州城內，化仙莊一所，賣酒爲生。著四仙女化爲四個妓者，等候莊周來時，先迷住他。待太白金星到時，自有點化處。（《老莊周》第一折，卷四，頁 2876）

又有《竹葉舟》一齣，爲度陳季卿，呂洞賓一下子請出了三位名見經傳的傳奇性人物，在《竹葉舟》作者的觀點，這三人也是凡人成仙的典型人物。如：

> （正末引外扮列御寇、張子房、葛仙翁上，云）貧道呂洞賓，這一位是列御寇，這一位是張子房，這一位是葛仙翁。貧道爲陳季卿一人，親到終南山青龍寺裡度脫他，奈爭此人迷戀功名，略不省悟。被貧道將一片竹葉，黏於壁上，戲成一只小船兒，他便要上船，趁便風趕回家見父母妻子去。列位上仙，我們在此等候，他來時慢慢的點化他，歸於正道。與他閻王殿上除生死，仙吏班中列姓名；指開海角天涯路，引的迷人大道行。（《竹葉舟》二折，卷六，頁 4060）

這三人在第四折中，由列御寇當發言人，說明三人在劇中的作用——受呂洞賓之央請，幫忙點化塵心太重的書生陳季卿。如：

> （列御寇引張子房、葛仙翁執愚鼓、簡板上，詩云）昨日東周今日秦，咸陽燈火洛陽塵。百年一枕滄浪夢，笑殺崑崙頂上人。貧道列御寇的便是。因爲純陽子要度陳季卿，央貧道和張子房、葛仙翁三人勸他入道，只他塵心太重，一時不得回頭，那純陽子顯其法力，另做一個境界，與他看見，必然省悟了也。如今陳季卿尚未來，我等無事，暫到長街市上，唱些道情曲兒，也好驚醒世人咱。（《竹葉舟》四折，卷六，頁 4073）

二人各執道具（愚鼓、簡板）在等候陳季卿之際，也不忘渡其他世人，在大街上唱「道情」勸世。

在「正道」的追尋過程中，引渡者是再生的催化者，被渡者的重生父母，在以「正道」爲善、爲道德的前提下，引渡者的「嚴父模式」是被允許的，不但有「惡境頭」可懲戒迷卻正道的人，而且這樣的絕對權威也被其他人（仙界內的）所認可，且不遺餘力的竭盡心力去配合引渡者。引渡者的「親權」得到認可與彰顯。

三、度脫劇中的譬喻運作解析

元雜劇中的「度脫劇」，因處在「全眞教」盛行的年代〔註75〕，道教故事是多於佛教故事的（十七本「度脫劇」中，只有三本照劇目看來是佛教故事：《忍字記》、《度柳翠》、《野猿聽經》，但主題思想有濃厚的道家色彩——修道、成仙）。在這些「度脫劇」中常包含了以下幾個隱喻概念：「人生如夢」、「人生是旅程——在旅途中要走大道」（正道）、「引渡者是被渡者的重生父親」。

被渡者在求仙的過程中，重重魔障考驗著他們。在這些魔障的歷鍊下，「死亡」＝「重生」；「重生」——成仙道，是要透過「死亡」凡胎俗骨的揚棄，才可能得道。在這個概念隱喻下，生我凡胎肉身的父母，是可以「生」的隱喻概念，對應、映射至使我重生獲仙骨、不死之身的引渡者。以認知隱喻的「來源域」與「目標域」的映射關係來看，如圖 4-5-1：

圖 4-5-1：「嚴父模式」之二域模式

來　　源　　域	隱喻映射	目　　標　　域
父母對子女的生養 used：生育子女 長養子女（使子女的肉體生命不斷向上成長）。 教導子女向善，使之善惡分明。 從管教延伸出的責罰。 一切嚴厲的教訓或責打，都是爲了使子女成材，做個有用的人。 父母有絕對的威權，及嚴父模式下的「親權」的概念。	⇨	引渡者對被渡者的度脫 使被渡者重生（脫凡胎換仙骨）。 升化被渡者（往上至天堂，位列仙班——精神生命的上升）。 諄諄善誘使其向正道（神仙之道）。 不省悟即迷卻正道，「惡境頭」是其懲戒或棒喝的利器。 一切的磨難都是修道必要的試鍊，都是爲了超脫成仙。 引渡者掌控著局勢，被渡者只有屈服於威權之下。
Un used：血源關係、懷孕與生產過程、父母對子女的愛。 管教失策或溺愛過度的逆子、孽子。		註：「度脫」向來都會成功，沒有失敗的例子，因對象是經過篩選的、有仙緣的人或鬼、物、精怪。

另外亦可以四空間模式表示，詳見圖 4-5-2：

〔註75〕「元代全眞教極爲盛行……。全眞教本身就是一種以道家思想爲主，兼收儒釋的宗教，得對元代文人士大夫的普遍信仰。」詳見尚學鋒等著，《中國古典文學接受史》，第六〈章元明的文學接受〉（濟南：山東教育出版社，1999 年），頁 328。

圖 4-5-2：「嚴父模式」之四空間模式

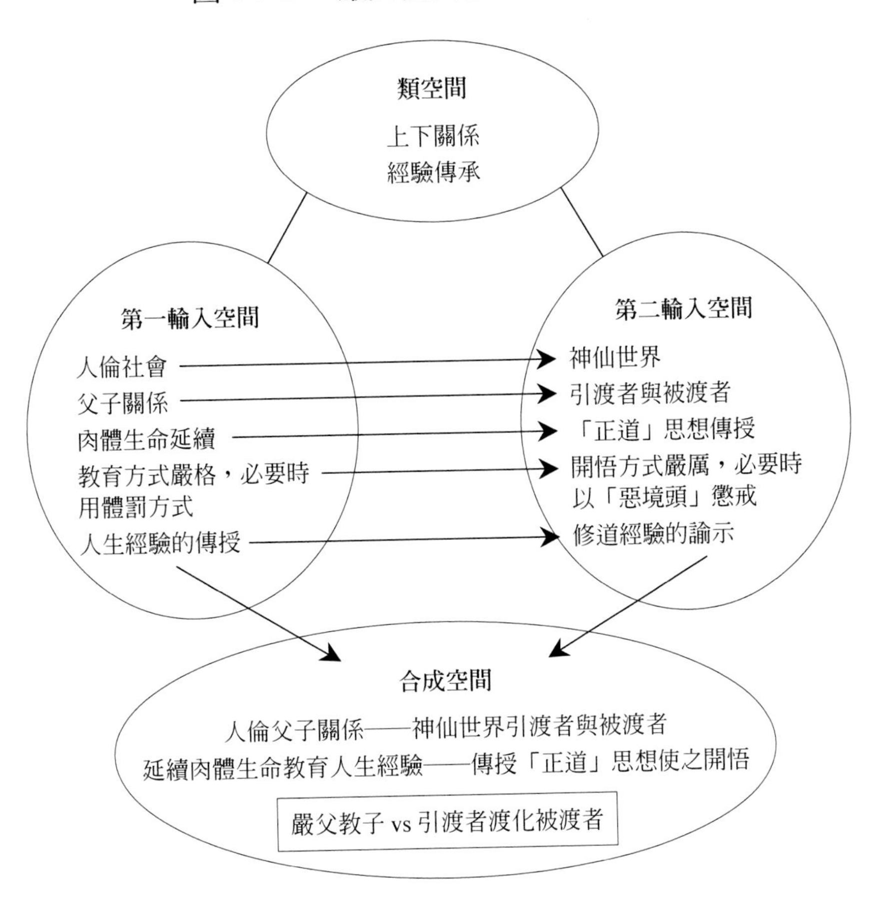

Lakoff 1996/2002 所揭示的「嚴父模式」正好吻合中國傳統的父權體系，一切以男性爲立足點的思維模式。引渡者的性別隱喻著一個「嚴父模式」的思維在其中，被渡者雖以男性居多，但也有男有女；引渡者在元雜劇卻全由男性擔綱挑大梁。引渡者代表威勢、掌握權力的一方，也是在劇中掌握事件發展，且具主導性的一方；被渡者渾噩不覺是處於弱勢的一方，在劇情中受制於引渡者。筆者從引渡者的男性角色的扮演，開始質疑這樣的安排，以「嚴父模式」去理解劇情的發展和安排，發現中外不同的文化背景中，父親角色的扮演就有其異趣，好爸爸——「關愛父母模式」和嚴爸爸——「嚴父模式」，在強調地球村，強調文化交流的現代，我們國內因受其自由風尚之影響，也並存著這兩種思維模式；但在君主專權的傳統文化中，我們只有「嚴父模式」可循，「關愛父母模式」不在我們的文化體系之內。

「一切都是爲了子女好」是「嚴父模式」的思維方式，爲了使其向善的方面發展、向具競爭力的目標邁進，各種嚴苛的教育手段都是必要的，也是「親權」的威勢必須建立起來的原因。「度脫劇」中的引渡者他們的心態也是如此，「一切都是爲了讓被渡者能得道成仙」，爲了這個目標，也只爲了其人具有仙緣仙份，而不顧被渡者的個人意願，用盡手段，使其超脫。「度脫劇」中沒有失敗的例子，無往不利的引渡者，來自他受認可的威權——「親權」，他具有這樣被認可的特權威勢，得到各個仙道的助力，使不走「正道」的迷失者，走上了「正道」。

「性別」本來只是生理上的區分，但在群體社會人倫世界代表著思維模式的變更和權勢的消長，在自由化的今日，女性走出家庭，進入職場，「嚴父模式」不再是中國社會的唯一模式。隨著日趨西化，連也以傳統父權思想爲主的日本，也考慮讓女性繼任天皇。引渡者的「性別」在雜劇中隱喻著掌有權勢的一方，他的「性別」使他具有優勢成爲控制局面的人，而這樣的思維普遍帶存於當時的社會中，看待事物是以優勢的第一性的觀點切入。神仙的世界是以人的世界爲基模構築而成的，在那一樣有等級之分、男女之別。一樣有名冊記錄——閻王的生死簿和紫府的神仙名錄：是人，便難逃生死簿的記錄；是仙，便見載於神仙簿上——一樣在列管名單之上，人與仙看來都有所羈絆。因爲神與人是同質性的，因此神仙世界也一樣是以男性的視角看待事物，最明顯的例子是前面提過的《劉行首》，王重陽說的那席話，度脫鬼仙，卻要她先爲「五世童女之身」付出相當的代價去報償。因之，「引渡者」的角色自然是以上位的、具優勢的男性爲代表，他們才是社會的主要份子，掌控時局的人。在引渡者的性別隱喻中，筆者看到了父權體系運作下的思維模式，雷可夫（Lakoff）的「嚴父模式」在「引渡者」身上得到了印證。

第五節　小　結

末本劇、旦本劇不但劃分主唱者扮演的角色性別，亦侷限了內容題材。現存的雜劇裡末本劇多以描寫英雄人物之歷史劇及神道劇（包括度脫劇）居多，仕隱劇、公案劇（包括包公案）及世情劇其次，再者是水滸劇、婚戀劇。

「英雄」的描繪是末本雜劇的大宗，本文共參酌了三十六本雜劇（詳見附錄二)，對於「英雄」的界定，本以沙場征戰者，或自稱有戰功者爲主，但《澠池會》的藺相如也被秦昭公稱之爲「英雄」，那麼主導戰事成敗的謀略之士，應也是建功立業的「英雄」，故而軍師張良、伊尹、諸葛亮、徐庶等人也列之；同理以其智謀保家衛國者，如王允也應爲「英雄」。如此，「英雄」人物共有三十五位(鍾離春也算在內)。

在這些雜劇裡對「英雄」的描繪，筆者分述「插入第三者敘事觀點」與「英雄故事情節蹈襲」。在這些描繪「英雄」的雜劇裡的敘事觀點，筆者以較爲特殊的第三者穿插的敘事觀點來討論，第三者主要有「探子」和「伴哥」。「探子」按照敵、我兩方的敘事立場又分別了「我方」和「敵方」探子，兩者在情節上的程序模式都大致相同。「我方探子」爲戰事勝利的一方，在聯套上都選黃鐘套式，聯套模式相同；「敵方探子」爲戰敗的一方，在情節上比「我方探子」多了向天朝臣服納貢的言詞，命定思想讓敵方認命休兵安份進貢，在聯套模式上各選用不同的宮調聯套，押韻上卻韻腳相同。

同樣出現「伴哥」插入敘事的雜劇《榮歸故里》和《黃鶴樓》，「伴哥」都是在「禾旦」叫喚下出場的，他們共同場面是將軍與農夫的對話。《榮歸故里》的「將軍／農夫」本來在同一位置(倆人是兒時玩伴)，一個在馬上〔＋上〕往下看農夫，一個仰頭看〔－上〕向上看將軍。做了將軍的農夫居上位，還是農夫的農夫屬下位，兩人頓時分判雲泥，十年離鄉換來滿門顯貴。《黃鶴樓》的農夫沒有比較，只有安於現狀的逸樂，反如漁父般閑適恬淡，還特別叮囑在上位的將軍牢牢記著，往黃鶴樓的路徑，休離了「山莊」，以免迷失，這裡的「伴哥」反有勸人歸田的意味在。

這兩本雜劇的共同點是：在伴哥出場之前「禾旦」都先唱了曲子，「禾旦」唱的【豆葉黃】是摹擬村婦吆喚小兒回家的口氣的兒歌〔註 76〕，安排在將軍騎馬過田莊的情節上唱這樣的曲兒，不知是純爲增添農莊風情讓觀眾有熟悉的親切感，還是爲了呼喚那些棄田披甲的戰士，他們大多像薛仁貴一樣本也是農村子弟(而且卸甲的將軍也大多如《不伏老》的尉遲恭一樣是回歸田園的)。相異處是《榮歸故里》時值寒食節令，是祭祖上墳的重要日子。《黃鶴樓》則是一般日子，一個村姑同村夫要去看田苗，並非特殊的節令。對於以莊稼漢的眼光看將軍之情節，兩本雜劇情節相似，但兩個「伴哥」有著不同的情態。《榮歸故里》的莊稼漢嚇得要死，將軍說一聲話，都像打雷般令人震

〔註 76〕見《黃鶴樓》二折〔註 8〕，卷七，頁 4733。

懾，弄得他除了手腳發顫外，完全不知所措。《黃鶴樓》的莊稼漢倒像釣魚江上的漁父，心態較平穩悠閒，報路時還要關平牢牢記者。

「伴哥」出現在雜劇的二折或三折，這樣的安排其實別有目的，是爲延宕劇情造成期待效果，如《榮歸故里》第三折，薛仁貴在還鄉見父母之前，先遇上了兒時玩伴的「伴哥」角色，讓觀眾一方面除了舒緩心情暫時融入熟悉的莊稼情境外，另一方面也爲思子心切的薛大伯夫婦焦急期盼他們一家早日團聚。而《黃鶴樓》在第二折，一開始是諸葛亮因劉備被周瑜困在黃鶴樓上，他命關平送暖衣卻不告知暖衣的蹊蹺，懵懂無知的關平出發上路，不直接到黃鶴樓卻在中途向伴哥、姑兒問路，週耽擱了好一會兒，在第二折開始的緊湊節奏和第三折的爾虞我詐之間，插入「伴哥」和緩了緊張情節，延宕劇情發展的節奏，是爲了造成觀眾的期待。

「探子」出現在雜劇的三折或四折，針對英雄已表現的部分透過第三者頌讚一番。在插入第三者敘事的情節裡，「探子」純以第三人敘事觀點切入描述「英雄」，此時扮演「英雄」的人物是不在場上的；「伴哥」則與「英雄」人物同在舞台上並有互動。這是以「探子」或以「伴哥」敘事在情節上的一大差異。其他第三者如《追韓信》的呂馬童、《風雲會》的宰相趙普，都在雜劇的第四折，他們都是開基帝王的臣下，訴說或面對的對象都是失敗者，都有強調圖王霸業乃命定的思想。所不同的是：呂馬童是同情失敗者（楚霸王）的，只是失敗者不在場，呂馬童只能悼念他；而趙普是面對著失敗者（四個亡國君主）的，他教諭在場的失敗者認份稱臣，對他們的態度是貶抑的。

在英雄故事情節蹈襲方面，以戰功被人強佔、一箭射死敵將、比射定功績及沙場老將宴上痛毆無禮後生爲其主要覆蹈的情節。在戰功被人強佔的情節裡裡有一個有趣的現象，如《榮歸故里》劇強佔他人戰功的張士貴，被正末杜如晦拆穿，他自抬身價說道：「我是個總管之職，倒不如莊家的農夫，做小卒兒出身的？偏我這等頹氣，我怎麼肯伏？」（一折，卷五，頁 2948）他瞧不起出身農家的薛仁貴，最後證實了是他混賴了薛仁貴的戰功，被貶爲庶民且命他耕田，做他瞧不起的事。於是張士貴感嘆：「薛仁貴本等是個莊農，倒著他做了官。我本等是官，倒著我做莊農。軍師好葫蘆提也。」（一折，卷五，頁 2950）張士貴由官變莊農，薛仁貴由莊農變做官，兩人的身份及社會地位頓時逆轉。這種官⟷農之間的對比，在該劇第三折以「伴哥」敘事的觀點裡也有所強調；如昔日的薛驢哥就是今日的薛仁貴，在身份對照下：「昔／莊農＜＞今／將軍」(「＜＞」表對比)；昔日的莊農改換身份地位做起了將軍(官)來了，這是以薛仁貴自身的今昔與身份做對比。在與他人——「伴哥」的觀照中，將軍與伴哥的雲泥之別，薛仁貴的將軍（官）身份又讓他的社會地位高於兒時玩伴的伴哥（莊農)。

如果按照傳統的範疇理論來界定「英雄」，不難發現成員之間並沒有共有且相等的屬性；成員之間具有的範疇屬性是不均等，亦即呈等級差異的。因此，以「原型理論」之說較能歸納出「英雄」的屬性，並以其屬性多寡，評比其爲典型成員，或爲邊緣成員，並具有多少的英雄屬性。關於英雄的條件（屬性)，認知模式的原型理論認爲：範疇成員關係不在共性，而在各個屬性的聯合。在英雄的眾多屬性中，最多英雄擁有的屬性是「武藝」，其次是「智」、「勇」，這三項筆者稱之爲原型核心屬性；接著亦佔多數的範疇屬性「忠」、「義」、「孝」爲「英雄」範疇的延伸屬性；而少數人才擁有的屬性「信」、「仁」、「禮」則爲「英雄」範疇的邊緣屬性。這些屬性中「孝」雖不是關羽的屬性，卻是一些「英雄」人物所具有的，且在雜劇中所強調的，如：《說鱄諸》的鱄諸、《圯橋進履》的張良等。「英雄」範疇的家族成員們只要具備四個屬性以上，就可算是「英雄」範疇的中心性成員；如果關羽原型中被一般大眾公認的典型性屬性：「忠」、「義」、「武藝」皆具者，也算是「英雄」範疇的中心性成員。

雜劇裡除了關羽，尉遲恭、薛仁貴都分別存有兩本以上雜劇描繪他們的英雄事蹟，使他們的形象更鮮明，狄青只存《衣襖車》一本，卻與他們同列於中心性成員。筆者發現是因爲這三位成員都有插入第三者——以「探子」描述其英雄事蹟的敘事觀點，由「探子」將其形象描繪得虎虎生風更令人折服。在這三位「英雄」的中心性成員裡，他們都對國家或主上盡忠，這使同樣有「探子」述功的李存孝《存孝打虎》無法與之並列之因。〔註 77〕

「典範」是可以令人追隨景仰的，「英雄」的範式，時至今日，仍以關羽爲典型性人物——認知的「原型」，關公（羽）受到後世百姓的祀奉，視爲神祇般信仰、敬重，不單就其〔＋忠〕更因其〔＋義〕，除了對君王國家的忠心外，平民百姓更在意的是朋友兄弟之間的義氣。這是古今對「英雄」典型的理解與要求，因社會結構的改變而有不同。雜劇裡的眾多英雄豪傑，單以共

〔註 77〕《存孝打虎》的李存孝是爲義父李克用效命，這不足以使他列之「忠誠」屬性。

同特徵的集合，是無法囊括整個「英雄」範疇內的人物的；而以「原型理論」及其「家族相似性」分析「英雄」的屬性，更能清楚該範疇成員的等級差異。誰是中心性成員？誰是邊緣成員？一目瞭然。

水滸好漢不在「英雄」的討論之列，筆者將之與公案劇裡的包公案一併討論。「梁山泊」和「開封府」一個開在山寨裡判決惡人生死，一個穩居俗世中審判奸惡之徒。兩者地理位置不同，一個在高處下斷，一個與百姓在同一平面裡理刑名之事；而在劇作家的心理上，「梁山泊」是「人」的力量的匯集，「開封府」是「神」能所在的祈願。「梁山泊」審的是人間不平事，扶助的對象是「人」，受冤枉懷屈辱的人向它求助並得到解決。「開封府」則是「人／鬼」都能伸冤的場所，有的人含冤而死，轉化爲鬼魂，向包待制求助，才能得到平反與還報。「梁山泊」的公理正義表現在對活著的人的救援，「開封府」則在替枉死者的伸冤理枉，讓死者獲得安息、替生者得到安慰。

在眾多梁山泊的英雄好漢中，最出風頭的是嫉惡如仇的李逵，至今流傳下來的雜劇裡，描寫他的較多。他的性格、扮相和對他的形容語在各劇中已有一固定的模式。將之與三國故事裡的英雄張飛作一個比較，發現他是以張飛爲認知原型的。不同的劇作家在創作時的心理上，是將兩人等同看待的，如：高文秀《雙獻功》、康進之《李逵負荊》劇裡的李逵，和無名氏的《博望燒屯》裡的張飛，都曾立下文書賭腦袋，賭輸了並未眞的掉腦袋，而是以戴罪立功的方式來彌補的情節。因此，雜劇裡這麼一個性格直率可愛的好漢是有其創作上的認知原型的。

討論「梁山泊」和「開封府」主要是從公平正義的伸張論起的，李逵這個人物的嫉惡如仇，也是因其對公平正義的期許與維護。綜觀包公案各劇，「智」的運用與劇中對公平正義的定義相關：在雜劇的認知裡，對付不義者有時可取巧，甚至運用機謀。重點在公平正義的伸張——使不義者就戮、受屈者得償，爲達這個目的，任何方式都是合理的。這和水滸劇中斬殺不義的手法，一樣直率粗野，但卻合於市井小民對公平正義的認知。「梁山泊」和「開封府」看似公理正義的兩極化——「官←→盜」、「明←→暗」、「王法←→非法」，但實質上卻是相同的，爲了替受屈含冤者伸張，斬殺不義是唯一的途徑。「非法」的行徑，裹上了不同的外衣：執法者有時也必須採取非法的行爲，達到公理正義的目的。

以「仕隱」爲主題的元雜劇，在其敘事模式裡除了對宦海升沈的貶謫者情志描寫外，亦深刻地描述了文人爲清名高譽付出的代價，呈現了元雜劇擅長描繪社會現實生活的藝術風格。就隱逸者而言，依其心態可分儒家之隱與道家之隱。儒家之隱，以徐庶、諸葛亮爲代表，重在出與處的取捨問題。徐庶爲天下蒼生之故，聽從母勸，扶助劉備；諸葛亮耕隆中，受劉備三顧茅廬知遇之恩而出仕。道家之隱，以陳摶、嚴光爲代表，爲修養眞性而隱居出林，無論君主有多禮遇、無論世局有多昇平，他們仍守著山光水色，逍遙天地之間。而另有如范巨卿般爲顯揚好友並安養好友之老母妻兒而出仕爲官，他的仕與隱乃因外在情勢與心境而變。

仕隱主題的譬喻意涵裡，隱喻概念有：「人生是旅行」及「官場是容器」兩大主項。「仕路」是人生旅程的諸多道路之一，屬「人生是旅行」之下層隱喻。對於「官場是容器」的譬喻運作，休宦者和隱逸者最大的不同在於進／出容器的動作：仕宦者注意的是文人往容器內移動的方向性是由「下」往「上」進入的，如「登」。隱逸者方面，強調的是從容器內出來的動作「跳」。在角度攝取方面，仕宦者取的是容器的液體狀態（「升浮榮辱」）譬喻文人在官場內的升遷貶謫，隱逸者則就容器（官場是容器）的整體作負面隱喻。

在隱喻映射方面，以睡眠的身體姿態「臥」轉喻人的休息狀態，並以之隱喻在人生仕途上的「隱」，「高臥」一詞更顯現了劇作家對隱逸者的正面評價。元雜劇對於「仕隱」主題的討論，透露了劇作家對文人的肯定、同情與關注，也連帶反映了幾個主要訊息。如元雜劇中吏不如儒的主調，反映了劇作家對儒生（文人）有高度的期許，期盼儒生休學令史，肯定了儒生的社會價值，並勉勵儒生終有顯達之時，提振儒生精神士氣；這些都是劇作家普遍立足於傳統的價值觀的緣故。劇作家對失意文人現實生活的描繪，以及對失衡的君臣關係的批判，更見其對文人遭遇的深切體認與關懷，添加了元雜劇在「仕隱」主題探討上的深刻度。

元雜劇的度脫劇筆者借用 Lakoff 1996/2002 所揭示的「嚴父模式」進行解析，先將現存的度脫劇依其被渡者的身份，區隔爲三種類型：（一）「超凡入聖型」，爲其有仙緣的人脫去凡胎俗骨得成正道，而這些「人」是特定的，具有「神仙之分」的；（二）「謫仙返本型」，本是天上神仙因罪被謫，受人度脫後回歸本位者，其基本模式爲：「犯錯→歷劫（點悟）→回歸」；（三）「物精成道型」，被渡者非人非神，而是物魅精怪，他們求仙渡化的過程比較複雜，都必須先捨棄原有的形體（土木形骸）脫化爲「人」，才能由「人」渡化成仙。

在這三類被渡者的成仙過程中都有「他者」——引渡者的助力。引渡者的身份性別在元雜劇中都是男性，他們掌控了被渡者的一切，引渡者的性別隱喻著強烈的「父親形象」，代表了「父權」體系的社會思想。

Lakoff 1996/2002 的「嚴父模式」是將現今美國社會的兩派思維模式（保守派和自由派），用兩種家庭模式（嚴父模式、關愛父母模式）來譬喻。在忠君嚴父的中國傳統道統中，嚴父模式是其威權視點與思維模式；筆者在本章第四節的第二部分引介 Lakoff 1996/2002 所揭示的「嚴父模式」。Lakoff 1996/2002「嚴父模式」的重要論題有：世界觀、父親的角色扮演、賞罰是道德的及嚴父道德系統。嚴父道德系統著重在道德的力量和道德權威。筆者討論引渡者身體經驗（被渡－渡人）的傳授、對被渡者的循循善誘、價值觀的灌輸（正道思想）等論題，用於分析引渡者的「嚴父」角色扮演；更以「嚴父模式」的教育觀和對父母威權的強調，論析元雜劇中的惡境頭的懲戒（賞罰是道德的）和引渡者掌控一切的威勢（親權的彰顯）。「嚴父模式」是以父母對子女的生養隱喻映射引渡者對被渡者的度脫，在這個隱喻概念中，將被渡者借引渡者的幫助透過「死亡」——凡胎肉骨的揚棄——進而「重生」，與父母對子女的「生」相互對應。度脫劇的神仙世界是以人的世界映射而成的，人世間佔有優勢的男性，在神仙世界一樣具有威權。引渡者的性別隱喻體現了父權體系下的思維模式，說明了隱喻映射立基於人的身體經驗以及與之相關的文化經驗；透過隱喻概念的解析，我們可以察知該概念體系下，人的生活經驗與文化思維。